结缘两千年

俯瞰中国古代文学与佛教

陈洪 著

上海三联书店

目 录

代前言：中国文人与佛教之缘

——凤凰世纪大讲堂访谈

阿忆：几年前，我看了一本书：《浅俗之下的厚重》，它的副标题是"小说·宗教·文化"。没想到宗教和小说会有这么密切的关系。今天我们请来了这本书的作者、南开大学副校长陈洪先生，讲演《佛教与中国文人》。陈校长，请坐。我看到您的简历：陈洪教授，1948 年生于天津，在南开中学读书，1968 年去山东下乡务农，1978 年考入南开大学读研，1981 年留校任教，十几年后做到现在副校长这个位置。没有错误吧？由简历我想到了三个问题。第一个问题，从 1968 年到 1978 年整整十年务农，是不是苦不堪言？

陈洪：那倒不是。首先，说"务农"是广义的，就是我在农村生活。实际上我真正在农田里劳动大概就两三年，后来做过农村医生，到公社机关工作，到中学教书，甚至还做过女排的教练，等等，生活经历还是挺丰富的。

阿忆：两三年的劳动也可以把人累垮，您是知识分子呀。

陈洪：我虽然算是个读书人，但是我的身体很强壮，特别是我的意志可说尤其坚强。那两三年我觉得也是一种新的体验吧。劳动之余，没有干扰地静下心读了很多书，丰富了自己的精神世界。

阿忆：您不会是做了副校长以后，不好说自己当年特别苦，然后才说那个时候您很乐观。是真的吗？

陈洪：这个嘛，我想有很多证据可以证明我当时的精神状态。一个是当地的老乡，我想没有人看到过我皱眉头；另外，我在天津有很多朋友，每年回来见面时他们都挺惊讶："哦，你在乡下的生活好像比我们在城市里还舒心似的。"另外，我当时还写了一些小文章，也有几首小诗，例如七零年登烟台山写的："神州须健者，大块待文章。独自凭栏处，天高看鹰扬。"好像情绪还可以嘛，呵呵。

阿忆：我发现皱眉头的人，一般是额头上面的皱纹特别多，您上面只有浅浅的两道，而眼角皱纹倒是不少，这是笑出来的结果。我还听说您说到农村生活，最得意的是做乡村医生。

陈洪：我当时主要是在中医下了些功夫。我的中医是"全活"，其中包括针灸。我练针灸把自己扎成刺猬，够得到的地方全扎过，体验针感。当时也算是那一带的小名医。而且读了不少书，既有中医学院的教材，也有《医宗金鉴》、《温病条辨》、《频湖脉学》什么的。当年我报考研究生的时候，动过念头的一个选择就是中医学。

阿忆：您提到了研究生话题，这是我的第二个问题。看了您这个履历，发现您没有上本科的经历？

陈洪："文化大革命"开始了，没能正常上大学。这中间还有一个戏剧性的插曲。恢复高考之后，我一开始准备报考本科，我在南开中学读书时，数学和物理在全校都是有一点小名气的。可是当地正在把我当作中学的骨干教师，我报了名之后，他们偷偷把我的名字给划掉了。领导不放人，我觉得还是瞧得起我，但是也和他们吵了一通。过了几个月之后，有了研究生招生，他们认为我没读过本科就考研究生，肯定考不上的，就送了一个顺水人情，说让你报一次吧。没想到最后就这么个结果。

阿忆：上一个问题得出一个结论，您是一个乐观的人；这个问题又得出一个结论，您是一个勤奋的人。第三个问题，简历中没有看到您有关于佛教的信息，没有任何宗教的信息，怎么对宗教感兴趣了？

陈洪：第一，我祖上都不信教；第二，我本人现在也不是一个教徒。对于宗教感兴趣的有两种人：一种就是教内的人，出于信仰；另一种是把它作为一种文化的对象、学术的对象发生了兴趣。我下乡时节书读得比较杂，读了不少宗教特别是佛教的书，所以我当时还差一点考了任继愈先生的佛学研究生。好像当时只有他招宗教方面的研究生。我对于宗教的兴趣，主要还是把它当成一个学术的对象。

阿忆：好，现在就有请陈教授给我们讲演，题目是《中国文人与佛教》。

陈洪：

两千多年前，两汉之际，佛教传入中国，经过和本土文化的碰撞、融合，形成一种非常丰富、复杂的文化现象。大体说来，有几个相互关联而又有所不同的层面：一个是纯粹宗教的层面，就是僧人们所秉持、所践履的层面；另一个是着落在大众的、世俗的层面，就是民众在一种含混的宗教心理支配下烧香、祷告、做法事等等，这个层面的文化属性既是宗教的，又是世俗的；还有一个层面，往往为人所忽视，就是文士的"佛缘"层面。文人，通过自己的文化修养，借助已经有的知识结构，来接受佛教中的某些内容，从而经过一番主体性较强的消化，使其融入自己的思想、生活中。虽然具体到每个人物，对佛教信从的程度各有不同，但总的来说，这种"佛缘"与前两个层面有着明显的差异，主要表现为理性色彩较为浓厚，文化内涵较为丰富，调和儒、释、道的倾向较为明显。同时，"佛教"体现在文人的写作之中，转化为一种思想文化的创造性因素，从而成为文学史研究乃至整个传统文化研究不可忽视的一部分。

佛教和中国文士的关系主要体现在三个方面。

一个方面是对他们的生存方式，即如何安顿自己的一生，产生了多维度的影响。六朝以后，相当多的士人或从佛教中受到启发，调整自己的价值取向与人生道路；或从佛教中为自己的生存方式找到心理的、观念的依据，所谓"以儒致身，以道养生，以释安心"。

第二个方面是一些特立独行之士，在批判僵化的统治思想时，往往从佛教里寻找自己的思想武器。

第三个方面，一些文人在从事文学、艺术活动时，从佛教中得到启示，从而产生创新的灵感，影响到创作思想、作品内容与艺术手法、艺术风貌的新变。

下面分别来说。

说到佛教对于文人的生存状态的影响，一般会想到青灯黄卷、悬崖撒手之类的情景。在人生挫折、失意甚至无路可走的时候，有所谓遁入空门之说。"遁"即逃，当然是对人生的消极应对。但是，也有不尽如此的情况。比如说李白，一生狂放，活力四射，而他对自己的人生有一个总结归纳，其《答湖州迦叶司马问白是何人》诗云：

青莲居士谪仙人，酒肆藏名三十春。湖州司马何须问，金粟如来是后身。

金粟如来，据《净名经义钞》的解释："维摩诘，此云净名——过去成佛，号金粟如来。"可见李白是把自己的人生比照于维摩诘居士。而维摩诘是大乘佛教中十分有地位的一个菩萨形象，主要言论、行迹见于《维摩诘所说经》。经中讲：

有长者名维摩诘……辩才无阂，游戏神通……入诸淫舍，示欲之过；入诸酒肆，能立其志。

太白诗中写"金粟如来"而及于"酒肆藏名"，表明他不仅认同于维摩诘的人生模式，而且对《维摩诘经》相当熟悉。

而千余年后，龚自珍在《西郊落花歌》中写道：

先生读书尽三藏，最喜维摩卷里多清词。又闻净土落花深四寸，冥目观想尤神驰。

"落花"系用《维摩诘经》"观众生品第七"的典故，而"最喜"云云则表现出诗人对维摩诘十分向往。龚自珍也是以狂放著称的文人，这种向往显然不是灰心灭智的表现。

实际上，从李白到龚自珍之间的千余年间，有过类似表白的文士不可胜数。《维摩诘经》对中国文人人生态度与生存方式所产生的影响相当广泛而深刻。《维摩诘经》在佛教三藏经典中十分独特。其主角不是"佛"，而是居士维摩诘，全书描写维摩诘一种独特的生存方式和他对佛教理论的理解，写得生动、活泼，像是一部多幕剧。维摩诘的形象丰富而复杂：他是个大富翁，"资财无量""有妻子""有眷属"，家庭美满（据《义钞》：维摩诘之妻为金机，之子为善思，之女为月上）。他还"入诸酒肆""入诸淫舍"，讲究穿戴，参与赌博；然而他又具有崇高的人生目标："以一切众生病故我病。若一切众生病灭则我病灭"，"以如是等无量方便饶益众生"，"护诸众生"；同时他不仅是佛法修为非常之高，释迦座前的各位菩萨皆不如他，而且个性张扬、举重若轻，所谓"辩才无阂，游戏神通"。

这样一种形象是中土固有文化中未曾有过的。这是一个既乐享人生，又理想崇高；既相容于各界，又张扬个性，唯我独尊；既坚持己见，又游戏三昧的形象。他的生存方式极富张力，对于身处皇权专制与精神追求相冲突之境地的才智之士，无疑是很有吸引力的。因此，自这部经译到中国来，历代文人中颇多奉维摩诘式人生为楷模的。比如大家最熟知的王维，姓王名维字摩诘，连起来是"维摩诘"。比如黄庭坚，做诗形容自己，"菩提坊里病维摩"。比如李卓吾，他住的那个地方写了一个横额"维摩庵"。可见，《维摩诘经》所描写的这样一种生存方式，作为一种人生的范型，在中国古代文人中有相当的影响。

追求"维摩人生"的文人中，最典型的一个当数苏东坡。苏东坡的人生经历可以说是古代士人中最为丰富的一个。第一，他是全才，诗、词、文、书、画，可以说无所不能，无所不精，影响很大。第二，他的人生非常复杂，高官做到礼部尚书，而生活坎坷的时候几次被贬，坐大狱，有生命危险。但是，他一旦处在逆境中，没有机会做事的时候，心态调整得很快。在被贬官黄州的时候，写了一首诗，其中两句是这么写的："休官彭泽贫无酒，隐几维摩病有妻"，说我只好像陶渊明、维摩诘一样生活了。"隐几"是靠在几案上。维摩诘有个特点，就是身体不太好，所以总是称"病维摩"。他自己解释，因为众生生活在病苦里，我要和众生共同体验，所以我尽管神通广大，却不治好自己的病。苏东坡这里也隐含此意：我要和生活在痛苦中的民众一样。"病有妻"，也是很有意思的佛典，有妻，不是说有太太的意思，经文中讲到维摩诘既修佛法又有家室，可是，又强调说那只是表面，实质上维摩诘是"法喜以为妻"——对佛法的喜悦就像妻子陪伴时一样。东坡在另一首诗里也讲："虽无孔方兄，幸有法喜妻。"这样，苏东坡"隐几维摩"这句诗就有了双关义，而主旨是说，我有佛法作为一种人生伴侣，一种心理上的支撑和依靠。可见苏东坡在面临着人生沉重打击的时候，选择人生的模式、人生的道路，就是从《维摩诘经》中得到启发。不但如此，他不是一般地认同维摩诘这个形象，而且还有很深入的理论思考。他在一首题画家石恪所画维摩诘像的诗里，说：

　　我观三十二菩萨，各以意谈不二门，而维摩诘默无语，三十二义一时堕。我观此义亦不堕，维摩初不离是说。

这首诗是什么意思呢？就是他对整个《维摩诘经》里所讨论的属于大乘佛学的一个根本性的问题，提出非常有特点的、独立思考之后的一个答案。《维摩诘经》中有三十二个菩萨分别对"不二法门"做出解释，而维摩诘一言不发；因为讲出来就是有分别，就有了"是什么"与"不是什么"的分别，就不是"不二"，所以不讲话是真的"不二"。但是，苏东坡又进一层，说菩萨们表述的内容也自有其道理在，"语"和"默"也不必强调其分别。可以说，《维摩经》不但给他提供了一种人生范型，而且使他深入地思考了很多哲理性的问题，启发他在相互矛盾的、复杂的问题之间找到超越的、超脱的角度和方式来认识问题、解决问题。东坡一生洒落、高妙，得益于"维摩"之处甚多。

当然，我们介绍《维摩诘经》的种种影响，是因为这是一个比较突出的例子。至于其他的经典，以及各个宗派的影响，有异有同，就不一一讲了。

佛教对于中国文人的影响还有一个方面，就是给他们提供了思想批判的一种"另类"的武器。自从汉武帝"罢黜百家，独尊儒术"，中国封建社会进入一个相对稳定发展的时期，这个稳定发展有它积极的一面，也有它消极的一面。消极的一面就是思想禁锢，定儒教于一尊，思想领域在一定程度形成了"万马齐喑"的局面。一些有才情、有思想、有个性的文人，当他们要冲决思想的网罗，提出一些新的观点的时候，需要有一种理论的支撑。有的是从儒学本身产生一些对于封建王朝而言的"异端"，如王充；有的是回到先秦诸子中去寻找一些思想的资源，如《庄子》就经常成为他们的选择；同时，佛教也成为选择的一个重要方面。相当一部分有思想的文人，当他们疏离、批判统治思想的时候，就从佛教里寻找依据。生活在明中晚期的李卓吾是一个非常典型的例子。明中晚期是中国社会激烈动荡的时期。中国古代有三个思想活跃、个性解放时期：一次是先秦，先秦诸子；一次是魏晋南北朝，特别是魏晋；还有一次就是明中晚期。明中晚期思想解放的旗帜就是李卓吾。他是非常富有个性特点的人物，他在思想解放方面做的事情主要在两个方面：一是批判虚伪的道学，特别是对于禁锢人们思想的道学的权威地位猛烈抨击；另一个是对当时正在新兴的市民经济阶层，作为代言人提出了一些新的观念。李卓吾的代表著作叫《焚书》，他说我这个书出来之后肯定要被统治者所不容，要把它烧掉，但是我相信还会流传下去。《焚书》里百分之七十的篇章都和佛教有关系，也就是说他从佛教里得到了很多思想武器，用来反对当时居于统治地位的道学，特别是所谓"伪道学"。他的《童心说》，提出很大胆的观点，说"《六经》《语》《孟》，道学之口实，假人之渊薮"。《六经》指儒家的经典，和《论语》《孟子》一起成为当时官方意识形态的支柱。可是李卓吾说这些书是道学家欺骗舆论的工具，也是产生伪君子的根源——你看他的胆子大不大？

李卓吾所提倡的是童心。那么"童心"是什么？他说是"最初一念，绝假纯真之本心"。关于童心是什么，学界也有不同的看法，一般认为它直接的源头是从孟子那里来的，这当然不无道理。但从更直接的意义上看，它和佛教的关系更为密切。这里所说的"童心"，与生俱来，本来清净，进入社会生活后就遭到了污染，这其实就是佛教——特别是禅宗，所宣扬的"佛性"。

他把这样的观点用于文学批评，就有与众不同的见解。比如说李卓吾评点《水浒传》，非常欣赏鲁智深，欣赏李逵。这个倒还不奇怪，奇怪的是，他说鲁智深和李逵是什么人呢？他随文批了好多"佛""真佛""活佛"的字样。鲁智深和李逵是"佛"，什么意思？李卓吾认为，他们表现的是一种真性情，是不虚伪的，是摆脱了一切伪饰的本性袒露。可见李卓吾的思想和佛教有相当密切的关系，并从中得到新颖的理论武器。

龚自珍也是如此。龚自珍有一首诗，说得比李卓吾还直接："儒但九流一，魁儒安足为。"就是说，儒家不过是诸子百家的一家而已，为什么一定要把它当成一个绝对、至高无上的、唯一的权威呢？

他又写道："西方大圣书，亦扫亦包之。""西方大圣书"就是佛经。他的意思是：佛经内容比儒家的内容要广泛，它可以推翻很多儒家的观点，又可以包容它。当然，这个观点可能不全面，但是龚自珍作为一个思想解放的先驱，反对居于统治地位的封建观念，要去找新的思想资源、思想武器，到哪里找呢？从佛教里去找，在当时条件下，无论如何是有积极意义的。这就是我们讲的第二个方面：很多有进步倾向的、思想活跃的、富有个性的文人，批判僵化的封建思想的时候，往往从佛教得到启发，找到理论武器。

第三个方面的表现，就是在文学艺术创作当中，佛教给了不少作家灵感或是思路——无论是诗、词、文，还是小说、戏曲等等，可以说是举不胜举。咱们就说《水浒传》里鲁智深这个形象吧。有一个很奇怪的现象，大家一想鲁智深花和尚就是莽汉，倒拔垂杨柳，可是《红楼梦》里有一段薛宝钗看戏的情节，薛说她最喜欢的一段曲文是什么呢？是鲁智深的一段自述，就是那段《寄生草》，道是"赤条条来去无牵挂"。薛宝钗，淑女的典型，为什么会欣赏鲁智深的一段唱词，这中间的契合点在哪里？实际上鲁智深这个形象，我们细想一想，绝不是一个简单的武夫的形象。我们读《水浒传》，哪一个人物让我们感觉最痛快？就是鲁智深。一方面伸张正义，有自己的理念；另一方面无所束缚，做了和尚也可以喝酒，也可以吃狗肉，也可以把亭子打倒，也可以把金刚砸毁，是一个非常放纵个性、张扬个性的人物形象。

有意思的是，在晚明很多文人都很欣赏鲁智深。李卓吾评《水浒》，大段的文字说"只有鲁智深才是真正的活佛，那些个闭眼合掌的和尚，一辈子也成不了佛"。那么鲁智深这样一个独特的形象从何而来呢？我们研究下去，就知道和佛教、佛经有非常密切的关联。

早期的鲁智深的形象是很简单的，比如在早期水浒故事中，关于鲁智深就是三两句话：一个造反的、反叛的僧人，然后什么都没有了；元杂剧里的鲁智深也没有太多思想文化的内涵。现在的鲁智深形象究竟是怎么形成的？通过比较可以知道，他确确实实受到佛教典籍的直接的影响。《五灯会元》所记狂禅的代表人物——天然和尚，为人行事与鲁智深颇多相似之处，也就是说，《水浒》作者在重塑鲁智深形象的时候，头脑里是有天然和尚的影子的，所以就在一个武夫身上增加了这方面的色彩。曹雪芹笔下的薛宝钗正是敏锐地觉察到了这一方面。

我们再举一个例子，苏东坡的《题西林壁》诗："横看成岭侧成峰，远近高低各不同。不识庐山真面目，只缘身在此山中。"小学课本解释说这首诗告诉我们认识事物要全面，不要片面地看。这当然也不算错，但只是表面意义而已。这首诗写出来之后，有名的诗人黄庭坚说，这首诗真是不得了，他说苏东坡"于般若——就是佛学的一个重要范畴——了解甚深，横说竖说，皆得真谛"。黄庭坚认为这首诗的内涵很深厚。近代的诗人陈衍说，这首诗里有新思想，未经人道过。那么，它到底深在何处？又与佛教有什么关联呢？至少有一点，它除了"远近高低各不同"之外，还有后面两句，"不识庐山真面目，只缘身在此山中"，这里面有很多深刻的人生况味、哲理在里面。王国维有一首词，后面有两句，跟这个很像。他说"欲开天眼觑红尘，可怜身是眼中人"，大意是说我们要超脱现实的局限进行客观观照，要对人生的真谛有透彻的了解，可是我们可能彻底地超脱吗？当你观察的时候，你本身其实就处在被观察的对象之中。这是一种人生的困境。诗句的意义还有一个方面，就是你要认识这个世界的真实面目，可是它的绝对的真实何在？康德认为这是做不到的，有个此岸和彼岸的悬隔。马赫讲我们感知的世界只能是自己感觉的复合体。现代物理的量子力学也讲"测不准"，因为我们的任何一种观测都是一种干扰，绝对的客观至少现在看来还是有相当难度的。从这个意义来说，苏东坡的《题西林壁》大概就不简单是小学课本所说的这种意思。那么这个和佛学有什么关系？和佛教有什么关系？研究苏东坡的人指出，佛教有名的经典《华严经》里有两句偈语，是说"种种差别如沙数，平坦高下各不同"。前一句说在这一微尘里，世界还是很丰富，大大小小的各种区别，就像恒河沙数那样无量多的区别；"平坦高下各不同"，这个句式和东坡的诗句很像。苏东坡的弟弟苏子由说过，说我们老兄，自从读了《华严经》，他的诗文都进入了一个新境界。所以，像这样一首诗，不管是直接的，还是间接的，它的哲理，它所展现的境界很可能和他的佛学修养有一定的关联。

不仅是苏东坡这样对佛教持友好态度的文士融佛入文，就是表面上排斥佛教的文人，由于所处社会文化的浓郁佛教氛围影响，作品一样会出现佛门印记。例如最著名的道学家朱熹，为了儒家的思想一统，他是攘斥佛、道的。可是我们来看他的一首诗："胜日寻芳泗水滨，无边光景一时新。等闲识得东风面，万紫千红总是春。"这后面的两句，禅悟的味道就很浓。当然，也有憎恶佛教的文人，通过文学创作来排佛，也是对文学一种影响，像清中叶的长篇小说《野叟曝言》。

不过，在大多数情况下，中国古代文人进行文学的、艺术的创作时，佛学、佛经里的境界及佛的思想往往给他们一些启示，使得他们的作品显得更深邃、更丰富。

关于佛教和中国文人的关系，我就简单地介绍这么一些情况。

我想这是一个饶有兴味的问题，而且是相当复杂的问题。因为佛教、佛学本身十分复杂，而在各个历史阶段的传播与影响也是局面不一，士人的接受又随其经历与处境的不同而变化多端，我们今天只是"窥豹于一斑"，而且是点到为止。有兴趣深入探讨的朋友，我们再找机会吧。

阿忆：好，谢谢陈教授。下面咱们看看凤凰网网友对您的提问。

第一位网友叫做"305 的猫头鹰"，他说，我曾在您的《小说的宗教文化意义》一文中读到，"小说自其构成这个词语之初，就背上了'小'的限定，古代小说一两千年之间总被视为浅俗之物，难登大雅之堂。20 世纪以来，小说终于翻了身，成为文学四体之一，被堂堂正正地写进了文学史，成为学者研究的对象"。但让猫头鹰不明白的是，21 世纪到来的时候，小说竟让卫慧、绵绵等人占了上风，古代小说被视为浅俗之物，难登大雅之堂，而卫慧的小说竟是登了大雅之堂，其实那才是浅俗之物，因而危害极大。陈校长，您还有心思研究古代佛法，还不赶快批评批评这些猥亵的所谓"美女作家"！——这话说得很重。

陈洪：对这个问题，我有点抱歉了。因为有关卫慧的争论情况我知道一些，但是她的小说我没有读。这有两个原因：一个是术业有专攻，我的专业不在此；另一方面我的其他事情多一点，没有时间读。所以，我的发言权不是很够。但我毕竟和其他一些朋友谈及过这个问题。小说这个事情，本身就带有两面，古代小说也有相当一部分格调比较低下，或者文学的层次不是很高。我这本书说"浅俗之下的厚重"，什么意思呢？说的是并不排除作为一种通俗的读物，它是有很浅俗的一面，但是作为一种文化的现象，我们从中可以读出很多意义，内涵可能是很丰厚的。就像卫慧这样的"美女作家"，即使我们不喜欢她的作品，但是为什么在这个时代出来这种作品，而且流行？她给我们的文化启示可能也是相当多的，是值得研究的。

阿忆：您给我说一个启示是什么呢？

陈洪：你这个追问很厉害。我想比如说是不是和现在浮躁的社会风气、社会心理有关？另外，是不是也和所谓的后现代的价值取向有一定的关联？从中可以折射出这样的一些问题，作为一种典型的例证、个案，是不是它有这种文化的、认识的价值？当然，这不是论断，只是推测，因为我毕竟没有读她的作品。

阿忆：下一位网友叫"锡东刀客"，他说："我小时读吴承恩的《西游记》，最恨的就是唐僧。长大了以后看周星驰的《大话西游》，对唐僧更是恨上加恨，恨不得把他碎尸万段。可是，我就是不明白为什么无论是吴承恩还是周星驰，非要把历史上堂堂正正的玄奘，编排成一个迂腐到可气地步的和尚，是不是知道人家反正没有后代，无法控告咱们侵犯名誉权？陈教授作为文学批评家，您认为有必要通过歪曲唐僧来增加《西游记》的艺术性吗？"

陈洪：这个事儿也是太复杂了，如果吴承恩坐在对面，我可以和他讨论。

阿忆：您就假装我是吴承恩。

陈洪：好，假装您是吴承恩，我有一个学生的博士论文要做的就是《西游记》的传播和演变，其中就是要从《西游记》之前，一直做到《大话西游》和《悟空传》，说在不同的时代，故事和人物形象是如何在变化，而这个变化又如何折射出了不同时代的特点。关于唐僧这个形象，我想里面有这样的一个问题，就是为什么在很多小说，特别是古代的通俗小说里都要有被戏弄的、被嘲笑的和尚的形象？这是很普遍的，不单是一个唐僧而已。就是民众，特别是小市民，他们对于宗教有一种嘲谑的内心冲动，他需要把它丑化，要把神圣拉到地面上来。在这方面，应该说唐僧被丑化的程度是比较低的，他在道德上仍然很自律，无非就是迂腐而已。

阿忆：所有的女人都不近身。

陈洪：小说它要流传，要迎合民众的心理，需要这样一个形象。另一方面，它的主角是孙悟空，作为艺术表现它要有一个对立面，假如唐僧也是一个高手，也是一个神通广大的人物，两人就顺色了，没法表现。再一个方面呢，唐僧这类形象，在不同的小说里，他是一种人物范型。唐僧和《水浒传》里的宋江实际很有可比性，还有《三国演义》里的刘备，都是表面上处在舞台中间，是一个很正大的、道德的典范，但是被艺术化处理之后，我们从心理上不喜欢他，这是一类人物。所以和历史上的原型没有关系了，他是一种艺术创作所产生的人物形象。

其实，我们还可以这样看：历史上那个既虔诚自律又勇于奋斗的玄奘，在进入文学世界时，被艺术地一分为二，裂解为虔诚自律的唐僧和勇于奋斗的孙悟空——这样处理原型与人物的例子在中外文学史上是可以举出若干的。

阿忆：吴承恩坐在这里是顿开茅塞，可能我当时就真是这样想的。

观众：您今天讲的主题是"佛教与中国文人"，但是我听起来，好像你说的大多都是佛教对中国文人的影响。是否中国文人在不知不觉当中也影响了佛教在中国的传播与发展呢？

陈洪：刚才这些杰出的文人，他们的这些表现，所言所行，在很大程度上已经影响了佛教在中国社会上的传播、发展进程。除此之外，大家知道佛教分成好几支，南传佛教、北传佛教、藏传佛教，佛教的发源地在印度，而印度在 13 世纪之后，佛教基本上已经灭绝了，所以佛教在最近一千年来，真正的中心是在中国。而佛教在中国化的过程当中，僧人们起了很重要的作用，文人也起了相当重要的作用。比如最具有中国特色的佛教的宗派——禅宗，基本上文人和僧人起的作用各占一半。再比如说，刚才我提到净土宗，它的理论著作中，柳宗元的著作就被收入他们的典籍当中。袁中郎也做过《西方净土论》，也被视为净土宗重要的理论著作。中国文人无论在日常活动当中，还是在专门的、专业的层面上，都对佛教有相当的影响，所以，就形成了有中国特色的佛教和佛学。

观众：您刚才谈到了鲁智深，我想这个可以算作佛教文化对文学作品的正面影响，那么有没有相反的例子呢？

陈洪：我只讲了这个问题的积极的一面，因为这一面通常被人们忽视，当然，问题很复杂，肯定有消极的一面。无论是思想上，还是作为人生的一种选择上都有消极的一面，创作当中也有消极的一面。《西游记》里有一个非常独特的妖魔的形象，和各种的妖怪都不一样，就是牛魔王。大家细想一想，牛魔王和别的妖怪哪里不一样呢？第一它有一个非常完整的家庭、朋友的圈子：有大太太、二太太，二太太还是"外宅"的形式；有弟弟，有儿子，有好朋友，有结拜兄弟；然后它又好气、又好酒、又好色，非常富有俗人的气息。这个形象还有一个独特点，就是最后它被降服的情节也很奇特，是被如来派出十万"佛兵"降服，之后化为一只大白牛，"牵归佛前交旨"。没有任何一个妖怪是这样的。"大白牛"这个形象在佛教里有着非常重要的象征的意义，比喻一种超脱，得到一种解脱，比如说"乘大白牛车"，是比喻使人脱离苦海的佛法等等。佛教里关于牛的描写很多，牛车、牧牛等，都有修身养性、脱离欲海的意思。所以牛魔王这个形象，它的一种深层的含义，是比喻一个沉沦在欲海里的凡夫最后被解脱，被救拔出来。当然，这个含义我们通常读不出来的，只读着牛魔王这个形象觉得很有意思，给人留下深刻的印象。也就是说你如果是对佛教有一定了解的人，会读出深刻的含义，如果你一点不了解，它就只是个生动的文学形象。我觉得这样的效果就是比较成功的。

可以和它做比较的，同时代还有一部长篇小说叫《西洋记》，一百多万字，写郑和下西洋，其中主角也是一个高僧，有点像玄奘加悟空，中间也降服了一个青牛精。写青牛精，把佛教关于牛、牧牛、白牛的象征意义的大段文字，一字不差地抄进来了，但是作为文学形象并不成功，作为一般的读者，我们大家现在都已经不知道它。所以如果把佛教、佛经或者其他很教条、很理念的东西，作为文学创作的指导，生吞活剥直接塞进去，肯定不会成功。我想这可以说是反面的例证。

阿忆：听完您这个讲话，我开始喜欢牛魔王了。

观众：您刚才讲到佛教对于古代中国文人来讲已经不是一种纯粹意义上的宗教信仰，而是演化为一种人生的哲学、思想批判的方式、乃至一种艺术创作的手法，那么这个意义上的佛教，对于今天的读书人来讲，意义又何在？我还想问，您作为一位知名的中国文人，在半个多世纪的风雨人生中，佛教对您的影响又在哪里？

陈洪：这个问题真是单刀直入。"单刀直入"这个词也是禅宗里的词，也就说这个问题很锋利、很尖锐，不是很好回答的。我想时代在变化，传统意义的佛教直接地对于今天多数的中国读书人，或者广义的中国知识分子来说，肯定不是像古代的佛教和文人的这种关系了。说现在的一个科学家，他一定要去读两部佛经，这几乎是不可能的事情，一般来讲也没这个必要——有物理学家，从佛学里看到了与量子力学相通的地方，那属于别有会心。而作为一种纯粹的宗教问题，这不是我们今天讨论的问题。但是时代在变化，宗教也在变化，20 世纪初有名的僧人太虚法师，就提出了"人间佛教"这样的一种观念，后来有很多的门下弟子或者再传弟子，无论是在佛教的发展上，还是在佛教对社会所做的贡献上，都做出了很多可以印合时代节拍的事情。

我今天为什么要讲这个题目呢？第一，对于我们的民族文化传统，它的丰富性、复杂性，我们应该有充分的认识，不能简单化来看；其次，涉及宗教、文化，它的传承、批判、扬弃和发展都是一个很复杂的问题，如果我们把它理解得透彻，处理得好，对于新时期的文化建设是会很有好处的。

第二个问题，我不是一个教徒，我不信佛教，也不信道教、基督教，但是我对各种宗教文化现象都有浓厚的兴趣，在研究中都受到过多方面的启示，无论对我的学术修养还是对人生体认上，都有或多或少的益处。我认为，不同的文化之间，不同的信仰之间，彼此首先要尊重，敬人者然后人敬之，然后要尽量地相互了解、理解。要化文明冲突为文明互补——当然，谈何容易啊！

观众：说到"文明互补"，我想起《西游记》一类的书中，常常讲到"三教合一"，你怎么看这种说法？

陈洪：中国有一道相当独特的文化景观，就是所谓"三教合一"。日前我到南岳衡山。衡山对于佛教与道教都是重要的"圣地"。五岳之说本就与道教的神仙体系密切相关，而"南岳门下"更是禅宗一条极为重要的支脉。所以，在衡山同时看到两教的内容，是有思想准备的。

但是，我还是吃了一惊。在衡山脚下的南岳主庙中，南岳的主神道装而称"菩萨"。更为不可思议的是，大主庙套小庙，衡岳的道观之中，西侧一溜摆开是八座佛寺，与东侧八座道观（观中观）对应而和谐。同行的外国朋友不解地问："他们的主张一样吗？他们信奉的神一样吗?"我一时语塞。

其实，这种情况非常普遍，只是一般没有达到这样的程度罢了。记得当年去武当，过了财神庙将到金顶的路旁，有一个别院，其中一座敞殿，平行地供奉着吕祖和观音。至于少林寺的壁画为二十四孝图，更是见怪不怪的事情了。

这种情况，在满世界嚷嚷着"原教旨"的时候，更显出它的独特，以及某种好处。

关于这种现象的原因，研究思想史、宗教史的朋友早有诸多高论。一般归结于华夏宗教的和平本性，甚至有直接把佛教定义为"和平宗教"的。这肯定有其合理性，但又不尽然。因为历史上佛道争胜、攘斥佛老的事情也不算太少。一般未酿成大的冲突的原因，除却教义具有一定的兼容性外，往往是统治者的控制政策与控制力度起到关键的作用。另一个原因是一般信徒——也就是在家的信众，大多是在一种含混的宗教心理支配下烧香、祷告、做法事，对教旨教义不甚了了，也兴趣不大。

这两点，往深处再探究，就要涉及民族性格的大问题了，那不是几句话就能说清楚的。

对于这样一道富有民族特色的文化景观，历代的读书人也贡献了他们的才智与创造力。最早通过写作《牟子理惑论》而提出三教殊途同归的牟子，就是一个博览群书的士人。融会儒家经典、老庄之说与佛学于一体，写出伟大的《文心雕龙》的刘勰，虽然晚年剃度，但主要身份还是一个士人。《文心雕龙》中，儒、释、道的思想因子也是并存不碍的。唐宋之后，直接撰文谈论三教会通、三教合一的士人，更是不可胜数。

究其原因，除却民族性格之类的"大帽子"，还有两个因素也应注意。一个因素是，凡这一类的文人都是读书多而杂，同时自负为"通人"，所以喜欢显示自己见地高于庸常。另一个因素是，他们把追求用世的儒学、关注生命本身的道家与道教和关心彼岸的佛教，当作处理不同境遇的工具，工具不同而用舍在我。正是这种实用理性指向了三教融通。

由于士人的加入，三教合一的观点就在更高的层面和更大范围里被传播、被丰富。李白一生对道教兴趣甚浓，被人们称作"谪仙人"，可是他又自诩"金粟如来是前身"。杜甫一生抱怨"儒冠多误身""乾坤一腐儒"，可是晚年却向往"七祖禅"。苏东坡就更不要讲了，一篇《前赤壁赋》，你很难分说哪些成分是道，哪些成分是佛，哪些成分是儒。对于这一文化过程，影响更大的是在雅文化与俗文化的结合部，也就是通俗文学。文人写定的《西游记》，在共时的维度上，描绘了三教共存的世界图景，几乎成为了以后的三、四百年间人们想象天上世界的先验指南。《封神榜》则从历时的维度进行描绘，影响虽不及《西游记》，却也非同小可。我在台湾花莲的一座佛寺中，看到殿堂的装饰雕刻竟然都是《封神榜》中的故事——虽然《封神榜》对佛教的态度不甚友好。在阿里山的玄武大帝庙里，大殿的装饰画非常多，都是小说的故事，像三顾茅庐、鸿门宴之类。

还有一种情况是读书人后来出了家，他们往往把自己的"合一"见解带到教门之内，其影响力有时也是相当大的。如明清之际的大画家八大山人，身份先是文士，后来遁入禅门，在临济与曹洞之间"串门儿"，然后又蓄发入道，再后来干脆还俗娶妻生子。他自己的创作与言行都是耸动一时的，这种态度对社会的影响可想而知。

这种宗教态度的长处是很显然的：通达，避免偏执，更不会有十字军东征之类的宗教战争。但是，信仰与实用过于紧密地结合在一起，对于精神世界的建立、对于行为的终极性约束，可能带来的问题也是不容小觑的。

阿忆：好吧，话题有点越扯越远，可我们的时间已经没有了。在节目结束时，我请陈教授在他这本书上题一句话。

谢谢，他给我题的一句话是非常有佛性的文学家王维的一句诗："回看射雕处，千里暮云平。"

1999 年 11 月

第一章

士僧交游说略

佛教与文学的关系，主要通过僧徒与文士的交往而建立。柳宗元指出：

> 昔之桑门上首（即高僧——今按），好与贤士大夫游。晋宋以来，有道林、道安、远法师、休上人，其所与游，则谢安石、王逸少、习凿齿、谢灵运、鲍照之徒，皆时之选。①

而黄宗羲则讲：

> 唐人之诗大抵多为僧咏……可与言诗，多在僧也。②

其实，这种现象并非哪一代所特有。自两晋至晚清，僧俗间酬唱之作充斥于各类诗集，诗翁们与僧徒相游处的轶闻趣事散见于历代的稗史、笔记，可谓不胜枚举。这种交往，多数并非深契于佛理，而是缘于诗文之相投。但也有些诗人诚心皈依莲台，如王维、白居易等。对这种关系，古人评价不一，而以韩愈与柳宗元的争论最有代表性。

---

① 柳宗元：《送文畅上人登五台遂游河朔序》，《柳宗元集》，中华书局，1979 年，第 667 页。此释文畅与柳宗元、韩愈均有交往。
② 黄宗羲：《平阳铁夫诗题辞》，《南雷文定》三集卷一，清康熙刊本。

一

　　韩愈、柳宗元同为古文运动领袖，又都在中唐诗坛别开生面，卓然成家。二人彼此钦重，有很深的交谊。但对于佛教，他们的态度截然相反。柳宗元的亲友长辈多有信佛者，使他自幼便受熏染，自称"知释氏之道且久"。后遭贬谪，心灰意冷，越发留意于空门，而困顿中，委实得到不少僧人的敬重、爱护，更增进了他与僧人间的友谊。韩愈恰恰相反，一生"志与僧法为敌"（汤用彤语），为反佛几乎送掉性命，深为后世儒生所叹服，有"蹂释老于无人之境"的赞语（皮日休语）。于是乎，两个朋友间的争论便不可避免了。

　　贞元十九年，韩柳同在京城长安为官。柳宗元的旧识文畅和尚找上门来，自称将游历东南，临行请诗坛名流们赋送别之作。柳欣然命笔，并代向韩愈说项，请韩也来凑趣，当时为文畅作诗的有权德舆、白居易、吕温、张祜等，号称"得所序诗累百余篇"。大约是盛情难却吧，韩也写了一篇《送浮屠文畅师序》。数年后，他在《送文畅师北游》中这样形容文畅求序的情状："昔在四门馆，晨有僧来谒"，"从求送行诗，屡造忍颠蹶"，"谓僧当少安，草序颇排诋。上论古之初，所以施赏罚。下开迷惑胸，瘃豁斫株橛。僧时不听莹，若饮水救渴。"完全是一派居高临下、教导训诲的姿态。此事虽未在韩柳间爆发争论，但分歧已是显而易见。

　　数年后，柳宗元谪居永州，有隐逸之士元集虚来访。柳为其作《送元十八山人南游序》，肯定了他贯通三教的努力，并含蓄地批评了对佛教"怪骇舛逆"的"学者"。韩愈见到这篇序文，大不以为然，便写信责备柳。柳宗元不肯接受指责，借《送僧浩初序》作半公开的答复，其文曰：

> 儒者韩退之与余善，尝痛余嗜浮图言，訾余与浮图游。近陇西李生础自东都来，退之又寓书罪余，且曰："见《送元生序》，不斥浮图。"浮图诚有不可斥者，往往与《易》、《论语》合，诚乐之。其于性情奭然，不与孔子异道……①

又过了十年左右，韩愈诗中重提此事。他贬潮州路上遇到元集虚，赠诗云："吾友柳子厚，其人艺且贤。吾未识子时，已览赠子篇。""赠子篇"即指柳《送元十八山人南游序》。看来，当年柳宗元的直言抗辩并没有影响二人的友谊，但也没有改变各自对佛教、僧徒的态度。

柳宗元在永州、柳州时，均与僧人关系密切。他以待罪之身安置永州，初到时无处居住，只好借居于古庙龙兴寺，一住数年。这期间，与住持重巽结下了友谊。重巽是天台宗中兴名僧湛然的再传弟子，兼修禅、净，佛学上有很深的造诣，被柳宗元推崇为"楚之南"的第一人。重巽给柳以各方面的照顾，柳宗元也很尊敬他。柳宗元居住的西厢房原来光线较暗，便在西墙开了一扇窗，室中顿见光明。他为此作《永州龙兴寺西轩记》送给重巽，借题发挥，表示愿意借助佛理打开心灵之窗。重巽自采新茶送给柳宗元，柳作诗感谢云：

芳丛翳湘竹，零露凝清华。复此雪山客，晨朝掇灵芽。

---

① 柳宗元：《送僧浩初序》，《柳宗元集》，中华书局，1979 年，第 673 页。

蒸烟俯石濑，咫尺凌丹崖。圆方丽奇色，圭璧无纤瑕。

呼儿爨金鼎，余馥延幽遐。涤虑发真照，还源荡昏邪。

犹同甘露饭，佛事熏毗耶。咄此蓬瀛侣，无乃贵流霞。①

诗中描写重巽采茶的形象，超尘脱俗如在仙境。"甘露饭"则用《维摩诘经》的典故：佛以满钵饭与维摩诘，饭香普熏毗耶离城，以及三千大千世界。柳宗元这样写，既赞美了重巽茶叶之非凡品，又暗示自己与他的友谊建立在深契佛理的基础上。

在永州，与柳宗元交往的僧人还有浩初、文约、元暠、文郁、琛上人等，其中特别应该提出的是浩初。浩初是衡山龙安寺如海禅师的弟子，元和三年到永州为其师向柳宗元求写碑文，柳写下那篇著名的《送僧浩初序》。后柳宗元为他赋诗二首，其一为《浩初上人见贻绝句欲登仙人山因以酬之》：

珠树玲珑隔翠微，病来方外事多违。

仙山不属分符客，一任凌空锡杖飞。②

其二为《与浩初上人同看山寄京华亲故》：

海畔尖山似剑铓，秋来处处割愁肠。

① 柳宗元：《巽上人以竹间自采新茶见赠酬之以诗》，《柳宗元集》，中华书局，1979 年，第 1136 页。
② 柳宗元：《浩初上人见贻绝句欲登仙人山因以酬之》，《柳宗元集》，中华书局，1979 年，第 1172 页。

若为化得身千亿，散上峰头望故乡。①

飞锡、化身，都是佛门用语。二诗借佛典而抒情写意，圆融无痕，历来为论者称道。

韩愈虽然以辟佛著称于世，但也不免与僧人交游。他与柳宗元的区别在于交游的目的与态度。《韩昌黎集》中赠诗往来的僧人有文畅、澄观、惠师、灵师等七人，所赠诗多有训诫的味道。另外还有《送高闲上人序》等文章，也有劝其"反正"意思。而贾岛本为僧人（法号无本），后还俗参加科举，原因之一就是与韩愈交游受到了影响。然而，尽管如此，韩愈还是因与僧人的游处受到批评。他被贬潮州时结识了僧人大颠。大颠俗姓杨，是石头希迁禅师的法嗣，初居于罗浮山，后为潮州灵山住持。韩愈因潮州地方偏僻，寂寞无友，便召与相谈。结果流言纷纷，以致他不得不专门作文"辟谣"：

> 有人传愈近少信奉释氏者，此传者之妄也。潮州时有一老僧，号大颠，颇聪明，识道理。远地无可与语者，故自山召至州郭，留十数日，实能外形骸，以理自胜，不为事物侵乱。与之语，虽不尽解，要且自胸中无滞碍。以为难得，因与来往。及祭神至海上，遂造其庐，及来袁州，留衣服为别，乃人之情，非崇信其法，求福田利益也。②

但这并没有使流言平息下去，反而越演越烈，后来又有《与大颠第

---

① 柳宗元：《与浩初上人同看山寄京华亲故》，《柳宗元集》，中华书局，1979 年，第 1146 页。
② 韩愈：《与孟简尚书书》，《五百家注昌黎文集》卷十八，《四库全书》集部二别集类一。

一书》《第二书》《第三书》传流世间。信的内容和《与孟简书》的自述差不太多，大意称穷居僻壤，寂寞愁闷，请大颠破除畛域偏见，过往一谈。千余年来。关于这几封信的真伪，聚讼纷纭，欧阳修、苏东坡、朱熹、杨慎、胡应麟等都参与到争论之中，迄今仍是未了公案。有的说是僧人伪造，败坏韩愈名声；有的说是韩愈自为，白璧微瑕。与此公案相关，《五灯会元》又有韩愈同大颠谈禅的记载。一次是韩愈问大颠年纪，大颠先后以举数珠、叩齿作答，愈终不解。另一次是韩愈请教治州方略，大颠默然。愈不解，侍者敲击禅床三下，说："先以定动，后以智拔。"韩愈得悟，大叹服。这似乎可断作黠僧所造。但这些事的真伪并无关紧要。因为韩愈自己没有否认与大颠的往来，而且明白称赞其"能外形骸，以理自胜"。况且统观韩愈一生，他虽站在维护儒学道统的立场猛烈抨击佛教，但与僧人往来还基本是友好的，有时甚至很尊敬对方。大颠之外，他对颖师的琴艺也佩服之至，在《听颖师弹琴》中写道："嗟余有两耳，未省听丝篁。自闻颖师琴，起坐在一旁。推手遽止之，湿衣泪滂滂。颖乎尔诚能，无以冰炭置我肠。"极力渲染自己受到的感情震荡。以致后世腐儒不能理解，认为韩愈此诗为捧场之虚套。

要之，从韩愈、柳宗元的争论以及各自与僧人交游的情况看，至少可以得到三点启发：1. 文士与僧众的交游是很普遍的现象。文畅南游便向近百名诗人索稿，辟佛如韩愈者亦不免于往来，柳宗元贬谪时栖身于僧舍，如是等等，都可见一时之风气。2. 诗人们身处逆境时与僧人往来尤多。这一方面由于自身情绪低落，失望颓丧而容易接受佛理，另一方面也因为僧众与世俗利害关系疏远，炎凉之态较轻，正如柳宗元所讲："凡为其道者（指出家为僧——今按），不爱官，不争能，乐山水而嗜闲安者为多。吾病世之逐逐然唯印组为务以相轧也，则舍是其焉从？吾之好与浮图游以此。"3. 僧侣中确有重交谊、有识见者，在诗人困窘时给予安慰，甚至千里相访，不以炎凉易态，与俗世成明显对比，从而获得了诗人们的尊敬（当然，并不是没有相反的情况，如上述之文畅就好名近俗，简直有"打抽丰"之嫌）。

二

韩柳之争的是非以及韩愈《大颠书》的真伪引起了后世读书人的关心，考证、评论连篇累牍，甚至还有好事者自拟为当事人卷入争论，如宋人王令作《代韩退之答柳子厚〈示浩初序〉书》，据儒辟佛，反复申斥柳宗元之非，洋洋千余言，而今天看来，并无高论。不过，这反映了自中唐到宋初，儒生文士对佛教问题的严肃认真态度。而宋中叶以后，这种态度渐渐起了变化，诙谐、玩世的因素渗入其中，并膨胀起来。关于苏东坡与僧人交游的种种趣闻，就显示了这一趋向。

苏东坡最密切的佛门知交就是参寥。参寥，法名道潜，俗姓何，为杭州智果寺住持。本人擅长作诗，与苏氏兄弟、秦少游等都有深厚的友谊。苏东坡任杭州通判时，不知为什么，参寥并没有去拜谒这位父母官。而当苏调任徐州太守时，这位诗僧始北上相访。林语堂在《苏东坡传》中解释："参寥自己也是大诗人，个性高超。不愿意沾名钓誉，"所以当苏任职杭州时，"他只远远望着苏东坡，默默敬仰他。"参寥对苏东坡确是敬仰万分的。东坡去世后，他作挽词十余首备诉衷情，赞誉东坡"经纶等伊吕，辞学过班杨""雅量同安石，高才类孔明"，其中特别提到东坡与僧侣的交游：

> 当年吴会友名缁①，尽是人天大导师。
>
> 拔俗高标元自悟，妙明真觉本何疑。
>
> 篮舆行处依然在，莲社风流固已衰。
>
> 它日西湖吊陈迹，断桥堤柳不胜悲。②

而苏东坡也把参寥当作诗苑知己，称赞其作品"新诗如玉屑，出语便清警"。他著名的论诗之作就是《送参寥师》，略云：

> 欲令诗语妙，无厌空且静。静故了群动，空故纳万境。
>
> 阅世走人间，观身卧云岭。咸酸杂众好，中有至味永。
>
> 诗法不相妨，此语当更请。③

他与参寥间的诗歌往来颇多，如他的名作《百步洪》即赠参寥，而参寥的《读东坡居士南迁诗》《次韵东坡居士过岭》，也深见知己情谊，如前一首：

> 居士胸中真旷夷，南行万里尚能诗。
>
> 牢宠天地词方壮，弹压山川气未衰。
>
> 忠义凛然刚不负，瘴烟虽苦力何施。

---

① 原诗自注：大觉、海月、辩才。
② 释参寥：《东坡先生挽词》，《参寥子诗集》卷十一，《四库全书》集部三别集类二。
③ 苏轼：《送参寥师》，《苏轼诗集》，中华书局，1982年，第905页。

往来惯酌曹溪水，一滴还应契祖师。①

在苏东坡两次贬谪生涯中，都感受到参寥不渝的友情。这与柳、韩的情况相似。而由于东坡的个性及时代氛围两方面的原因，这种友情还别有特色。在二人初见于徐州时，苏东坡就大开其玩笑，酒席宴上令歌妓向参寥求诗。而参寥才思敏捷，当即赠妓一首：

底事东山窈窕娘，不将幽梦嘱襄王？
禅心已作沾泥絮，肯逐春风上下狂！②

东坡的玩笑带有恶作剧的性质，而参寥的诗作却很机智，既巧妙地阐述了佛理，又含蓄地回敬了东坡一下。据说苏东坡很是佩服，尤其欣赏"沾泥絮"二句，赞叹道："予尝见柳絮落泥中，谓可入诗料，不意此老收得，可惜也。"

苏东坡与其他僧人游处同样充满了戏谑，如见玉泉禅师，禅师问："尊官高姓？"他回答："姓秤，乃称天下长老底秤。"禅师便大喝一声，然后问："且道这一喝重多少？"东坡被问倒，便与禅师结下了友谊。更典型的事例是苏东坡与佛印的交往。东坡身后，文人墨客也罢，市井细民也罢，谈起他的轶闻趣事，大半与佛印有关，甚至上述那首参寥的赠妓诗也被移到佛印名下。而参寥反而少有提及——这大约是因为参寥与东坡之交毕竟较为严肃。

关于佛印的身世有种种传说，如谓他本为儒生，名谢端卿，与

---

① 释参寥：《读东坡居士南迁诗》，《参寥子诗集》卷九，《四库全书》集部三别集类二。
② 释参寥：《子瞻席上令歌舞者求诗戏以此赠》，《参寥子诗集》卷三，《四库全书》集部三别集类二。

苏东坡友善。在宋神宗设斋祈雨时，苏助谢化装为侍者，以便偷看一下皇帝御貌。不料被神宗看中了谢的容貌，诏令其剃度为僧。至于称其为佞臣李定的同母异父兄弟等，多半为小说家言。比较可信的讲法是，佛印为浮梁人氏，法名了元，曾住持于镇江金山寺，后驻锡于杭州。

苏东坡与佛印的交往是宋代（主要是南宋）说话艺人深感兴趣的题材。今存《东坡居士佛印禅师语录问答》就是艺人"说参请"的话本，内容大体分三类：二人嘲戏之词及谈诗论文、参禅悟道之语，而以嘲戏为主。如佛印讽刺东坡："不悭不富，不富不悭；转悭转富，转富转悭；悭则富，富则悭。"东坡答道："不毒不秃，不秃不毒；转毒转秃，转秃转毒；毒则秃，秃则毒。"又如东坡携眷游湖，见佛印水边捉蚌，便嘲曰："佛印水边寻蚌（谐音"棒"——今按）吃。"佛印应声回答："子瞻船上带家（"枷"）来。"谈诗则如《联佛印松诗》。佛印窗前松枝被风吹折，吟成一联："龙枝已逐风雷变，减却虚窗半日凉。"请东坡续作。东坡立成二句："天爱禅心圆似镜，故添明月伴清光。"论禅之语亦庄亦谐，如二人游山，东坡问："此为何山？"佛印："此为飞来峰也。"东坡："何不飞去？"佛印："一动不如一静。"东坡："若欲静，来作么？"佛印："既来之，则安之。"又如，东坡问佛印："观音念佛时称颂何种佛号？"佛印回答："念观音之号。"东坡："自己念诵自己名号何用？"佛印："求人不如求己。"很显然，这大半为虚构之词。从其中的世俗气息来看，当成于书会才人之手。这部《语录问答》（也题作《问答录》）广为流行，至明末又被冯梦龙改写成拟话本《佛印师四调琴娘》，收入《醒世恒言》。究其原因，正在于它的世俗气息。

宋代以东坡、佛印交游为题材的话本还有两部"小说"——

《苏长公章台柳传》与《五戒禅师私红莲记》。《章台柳传》写苏东坡与妓女章台柳的感情纠葛，而把佛印穿插于始终。关于东坡与佛印的友谊，《传》中借东坡之口交代："此僧与我至交，我前任翰林院学士，他住持大相国寺，每日与我联诗酌酒。不想我贬黄州，此僧退了大相国寺，又去住甘露寺，又与我相交。今除在此做太守，他又退了甘露寺，来此住持灵隐寺，又与我交。"这一故事突出苏东坡的诗人身份，与佛印之交全在饮酒赋诗的情节中表现。如二人同为妓女赋诗，东坡诗云：

> 章台杨柳不禁风，虑恐风吹西复东。
> 且与移来庭院内，免教攀折路岐中。

佛印诗云：

> 带烟和雨几多标，惹恨牵愁万种娇。
> 欲识章台杨柳态，请君先看柳眉腰。[1]

东坡的诗"色迷迷"，佛印则是一副"花和尚"面孔，这自然合于市民们的口味。而后文更进一步，写了文士与僧人们的诗酒会，主题是为妓女题诗。与会者有苏东坡、秦少游、佛印及辩才长老、南轩长老，三僧各作艳词一首，俱为"袅娜舞腰""他人风月"之类。此种情节虚多实少，不过也有一定的认识价值：一则反映了文士与僧侣确有频繁交往，小说才能构设出这样的诗酒会；二则可见当时人

---

① 《苏长公章台柳传》，《宋元小说话本集》，中州古籍出版社，1987年，第253页。

们心目中苏东坡与僧人交往时的谐谑情调。

相比之下，《红莲记》的世俗气息与佛教宣传意味都要更浓一些。作品讲的是高僧五戒与明悟为道友，五戒一时把持不住，与寺中养女红莲犯了淫戒，羞愧之下坐化而去。明悟恐其迷失本性，便随之圆寂，一起投胎转世。五戒即为苏东坡，明悟即为佛印。二人诗文相交，而苏东坡在佛印启发下了悟前因，"敬佛礼僧"，"得为大罗天仙"，佛印"为至尊古佛"。写和尚犯淫戒，是市民文学的"热点"内容，把这个风流"罪名"安到苏东坡头上，却未免有几分滑稽。而究其初始，东坡命参寥赠歌妓诗当为"风起于青萍之末"时，所以他背上这一冤枉"罪名"，也可说是咎由自取了。这篇小说也写到诗人与僧人的交往："（东坡）与佛印并龙井长老辩才、智果寺长老南轩，并朋友黄鲁直、妹夫秦少游，此人皆为诗友。"比起《章台柳传》，又多了个黄庭坚。

《红莲记》迎合了市民阶层的口味，在元明清三代影响甚大，冯梦龙改写后收入《古今小说》。另外，《绣谷春容》的《东坡佛印二世相会》，《燕居笔记》的《红莲女淫玉禅师》（或作《东坡佛印二业相会传》），《警世奇观》的《两世逢佛印度东坡，相同寺二智成正果》，也都由此衍生。戏曲说唱也纷纷取作素材，宝卷、陶真、院本、杂剧、传奇、短剧都有演述这一故事的作品。此事对东坡虽属诬妄，却间接反映了封建社会后期诗人与僧徒交游的世俗性。

三

尽管苏东坡与僧人的关系时杂谐谑，但由于他的名气、影响至大，所以后世佛徒仍然极力拉作"护法"——何况，东坡中年以后也确有认真皈佛的表现（苏辙称他"后读释氏书，深悟实相"），如《五灯会元》便把他与白居易同列为南岳怀让禅师的法嗣。

就"佛缘"而言，苏、白并列事出有因。二人青年时都有疑佛谤僧之举，中年后皆皈依佛门，且广交僧友。而二人仕途经历又有若干巧合，以致东坡自认为是乐天转世。故参寥有诗："自谓前身真白傅，至今陈迹尚依然。"《西斋净土诗》："香山社里白太傅，龙井山中苏翰林。"今天看来，白居易与佛门的"因缘"同样具有某种代表性，值得注意。

青年时代，白居易对佛教持矛盾态度。他十八岁结识了正一上人，有诗歌往还。二十八岁时，他在洛阳遇到凝公，交谈之后十分敬佩，便向其请教佛学心要。凝公赠他八个字：观、觉、定、慧、明、通、济、舍。白居易自称"入于耳，贯于心，达于性"。三年后，法师圆寂。白就此八字作《八渐偈》，并"升于堂，礼于床，跪而唱，泣而去"，极尽哀悼敬重之情。但时隔不久，他在著名的政论《策林》中却提出了坚决辟佛的主张：

> 僧徒月益，佛寺日崇，劳人力于土木之功，耗人利于金宝之饰，移君亲于师资之际，旷夫妇于戒律之间。古人云：一夫不田，有受其馁者；一妇不织，有受其寒者。今天下僧尼不可胜数，皆蚕农而食，待蚕而衣。臣窃思之，晋宋齐梁以来，天下凋弊，未必不由此矣。[①]

---

① 白居易：《策林六十七》，《白居易集》，中华书局，1979年，第1367页。

这种矛盾情况在青年士人中比较多见。辟佛是所受儒家教育的结果，也与强烈的功业欲望有关。与僧游处则是点缀风雅的小玩艺儿。待到人生种种困厄临头后，思想的天平才真的向佛教一边倾斜过去。

白居易贬谪江州后，时从佛典中求心理平衡，自称"禅功自见无人觉，合是愁时亦不愁"，"为学空门平等法，先齐老少生死心"。与僧人的交游也渐多。他一度居住在东林寺内，与果上人等结为香火社。待改授忠州刺史时，竟恋恋不舍如别故乡。这一段时间里，白居易结识了很多僧友。东林寺香火社共十八人，如释朗、释满、释晦等，俱有诗歌酬答。三年后，他奉诏入京。回忆起旧游不胜感慨，有诗云：

> 一别东林三度春，每春常似忆情亲。
>
> 头陀会里为逋客，供奉班中作老臣。
>
> 清净久辞香火伴，尘劳难索幻泡身。
>
> 最惭僧社题桥处，十八人名空一人。①

长庆二年，白居易到杭州做刺史，与僧人往来更加频繁，自称"此处与谁相伴宿，烧丹道士坐禅僧"。七年后，他以太子宾客分司东都洛阳，捐俸重修城外香山寺，致仕后，便与僧人如满等在其中结香火社，长居寺中不还。白居易对佛教无比虔诚，把自己的诗文集抄写四份，一份家藏，其余分别藏于圣善寺、东林寺、南禅院，发愿"以今生世俗文字放言绮语之因，转为将来世世赞佛乘、转法

---

① 白居易：《春忆二林寺旧游，因寄朗、满、晦三上人》，《白居易集》，中华书局，1979年，第404页。

轮之缘也"。与苏东坡不同的是，白居易与僧人来往时一派严肃认真之态。他虽与僧人有诗歌唱酬，但瞧不起皎然、灵澈一类的诗僧。他赞许的是"为义作，为法作，为方便智作，为解脱性作，不为诗而作"的僧"诗"。他在《题道宗上人十韵》中明确表达自己这一观点：

> 如来说偈赞，菩萨著论议。是故宗律师，以诗为佛事。
>
> ……
>
> 旁延邦国彦，上达王公贵。先以诗句牵，后令入佛智。
>
> 人多爱师句，我独知师意。不似休上人，空多碧云思。①

道宗为普济寺高僧，与很多显贵有诗文往来。白居易认为这是"以诗为佛事"。而诗中提到的"休上人"为南朝诗僧汤惠休，诗多绮语，便遭白居易摒斥。唐代诗人与僧人交好者多矣，如王维、刘禹锡、李贺等，但如此崇信佛理，主张用诗作传教工具的，却只有白氏一人。无怪乎后世佛门弟子纷纷把他列名于莲台之下。

白居易还自觉地创建了一种生存模式——"中隐"，其基本思路与佛教关系甚为密切。他的《中隐》诗云：

> 大隐住朝市，小隐入丘樊。丘樊太冷落，朝市太嚣喧。
>
> 不如作中隐，隐在留司官。似出复似处，非忙亦非闲。
>
> 不劳心与力，又免饥与寒。终岁无公事，随月有俸钱。
>
> 君若好登临，城南有秋山。君若爱游荡，城东有春园。

---

① 白居易：《题道宗上人十韵》，《白居易集》，中华书局，1979年，第470页。

君若欲一醉，时出赴宾筵。洛中多君子，可以恣欢言。

君若欲高卧，但自深掩关。亦无车马客，造次到门前。

人生处一世，其道难两全。贱即苦冻馁，贵则多忧患。

唯此中隐士，致身吉且安。穷通与丰约，正在四者间。①

白居易这种"中隐"观念的核心就是把现实的物质利益与理想的精神追求结合起来，"鱼与熊掌兼得"。这样一种人生模式与佛教的影响有直接的关系。白居易的《和梦游春诗一百韵》有一篇长序，可以说是认识这一点的钥匙：

> 微之既到江陵，又以《梦游春诗七十韵》寄予，且题其序曰："斯言也，不可使不知吾者知，知吾者亦不可使不知。乐天知吾也，吾不敢不使吾子知。"予辱斯言，三复其旨，大抵悔既往而悟将来也。然予以为苟不悔不悟则已，若悔于此则宜悟于彼也。反于彼而悟于妄，则宜归于真也。况与足下外服儒风，内宗梵行者，有日矣。而今而后，非觉路之返也，非空门之归也，将安反乎？将安归乎？今所和并序者，其章旨卒归于此。夫感不甚则悔不熟，感不至则悟不深。故广足下七十韵为一百韵，重为足下陈梦游之中所以甚感者，叙婚仕之际所以至感者，欲使曲尽其妄，周知其非，然后返乎真，归乎实。亦犹《法华经》序火宅、偈化城，《维摩经》入淫舍、过酒肆之义也。微之微之，予斯文也，尤不可使不知吾者知，幸藏之云尔。②

---

① 白居易：《中隐》，《白居易集》，中华书局，1979年，第490页。

② 白居易：《和梦游春诗序》，《白居易集》，中华书局，1979年，第292页。

这是白居易自述贬官之后的思想转变。这篇序中反复言及的"悟"是什么呢？就是"觉路""空门""梵行"，换言之就是佛教之理。他把这种"觉悟"与两部佛经相联系，一部是《法华经》，一部是《维摩诘经》。《法华经》有所谓"法华七喻"，"火宅喻"与"化城喻"是其中的两个。"火宅喻"讲现实世界的危险，"化城喻"讲现实世界的空幻。白居易在仕途失意时自然而然地接受了这样的观念。至于"《维摩经》入淫舍、过酒肆之义"，就直接涉及了我们上述的话题。

白居易对《维摩经》有着特殊的兴趣，诗歌中多次提到，如《自咏》中"白衣居士紫芝仙，半醉行歌半坐禅。今日维摩兼饮酒，当时绮季不请钱"，又如《宴坐闲吟》中"愿学禅门非想定，千愁万念一时空"，"宴坐""非想定"是出自《维摩经·弟子品》的佛典。特别是《内道场永谦上人就郡见访，善说〈维摩经〉。临别请诗，因以此赠》中的"正传金粟如来偈，何用钱塘太守诗"，诗中的"金粟如来"即维摩诘居士的别称，而据《旧唐书》：(唐代宗)"令僧百余人，于宫中陈设佛像经行念诵，谓之内道场。"永谦上人当属"御前僧人"之类。白居易的"维摩兴趣""中隐"范式，与僧众影响的关系可见一斑。

白居易还曾与义林法师深入讨论《维摩经》的义理，尤可见对于这部经典的浓厚兴趣。他还在《苏州重玄寺法华院石壁经碑文》中极力赞美道"解脱，莫极于《维摩经》"。而《维摩经》的核心观点就是"不舍道法而现凡夫事"，也就是主张在修习佛法的同时，仍然可以像普通人一样生活，一样实现各种物欲。据《维摩经》的描述，维摩诘自己"住佛威仪，心大如海"，有极高的修养、不可思议的神通，却是生活在红尘之中，"有妻子"、"有眷属"、"服宝饰"、

"获俗利"，甚至"入诸酒肆"、"至博奕戏处"、"入诸淫舍"。

"凡夫"与"道法"相调和，正是白居易建构"中隐"合理性、正当性的基石。

四

宋代士人与僧侣来往尤多，如王禹偁、杨亿、黄庭坚、陈师道等都与禅门渊源很深。

杨亿是宋前期西昆体的代表人物，他与安公大师、谅公大师、广慧元琏禅师等交好，《五灯会元》把他列入临济宗，为南岳怀让门下十世弟子。他同谅公参禅，问道："两个大虫相咬时如何？"谅答："一合相。"杨道："我只管看。"同广慧参禅，问道："布鼓当轩击，谁是知音者？"慧答："来风深辨。"杨道："凭么则禅客相逢只弹指也。"慧曰："君子可人。"他的证道偈语比较有名，道是："八角磨盘空里走，金毛狮子变作狗。拟欲将身北斗藏，应须合掌南辰后。"这是从北涧禅师偈语"六月一日后，八角磨盘空里走。……金毛狮子解翻身，无角铁牛眠少室"中化将出来的。磨盘生角而飞空、狮子变狗、向南寻北斗，都是大不合理之事，比喻在言语道断、思维路绝中禅境方可出现。

黄庭坚也被列入临济宗，为黄龙祖心禅师的法嗣。他与僧人交游甚广，参禅悟道的僧友有圆通秀禅师、死心新禅师等，谈诗论文则以惠洪、灵源等较为著称。秀禅师曾劝诫他不要作艳词，否则将堕入地狱。黄不仅"由是绝笔"，而且作《发愿文》，"痛戒酒色"。《五灯会元》记此事甚详，借以说明佛法诱化的力量。而事实上，黄庭坚并没有坚持多久，他在诗中多次提到破戒时的矛盾心理，读来颇有滑稽之感，如《酒渴爱江清》："廖侯劝我酒，此亦雅所爱。中年刚制之，常惧作灾怪。……谁能知许事，痛饮且一快。"《谢荣绪割獐见贻二首》："二十余年枯淡过，病来箸下剧甘肥。果然口腹为灾怪，梦去呼鹰雪打围。"所以惠洪称他为"情如维摩诘"，"乃檀越丛林之韵人也"。（意指黄山谷如同维摩诘，修为深湛，法力高强，但不戒酒色。）

唐宋两代之外，与僧人交好的诗翁也大有人在，如唐前的大诗人陶渊明、谢灵运，元明清的耶律楚材、王世贞、袁宏道、钱谦益、袁枚，作品中都留下了这方面的雪泥鸿爪。

陶渊明隐于浔阳时，与周续之、刘遗民号称"浔阳三隐"，经二人介绍，认识了净土宗始祖慧远法师。慧远倡议结成白莲社，有社员一百二十三名，今可考者十八人，世称为"十八高贤"。其中包括僧徒十二人，居士六人，刘、周皆在数内。据说慧远曾招陶入社，陶给慧远复信，称"弟子性嗜酒，法师许饮即往"，而慧远特为其破例。而谢灵运也是慧远的朋友，申请入社，但慧远因为他心乱难净而婉辞。可见慧远对陶渊明钦重之情。不过，《佛祖统计》《莲宗宝鉴》等佛门著述并没有记入陶渊明的名字。看来，此事很可能是后人出于对陶氏的崇敬而杜撰。陶渊明与慧远恐属于交游而非同道。陶诗《酬刘柴桑》（即刘遗民）云："山泽久见招，胡事乃踌躇？直为亲旧故，未忍言索居。"就反映了这种交游产生的心理矛盾。

耶律楚材是元初名相，曾辅佐成吉思汗、窝阔台等，政绩卓著，诗也写得很好，尤其描写军旅生活、域外风光，生动雄奇，胸襟不凡。他曾跟从曹洞禅的大宗师万松行秀参禅三年，得到印可，号

"湛然居士"。对行秀禅师十分崇拜，赞美其佛学修为："机锋罔测，变化无穷。巍巍然若万仞峰，莫可攀仰；滔滔然若万顷波，莫能涯际。瞻之在前，忽焉在后，回视平昔所学，皆块砾耳！"在随成吉思汗远征西域时，耶律楚材特意寄信，请行秀禅师评唱天童正觉的名作《颂古百则》。万松行秀完稿后，楚材为之作序刊行。开了颂古评唱法门之先河，在禅宗史上是重要的一页。耶律楚材的集子名《湛然居士集》，足见游处佛门在他一生中的重要性。

两千余年间，文学家中对佛学用力最勤、成就最高的可能要首推龚自珍。他一生保持着对佛教浓厚的兴趣，晚年著名的组诗《己亥杂诗》终篇以"忽然搁笔无言说，重礼天台七卷经"作为 315 首的结束（"天台七卷经"即《法华经》），可见佛学在其心目中的位置。龚自珍一生花了很大力气深究佛理，而与佛门中人交游却不是特别多。比较集中的是在他三十三岁时，丁母忧家居，一则心忧，一则有闲，于是与佛门中人频繁往来，并共同校刊了宗密的《圆觉经疏略》。当时交游的主要佛门人物有红螺寺的彻悟禅师，还有释慈风、居士江沅、居士钱林、居士贝墉，还有贵为王公的容斋居士裕恩。据光绪间的《定庵先生年谱》，江沅是龚自珍学佛的"第一导师"，而慈风和尚在相宗理论方面、钱林居士在教律方面都对他有所教益。彻悟禅师禅净双修，对他的影响也很大。这就与以往士僧交游偏于闲情逸致大不相同了。定庵之外，明清两代著名文人王世贞、李卓吾、袁宏道、金圣叹、王夫之、蒲松龄、曹雪芹、谭嗣同等也各具"佛缘"，后文还要谈到，这里就不一一例举了。

五

　　文士们与僧人交游，闲情逸致之外，探究佛理有所得者，虽不多见，但却属于缁素之间最强固的联系纽带。

　　李贺诗云："《楞伽》堆案前，《楚辞》系肘后。"自言其失望于人生，到佛学与诗歌中寻求寄托。从李贺的作品及有关材料看，他对佛学只是浅尝泛览，"堆案前"似有夸张。但这两句诗将佛学经典与诗集并列相连，却无意中说出了一个事实：中国文士中颇有潜心释理、在佛教义学与文学创作上同样有所成就的人物。

　　这方面的人物首推谢灵运。谢灵运为刘宋时代的著名诗人，在钟嵘的《诗品》中，被誉为五言诗的三代领袖之一，"才高词盛，富艳难踪"。他写了不少佛教题材的文章，而影响最大的是《与诸道人辨宗论》。这是一篇以答问形式写成的论文，首列本人对顿悟成佛说的看法，然后针对僧人法勖、僧维、慧骥、竺法纲、慧琳的反复质疑进行答复，说理透辟如剥茧抽丝，是阐释佛理的上乘之作。由于顿悟是当时佛教义学研究的尖端问题，谢灵运的论文又是对竺道生新理论的阐发，故引起了广泛的注意。不仅僧俗二界都有人以书信形式同他继续讨论，而且竺道生本人也对此文深表肯定，认为"都无间然"。

　　要了解谢灵运的观点，须先对这个问题的理论背景稍作介绍。大乘佛教以觉悟成佛为修行目标，但对达到目标的方式存在"渐"与"顿"的不同看法。竺道生之前，在我国以渐悟说居主流地位，顿悟说虽有却不彻底。竺道生是一个勇于创立新说的人物（"生公说法，顽石点头"就是他演说新见解时的神异情景——当然，只是传说而已），他提出了"理不可分，悟语造极"的观点，主张觉悟是不分阶段一次实现的。此说一出，争论即起，谢灵运便以《辨宗论》加入这场讨论之中。

谢灵运的主要理论建树有两点：1. 顿悟说是吸取儒、释二教各自的长处融汇而成，同时又避免了二者固有的不足，因此是圆满的理论；2. 分析中土与印度文化传统的异同，指出"华人易于见理，难于受教"，而"夷人易于受教，难于见理"，故顿悟说适应中土文化传统。这对于后世的"三教合一"理论及禅宗顿悟说都有积极的影响。甚至今天研究中国佛教之特质，也可从中受到一定的启发。

有趣的是，谢灵运的山水诗大多有一个哲理的小尾巴，但几乎全为老庄之说。他对佛学虽有相当造诣，却很少融之入诗。只是在上刑场所作的《临终诗》结尾略有涉及。诗云："送心正觉前，斯痛久已忍。""唯愿乘来生，怨亲同心朕。"这是不是可以理解为生死关头的"顿悟"呢？

唐代是佛学大盛时期，门派并起，大德辈出。很多文士也对佛理产生了浓厚兴趣，佛教题材的诗文空前增加。禅宗六祖慧能的碑文分别出于大诗人王维、柳宗元、刘禹锡之笔，便可见一时风气。但唐代诗人的佛学研习多与李贺的水平相似，可以"浅"、"泛"二字概括。能深入繁复的名相义理之中，有独到见解者，不啻凤毛麟角。在这种情况下，柳宗元的《东海若》一文就分外引人注目了。

《东海若》是一篇寓言体的小品文，但"久为净土宗奉为重要文献"（太虚法师：《中国佛教》）。文中讲东海之神若得到两个瓠瓜，开玩笑地分别剖开一个洞，取出瓢子，灌入海水与粪便蛔虫，再塞住洞口，投入大海。日后又见到这两个瓠瓜。其中一个，里面的浊水以大海自命。若告诉它："海是又大又深又清洁又光明的，你只是大海所弃的一滴而已，又狭小又阴暗又臭腐，自称为海，岂不又可怜又可羞吗？你要是羡慕大海的话，我就为你冲去污秽，使你回到大海之中。"浊水生气地说："我本就与大海相同，何必求你？我自有本性在，污秽、狭小、幽暗并不能改变我海的本性，而这污秽、狭小、幽暗也是海的自然构成。你走开吧，不要来扰乱我。"另一个瓠中之水却哭着恳求道："我早已痛恨这种情况，只是不知还可以改变。现在茅塞顿开，请您救我吧！"于是若打破这个瓠瓜，将水中污秽荡去，使水复归于大海。而另一个瓠瓜中的浊水只能与粪秽混处一起了。现有两个学佛的人，同出于佛性之海，却被尘俗迷失了本性，困于五浊、三有、无明之中。其中一人反有得色，自称："即我即佛。五浊三有与佛性之海同属空幻，既然无差别存在，我何必离开自身去外求呢？"另一个则说："我久有脱弃尘俗之心，只是能力不够。"于是，觉悟者为他讲西方净土的情况，教他以念佛三昧修行，终于得到佛的怜悯，把他接引到净土极乐世界。而另一个人则堕入畜道，挣扎于苦海。这种情况类似于前面讲的两个瓠瓜的故事。

很明显，这是宣扬净土宗的宗旨与灵验。至于那执迷不悟的粪水及困于尘俗者，却影射禅宗——特别是接续慧能一脉的越祖分灯禅。文中把禅宗的主要理论观点——我即是佛、行住坐卧尽属修行、自性自度等——皆作为批判对象。反禅宗是柳宗元一贯的态度。他在《龙安海禅师碑》《送琛上人南游序》等文中便再三抨击禅宗，称其"颠倒真实，以陷乎己，而又陷乎人"，"是世之所大患矣"。而在《永州龙兴寺修净土院记》中则大讲净土宗的理论，并断言"其言无所欺也"。

在佛教各宗派中，净土宗的理论色彩最淡，浅而近俗，故下层民众最易接受。而至明清佛教充分通俗化时，净土宗又一枝独秀。

柳宗元是思辨力很强的人，其哲学论文《天说》等以观点深刻冠绝当时。他为什么笃信净土宗而深恶禅宗呢？其原因主要有三点：1.柳宗元贬永州时，交往最多的重巽法师为净土宗高僧；2.此时净土宗处于"别禅之净"的阶段，善导、怀感等净土大师均有痛斥禅宗之文存世；3.柳宗元本人为一理想主义者，对理想化的"极乐世界"宁信其有，对近于市井生活方式的方便禅自然持鄙夷态度了。这三点中，前两点为外因，后一点才是决定性的。若和同时代另一位大诗人白居易的态度相比较，这一点就可以看得更清楚些。

白居易晚年也是净土宗的虔诚信徒。为宣扬净土宗旨，捐俸三万钱，请画工按《阿弥陀经》与《无量寿经》的描述，画《西方世界图》一部，高九尺，宽一丈三尺。有所谓"净土诗"云："余年七十一，不复事吟哦。看经费眼力，作福畏奔波。何以度心眼？一句阿弥陀。"在《绣西方帧赞》一文中，他虔诚地宣扬净土之说：

> 从是西方过十万亿佛土，有世界号极乐，以无八苦四恶道故也。其国号净土，以无三毒五浊业故也。其佛号阿弥陀，以寿无量，愿无量，功德相好光明无量故也。……有起心归佛者，举手合掌，必先向西方；怖厄苦恼者，开口发声，必先念阿弥陀佛。[1]

他对"净土"的迷信与柳宗元并无二致，但他并不党同伐异。他自青年时代便对佛教有兴趣，后来和禅宗、法华宗等都有密切接触。即使到了晚年，犹作《读禅经》，诗云：

---

[1] 白居易：《绣西方帧赞》，《白居易集》，中华书局，1979年，第1476页。

须知诸相皆非相，若住无余却有余。

言下忘言一时了，梦中说梦两重虚。

空花岂得兼求果？阳焰如何更觅鱼。

摄动是禅禅是动，不禅不动即如如。①

此诗深得禅宗"出语成双，尽成对法"的窍要，无怪乎《五灯会元》称他"久参佛光得心法""通幽洞微"。但在当时的佛学界，这种"空花岂得兼求果"的观点与净土真有观是矛盾的。白居易与柳宗元不同，对禅与净土，他采取的是"鱼与熊掌兼得"的态度。这除去早年禅学修为较深的原因外，白居易与柳宗元个性的差异也是应该考虑的因素——柳耿介，故执一端而排其余；白圆通，故不妨兼容而并蓄之。

宋代诗人对佛教的兴趣集中于禅。而禅贵悟不贵学，主张"文字之外，以心印心"。因此长篇义理之作较少。但谈禅则重机锋，故宋人语佛多机智语。前文谈到苏东坡与玉泉皓禅师的切磋便可见一斑。他的论佛之文也体现出类似的特色。东坡青年时志大气盛，对僧徒"慢侮不信"，尤深恶以机锋、口舌炫世的俗僧。他自称曾专门研究其惑众炫世的模式，找到破解的方法，"游四方，见辄反复折困之，度其所从遁，而逆闭其途"，看到僧人们理屈词穷、"面颈发赤"，而又不能发火的窘态，心中得意非凡（《中和胜相院记》）。中年以后，多历沧桑，所以对佛教的态度也发生了很大变化。特别是在黄州、岭南两次贬谪期间，僧徒给了他不少关怀与安慰，佛教也

---

① 白居易：《读禅经》，《白居易集》，中华书局，1979 年，第 716 页。

成为他渡过难关的重要心理支柱。黄州城南有安国寺，东坡隔一两天必去，"焚香默坐，深自省察，则物我相忘，身心皆空……一念清净，染汙自落，表里翛然，无所附丽"。就这样，早去晚归，坚持了五年，足见其深得禅趣，也可见用心之诚。

东坡长于哲理思辨，青年疑佛侮僧即与此有关。而中老年皈佛礼僧后，这一素质便体现于所作佛门文字中。总体来讲，他对佛教宗派没有明显的倾向性。正如对儒、释、道兼取并容，力图"一以贯之"一样，他对佛学也是取其义理，而略其枝节皮毛。如读《金刚经》，特别留意于"一切贤圣，皆以无为法，而有差别"的观点，进一步推演出如来与舍利弗，乃至百工贱技等，在修行、学习的境界方面，迹异而神同，都须"无心无求"才能进入最高的成熟境界。这已近乎借题发挥了。他读《维摩诘经》，则别出心解。经中讨论"不二法门"问题，诸菩萨发表意见后，文殊师利请维摩诘谈看法，"维摩诘默然无言"，而文殊极口称赞道："善哉，善哉！乃至无有文字语言，是真入不二法门。"维摩诘的"默然"和文殊的赞叹历来受到推崇，认为是领悟佛理的最高境界。苏东坡在《石恪画维摩颂》中却讲：

> 我观三十二菩萨，各以意谈不二门。
>
> 而维摩诘默无语，三十二义一时堕。
>
> 我观此义亦不堕，维摩初不离是说。
>
> 譬如油蜡作灯烛，不以火点终不明。
>
> 忽见默然无语处，三十二说皆光焰。[1]

---

[1] 苏轼：《石恪画维摩颂》，《东坡全集》卷九十八，《四库全书》集部三别集类二。

这是运用佛学的"双遣"法，语执为非，默执亦非，真正的圆融境界是语、默齐致，触物无碍，语得默而彰，默得语而明。显然这种见解比起一味赞叹"默然"来，更富于思辨的色彩。

由于个性的原因，苏东坡学佛与白香山的态度也不相同。白的目的性（往生净土）太强，而苏则比较超然，完全是一派"我转《法华》"的气派。因而，他既写了很多严肃、虔诚的佛门文字，又颇有一些玩笑之作——这是东坡学佛的特色所在。如他发明了一道素菜，名之曰"东坡羹"，"不用鱼肉五味，有自然之甘"。应纯和尚向他讨教烹调方法，他便作一颂相问：

> 甘苦尝从极处回，咸酸未必是盐梅。
> 问师此个天真味，根上来么尘上来？①

因为这道菜不过油，故称"天真味"，但又须"揉洗数过，去辛苦汁"，故并非本味。所以东坡借佛学"六根"、"六尘"之说来戏问之。又如他作《禅戏颂》，就"吃净肉破戒否"的问题和僧人开玩笑，得意洋洋地写道："大奇大奇，一碗羹，勘破天下禅和子。"甚至在一些严肃的文章中，东坡也透露出几分玩世的味道。如《胜相院经藏记》，写为释宝月的大宝藏施舍事，自称"无有毫发可舍"，只好把语言文字之"业"舍掉，自此以后，搁笔不写云云。这些话即使不是故意开玩笑，也是绝不可当真的。

明代佛学虽不及唐宋发达，但在家居士的佛理研究却超过了唐宋。宋濂、李卓吾、袁中郎、王宇泰、屠隆、焦竑等都有很深的造

---

① 苏轼：《甘苦尝从极处回》，《东坡全集》卷九十八，《四库全书》集部三别集类二。

诣，而王学从禅门得到孳乳，更是延续百年的思想文化现象。这些游心佛禅的人中，诗作与佛学同臻一流的，当首推袁中郎。袁中郎（宏道）与兄宗道、弟中道同称雄于诗坛，世称"三袁"，民间传说乃"三苏"转世，中郎前身即为东坡。其说虽谵妄，但以"佛缘"来看，二人行事确多相似之处。而中郎一生服膺东坡，称颂其文"惊天动地""洪钟大吕"——这大约是传说的起因吧。

袁中郎青年时留心于禅，受李卓吾影响很深，故论禅时狂傲自负，道："仆自知诗文一字不通，唯禅宗一事，不敢多让。"他以《华严》的事理无碍、事事无碍论来讲禅悟门径，在《与曹鲁川书》中讲："禅者，定也；又禅代不息之义。……既谓之禅，则迁流无已，变动不常，安有定辙……要知佛之圆，不在出家与不出家；我之圆，不在类佛与不类佛；人之圆，不在同我与不同我。通乎此，可以立地成佛，语事事无碍法界矣。"其中以"动"说禅，以《华严》无碍之境证禅，都有独到之处。

中年以后，袁中郎归心于净土法门。三十二岁那年秋天，他编撰了《西方合论》。这本书被选入《净土十要》，是净土宗的重要论著。中郎在自序中讲：

> 余凡十年学道，堕此狂病。后因触机，薄有省发，遂简尘劳，归心净土。礼诵之暇，取龙树、天台、智者、永明等论，细心披读，忽而疑豁。既深信净土，复悟诸大菩萨差别之行，如贫儿得伏藏金，喜不自释。会愚庵和尚、平倩居士谋余裒集西方诸论，乃宗古德要语，勒成一书，命曰《西方合论》。[①]

---

① 袁宏道：《西方合论引》，《大正新修大藏经》诸宗部四，T47n1976，p388。

而明善在跋语中则更明确揭示了此书宗旨:"净土玄门,失阐久矣。……《西方合论》一出,然后知净土诸经,的与《华严》、《法华》不分优劣,可破千古群疑矣。伏愿见闻此论者,广破邪疑,直开正信,揭净土之心灯,照尘劫而无尽。"净土宗本有修为简易而理论薄弱的特点,袁中郎此举就是要加强净土宗的理论色彩,以期与华严、天台诸宗抗衡。此书虽为编集,但也可看出袁氏皈依净土后的理论倾向,即透过宗门禅而融通教律,以华严、禅悟之语来阐净土之理,这在净土宗的理论建设上是有独特贡献的。有趣的是,袁氏三兄弟此时都迷恋于净土,中郎编书刊行,兄长袁宗道为作长篇《西方合论叙》。《叙》中假借兄弟辩论禅净优劣来弘扬净土,其中说到中郎观念、态度的转变:

> 石头居士少志参禅,根性猛利,十年之内,洞有所入,机锋迅利,语言圆转,寻常与人论及此事,下笔千言,不蹈祖师语句,直从胸臆流出,活虎生龙,无一死语。遂亦自谓了悟,无所事事。虽世情减少,不入尘劳,然嘲风弄月、登山玩水,流连文酒之场,沉酣骚雅之业,懒慢疏狂,未免纵意。如前之病,未能全脱。所幸生死心切,不长陷溺,痛念见境生心,触途成滞,浮解实情,未能相胜;悟不修行,必堕魔境,佛魔之分,只在顷刻。始约其偏空之见,涉入普贤之海;又思行门端的,莫如念佛。而权引中下之疑,未之尽破。及后博观经论,始知此门原摄一乘,悟与未悟,皆宜修习。于是采金口之所宣,扬菩萨之所阐明,诸大善知识之所发挥,附以己意,千波竞起,

万派横流，诘其汇归，皆同一源……遂亦发心归依净土。[①]

这样详细地介绍宗教思想转变过程的文字，十分罕见，对于研究晚明的宗教生态，研究当时的社会思潮，都是非常有价值的材料。而小弟袁中道则以更有文学色彩的方式为两个兄长"助威"。他写了《珂雪斋纪梦》，形象地渲染西方净土的美好景象：

万历甲寅冬，十月十五日。予晚课毕，微倦，趺坐榻上，形体调适。心神静爽。忽尔瞑去，如得定状。俄魂与魄离跃出屋上。时月色正明，予不觉飘然轻举，疾于飞鸟。云霄中见二童子，清美非常。其去甚驶，予不暇问，但遥呼予曰："快逐我来。"盖西行也。予下视世界，高山大泽、平畴旷野、城邑村落，有若垤土杯水、蜂衙蚁穴。予飞少坠，即觉腥秽不可闻，极力上振乃否……

予遂与二童子复取道，俄至一处，有树十余株，叶如翠羽，花作金瓣。树下有池，泉水汨汨。池上有白玉扉。一童先入，如往报者。一童导予入内。所过楼阁，凡二十余重，皆金色晃耀。灵花异草，拂于檐楹。至一楼下，俄见一人，下楼相迎，神情似中郎，而颜色如玉，衣若云霞，可长丈余。见予而喜曰："吾弟至矣。"因相携至楼上，设拜共坐。有四五天人，亦来共坐。中郎谓予曰："此西方之边地也。凡信解未成，戒宝未全者，多生此地。"……

中郎冉冉上升，予亦不觉飘然轻举。倏忽虚空千百万里，

---

① 袁宗道：《西方合论叙》，《大正新修大藏经》诸宗部四，T47n1976，p388。

至一处，随中郎下。无有日月，亦无昼夜，光明照耀，无所障蔽。皆以琉璃为地，内外映彻，以黄金绳，杂厕间错，界以七宝，分剂分明。地上有树，皆旃檀吉祥，行行相值，茎茎相望。数万千重，一一叶出众妙，花作异宝色。下为宝池，波扬无量，自然妙声。其底沙纯以金刚，其中生众宝，莲叶作五色光。池之隐隐，危楼迥带，阁道傍出，栋宇相承，窗闼交映，阶墀轩楹，种种满足。皆有无量乐器，演诸法音。大约与大小阿弥陀经所载，觉十不得其一秒一忽耳。予爱玩不舍，已仰而睇之，见空中楼阁，皆如云气上浮。中郎曰："汝所见净土地行，诸众生光景也。过此以上，为法身大士住处。甚美妙千倍万倍于此，其神通亦千倍百倍于此。"①

以一时文学领袖的身份，以纯然文学的笔法，表达一种"地道"的宗教观念，袁小修此作可算得是一篇奇文了。其中又把西方净土分为诸多等级，把中郎描写成一位引路人，都很有小说的味道。

19 世纪上半叶，是我国封建社会走向解体的关头，传统的思想统治也随之出现大的裂罅。那些探寻社会出路的有识之士中，不少人对佛学产生了浓厚的兴趣，企图从中发现新的思想支点。龚自珍、魏源便是如此。

龚自珍是清后期最重要的诗人，柳亚子称其诗为"三百年间第一流"。龚自珍幼习考据，长学公羊，同时又始终保持对佛学的热情。他自称"幼信转轮，长窥大乘"，而其好友魏源则说他"晚尤好西方之书（指佛学典籍），自谓造深微云"。他甚至明确把佛学置于

---

① 袁中道：《纪梦》，《珂雪斋集》外集卷十五，第 710 页，明万历四十六年刻本。

儒学之上，在《题梵册》一诗中写道：

> 儒但九流一，魁儒安足为？西方大圣书，亦扫亦包之。
> 即以文章论，亦是九流师。释迦谥文佛，渊哉劳我思。[1]

他对佛教的信仰是很虔诚的。母亲病逝后，他出资刊印《圆觉经略疏》，"愿以此功德"来消解母亲的"夙业"，使灵魂早至"净土"，并发愿将来与母亲、妻子"相见于莲国"。对于佛学方面的启蒙老师——江沅，龚自珍终生感激，多次在诗文中致谢，言称"千劫无以酬德"。江沅逝世，他作诗"祝其疾生净土"，以"师今迟我莲花国"相期。

龚自珍身处社会巨变的前夕，中西文化的碰撞已经开始，所以他在宗教方面的视野较前人开阔了很多。其有关著作中，不仅涉及了传统的佛教、道教问题，而且涉及藏密的历史、评价，甚至还谈到了基督教与伊斯兰教。而在佛教经典及藏密历史等方面，龚自珍以乾嘉学风所擅长的版本考索、材料比勘等方法进行研究，从而取得了前辈学人难以企及的成绩。光绪年间，吴昌绥作《定庵先生年谱》，其中"道光四年甲申三十三岁"条下集中记述了龚自珍习佛的经历：

> 好读内典，遍识额纳特珂克、西藏、西洋、蒙古、回部及满汉字，校定全藏。凡经有新旧数译者，皆访得之，或校归一

---

① 龚自珍：《题梵册》，《龚定庵全集类编》，中国书店，1991年，第409页。

是，或两存之，三存之。自释典入震旦以来，未之有也。①

"未之有也"是否夸张，难以遽断。但可以肯定的是，文士之中，对佛学用力如定庵之勤之深者，确乎是从所未见的。

龚自珍的佛学论著今存四十九篇，在其全部思想性论著中占很大比例。其中包括考订经文的《正译》七篇、《〈妙法莲华经〉四十二问》，论禅法的《定庵观仪》《通明观科判》，论判教的《最录禅源诸诠》《支那古德遗书序》，辨析佛学命题的《中不立论》《法性即佛性论》等，内容广泛，颇有深度。统观各篇，有以下三个鲜明的特点。

1. 判教严格，党同伐异的倾向很强。他宗天台之学，最重《法华经》，称为"经之王"，释迦、观音之下，最崇拜天台宗诸古德如慧思、智者、湛然、藕益等。对华严、贤首等教门，则取容蓄的态度。而对越祖分灯的南禅，则深恶痛绝，斥为"蛆虫僧"。在《支那古德遗书序》中，对南禅的"机锋""参悟""看话头""棒喝""教外别传"等顿悟法门，一一予以驳斥，然后指出：

> 晚唐以还，象法渐谢。则有斥经论用曹溪者，则有祖曹溪并失夫曹溪之解行者，愈降愈滥，愈诞愈易。昧禅之行，冒禅之名。儒流文士，乐其简便；不识字髡徒，习其狂猾。语录繁兴，伙于小说，工者用庚，拙者用谣，下者杂俳优成之，异乎闻于文佛之所闻。狂师召伶俐市儿，用现成言句授之，勿失腔

---

① 吴昌绶：《定庵先生年谱》，《龚定庵全集类编》，中国书店，1991年，第475页。

节，三日，禅师其遍市矣。①

所论虽稍觉偏激，然颇中后世伪禅之要害。定庵尽管主张"辟尽狂禅"，却仍尊礼慧能，多次论及慧能观点与天台教旨的相通，如《二十三祖二十七祖同异》中讲："予以天台裔人而奉事六祖，为二象一龛供奉之。我实不见天台、曹溪二家纤毫之异。"另外，他也不反对禅定止观，认为禅是"佛说六波罗密门之一门"，"千佛所胎息，三乘所劬劳，八教所筦钥，尽事禅也"。他习禅颇有体会，主张"其术至朴实平正也"。这基本是承袭了慧思、智者"定慧双修"的观点。

2. 敢于创新立论。《法华经》共有三种译本：西晋竺法护译《正法华经》十卷二十七品、姚秦鸠摩罗什译《妙法莲华经》七卷二十八品、隋阇那崛多译《添品妙法莲华经》七卷二十七品。自唐以还，秦本独行，少有异词。龚自珍将三种译本一起抹倒，根据自己的理解，整理出一种新本。新本由秦本删去七品（全书的四分之一），将剩余部分重新编排，分为前后两部，并作《〈妙法莲华经〉四十二问》《正译第一》《正译第七》申述理由。他认为所删部分中，有的"非佛语"，有的是不合体例，还有的属于"伪经之最可笑者。凡恫喝挟制之言，皆西竺蛆虫师所为也"。对一部号称"经之王"的权威性佛典大动手术，并发如此大不敬语，实在是惊世骇俗。他针对僧俗两界可能产生的指责，立誓曰："凡我所说，不合佛心……七日命终，堕无间狱，我不悔也。如我所言，上合佛心……见生蒙佛梦中授记，得阿褥多罗三藐三菩提。"表现出充分的自信。在《正译第五》中，对由来已久的《大般若经》译本真伪问题，也大胆地提

① 龚自珍：《支那古德遗书序》，《龚定庵全集类编》，中国书店，1991年，第51页。

出了独特的见解，断然肯定秦译，指唐译为"西土伪经"。

3. 长于思辨。无论考订经文真伪，还是阐发佛学命题，龚自珍都表现出严密的思维能力。特别在后一方面，他很熟练地运用因明三支比量来解决问题，如《中不立境论》："宗——今立中不立境。因——因何以故？曰：因佛恒依两边而说法故。喻——喻如一月中，以自朔至望十五日为前半月；以自望后一日至月晦日，凡十五日为后半月；中在何处？又喻一尺之棰，以五寸为半之长；又以五寸为半之长，折而为两，两头等长，中在何处？"逻辑清晰，表达简洁，深得因明学要领，历代文人能达此境地的凤毛麟角。

龚自珍的诸多佛学篇什，著述态度十分认真，学理深湛，对于研究他本人的思想、学术，以至于清代的学术流变，都是重要的材料。其中，《支那古德遗书序》表现的宗教思想，《发大心文》表现的菩萨誓愿与社会理想，《蒙古像教志序》对藏传佛教派别流变及各自宗旨的分析，尤见不凡的功力。魏源在编撰《皇朝经世文编》时，收入后者并赞许道："圣人神道设教，因地制宜，此亦国家控御抚绥之一大端也。"

龚自珍的诗作常常涉及佛理、佛语，如《西郊落花歌》《又忏心一首》《四言六事》《己亥杂诗》等。其中有直述佛理的，如"道场醲醁雨花天，长水宗风在目前，一任拣机参活句，莫将文字换狂禅"，即站在教门的立场批判南禅。也有描述个人修行体会的，如"佛言劫火遇皆销，何物千年怒若潮？经济文章磨白昼，幽光狂慧复中宵。来何汹涌须挥剑，去尚缠绵可付箫。心药心灵总心病，寓言决欲就灯烧。"这是他二十八岁所作，当为初习止观时心态的写照。还有一类为化佛语入诗境、融佛理于诗情的，如《西郊落花歌》：

西郊落花天下奇，古来但赋伤春诗。

西郊车马一朝尽，定庵先生沽酒来赏之。

先生探春人不觉，先生送春人又嗤。

呼朋亦得三四子，出城失色神皆痴。

如钱塘潮夜澎湃，如昆阳战晨披靡。

如八万四千天女洗脸罢，齐向此地倾胭脂。

奇龙怪凤爱漂泊，琴高之鲤何反欲上天为？

玉皇宫中空若洗，三十六界无一青蛾眉。

又如先生平生之忧患，恍惚怪诞百出难穷期。

先生读书尽三藏，最喜《维摩》卷里多清词。

又闻净土落花深四寸，瞑目观想尤神驰。

西方净国未可到，下笔绮语何漓漓？

安得树有不尽之花更雨新好者，

三百六十日长是落花时。①

借助佛典，定庵于习见的落花伤春题材中翻出新意、拓开新境，写天女散花，净土以花铺地，落花成可赏可喜之景观，于是有"长是落花时"的祈盼，大异于凡俗之见。显然，三类之中，以此为最成功。

魏源是龚自珍的同学兼同志。二人皆师从刘逢禄，习公羊之学而主张通经致用，又同存改革救国之心。在研习佛典、以佛入诗方面，二人也是志趣相投。魏源是近代提出向西方学习的第一人。他搜罗海外各国情况，辑成《海国图志》，并附有轮船机器图样，在序

---

① 龚自珍：《西郊落花歌》，《龚定庵全集类编》，中国书店，1991年，第348页。

中提出"师夷长技以制夷"主张。这在当时，是很有胆识的见解。

魏源与龚自珍皆曾以当时的佛学大师钱伊庵为师，但二人判教的见解不同。魏源自称是禅净合一，认为"宗、净合修。进道尤速"。而从他的有关著述《净土四经总叙》等来看，他更感兴趣的是在净土，虽有多篇佛学论著，但殊少创见。

魏源亦喜以佛语、佛理入诗。由于对禅宗态度与定庵不同，故诗中往往刻意寻找、表现禅味，形成自己的特点。如《庐山纪游》：

> 百道飞流趋一涧，古寺钟声和天梵。
> ……
> 前山后山瀑源里，古寺叩钟声如水。
> 松涛透骨松云寒，万声寂灭念无起。
> 山泉何事苦出山，可否流润能人间，
> 逝川回首再三叹。①

又如《西洞庭包山寺留题》：

> 日斜蝉噪合，月上人语散，白云凝不动，人至始流乱。
> 微雨何处来？势与苍山远。人鸟径不分，水木互成岸。
> 忽闻烟际钟，知有寺僧饭。即此方会心，忘言复何辩。②

前者为一寓言诗，山泉喻入世之人，闻钟而息心喻领悟佛理。后者

---

① 魏源：《庐山记游》，《古微堂诗集》卷五，第 61 页，清同治刻本。
② 魏源：《西洞庭包山寺留题》，《古微堂诗集》卷三，第 36 页，清同治刻本。

仿王维与陶渊明，力图写出禅境之清远。但二诗皆痕迹太露。禅宗本有闻钟声而顿悟的著名公案，魏源借来为诗中注入禅意，实已失禅之真意。这与他的禅学修养不深有一定的关系。

第二章

诗史佛影

一部中国诗歌史，大半时间闪现着佛与道的光、影，而与佛教的关联尤广尤深。以元人方回所编的《瀛奎律髓》为例。该书为唐宋格律诗选本，共分四十九类，其中"释梵""仙逸"各为一类。"释梵"包括僧人的作品以及佛禅题材的诗歌，"仙逸"则是道士及道教题材的诗作。前者共收录五七言诗 251 首，后者为 64 首。实际上，他的分类有交叉，例如在"寄赠"类、"远外"类中就有若干与僧人有关的作品。即使不算这些，"释梵"类所收的诗作数量也是所有类别中最多的。实际上，方回并不是对佛禅有特别的兴趣，之所以出现这种情况，乃是佛教与诗歌史密切关系的真实反映而已。

一

刘勰在《文心雕龙·明诗》中指出："宋初文咏，体有因革。庄老告退，而水山方滋。"晋宋之际，山水诗代玄言诗而兴，这是我国诗史的一次重要变革。按照通常的讲法，山水诗的兴起以谢灵运为其代表。不过，在谢灵运之前，玄言诗中已含有模山范水的成分，而且某些佛学理论也为山水诗的创作在宇宙观、方法论方面做了一定程度的准备。在山水诗的先驱人物中，特别应提出的是一代名僧支道林。

支道林，即支遁，俗姓关，陈留人。二十五岁出家，活动于东晋前期。与诗人孙绰、许询、王羲之等关系密切。当时的社会风气是重名士、尚清谈，支道林也是风气中人物。《世说新语》记载了大量有关他与名士们往来、谈玄论道的逸事。同时，他又是在佛学方向善标宗要、自成一说的大师。《支法师传》称许他的学术成就道："法师研十地，则知顿悟于七地；寻庄周，则辩圣人之逍遥。"他在佛学方面的"顿悟"说及玄学方面的《逍遥游》研究，都名重于当时。而他下功夫最大的还是"般若"学，这方面的著述有《即色游玄论》《妙规章》《释即色本无义》《大小品对比要钞》等。

对般若性空的研讨，是东晋佛教义学的中心内容，主要观点有六家七宗。支道林的观点为七宗之一，主要见解是："夫色之性也，不自有色。色不自有，虽有而空。故曰色即为空，色复异空。"其说要点有二：1. 现象界无"自性"，本身非实有，不具有本体的属性；2. 现象与本质不可离析而论，本体性质的"空"就在现象界中。这两点看似矛盾，实则正体现了佛学特有的是非双遣的思维方式。与其他六宗相比，支道林的观点对现象界的"假有""暂有"肯定稍多，而视现象与本质集于一体，则自然引导人们注目于现象，并从中体悟本体的存在。

这种看法是与支道林本人半高僧半名士的生活态度一致的。他虽身为僧，对"色界"种种仍保持浓厚兴趣，如养鹤、养马、写字、吟诗、游山玩水等。他与当世的权贵谢安、刘恢、殷浩等，著名文士王羲之、孙绰、许询等都有频繁的来往，孙绰、许询是所谓"玄言诗"的主要代表人物。在支道林的诗作中，这种半高僧半名士的人生态度就表现为内容的二元：既饶有兴味地对青山绿水进行细致具体的描写，又超越于山水之上的悟道谈玄。如《咏怀诗五首》之三：

晞阳熙春圃，悠缅叹时往。感物思所托，萧条逸韵上。

尚想天台峻，仿佛岩阶仰。冷风洒兰林，管濑奏清响。

霄崖育灵蔼，神蔬含润长。丹沙映翠濑，芳芝曜五爽。

苕苕重岫深，寥寥石室朗。中有寻化士，外身解世网。

抱朴镇有心，挥玄拂无想。隗隗形崖颓，冏冏神宇敞。

宛转元造化，缥瞥邻大象。愿投若人踪，高步振策杖。①

其中对"冷风""管濑""神蔬""芳芝"等自然景物的描写与后世谢灵运山水诗几无二致，而"抱朴镇有心""宛转元造化"云云又是玄言诗的路数。所以清人讲："康乐总山水老庄之大成，开其先支道林。"——开风气之先者，自难免带有旧体的尾巴。

晋宋时期士大夫多留连于山水，而谢氏家族尤甚。谢灵运成为山水诗的代表作家，与这一家族传统有关。支道林和这一家族有密切联系。谢安、谢万、谢朗都很赞赏支道林，彼此之间在思想、情趣等方面互相影响，应该是没有疑问的。当然，山水诗脱胎于玄言诗，其思想基础主要应由玄学上溯老庄，而支道林也是兼习玄学、老庄的。佛教对山水诗的影响则主要表现在佛门人物支道林与山水诗及山水诗人的关系上。一个影响广泛的"名僧"，既与玄言诗的代表许询、孙绰过从甚密，又和山水诗的代表人物的家族颇多来往，我们研究这个时代诗歌的演变，怎么能不对这个特殊人物多加关注呢？这一点，过去研究诗歌发展历史的学者，似乎重视程度尚有不足。

在中国诗歌的发展史上，"永明体"有重要的地位。它是由古体到近体的桥梁，唐诗宋词的兴盛皆由它"导夫先路"。"永明体"又

---

① 支遁：《咏怀诗五首》其三，《支道林集》，第3页，明末刻本。

称"新体诗"，其"新"则在于对声调抑扬规律的讲求。因此，"永明体"的基础是齐梁之际兴起的声律说。据近人的研究，当时声律说的产生与佛教有着甚为密切的关系。

声律说的主要内容见于沈约的《宋书·谢灵运传论》：

> 夫五色相宣，八音协畅，由乎玄黄律吕，各适物宜。欲使宫羽相变，低昂互节，若前有浮声，则后须切响。一简之内，音韵尽殊；两句之中，轻重悉异。妙达此旨，始可言文。①

另外，他还撰有《四声谱》，把四声运用于诗的格律。这样，就初步形成了平仄错综的声律模式。沈约的成就是在借鉴前人的基础上取得的。传说曹植在这方面有开创之功，据《高僧传·经师论》载：

> 东国之歌也，则结韵以成咏；西方之赞也，则作偈以和声。虽复歌赞为殊，而并以协谐钟律，符靡宫商，方乃奥妙……始有魏陈思王曹植，深爱声律，属意经音，既通般遮之瑞响，又感鱼山之神制。于是删治《瑞应本起》，以为学者之宗。传声则三千有余，在契则四十有二。其后帛桥、支籥亦云祖述陈思，而爱好通灵，别感神制，裁变古声，所存止一十而已……原夫梵呗之起，亦兆自陈思，始著《太子颂》及《睒颂》等。因为之制声，吐纳抑扬，并法神授。今之皇皇顾惟，盖其风烈也。②

---

① 沈约：《谢灵运传论》，《宋书》卷六十七，《四库全书》史部正史类。
② 《高僧传》卷十三，《大正新修大藏经》史传部二，T50n2059，p0415。

按照慧皎的这种说法，曹植曾独登鱼山，隐约听到虚空中传来梵语诵经的声音，于是既领会了经义，又解悟了声音抑扬起伏之理，便加以整理，并运用到诗歌创作之中。其后，帛桥等继承他的学说，进一步"裁变古声"，便有了后来诗歌的规范声律。这种讲法，学者多指为僧人的附会。但也有首肯者，如范文澜先生便举曹植作品相证，认为是有本之谈。曹植之后，陆机、范晔等也先后论及有关问题。范晔号称"性别宫商，识清浊"。他与释昙迁有深交，而昙迁精通梵文声律，"巧于转读"。沈约也有方外之友。他与慧约法师交好，以"禅诵为乐"，"文章往复，相继晷漏"。另一位对声律说有贡献的人物——周颙，则同僧徒昙旻、法慧等往来密切。这一系列类似的情况，恐怕不能完全视为巧合。

佛经传入中土后，诵经便有梵音与汉音两种形式，很多汉地僧人只能采用后者。东晋以后，佛徒们为使佛经声文兼得，逐渐强调用梵音诵经，即所谓"转读"。至宋、齐两代，很多僧人以"偏好转读""尤长转读"而驰名。南齐永明年间，竟陵王萧子良为提高转读水平，召集名僧专事考文审音。转读注意声调抑扬，《高僧传》有"智欣善能侧调，慧光嘻骋飞声""道朗捉调小缓、法忍好存击切"一类说法，都是着眼于此。而其中《经师论》论转读则更明确地提出了"洞晓音律""起掷荡举，平折放杀"的要求。这与沈约的"前有浮声，后须切响"提法是相通的。

综上所述，"永明体"与声律论有关，而声律论则受到佛经转读的启发与影响。有趣的是，声律理论与佛门的缘份还不止于沈约。当时声律论的著述亡佚甚多，故很多具体内容已模糊难考。幸赖日本僧人遍照金刚唐中叶来华求法时，将声律"四声八病"的一些材料带回日本，编入《文镜秘府论》中，使我们今日得窥一斑。

二

　　"永明体"后，梁陈两代"宫体"流行，其影响直到初唐。对宫体诗的评价，历来是文学史的一个重要问题。两宋以还，"宫体"几乎是色情文学的代名词。当代的学者开始重新审视其价值，而争议很激烈，原因在于宫体诗题材、风格与正统文学观念的乖剌。宫体诗有三个特征：1. 以玩赏的态度摹写女子的身姿体态；2. 揣度刻画女子的性心理，特别是性饥渴；3. 词藻华丽，风格轻靡。这分明皆背于"思无邪""止乎礼义""感天地、动鬼神、经夫妇、厚人伦、移风俗"的诗教观。对于"宫体"的评价，本书不拟深谈。我们研究的是宫体诗的骤兴与佛教的关系，因为宫体诗的渊源亦可追溯至佛门。

　　这种提法乍听很令人惊奇：禁欲的佛教与具有色情倾向的宫体诗怎能扯到一起呢？但事实却是，佛教是宫体诗产生、流行的催化剂。

　　佛教大兴于南朝，至梁武帝时成为社会文化的主流，朝野、士庶无不崇奉。文学艺术也不可避免地被深深打下其烙印。具体到宫体诗来说，这种影响主要表现在两个方面：

　　1.《维摩诘经》对士人生活态度的影响。如前所述，《维摩诘经》是大乘佛教的重要经典，三国时始传入中土，至姚秦时已有多种译本，在士大夫阶层广受重视与欢迎。正如鲁迅先生所指出，晋以来的名士，每一个人总有三种"小玩意"，一是《论语》《孝经》，二是《老子》，三是《维摩诘经》。此经最大特色是肯定了居士修行的方式。维摩诘是所谓"在家菩萨",居于毗耶离大城的闹市,拥有大量财产,过着世俗人一样的生活,享受着荣华富贵,参与"博奕戏乐","入诸淫舍""入诸酒会",但这只是度化世人的"善权方便"。实际上,他具有比菩萨、罗汉更高的道行。这一形象适应于士大夫们既恋尘世享乐,又关心灵魂得救的矛盾心态,成为他们自我设计的蓝本。可以说,《维摩诘经》给了士大夫们享乐时的稳固的心理支撑点,使他们更心安理得地享受人生。

2. 佛教经典对女性的描写刻画给宫体诗作者以直接启发。与中土文化相比,印度文化对"性"的问题不那么敏感。正如黑格尔在《美学》中指出的,印度古代文学艺术中性描写放肆大胆,"其中不顾羞耻的情况达到了极端,肉感的泛滥也达到难以置信的程度",以至西方人翻译《罗摩衍那》时只好略掉某些段落(时至今日,若到印度旅游参观,仍然会被印度教那些放肆的塔雕惊呆)。这种文化传统也一定程度地反映到佛经中。如《普曜经》描写波旬魔女惑乱菩萨的情况:"绮言作姿三十有二","姿弄唇口","展转相调""迭相捻握","以香涂身""现其髀脚","露其手背"等等,这样的文字在儒家经典中是不可想象的。至于对女子容貌姿态的描写,佛经中也不罕见。如《大庄严论经》:

> 咄哉此女人,仪容甚奇妙。目如青莲花,鼻傭眉如画。
> 两颊悉平满,丹唇齿齐密。凝肤极软懦,庄严甚殊特。
> 威相可悦乐,炜耀如金山。①

---

① 《大庄严论经》,《大正新修大藏经》本缘部,T04n0201, p0277。

这是静态摹写。描写行为动作的如《佛所行赞》：

> 太子入园林，众女来奉迎。并生希遇想，竞媚进幽诚。
> 各尽伎姿态，供侍随所宜。或有执手足，或遍摩其身。
> 或复对言笑，或现忧戚容。规以悦太子。令生爱乐心。
> ……
> 歌舞或言笑，扬眉露白齿。美目相眄睐，轻衣现素身。
> 妖摇而徐步，诈亲渐习近。……
> 或为整衣服，或为洗手足。或以香涂身，或以华严饰。
> 或为贯璎珞，或有扶抱身。或为安枕席，或倾身密语。
> 或世俗调戏，或说众欲事。或作众欲形，规以动其心。[①]

《佛本行经》：

> 于是众女，昼夜作乐……或有涂香，或以镜照，或枅梳头，
> 或黛黑眉，或丹口唇。或复有女，华相打掷，或戏笑者，或悲
> 叹泣，或口咏歌，可听可乐，犹如华中，众蜜蜂鸣。众女求浴，
> 太子听从……太子入池，水至其腰；诸女围绕，明耀浴池。犹
> 如明珠，绕宝山王；妙相显赫，其好巍巍。众女水中，种种戏
> 笑；或相湮没，或水相洒。或有弄华，以华相掷；或入水底，
> 良久乃出。或于水中，现其众华；或复于水，但现其手。众女
> 池中，光耀众华；令众藕花，失其精光。或有攀缘，太子手臂；
> 犹如杂花，缠着金柱。女妆涂香，水洗皆堕；栴檀木橖，水成

---

① 《佛所行赞·离欲品第四》，《大正新修大藏经》本缘部，T04n0192，p0006。

香池。如是戏笑，难可计数；六万婇女，围绕其侧。太子于中，如天帝释；于天浴池，与天女俱。于是皆乘，金银宝船；游戏池中，如天乘云。①

在此前的中土文学中，虽亦有写恋情写欢爱者，却从无细致、露骨到如此程度的。正因为如此，上世纪 20 年代梁启超、陆侃如等学者在谈及佛典对中国文学影响时，都要特别提到《佛本行经》《佛所行赞》。

另外，佛经中对妇女的性要求往往歪曲夸大，把"淫荡"的恶谥加到女性头上。如《阿含口解十二因缘经》解释女人堕入地狱众多的原因时，指出女子的四种特性，其一是"作姿态淫多"。《杂譬喻经》中写梵志灵异之事，而结论是"女人能多欲""天下不可信女人也"。《佛说观佛三昧海经》甚至用大量篇幅写众女性对佛的男根——"阴马藏"兴趣盎然，而佛则显示自己在这方面的超人水准，使得众女"不胜悦喜"。这样的笔墨在中土固有文化中，是难以想象的。而中土僧众很多都接受这一类看法，鸠摩罗什讲"女人之性，唯乐是欲"，僧肇讲"女人之性，唯欲是乐"。

这些都对宫体诗的产生与流行推波助澜。实际上，宫体诗的色情成分远不及上引《佛所行赞》。如著名的萧纲《美女篇》：

佳丽尽关情，风流最有名。约黄能效月，裁金巧作星。

粉光胜玉靓，衫薄拟蝉轻，密态随流脸，娇歌逐软声。

---

① 《佛本行经·与众采女游居品》《大正新修大藏经》本缘部，T04n01932，p0063。

朱颜半已醉，微笑隐香屏。[1]

除了"玩赏"、"轻艳"之外，很难加以其他贬语。而如果改换一下评判角度，这首诗在传神写照方面还是很有长处的。

宫体诗写女性姿容之外，还对其性饥渴多有渲染，如"物色顿如此，媚居自不堪""丈夫应自解，更深难道留""罗帷夜寒卷，相望人来迟"之类。比起汉魏时期的同类题材，差别是很明显的。这与前述佛教经典的妇女观也不无关联。

三

从中晚唐到宋初，有一个跨越时代的诗派，这便是杨慎在《升庵诗话》中所指出的："晚唐之诗分为二派：一派学张籍……一派学贾岛，则李洞、姚合、方干、喻凫、周贺、'九僧'其人也。"后一派中，贾岛、姚合为中唐诗人，李洞、周贺等人在晚唐，而"九僧"则活跃于北宋前期真宗朝。用今天的标准衡量，这个诗派中绝大多数成绩平平，但在当时，却是诗坛的主流派，正如闻一多先生所讲："由晚唐到五代，学贾岛的诗人不是数字可以计算的，……我们不妨称晚唐五代为贾岛的时代。"

这个诗派没有统一的名称，诗史所讲的"武功体""苦吟派""晚唐体""九僧体"等，都与其有或多或少的关系。以大端而言，这个诗派有如下特点：1. 学贾岛，追求清苦寒瘦的艺术风格；2. 以

---

① 萧纲：《美女篇》，《乐府诗集》卷六十三，中华书局，1979 年，第 913 页。

五言律为主，作品模式化，颔颈两联多写眼前景，崇尚新、奇、细、巧；3. 与佛教关系密切。

这个诗派的祖师贾岛本是僧人，名无本，后入长安，居青龙寺，一方面周旋于文士名流之中，一方面沉湎在自己的诗歌天地里。贾岛经常骑驴独行，斟酌词句，曾为吟得"秋风吹渭水，落叶满长安"而狂喜失态，冲撞了地方官，被关押一夜。后还俗谋求功名，困顿多年，一生郁郁不曾得志。因为他的早期僧侣经历，诗中佛教题材（包括与僧人酬答、寺院即景等）特别多。今存作品不足四百首，佛教题材的超过七十首。即使非佛教题材，诗中也往往笼罩着凄苦清冷的氛围，如"樵人归白屋，寒日下危峰""废馆秋萤出，空城寒雨来"等。

清人作《中晚唐诗主客图》，在"清真僻苦主贾岛"门下，列"上入室"为李洞，"入室"则首推周贺。这也是和佛教有关系的人物。周贺原为僧人，法号清鉴，后还俗求功名，不得志，又回归山林与高僧为侣而终。方回在《瀛奎律髓》里专门谈到他与贾岛的佛教题材之作：

> （周）贺与贾岛本皆僧也，故于僧寺诗为善，能著题。鸟道之行，不曰"缘树影"，而曰"缘巢影"，所以为佳……他如《送禅僧》云："坐禅山店暝，补衲夜灯微。"又如"夏高移坐次"、"斋身疾色浓"、"讲次树生枝"，皆是僧家滋味，俗人所难道者。①

---

① 《瀛奎律髓》卷四十七，《四库全书》集部总集类。

李洞虽不曾出家，行为颇有仿僧人之处。他极端崇拜贾岛，便用铜铸成岛像，用敬佛的礼仪，手持念珠来膜拜，并经常抄录贾岛诗作送给同好，叮咛再三道："此无异佛经，归当焚香拜之。"他的诗风酷似贾岛，如"楼高惊雨阔，木落觉城空""马饥餐落叶，鹤病晒残阳"等，清苦寒瘦毫无二致，无怪乎被列为"上入室"。

宋初，诗坛由九位僧人擅名一时，他们住持在全国各地，计有：剑南希昼、金华保暹、南越文兆、天台行肇、沃州简长、青城惟凤、淮南惠崇、江东宇昭、峨眉怀古。由于作品风格接近，且同享盛名，故昭文馆学士陈充将九人之作编辑到一起，题名《九僧诗》，而"九僧体"也因之得名——纯以僧人身份成派称体，在中国诗坛上，这是绝无仅有的一次。

对九僧作品历来褒贬不一，司马光认为："其美者亦止于世人所称数联耳。"而胡应麟却称赞"其诗律之滢洁，一扫唐末五代鄙俗之态，几于升贾岛之堂"。今录三首以见一斑。希昼《寄怀古》：

> 见说雕阴僻，人烟半杂羌。秋深边日短，风动晓笳长。
> 树势分孤垒，河流出远荒。遥知林下客，吟苦夜禅忘。[1]

文兆《宿西山精舍》：

> 西山乘兴宿，静称寂寞心。一径杉松老，三更雨雪深。
> 草堂僧语息，云阁磬声沈。未遂长栖此，双峰晓待寻。[2]

---

[1] 释希昼：《寄怀古》，《瀛奎律髓》卷四十七，《四库全书》集部总集类。
[2] 释文兆：《宿西山精舍》，《瀛奎律髓》卷四十七，《四库全书》集部总集类。

简长《送行禅师》：

> 南国山重叠，归心向石门。寄禅依鸟道，绝食过渔村。
> 楚雪粘瓶冻，江沙溅袂昏。白云深隐处，枕上海涛翻。①

由于是诗僧，佛教题材便尤多，而清苦寂静的氛围更显。但清寂到了极点，个性、感情消退殆尽，诗的生命之火也随之熄灭。所以"九僧体"到仁宗朝已湮没无闻了。

四

　　宋诗真正的主流派是江西诗派，这也是与佛教有千丝万缕联系的文学派别。

　　江西诗派之得名由于吕本中所作《江西诗社宗派图》。图中尊黄庭坚为一派之宗，下列陈师道、陈与义及作者自己等二十五人，序称："虽体制或异，要皆所传者一。"对吕氏此图此说，很多人在具体问题上持有异议，但"江西诗派"作为文学史的重要现象却成为了定论。

　　吕本中提出这一看法的文化背景有多方面，其中之一是受佛教的影响与启发。宋代禅宗大盛，五家七宗统系分明，从《景德传灯录》到《五灯会元》，都透露出极强的宗派意识。而各家各宗均有独到的心得体会，传灯续法，门庭森严。《江西宗派图》的统系观念是与此

---

① 释简长：《送行禅师》，《瀛奎律髓》卷四十七，《四库全书》集部总集类。

有一定关联的。宋人史弥宁诗云："诗禅在在谈风月，未抵江西龙象窟。尔来结习莲社丛，谁欤超出行辈中？我知桂隐传衣处，玄机参透涪翁句。萧萧吟鬓天风吹，有酒唤客斟酌之。""涪翁"即黄庭坚。可见在当时人的心目中，江西诗派在某些方面与禅门有相似之处。

吕本中本人的家学渊源也与佛教关系密切。他祖父吕希哲是著名理学家，但倾心于佛学，认为儒、释相通，"佛氏之道与吾圣人吻合"。他的门下弟子有出儒入释的，如饶节，其人曾赠诗吕本中，劝他依佛法修行。这个人也被吕本中列入"宗派图"内。吕本中受这一传统影响，对佛教，特别是禅宗，有着深厚的兴趣，并将佛门所得融入诗学中去。《岁寒堂诗话》记张戒与他辩论江西诗派的传承、宗旨，诘问他："黄庭坚得到杜甫诗的神髓了吗？"他说："是的。"张问："黄诗的妙处究竟在哪里？"吕本中回答："正如禅家所谓'死蛇弄得活'。""死蛇弄活"是禅宗常见话头，形容禅机活泼、以故为新、随机得悟。可见，吕本中对江西诗派宗旨的理解，是掺杂着禅理因素的。

至于黄庭坚、陈师道与僧人的交往，江西诗派中的僧徒，江西诗派的"活法""句眼""悟入"等理论观点等，也无不显示出这一诗派同佛教之间的关联。所以当时人往往以禅宗拟江西，如"要知诗客参江西，正似禅客参曹溪"（杨万里《送分宁主薄》），"黄鲁直……以故为新、不犯正位如参禅"（李屏山语），等等。

唐代为佛教的全盛期，入宋则流为别调。明清以还，殆无大的建树。有意思的是，这恰与诗的盛衰流变情况相合。明清诗坛，流派蜂起，却基本不曾越出唐宋诗的范围。就某个派别的整体看，这一时期佛教对诗派的直接影响是不明显的；但就派别中具体人物看，佛教对诗坛的影响力仍相当可观。

五

明中叶的"后七子"诗派情况便是如此。

"后七子"主盟诗坛半个多世纪，经嘉靖、隆庆、万历三朝，代表人物为李攀龙、王世贞、谢榛。其中，谢的创作与理论成就最高，王世贞的影响力最大，而这两个人物的诗歌观念都有佛学禅理的因素。

谢榛一生布衣，初为这个文学集团的领袖，后被排挤。七人中，以他的诗作较富才情，语意清新。这个诗派主张学盛唐，但过于强调复古，因而缺少创作生机。相比之下，谢榛的诗学观受严羽影响，兼受佛学启发，比起他人来，更为重视个人的悟性。他在《四溟诗话》中以禅理喻诗理：

> 作诗有专用学问而堆垛者，或不用学问而匀净者，二者悟不悟之间耳。惟神会以定取舍，自趋乎大道，不涉于歧路矣……又如客游五台山访禅侣，厨下见一胡僧执爨。但以清泉注釜，不用粒米，沸则自成饘粥，此无中生有，暗合古人出处。此不专于学问，又非无学问者所能到也。予因六祖惠能不识一字，参禅入道成佛，遂在难处用工，定想头，炼心机，乃得无米粥之法。诗中难者，莫过于情诗……姑借六祖之悟，以示后学，诚以六祖之心为心，而入悟也弗难矣。①

---

① 谢榛：《四溟诗话》卷三，《历代诗话续编》，中华书局，1983 年，第 1201 页。

自宋以后，以禅喻诗的很多，但像谢榛这样，直接以六祖慧能的心法为领悟诗道的范式，还是不多见的，一部《四溟诗话》，类似谈"悟"的话头颇多，看来作者确是有所体验的。这从他的诗作中也可得到印证。他的《楚愚禅师见过》云："卧云超象外，飞锡到人间。神爽秋生壑，心空月满山。"《寄门人王少海秀才二首》："雨花台上谈禅夜，水月虚涵妙悟心。"其中的禅旨禅趣都是十分显豁的。

王世贞的情况也差不多。常发谈禅说悟之论，如"归向曹溪路，新诗悟后夸""单刀直入，葛藤斩断"之类。但是，这些和"后七子"之所以成"派"的主旨并无直接关系。至于"前七子"、竟陵派、宋诗派等，也大率如是矣。

比起谢、王来，稍晚些的袁中郎与佛教的关系要更密切一些，前面已经述及。而以他为旗手的"公安派"，思想渊源上也与佛门相对密切一些。袁中郎的文学主张，核心是所谓"性灵说"。

"性灵"一词，本非中土所有。南北朝时始见于缃素文献，如北魏侍中崔光《十地经论序》："其为教也，微密精远，究净照之宗；融冶莹练，尽性灵之妙。"梁释僧祐《弘明集》所收张融《重与周书并答所问》云："夫性灵之为性能知者也，道德之为道可知者也。"僧祐弟子刘勰在《文心雕龙》中则频频用来论文，如"两仪既生矣，惟人参之，性灵所钟，是谓三才""洞性灵之奥区，极文章之骨髓者也""综述性灵，敷写器象"等。同时代的钟嵘也用来论诗："阮籍诗，其原出于小雅，虽无雕斫之巧，而咏怀之作，可以陶性灵，发幽致，言在耳目之内，情寄八荒之表，洋洋乎会于风雅者矣。"其他文人如陶弘景、庾信等也用到了文章之中。

可以看出，"性灵"一词，与佛教有直接关系。佛门最直接的解释是"性即法身，灵即般若"（《十不二门指要钞》）。而按熊十力的理解，"佛书中凡言性者，多为体字之异名。其义有二……指诸法之自体而言"。综合其说，所谓"性灵"，就是自家心头先天而来的那份灵明。兹举佛门使用之例，以见文学流派中标举"性灵"的真谛所在。南宋释宗晓《教行录》云："一切众生不劳造作，本性灵明，具足十界，不受诸垢……岂非一切众生法界本净乎。"这里强调的是，不加伪饰、未曾污染的本来面目。他在《乐邦遗稿》中又说："一切众生具有觉性灵明，与佛无殊。"意思也差不多。而《宏智禅师广录》中则有更近于文学的表达："气韵寥寥兮风清山瘠，性灵湛湛兮月落潭深。""白云之身，寒月之心；性灵麇鹿，气韵山林。"这里有两点值得注意：一是皆与"气韵"对举，表明禅师也是把这个词作为一种带有"诗意"的精神气质来使用；二是"性灵麇鹿"，这里似乎是用了嵇康《与山巨源绝交书》的典故（《绝交书》中有"此犹禽鹿……逾思长林而志在丰草也"），这样因互文而有了"越名教而任自然"的意味。袁宏道在倡言"性灵"以为诗学圭臬时，正是袭用了这一层意义。

袁中郎论其弟小修诗云：

> （小修诗）大都独抒性灵，不拘格套。非从自己胸臆流出，不肯下笔。有时情与境会，顷刻千言，如水东注，令人夺魂。其间有佳处，亦有疵处。佳处自不必言，即疵处亦多本色独造语。然余则极喜其疵处。[1]

---

[1] 袁宏道：《叙小修诗》，《袁中郎全集》卷一，第1页，明崇祯刊本。

与张幼于论诗则曰：

> 至于诗……信心而出，信口而谈。①

与丘长孺书信云：

> 大抵物真则贵，真则我面不能同君面，而况古人之面貌
> 乎……故古有不尽之情，今无不写之景。然则古何必高，今何
> 必卑哉？②

中郎论诗的要旨无非两端。一是"从自己胸臆流出""信心信口"，这就叫做"独抒性灵"。这样的创作，感受真实，情感真实，富有个性，长于独创。这种精神与佛门所讲性灵颇有相通之处。二是强调"本色"与"独造"，从而反对贵古贱今。这是对后七子诗歌主张的有力反驳，其理论基础也是建立在"性灵"之上。

　　时光过了将近二百年，清乾隆年间，又有一位袁姓诗人高倡"性灵"，成为当时文学思潮的代表，这便是才绝一代的袁枚袁子才。他在《随园诗话》中提出：

> 自《三百篇》至今日，凡诗之传者，都是性灵，不关堆
> 垛……故续元遗山《论诗》，末一首云："天涯有客好詅痴，误
> 把抄书当作诗。抄到钟嵘诗品日，该他知道性灵时。"③

---

① 袁宏道：《与张幼于书》，《袁中郎全集》卷二十二，第199页，明崇祯刊本。
② 袁宏道：《与丘长孺书》，《袁中郎全集》卷二十一，第186页，明崇祯刊本。
③ 袁枚：《随园诗话》卷五，第72页，清同治八年刻本。

他十分明确地主张以"性灵"为诗歌根本，并把"性灵"具体化为"真、活、新"，提出"死蛟龙不如活老鼠"。袁宏道以"性灵"为理论核心，形成文学史上的"公安派"，矫正后七子的复古偏向。袁枚同样以"性灵"为思想武器，批判当时诗坛上的"格调派"与"肌理派"，对于廓清诗坛道学家、学问家的影响，起到了强有力的作用。

　　当时文坛，与袁枚"性灵"派主张遥相呼应的还有一位伟大的文学家，就是曹雪芹。《红楼梦》开篇处即以叙事人的口吻谈到"性灵"，道是"此石自经锻炼之后，灵性已通"。接下来，以石头与僧道的对话展开情节，其间那位高僧再次谈到"性灵"："若说你性灵，却又如此质蠢，并更无奇贵之处。"到了后面二十五回，叔嫂逢五鬼，僧人再次出面，仍然围绕"灵"字做文章，反反复复提出石头（可理解为贾宝玉的精魂）原属通灵，被富贵生活异化、迷失，故亟待回复灵性云云。可以说，一部《红楼梦》在很大程度上是在表现"性灵"的迷失与回归，而这从一开始就与一僧一道发生密切的关系，也可旁证佛教（以及道教）同文学史的多方关联。

第三章

诗苑禅意

禅宗（当然是指"南禅"）主张顿悟成佛，也就是在刹那间体认自己内心的真如佛性。《坛经》云："若起正真般若观照，一刹那间，妄念俱灭，若识自性，一顿即至佛地。"而在"真如"呈露的刹那，修持者感受到一种奇妙、愉悦的心理体验：物我的边界消失了，自己仿佛融入大自然之中，心灵静谧安详，而又生机勃勃。这就是所谓"禅悟"。禅宗强调，这种体验无法用语言文字直接传达，师徒传法只能靠各种暗示、诱导的手段，即"以心印心"。

　　由于诗富有暗示性、象征性，所以时常被士林修禅者采用，来传达自己禅悟时的心理体验——特别是兼具诗、禅两方面"慧根"的人物。他们的作品多数并无佛教方面的字眼，只是冷静地描画一幅图景，而其中蕴涵着深浅双重视野。浅层可作为一般的山水田园诗来欣赏，深层则禅机、禅趣盎然。至于两层之间的关系，清人赵殿最讲得很透彻："右丞通于禅理，故（诗作）语无背触，甜彻中边，空外之音也，水中之影也，……使人索之于离、即之间。"他的意思主要有两点：1. 王维的诗中，禅理完全消融于具体的意象描写，无迹可求；2. 所蕴禅理与所写意象之间不即不离，禅理的体验若有若无。这相当准确地把握到了此类作品的艺术特色。

一

　　说到诗中有禅，人们第一个就会想到王维。在我国古代的大诗人中，他是与佛教关系最深的一位，也是以诗传达禅悟体验最巧妙、最成功的一位。因此，获得了"诗佛"的称号。

王维，字摩诘。仅从他的名、字看，就可见对佛教的心仪程度。他的母亲崔氏"师事大照禅师三十余岁，褐衣蔬食，持戒安禅，乐住山林，志求寂静"。使他自幼便受到佛教的熏染。他与弟弟王缙"俱奉佛，居常蔬食，不茹荤血"。王维曾在道光禅师座下受教十年，对禅学深有所得。安史之乱后，他在政治上遭到了沉重打击，越发寄情于空门，在《叹白发》诗中感叹："宿昔朱颜成暮齿，须臾白发变垂髫。一生几许伤心事，不向空门何处销?"据《旧唐书》记载，他"晚年长斋，不衣文采"，"日饭十数名僧"，"退朝之后，焚香独坐，以禅诵为事"。但是，王维同时又是具有非凡艺术天赋的人物，绘画、音乐都名重于当时，在诗坛则居于领袖地位。因而，虔诚的佛教信仰并没有把他的生活完全变为枯淡，艺术和宗教在他的身上寻到了契合点。他的一幅著名的《雪中芭蕉图》就含蓄地表现了禅悟之境"寂静见生机"的意味。而他的很多诗作尤能体现这种契合之巧妙，如《山居秋暝》：

> 空山新雨后，天气晚来秋。明月松间照，清泉石上流。
> 竹喧归浣女，莲动下渔舟。随意春芳歇，王孙自可留。①

这是一幅清新的秋山风光图。首联交代时间、地点，以"空山新雨"为全诗展现出清爽澄澈的大背景。颔联转入细部描写，"月""松""泉""石"，有静有动，有色有声，而调子仍是清幽的。颈联一变，写"喧"写"动"，写"浣女""渔舟"，把人间的生趣带入画面。最

---

① 王维：《山居秋暝》，《王右丞集笺注》卷七，第104页，《四库全书》集部二别集类一。

后写感想：春芳虽逝，秋光亦佳，你我之辈自可随遇而适，赏此景趣。作为一首山水诗，格调清新，意象生动，已臻上乘。而读者若对禅有一定的修养，则会从中发现更为深邃的境界。开篇"空山"二字便有名堂。王维诗中屡屡言"空"，如"空山不见人"（《鹿柴》）"空居法云外"（《登辨觉寺》）等。这可以看作佛教"万法皆空"观念的不自觉流露，也可看作修禅者空寂心境的自然呈现。这首诗写新雨净洗过的"空山"，正反映了诗人汰除杂念后朗彻清明的心理状态。空山净寂，而又竹喧莲动，在宁静中见生机，这是禅门宗师追求、提倡的悟境，如三祖僧璨《信心铭》曰："止动归止，止更弥动。"亦如白居易《读禅经》所讲："摄动是禅禅是动，不禅不动即如如。"至于这种清明生动的美妙体验，又非刻意追求所得，而在"随意"之间、自然感受，正是佛门主张的"于无所住而生其心"（《金刚经》）"心得自在"（《法华经》）。清明、空寂、生动、自在，这就是禅悦的妙处。王维没有多置一词进行说明，而会心者已可充分嗅到花外的香气，尝到水中的盐味了，无怪乎清代诗人王渔洋称道此诗"字字入禅"。

又如《鹿柴》：

空山不见人，但闻人语响。返景入深林，复照青苔上。①

这是王维自编《辋川集》中的一首小诗，描写他的辋川别业中"鹿柴"的景致。全诗写空山夕照下的清幽静谧，有超尘绝俗的韵味。而画面之外，同样散发着若有若无的禅意：空山无人，静到极点，

---

① 王维：《鹿柴》，《王右丞集笺注》卷十三，第210页，《四库全书》集部二别集类一。

而不知何处有人语传来,这越发显出山之空寂。同时语声又因环境之空寂而产生大的吸引力,仿佛来自冥冥中的神秘召唤。这种境界由佛经化出。《大般涅盘经》云:"譬如山间响声,愚痴之人谓之实声,有智之人知其非真。"王维并非全用经义,但空阔寂冷之境与若有若无之声的对比,却是意味相通。而当一道光明透过深幽树林,照临那清净无尘的青苔之上时,神秘转化成了明彻,奇妙的境界蓦然形成。它幽深而又光明,冷寂而又温暖;它是一幅林中妙景,又是一种心中妙境。如果我们了解到"青苔"习用作佛教"无染无杂"的象征物,光明则为佛教赞扬佛法佛力的常用语,那么对后者的含义就容易心会意领了。

我们再来看一首《终南别业》:

> 中岁颇好道,晚家南山陲。兴来每独往,胜事空自知。
> 行到水穷处,坐看云起时。偶然值林叟,谈笑无还期。[1]

这首诗也是蕴涵禅悟体验的,但表现的角度不同。前面两首诗都是以富于象征意味的画面传达禅悟时的心境,这首诗却是通过彻悟后的行为,来显示禅的真谛。诗中"行到水穷处,坐看云起时"是著名的一联,被誉为"无言之境,不可说之味","与造化相表里"。"行到水穷处",游兴正浓可知;水穷则无景可观,游兴当阑,却不妨移目观云。而水穷也罢,云起也罢,我心只是一派宁静祥和,静观默照,从中感受那无所不在的真如,欣赏生机不息的自然。王维在《荐福寺光师房花药诗序》中讲:"道无不在,物何足忘,故歌之

---

[1] 王维:《终南别业》,《王右丞集笺注》卷三,第29页,《四库全书》集部二别集类一。

咏之者。吾愈见其默也。"这首诗之"水穷""云起",都有无所不在的"道"融于其中,虽"默"而可察。故诗人"行到""坐看",津津有味。但是,这种与"道"——真如融合的体验也是须无心而得,可意会不可言传,故而诗中又云:"偶然值林叟","胜事空自知"。"偶然""自知"与结句的"谈笑无还期",正是禅宗"自然合道"主张的形象化表现,正是彻悟后心无挂碍的人生态度。这首诗与前面两首还有一点相异:开篇"中岁颇好道"点出了以下"独行""自知"的旨趣所在。但由于全篇并无一言正面说道,所以读者看到的是愉悦、满足的微笑,而没有玄奥、枯燥的理论。

王维的禅悟之作并非全无说理成份。前人认为其诗"高者似禅,卑者似僧",便是有见于此。不过,偶尔穿插佛理也不妨全篇妙旨,如《过香积寺》:

> 不知香积寺,数里入云峰。古木无人径,深山何处钟?
> 泉声咽危石,日色冷青松。薄暮空潭曲,安禅制毒龙。①

空山无人,云雾缭绕,泉咽松冷,信步独行。而于大空旷之中,悠然传来晚钟,此时的感受也是"胜事自知"了。"无人"与远声对照,和《鹿柴》则属同一机杼,所不同的是尾联以直露的佛理点题。"毒龙"语出《大般涅盘经》:"但我住处有一毒龙,其性暴急,恐相危害。"这里指人心中的痴心妄念。"安禅制毒龙",即进入安禅的禅悟心境,痴妄全消。单以此句而论,应属"卑者似僧"之类。但王维毕竟是大家手笔,前面一句"薄暮空潭曲"便使这后一句直露理

---

① 王维:《过香积寺》,《王右丞集笺注》卷七,第 111 页,《四库全书》集部二别集类一。

语有了生机。暮霭下的空潭，澄明平静，如同诗人此时的心境。而空潭如此，乃缘鱼龙潜踪，自然使人联想到：心境如此，是妄念已消。如此，"毒龙"一词就有双关语意，既由潭空自然想到水中鱼龙，又使用了佛理的比喻之意。虽为理语，却有自然而得的妙趣。

王维的禅悟妙作很多，再抄录几首以供体味。《辋川闲居赠裴秀才迪》：

> 寒山转苍翠，秋水日潺湲。倚杖柴门外，临风听暮蝉。
> 渡头余落日，墟里上孤烟。复值接舆醉，狂歌五柳前。[1]

《竹里馆》：

> 独坐幽篁里，弹琴复长啸。深林人不知，明月来相照。[2]

《辛夷坞》：

> 木末芙蓉花，山中发红萼。涧户寂无人，纷纷开且落。[3]

《鸟鸣涧》：

> 人闲桂花落，夜静春山空。月出惊山鸟，时鸣春涧中。[4]

---

[1] 王维：《辋川闲居赠裴秀才迪》，《王右丞集笺注》卷七，第103页，《四库全书》集部二别集类一。
[2] 王维：《竹里馆》，《王右丞集笺注》卷十三，第212页，《四库全书》集部二别集类一。
[3] 王维：《辛夷坞》，《王右丞集笺注》卷十三，第213页，《四库全书》集部二别集类一。
[4] 王维：《鸟鸣涧》，《王右丞集笺注》卷十三，第208页，《四库全书》集部二别集类一。

《送别》：

> 下马饮君酒，问君何所之？君言不得意，归卧南山陲。①
> 但去莫复问，白云无尽时。

《酬张少府》：

> 晚年惟好静，万事不关心。自顾无长策，空知返旧林。
> 松风吹解带，山月照弹琴。君问穷通理，渔歌入浦深。②

《山中寄诸弟妹》：

> 山中多法石，禅诵自为群。城郭遥相望，唯应见白云。③

这些诗所蕴含的禅意，自不必一一指实，读者需随自身悟性而有浅深不同的体会。即使说不出所以然，其中那一份悠远闲淡的况味也会润泽每个人的心田。

---

① 王维：《送别》，《王右丞集笺注》卷三，第 41 页，《四库全书》集部二别集类一。
② 王维：《酬张少府》，《王右丞集笺注》卷七，第 102 页，《四库全书》集部二别集类一。
③ 王维：《山中寄诸弟妹》，《王右丞集笺注》卷十二，第 207 页，《四库全书》集部二别集类一。

二

　　假如我们深求一下，考察其禅意由何而生，则不难发现一些踪迹。我们会发现这些诗中，某些意象的复现率较高，如空山、远声、光照、白云、飞鸟等。而且不仅王维诗如此，他人之作也是如此，如：

　　　　日暮下山来，千山暮钟发。不知波上棹，还弄山中月。
　　　　伊水连白云，东南远明灭。①

这是刘长卿的《渡水》。诗写薄暮渡水，水中映现白云明月，舟行如在天上。此景虽属即目所见，旨趣却从禅家的"一月普现一切水，一切水月一月摄"化生，表观对真如周遍、空色不二的瞬间体悟。诗中写了回荡的钟声、明灭的月光，还有自在的白云。又如：

　　　　清晨入古寺，初日照高林。曲径通幽处，禅房花木深。
　　　　山光悦鸟性，潭影空人心。万籁此俱寂，惟闻钟磬声。②

这是常建的《题破山寺后禅院》。此诗不仅写了有形的禅房，还表现出无形的禅味，故钱钟书先生举"山光"两句作"诗宜参禅味，不宜作禅语"的例证，且分析其中隐含的有关心相关系的思想道：

---

① 刘长卿：《渡水》，《刘随州集》卷四，第24页，四部丛刊本。
② 常建：《题破山寺后禅院》，《常建诗集》卷上，第1页，天禄琳琅丛书本。

> 如心故无相，心而五蕴都空，一尘不起，尤名相俱断矣。
> 而常建则曰："潭影空人心"，以有象者之能净，见无相者之本
> 空。在潭影，则当其有，有无之用；在人心，则当其无，有有
> 之相。洵能撮摩虚空者矣。①

他认为其中虽有理语，却表达得宜而有理趣，是化虚为实的范例。
我们注意到，常建的这首诗同样也写了静寂中的钟磬声及初日光照、
飞鸟等，并选用了"空""幽""深""寂"等有禅意的字眼。

再举两首宋人之作：

> 雨过百泉出，秋声连众山。独寻飞鸟外，时渡乱流间。
> 坐石偶成歇，看云相与还。会须营一亩，长此隔潺湲。②

> 漱甘凉病齿，坐旷息烦襟。因脱水边屦，就敷床上衾。
> 但留云对宿，仍值月相寻。真乐非无寄，悲虫亦好音。③

这两首诗出自王安石之手，都是佛教题材，一为《自白土村入北寺
二首》，一为《定林院》。王安石诗多禅语，如"闻道无情能说法，
面墙终日妄寻思"之类，而这两首却是"无禅语有禅味"之作。其
中也用了飞鸟、月、云等意象。

当然，并不是说写了云、月就一定有禅味，也不是有禅味的诗
必有云、月之类。不过，王维及其他一些诗人的"禅味"诗中，云、

---

① 钱钟书：《谈艺录》，中华书局，1984年，第228页。
② 王安石：《自白土村入北寺二首》，《临川先生文集》卷十五，第75页，四部丛刊本。
③ 王安石：《定林院》，《临川先生文集》卷十四，第68页，四部丛刊本。

月等意象的屡现，却是不争的事实。

这一方面是渲染静寂悠远氛围的需要，另一方面也因为这些现象与禅学素有渊源。

如远声。

禅门颇有闻声开悟的记载。沩仰宗大德香岩智闲禅师久参不悟，心灰智灭，一日芟除草木，偶然抛掷瓦砾打在竹上，声响传来，豁然省悟，作颂曰："一击忘所知，更不假修持。动容扬古路，不堕悄然机。处处无踪迹，声色外威仪。诸方达道者，咸信上上机。"意思是，偶发的声响在瞬间吸引了他的全部注意力，使之忘掉外部世界，被带入了空灵、神妙的禅境。又有楚安慧方禅师，久不得悟，一日乘舟，忽闻岸上有人用乡音高声喊叫，当下触机开悟，作偈曰："沩水江心唤一声，此时方得契平生。多年相别重相见，千圣同归一路行。"所云"重相见"，是指认识到自己的本来面目，即自性，真如一体不二。

皎然也有诗写远声与禅境：

> 古寺寒山上，远钟扬好风。声余月树动，响尽霜天空。
> 永夜一禅子，泠然心境中。[①]

诗题《闻钟》，描写悠扬的寒山远钟将禅子带入泠然之境，钟声泠然，禅境泠然，打成一片而终于忘我。

对于诗人来说，创作之时当然不会明确想到这些禅门典故，但远声自身带有的神秘意味与启发、召唤的感觉，却是他们体验深切

---

① 皎然：《闻钟》，《昼上人集》卷六，第44页，四部丛刊本。

的——特别对那些长于玄想冥思的作者来说。而这种意味、感觉与禅体验相似（神秘体验不专属于禅宗，所有宗教都有形式不一的神秘心理体验，但禅宗尤其重视）。而如果平日对此类禅门佳话有所了解的话，当机应景组织入诗的可能性就更大一些。而一旦入诗，融入特定的语境，便自有禅意。这方面的典型之作如柳宗元的《渔翁》：

> 渔翁夜傍西岩宿，晓汲清湘燃楚竹。
>
> 烟销日出不见人，欸乃一声山水绿。
>
> 回看天际下中流，岩上无心云相逐。[①]

此诗写超然尘世之外，去住无碍的渔翁，表现诗人追求的清净不染、解脱自在的人生境界。而全诗的"眼"便是"欸乃一声山水绿"。

再如王国维的《浣溪沙》：

> 山寺微茫背夕曛。鸟飞不到半山昏，上方孤磬定行云。
>
> 试上高峰窥皓月，偶开天眼觑红尘，可怜身是眼中人。[②]

王国维论词主"境界"之说，对佛学止观之境别有会心。此词即为某种心境的象征性表现，"上方孤磬定行云"，尤其具有神秘、召唤的意味。

又如光照。

---

① 柳宗元：《渔翁》，《柳宗元集》卷四十三，中华书局，1979 年，第 1252 页。
② 王国维：《浣溪沙》，《苕华词》，第 3 页，《海宁王静安先生遗书》本。

佛典中以光照比喻佛法、佛性的不可胜数，如《华严经》：

> 譬如日出世间，以无量事饶益众生。所谓灭除暗冥，长养
> 一切山林药草百谷卉木，消除冷湿，照空饶益虚空众生，照池
> 则能开敷莲华，普悉照现一切色像，世间事业皆得究竟。何以
> 故？日能普放无量光故。如来身日亦复如是。①

> 譬如日月出现世间，乃至深山幽谷无不普照。如来智慧日
> 月，亦复如是，普照一切无不明了。②

前者是"日"，后者是"日月"，都是着眼于光照。《摩诃止观》也以
"譬如日光，周四天下"喻指圆顿之境，并称"有缘者见，如目睹
光"，又云："有禅定者，如夜见电光，即得见道"。《法华经》则以
"圆如月，照如日"比喻佛性。禅宗的公案、偈颂中也经常把光照同
开悟联系起来。《景德传灯录》载潭州龙山和尚示法诗："三间茅屋
从来住，一道神光万境闲。莫作是非来辨我，浮生穿凿不相关。"神
光形容开悟后自性朗彻，以此观照大千世界，一切无不恬适宴然。
《五灯会元》记越山师鼐禅师入门而不得彻悟，一次在清风楼赴斋，
久坐而后无意抬头望远，见日光灿烂，当下大悟，作偈曰："清风楼
上赴官斋，此日平生眼豁开。方信普通年远事，不从葱岭带将来。"
意思是，日光炫目，而心智随之顿开，体悟佛性真如本在自身，并
非普通年间（梁武帝年号）达摩由西土带来。此类事例甚多。如临
济宗开派祖师义玄说法："孤轮独照江山静，自笑一声天地惊。"渤

---

① 《大方广华严经》宝王如来性起品，《CBETA 电子佛典 2018》T09n0278，p0616。
② 同上。

潭灵澈颂古诗：“半夜白云消散后，一轮明月到窗前。”天龙重机与僧问答：“朗月辉空时如何？”“正是分光景，何消指玉楼。”仙宗契符说法：“无价大宝光中现，暗客昏昏争奈何！”等等。寓意大致分两类：一是以光照喻真如，特别是“明月”“月轮”等尤偏于此意；一是以光照形容开悟时心境之透彻朗然。而二者并非判然泾渭。

这种意味在很多诗人的作品中都可体会到。如张说《江中诵经》：“澄江明月内，应是色成空。”刘禹锡《赠长沙赞头陀》：“有时明月无人夜，独向昭潭制恶龙。”郑獬《江上》：“晚来天卷苍霞尽，万顷玻璃烂不收。”司马光与范景仁谈禅诗：“浮云任来去，明月在天心。”（《宋稗类钞》）苏东坡《舟中夜起》：“微风萧萧吹菰蒲，开门看雨月满湖。”黄庭坚《登快阁》：“落木千山天远大，澄江一道月分明。”张商言《题王阮亭禅悦图》：“诗品不言禅，水月禅之趣”等，虽然有显有隐，意味却相近似。

其他那几种意象与佛门的渊源与此也差不多。如白云，《五灯会元》载黄龙祖心的偈语：“堪笑白云无定止，被风吹去又吹来。”大阳警玄偈语：“白云覆青山，青山顶不露。”如飞鸟，《法华经》以“如鸟飞空，终不住空；虽不住空，踪不可寻”比喻真正菩提心。如高山，《法华经》以“山王最高”比喻本经的德性。如是等等，兹不一一例举。

应该说明的是，一个孤立的名词并不能产生禅意，甚至也称不得“意象”。对于钟声、明月、白云之类名词来讲，禅意只是一种潜在的可能。只有组织到特定的结构里，置于特定的氛围中，这种可能才得以实现。不过，如上所列举，这些名词被组织到诗句中，成为意象之后，它们的高度复现率使其具有非常强的互文性，也就自然而然地把佛典的观念、把已经得到公认的“禅诗”的意味，带到新的文本中，并对阅读者产生导向。

三

　　诗中禅意有隐有显。隐者如前面所举，"如空外之音、水中之影"，"在离即之间"；显者就是出现明显的说理意图。通常情况下，这样的诗味容易流于枯燥。严沧浪称赞唐诗"唯在兴趣"，批评宋人"以理入诗"，揭示的正是唐诗与宋诗在这方面的一个重要差别。这一差别同样表现在两个时代诗人的禅意之作中。一般来说，唐人长于创造一种境界。渲染一种气氛来传达禅悟体验，如前面介绍的王维、韦应物、刘长卿、常建等人的作品，而宋人则通过物态描写来说明禅学道理。前者是感性的，后者是理性的；前者是不即不离、无迹可求的，后者是喻指明确、即事见理的。这种以说理为旨归的禅诗，写得不好便成偈颂，而成功之作则多抓住了"理趣"的要领。
　　钱钟书在《谈艺录》中对"理趣"与"禅意"有透彻的分析。他认为：

　　　　理趣作用，亦不出举一反三，然则所举者事物，所反者道理，寓意视言情写景不同……一味说理，则于兴观群怨之旨，背道而驰。乃不泛说理，而状物态以明理；不空言道，而写器用之载道。拈此形而下者，以明形而上者。使寥廓无象者，托物以起兴；恍惚无朕者，著迹而如见。譬之无极太极，结而为两仪四象；……举万殊之一殊，以见一贯之无不贯，所谓理趣者，此也。

唯禅宗公案偈语，句不停意，用不停机，远迈道士之金丹
　　诗诀。词章家隽句，每本禅人话头。……死灰槁木人语，可成
　　绝妙好辞。斯亦禅人"不风流处也风流"也。又往往富于理趣，
　　佳处偶遭，未尝不可为风骚之支与流裔。①

他指出了理趣诗的主要特征在于以具体明抽象，以形象寓哲理，还
指出这类诗受到禅门公案机锋的启发影响。这都是很有见地的。
　　宋代的理趣禅诗当推苏东坡的《题西林壁》为第一。诗云：

　　横看成岭侧成峰，远近高低各不同。
　　不识庐山真面目，只缘身在此山中。②

此诗看似简单，历代评价、解释却颇有分歧。黄庭坚认为这是论述
佛理的杰作："此老于般若，横说竖说，了无剩语。非其笔端有舌，
亦安能吐此不传之妙。"陈衍则称赞："此诗有新思想，似未经人道
过。"纪昀则肯定其基本性质为禅意理趣之作，但评价却不高："亦
是禅偈而不甚露禅偈气，尚不取厌，以为高唱则未然。"更有人具体
指出，《华严经》有偈曰：

　　于一尘中大小刹，种种差别如尘数。
　　平坦高下各不同，佛悉往诣转法轮。
　　一切尘中所现刹，皆是本愿神通力。

---

① 钱钟书：《谈艺录》，中华书局，1984年，第226—228页。
② 苏轼：《题西林壁》，《苏轼诗集》卷二十三，中华书局，1982年，第1219页。

随其心乐种种殊，于虚空中悉能作。①

东坡对《华严》烂熟于心，"远近高低各不同"云云便由此化出。然而，又有驳斥者，认为这类作品都是由性灵感发而生，并非由佛经加工云云。

要了解此诗真谛，可从东坡的一则轶事得到启发。惠洪和尚的《冷斋夜话》记载，苏东坡曾邀请刘器之一起去见"玉版"禅师。刘本不喜登山，听说参谒高僧，方才同行。到山中廉泉寺，东坡烧笋请刘享用。刘觉滋味甚好，问笋何名，东坡答道："即玉版也。此老师善说法，要令人得禅悦之味。"刘器之才知是个玩笑。二人哈哈大笑，东坡就此作一偈语："丛林真百丈，法嗣有横枝。不怕石头路，来参玉版师。聊凭柏树子，与问箨龙儿。瓦砾犹能说，此君哪不知。"苏东坡的玩笑之中包含他对禅的理解。这段偈语有两个禅门典故。一是"柏树子"。《五灯会元》记赵州从谂禅师回答"如何是祖师西来意"时，答曰："庭前柏树子。"再问，仍如此回答。意思是，禅无所不在，触目皆是，自在而得，不必胶柱鼓瑟地刻板相求。一是"瓦砾犹能说"。《景德传灯录》记载，僧人问："如何是佛？"文殊回答："墙壁瓦砾犹能说之。"《五灯会元》则有长沙景岑禅师对"如何是文殊"的问答，曰："墙壁瓦砾。"意思与"柏树子"相似，也是说佛、禅随处可见，只须自家彻悟。苏东坡的偈中用这两个禅典，意在说明"箨龙儿"（即竹笋）与柏树子、瓦砾一样，只要去体味，就可以从中感到禅悟的喜悦。

另外，我们还可以参看东坡当时的其他诗作。《题西林壁》作于

---

① 《大方广华严经》世界成就品，《CBETA 电子佛典 2018》T10n0279，p0036。

元丰七年，同年冬所作《次韵王定国南迁回见寄》云："乐全老子今禅伯，掣电机锋不容拟。心通岂复问云何，印可聊须答如是。"此后不久的《寄吴德仁兼简陈季常》云："平生寓物不留物，在家学得忘家禅。"都可以看出此时"禅"在苏东坡心中的印象之深——这乃是黄州四年谪居生涯的投影。

因此，《题西林壁》含有禅意佛理是很自然的。这首诗若作一般哲理诗来读，可以理解为揭示认识论方面的道理，如事物具有多侧面，不同角度观察的结果也不相同，超脱其外才能做客观、全面的观察等。若再深入一层，便可体会到隐约的禅理：色界意态万千，而真如只是一体；若惑于表象，不能超拔色界，那么真如终不可见。——鉴于上述东坡随处觅禅说禅的态度，及此诗题咏的场所（西林即西林寺，为庐山名刹），指出这首诗深层的禅意佛理当非穿凿。

不过，说《题西林壁》有佛理，并不等于说"远近高低各不同"是《华严经》文句的直接加工。苏东坡精熟《华严经》，吟诗作文时潜移默化地体现出所受的影响，有时表现在思想观点上，有时表现在境界风格上，有时表现在词语章句上，提笔时未必有意，而落笔后自然呈露。这首诗也是如此。山形山景纯然是即目所见，由触目感悟而吟咏成诗，故所寓佛理与景物描写融为一体，虽终归于说理，却不枯燥、不牵强。以诗说理，到这种程度就当得起"理趣"二字了。

苏东坡还有一首写禅意的理趣诗也久享盛誉，就是《百步洪》，诗云：

长洪斗落生跳波，轻舟南下如投梭，

水师绝叫凫雁起，乱石一线争磋磨。

有如兔走鹰隼落，骏马下注千丈坡，

断弦离柱箭脱手，飞电过隙珠翻荷。

四山眩转风掠耳，但见流沫生千涡。

险中得乐虽一快，何异水伯夸秋河。

我生乘化日夜逝，坐觉一念逾新罗。

纷纷争夺醉梦里，岂信荆棘埋铜驼。

觉来俯仰失千劫，回视此水殊逶迤。

君看岸边苍石上，古来篙眼如蜂窠。

但应此心无所住，造物虽驶如吾何！

回船上马各归去，多言哓哓师所呵。[①]

此诗作于徐州太守任上。当时参寥和尚由杭州初次来访，东坡和他乘舟游于泗水百步洪，作诗相赠。由于是赠与僧人，所以其中佛理禅意尤浓。全诗联想自然，思路敏捷。先用博喻法极力描写水势之急，然后想到时光流逝比水势更急，相形之下，此急流反显得很舒缓。人生短暂，转瞬成空的感慨自然而生。如何对待这空幻的人生呢？作者想到了《金刚经》的"于无所住而生其心"，于是得出结论：只要不滞于物，不执于有，时光流逝就不能扰乱自己的心灵。而这只需默会于心，不必形诸语言。

这首诗的妙处主要在于事理贴切、联想自然。"造物虽驶"、生命短暂的念头是由水流迅急与苍石、篙眼的观感中生发出来，而水流与时光的飞逝又自然引出了心的"动"与"住"问题，于是眼前

_____

[①] 苏轼：《百步洪》，《苏轼诗集》卷十七，中华书局，1982 年，第 891 页。

景物与禅理感悟打成了一片，景物有了象征意味，禅理有了点化作用。比起一般伤时叹逝之作，哲理意味就深厚得多了。

《题西林壁》与《百步洪》在写法上属于同类，即抓住眼前景物的某种特色进行渲染描写，然后就此揭示佛理禅意。而《琴诗》则属于另外一种情况，诗云：

> 若言琴上有琴声，放在匣中何不鸣？
> 若言声在指头上，何不于君指上听。①

关于这首诗，苏东坡自己在《与彦正判官书》中述说了写作起因：彦正赠他一具古琴，东坡请人试奏后，作"一偈"送给琴师云云。苏东坡自称为"偈"，原因有二：一是内容含佛理，二是形式近于偈颂。前人阐释这首诗，多引《楞严经》：

> 譬如琴瑟、箜篌、琵琶，虽有妙音，若无妙指，终不能发，汝与众生亦复如是。宝觉真心，各各圆满，如我按指，海印发光。

意思是人人各具佛性，须点化感悟后才生妙用。但我们与诗对照，似乎东坡意不在此。因而，说这段经文与坡诗有语源方面的联系则合乎实际，说其演述经义则未必。苏东坡在另一首诗中有类似的疑问："石中无声水亦静，云何解转空山雷？"（《武昌西山·再用前韵》）也是思索声音如何发生。这个问题具有深浅两层含义。浅层

---

① 苏轼：《琴诗》，《施注苏诗》补遗卷下，第 767 页，《四库全书》本。

属于格物，乃古人不明振动发声之理而产生的困惑。深层则为佛理，但与《楞严经》那段"海印发光"说无关。其真实意义可取金圣叹一段话作参证。金氏《语录纂》："今人以手拍桌，随拍得响，响从十方四面来，借手桌因缘而成响。其实手着桌处一些子地并无有响，故响响不穷。……故响是大千本事，只是以手桌为机关，非手桌能生响也。"[1] 论题与东坡两首诗同类，其结论有两点：1. 声音不是发声物体的固有属性，而是某种遍布空间的独立物；2. 发出声音是一种"因缘生法"的过程。前一点是金氏独创之见，后一点实与东坡相通。佛经中惯以声响作"因缘生法""诸法皆幻"的喻体，如《华严经》："业缘如梦、如响、如镜中象，一切法如幻，而迹不违因缘业报。"可见，苏东坡的这首《琴诗》演述的是佛学习见的"因缘"之说，只不过触物而生联想，显得机智、俏皮而已。由于缺少对情景的描写，故若与《题西林壁》《百步洪》相比，则不免理多而趣少了。

坡诗中的理趣禅意有时并不笼罩全篇，而在一两句中闪现却使全篇因之生色。如《文登蓬莱阁下，石壁千丈，为海浪所战，时有碎裂，淘洒岁久，皆圆熟可爱，土人谓此弹子涡也。取数百枚以养石菖蒲，且作诗遗垂慈堂老人》一诗：

> 蓬莱海上峰，玉立色不改，孤根捍滔天，云骨有破碎。
> 阳侯杀廉角，阴火发光彩。累累弹丸间，琐细或珠琲。
> 阎浮一沤耳，真妄果安在？我持此石归，袖中有东海。
> 垂慈老人眼，俯仰了大块。置之盆盎中，日与山海对。

---

[1]《首楞严经》卷四，《CBETA 电子佛典 2018》，X11n0268，p0368。

明年菖蒲根，连络不可解。倘有蟠桃生，旦暮犹可待。①

诗的前一半写蓬莱丹崖之形势与卵石的情况，后一半想象以石养花的情形，中间插入"阎浮一沤耳"等四句理语，与前后并无必然联系。其中"阎浮一沤"取《楞严经》语义，而"袖中有东海"则取《华严经》"于一毛孔中悉分别知一切世界"的观点。但"我持此石归，袖中有东海"形象生动、意态潇洒，给人的印象远超过经义本身，从而为全诗增添了理趣。

这种情况在东坡诗词中最为多见，《和子由渑池怀旧》《定风波》等皆是。

宋代诗人中另一位擅长写理趣禅意的是王安石。他直写佛理之作有《和女诗》《寓言》等，也有一些将理语化入情、景，得禅趣而不见斧凿之痕的，如《游钟山》：

> 终日看山不厌山，买山终待老山间。
> 山花落尽山长在，山水空流山自闲。②

《出定力院作》：

> 江上悠悠不见人，十年尘垢梦中身。
> 殷勤为解丁香结，放出枝间自在春。③

---

① 苏轼：《文登蓬莱阁下》，《苏轼诗集》卷三十一，中华书局，1982 年，第 1651 页。
② 王安石：《游钟山》，《临川集》卷三十，第 153 页，四部丛刊本。
③ 王安石：《出定力院作》，《临川集》卷三十四，第 171 页，四部丛刊本。

这一类理趣诗，读来有味，然细辨之，其味往往在酸咸之外，须读者各以自己的取向来品尝，见仁见智，有时可能相去甚远。即以理学泰斗朱熹的两首脍炙人口的小诗为例。其一《观书有感》：

> 半亩方塘一鉴开，天光云影共徘徊。
> 问渠哪得清如许，为有源头活水来。①

其二《春日》：

> 胜日寻芳泗水滨，无边光景一时新。
> 等闲识得东风面，万紫千红总是春。②

这两首诗都有较为通行的理解，前者是自勉"活到老学到老"，后者是对"孔颜乐处"的发挥。应该说，这都合乎诗作的基本意旨。但如果读者是一位对佛理禅机有兴趣的人，而且又有相当的佛学素养的话，他很可能从中感到佛禅的理趣，因为前者的比喻与"境由心生""无所住而生其心"不无瓜葛，而后者与"一悟即至佛地""心净则随处净土"也颇相通——理学起于辟佛，然不仅陆王，即程朱亦由佛禅多所汲取，此但一例耳。

当然，这也是一家之言。而诗的魅力就在于朦胧多解，诗中的禅趣在朦胧之中更显其特有之魅力。

---

① 朱熹：《观书有感》，《晦庵集》卷二，第26页，四部丛刊本。
② 朱熹：《观书有感》，《晦庵集》卷二，第25页，四部丛刊本。

[附] 禅诗赏析二首

盆荷

萍粘古瓦水泓天，数叶田田贴小钱。

才大古来无用处，不须十丈藕如船。①

这是南宋后期僧人居简的一首咏物诗。所咏为居家常见的摆设，本无稀奇处，而作者当机开悟，遂有此别具心得之作。

首二句扣题状物。"萍粘古瓦"写盆。瓦，明其为家常之物，非矜贵难得者；古，则明其不俗。禅家设喻，常有"古松""古井"之说，意味与此相通。"萍粘"之"粘"字下得恰切。贮荷之盆，水非常换，积久生萍，萍缘盆壁。一个"粘"字，既有质感，又传达出若即若离之态。"水泓天"把境界拓开来。写水中天光云影，已有开阔之象，又着一"泓"字——泓为水深水广之意——便倍觉广远。"数叶田田"写荷。古乐府"江南可采莲，莲叶何田田"之句，"田田"为茂盛状，用在这里代指荷叶。因荷叶初生，小如铜钱，未离水面，故云"贴小钱"。后二句为议论。由欣赏小盆小荷而生油然满足之意，进而悟出"才大无用"的道理，所以说："不须十丈藕如船。"这番议论可从社会学和哲学两个角度来理解。从前者来看，"才大无用"是牢骚话，委婉地表达了对庸奴当道的社会现实的不满；而从后者来看，则与传统的"小大之辩"颇有关联。"十丈藕如船"句用唐韩愈《古意》典。韩诗谓："太华峰头玉并莲，开花十丈藕如船。冷比雪霜甘比蜜，一片入口沉疴瘥。"

"小大之辩"是庄子哲学中的重要命题，《逍遥游》《齐物论》

---

① 释居简：《盆荷》，《千家诗选》卷九，百花门，第 49 页，清嘉庆宛委别藏本。

《秋水》等篇皆有论述。有所谓"天下莫大于秋毫之末，而太山为小"的说法，认为小与大只是相对而言，又有对"大而无用"说的驳斥，这似乎都是居简当机开悟的思想材料。居简为禅僧。中国佛学本是融印度佛学与本土老庄为一体的产物，早在慧远，已有"引庄子义为连类"的解读佛经方法，北宋末释法英作《道德经解》则更进了一步，南宋时庄禅互证乃至三教一贯渐成通论。故居简取《庄子》中的话头入诗，实在是很自然的事情。

　　但是，居简诗中的哲理和庄子的观点并不相同。居简的"不须大"是由众生平等、一相本同的佛理中衍生，故话头似庄，观点、意味却是地道的禅。禅的本质为一种超脱、安祥的心态，泯灭了人我相，摒除了分别心。正如《金刚经》所云："是法平等，无有高下。"黄檗禅师解释道："心若平等、不分高下，即与众生、诸佛、世界、山河、有相无相，遍十方世界，无彼我相。此本源清净心，常有圆满，光有遍照也。"[1] 居简所云"水泓天"即喻常自圆满的本源清净心。盆中小荷自成美景，无欠无赘，具足圆成，安祥而宁静，如同入禅境之清净心。如妄生分别计较之念，落于二乘，亦与禅境无缘了。

锦镜池

一鉴涵虚碧，万象悉其中。

重绿浮轻绿，深红间浅红。[2]

---

[1]《金刚经注解》无法可得分第二十二，《CBETA 电子佛典 2018》，X24n0468，p0807。
[2] 僧鉴：《锦镜池》，《宋诗纪事》卷九十三，《四库全书》集部，诗文评类。

雪窦山为浙东四明山脉中的名胜，锦镜池则为龙晴所在。池有源泉活水，清冽澄明，周围层峦叠嶂，林森葱笼。池水如镜，景色如锦，映景入池，遂得"锦镜"之名。这首《锦镜池》是南宋禅师僧鉴的作品。

　　锦镜池旁有一亭，名锦镜亭。与僧鉴同时的禅师元肇曾题诗于亭，其中描写锦镜池的风光道："妙高峰顶见日出，千丈岭头看云飞。寒木着霜山衣锦，清泉得月镜交辉。"

　　与元肇的诗相比，僧鉴的这首《锦镜池》写法明显不同。他对于池周环境一概略过，只落笔于池水本身。"一鉴涵虚碧"总写水静池清。鉴者，镜也，是点题之笔。虚碧则状池水之清彻深邃。"涵"字用得很好。"鉴"与"碧"皆为实字，着一"涵"字便有混茫渊深的意味。"万象悉其中"乃写水中映象。作者以"万象"与"一鉴"相对，在数量的绝大差异中产生张力的效果。接下去，诗人没有描写"万象"的具体状貌——如元肇所写的"日出""云飞""寒木"等，而是以抽象的笔法写出"重绿浮轻绿，深红间浅红"。这真是写水中映象的绝妙手法。从状物的角度看，绿分重轻，红杂深浅，池周草木之蓬勃、山花之烂漫，固已摄神于池水；而一"浮"一"间"，则又准确写出所描为映象而非实景。况且，只写颜色不写物象，与前句"涵""虚"照应，形成全诗灵虚空明的境界，禅意便由此而生。

　　水月镜象，是释家说"空"的惯常喻设，如石头说法："三界六道，唯自心观。水月镜象，岂有生灭？"又说："法身无象，谁云自他？圆鉴灵照于其间，万象体玄而自现。"[1] 僧鉴此诗的"一鉴涵虚

---

① 《禅宗正脉》卷三，X85n1593，p0415—416。

碧，万象悉其中"虽自眼前景物中"现量"而得，但也是素常浸淫于先辈禅旨，方能与石头的"圆鉴""万象"暗合如此。而我们由此暗合之处，自然也就体会到"一鉴"云云的象征意味。"一鉴"即"心"。禅学中，池也象征心性，如石头梦与六祖乘龟游池，觉后详之："灵龟者，智也；池者，性海也。"① 故此诗写池写鉴实则全是写心。心能"涵虚""灵照"，"万象"乃自现其中。象非实相，乃镜中之象，故知性空；心为虚心，故全无挂碍，故得见色。至于"重绿""深红"云云，也隐禅机在内。据传，世尊以随色摩尼珠为五方天王说法，五人各见一色，为青为黄为白为赤，世尊遂谕"真珠无色，色由心生"的道理。故此诗以重笔写斑烂杂色，亦含万法性空、万法唯心的旨趣在内。

要之，此诗浅层状物写景，得池水胜境之神；深层设喻象征，含禅学佛理之妙。浅深融合无痕，实为理趣诗的上佳之作。

---

① 《禅宗正脉》卷三，X85n1593，p0415。

第四章

佛门诗痕

诗歌与佛教的关系是双向的：不只是诗人与佛门有缘，佛门中也颇见诗之苗裔。佛教的教理往往以偈颂的方式表达，偈颂与诗则是"近亲"——有些偈颂与诗几无二致。更有意思的是，僧人之中有不少诗翁，吟风弄月的兴趣似乎超过了青灯黄卷。虽说是尘缘不净，却也在佛教与士大夫之间架起了一座桥梁，有意无意地扩大了佛教在读书人中的影响。

诗僧是一种复杂的文化现象。诗家讲"缘情"，僧家讲寂灭，从道理上讲，"诗"与"僧"凿枘不相容。但是，自佛教昌大于中土的南北朝至晚清，以诗名世的僧人历代史不绝书。仅以唐代论，《全唐诗》便录有诗僧115家、诗45卷，《唐才子传》提及唐代诗人398名，其中诗僧便有53名，足见禅林诗风之盛。对于这一现象，元人辛文房在《唐才子传》中概括道：

> 自齐、梁以来，方外工文者，如支遁、道猷、惠休、宝月之俦，驰骤文苑，沉淫藻思，奇章伟什，绮错星陈，不为寡矣。厥后丧乱，兵革相寻，缁素亦已狼藉，罕有复入其流者。至唐……有灵一、灵彻、皎然、清塞、无可、虚中、齐己、贯休八人，皆东南产秀，共出一时，已为录实。其或虽以多而寡称，或著少而增价者，如惟审，护国、文益、可止……等四十五人。[1]

---

[1] 辛文房：《唐才子传》卷三，第 22 页，清佚存丛书本。

这就勾勒出了诗僧现象源起流变的大致脉络。

钱钟书对此也有一个梳理：

> 释氏作诗，唐以前如罗什《十喻》、慧远《报偈》、智藏《三教》、无名《释五苦》、庐山沙弥《问道扣玄》，或则喻空求本，或则观化决疑，虽涉句文，了无藻韵……初唐，寒山、拾得二集，能不搬弄翻译名义，自出手眼；而意在贬俗警顽，反复譬释，言俚而旨亦浅……僧以诗名，若齐己、贯休、惠崇、道潜、惠洪等，有风月情，无蔬笋气；貌为缁流，实非禅子，使蓄发加巾，则与返初服之无本（贾岛）、清塞（周朴）、惠铦（葛天民）辈无异。①

他在勾勒脉络中杂以评论，评论的标准是诗歌的风格与价值，评价相当中肯，同时指出文士与僧人之间并无淄渑之别，也很有见地。只是诗僧中自有标格卓迥者，并不止于上述诸人。

一

早期诗僧首推东晋的支遁。前面已谈到他与名士文人交往的情况，而他本人不仅清谈超妙，诗也写得相当不错。《广弘明集》中收有其作品二十一首，其中半数为《赞佛诗》《长斋诗》一类佛教题材，其余则为《咏怀》《述怀》等感物咏志之作。佛教题材写得词采

---

① 钱钟书：《谈艺录》，中华书局，1984年，第225—226页。

华美，但缺少诗味；咏志诗介乎玄言与山水之间，既直言老、庄玄理，又描写"芳泉代甘醴，山果兼时珍"的山林生活，后者与谢灵运等人的山水诗情味仿佛，在诗坛有一定的影响。但支遁在当时，主要面目还是在"僧"，而不在于"诗"。他的佛学修养深湛，著有阐说般若与禅的多种著作，对顿悟也有独特的理解，成一家言。所以，他虽能诗，却还不是典型的诗僧。

最早一批以诗名著称于世的僧徒是南齐的惠休、道猷及宝月，三人同列名于钟嵘《诗品》。《诗品》录两汉至齐梁间的五言诗人，时间跨越六百余年，仅著录 122 人，故入其品第者均为一时作手。惠休等虽列于下品，却也说明已具有相当的"知名度"。

三人中，惠休的名气尤大。惠休俗姓汤，字茂远，生活于刘宋时代，入齐而终，与诗人鲍照、颜延之同时代而略晚。青年时代为僧，因诗而享盛名。宋孝武帝刘骏命其还俗为官，至扬州从事史。其诗集今已散佚，仅存作品 11 首。钟嵘对惠休诗的评价是"淫靡，情过其才"，沈约的评价是"辞采绮艳"，颜延之的评价是"委巷中歌谣耳，方当误后生"。三人立论角度不同，但基本看法是一致的，都认为汤惠休写男女恋情时渲染过分、风格绮艳。三人的评语都含贬意，而以颜延之尤甚，竟指责汤诗有"毒害青少年"的不良社会效果。一个僧人擅作情诗已可骇怪，又得此评价则愈发难堪。我们且来读一首他的作品，看看究竟如何。《怨诗行》：

> 明月照高楼，含君千里光。巷中情思满，断绝孤妾肠。
> 悲风荡帷帐，瑶翠坐自伤。妾心依天末，思与浮云长。
> 啸歌视秋草，幽叶岂再扬。暮兰不待岁，离华能几芳？

愿作张女引，流悲绕君堂。君堂严且秘，绝调徒飞扬。①

这是乐府古题。自班婕妤以还，作者甚众，多写怨妇思念良人之苦以及年华易逝、人寿不永之感叹。惠休此作亦未脱窠臼，只是将这两方面熔铸一体，情思跌荡，语意工切，故在同题作品中允为上乘。若说风格"绮艳"则有之，称"淫靡""误后生"则未免太过。推想颜、钟过责的原因，恐怕与惠休僧徒的身份不无关系——一俗人作此情语尚可，出家人则颇嫌心猿意马了些。

但是也有人恰恰因这种身份与内容的反差而激赏此诗。清代诗人沈德潜在《古诗源》中评论这首《怨诗行》道：

禅寂人作情语，转觉入微处亦可证禅也。②

从思妇的怨词情语中看出禅意，沈老先生可谓别具慧眼。只是对于大多数读者来说，感受到的还是缠绵情思与深切悲哀。

惠休还有一组短诗享有盛名，就是《杨花曲》三首：

葳蕤华结情，宛转风含思。掩涕守春心，折兰还自遗。
江南相思引，多叹不成音。黄鹤西北去，衔我千里心。
深堤下生草，高城上入云。春人心生思，思心长为君。③

春心、相思，加上柔婉的风格，无论如何也和僧人的形象联不到一

---

① 汤惠休：《怨歌行》，《古诗源》卷十一，中华书局，1978 年，第 270 页。
② 沈德潜：《怨歌行》评语，《古诗源》卷十一，中华书局，1978 年，第 270 页。
③ 汤惠休：《杨花曲》，《古诗源》卷十一，中华书局，1978 年，第 270 页。

起。特别是与稍早一些的陶渊明、谢灵运相比，便明显感到汤惠休风格的独特了。

由于诗作的绮艳风格，时人多把惠休与大诗人鲍照相提并论。萧子显的《南齐书·文学传论》称："休鲍后出，咸亦标世。"钟宪则讲："鲍、休美文，殊已动俗。"钟嵘认为，惠休的成就不及鲍照，这种并称的评价并不准确。比较起来，钟嵘的看法是正确的，但并称之说也是事出有因。《诗品》评鲍诗为"靡嫚""诪诡""险俗"，"颇伤清雅之调"，与惠休诗评价相类。可见在当时人眼里，惠休与鲍照是同一风格流派中的诗人。有趣的是，目无下尘的李太白还曾就"休鲍齐名"做过一首诗：

> 梁有汤惠休，常从鲍照游。峨眉史怀一，独映陈公出。
> 卓绝二道人，结交凤与麟。行融亦俊发，吾知有英骨。
> 海若不隐珠，骊龙吐明月。大海乘虚舟，随波任安流。
> 赋诗旃檀阁，纵酒鹦鹉洲。待我适东越，相携上白楼。[①]

这首诗的题目是《赠僧行融》。诗中以惠休、鲍照来比行融和自己，这对休、鲍很有些"抬举"的味道。

对于这个并称问题，还有另一种戏剧化的说法。南齐羊曜璠讲，颜延之出于对鲍照文才的嫉妒，故意提出休、鲍齐名之说，造成舆论，借惠休来贬低鲍照。此说可信与否，已无法考定，但由此也证明：惠休当时是个有影响的诗人，由于写情轻艳，声名颇具争议。实际上，汤惠休的诗风在一定的意义上，是开了齐梁"宫体"的先河。

---

① 李白：《赠僧行融》，《李太白全集》卷十二，中华书局，1977年，第633页。

另外两位诗僧的名气要小一些。道猷是东晋高僧道生的弟子，俗姓冯，后改帛，山阴人，曾为宋文帝讲解顿悟之义，得到好评。其诗仅存一首《陵峰采药》：

> 连峰数千里，修林带平津。云过远山翳，风至梗荒榛。
> 茅茨隐不见，鸡鸣知有人。闲步践其径，处处见遗薪。
> 始知百代下，故有上皇民。①

这首诗历代评价甚高。明人杨慎认为"连峰数千里，修林带平津"与"茅茨隐不见，鸡鸣知有人"四句是"古今绝唱"；王夫之则评为"宾主历然，情景合一"；钟嵘也称之为"清句"。平心而论，仅就此诗而论，取境、情趣倒是有一些诗僧的"本色"，其格调、风致，则放到陶、谢之作中也并不逊色。可惜他的其他作品散佚不能得见了。

宝月俗姓康，生平材料很少。从仅有的一点资料看，他有音乐才能，曾为齐武帝的诗配曲，似乎是个牵缠在名利中的和尚。《玉台新咏》中收有一首《行路难》，题署"释宝月"，诗云：

> 君不见孤雁关外发，酸嘶度扬越。
> 空城客子心肠断，幽闺思妇气欲绝。
> 凝霜夜下拂罗衣，浮云中断开明月。
> 夜夜遥遥徒相思，年年望望情不歇。
> 寄我匣中青铜镜，倩人为君除白发。
> 行路难，行路难，夜闻南城汉使度，

---

① 释道猷：《陵峰采药》，《石门文字禅》卷四，第 41 页，四部丛刊本。

使我流泪忆长安。①

此诗写征夫思妇之情，虽属旧题，间有新意，取境、句法似对张若虚《春江花月夜》都有些影响，但著作权却大成问题。据《诗品》，这首诗本为东阳柴廓所作，宝月曾留宿其家，抄写到手。柴廓不久去世，宝月便窃为己作。廓之子带手稿去京城，"欲讼此事"，宝月只得"厚赂止之"。此说若属实，宝月的人品便太卑下了。宝月现存诗还有二首，为乐府旧题《估客乐》。其一云：

郎作十里行，侬作九里送。拔侬头上钗，与郎资路用。

有信数寄书，无信心相忆。莫作瓶落井，一去无消息。②

风格与那首《行路难》相去较远，有些类似于民歌的味道。看来钟嵘所讲是比较可信的。一个出家人出此下策博取诗名，既可见本人求名的迫切心情，也反映出一个时代的社会文化氛围。正如钟嵘所讲："词人作者，罔不爱好。今之士俗，斯风炽矣。才能胜衣，甫就小学，必甘心而驰骛焉……至使膏腴子弟，耻文不逮，终朝点缀，分夜呻吟。"就是在这样一种诗的迷狂中，佛门弟子中六根不净者也终于陷溺进去了。

从上述三个诗僧留存的作品看，他们在进行诗歌创作时，对自己佛门弟子的身份并不十分在意。与后代诗僧相比，他们诗作的最大特色就是无特色——无论在取材上，还是情感、境界诸方面，都

---

① 释宝月：《行路难》，《玉台新咏》卷九，第 63 页，四部丛刊本。
② 释宝月：《估客乐》，《乐府诗集》卷四十八，中华书局，1979 年，第 700 页。

与同时代的俗家诗人差不多。

二

　　这种情况在唐代诗僧中有所变化。唐诗大盛，唐代佛教亦大盛，故唐代诗僧因势而高张异帜于诗坛。《宋高僧传》继《梁高僧传》而作，体例本应萧规曹随，但赞宁例外做了一个小变动，就是把原来的《唱导》科改为《杂科声德》，其中载入诗僧皎然、贯休、齐己、宗渊、栖隐、全玭等。在一定程度上，编撰者的改动与容纳诗僧的意图直接相关。为此，赞宁专门作论：

　　　　或曰："何忽变《唱导》为《声德》耶?"通曰："声之用大矣哉! ……乃可谓宫商佛法，金石天音，哀而不伤，乐而不佚……见慈颜而不怒，作《诗式》而安禅。"①

　　他虽然没有正面讨论诗僧的问题，但把儒家论乐、论诗的常用命题"哀而不伤，乐而不佚（淫）"直接移过来说明"声德"，又专门把皎然的诗学代表作《诗式》提出来，作为"安禅"的一条途径，足见赞宁是把诗僧现象作为他修改体例的重要原因之一的。于此也可间接感知唐代诗僧的广泛社会影响。
　　唐代诗僧人数既多，创作倾向便呈多样。
　　唐代诗僧中有几个特异的人物：王梵志、寒山、拾得及丰干等。

---

① 《宋高僧传》卷三十，中华书局，1987 年，第 757 页。

前引辛文房的诗僧专论对他们未有片言涉及，而王梵志四百余首诗作甚至不曾收入《全唐诗》。说他们特异，首先是因为其神秘。这几个人身世都是谜，当时的人们称王梵志为"菩萨示化"，认为寒山是文殊化身，拾得是普贤，并有他们的种种神迹传说在社会流行。其次是诗作的风格奇特，汇俚俗、机智、深刻于一体，在多姿多采的唐诗世界中别树一帜。

王梵志的身世情况见于晚唐冯翊的《桂苑丛谈》及《太平广记》，略云：

> 王梵志，卫州黎阳人也。黎阳城东十五里有王德祖者，当隋之时，家有林檎树，生瘿大如斗，经三年，其瘿朽烂，德祖见之，乃撤其皮，遂见一孩儿抱胎而出，因收养之。至七岁能语，问曰："谁人育我？复何姓名？"……乃作诗示人，甚有意旨。①

这段迹近神话的记述，引出了种种大不相同的解释。其实，揆情度理也可看作很平常的事实：王家收养了一个弃婴，为应付孩子对身世的根究，并杜绝乡邻的流言，便借助于民间流行的"空桑生子"之类传说，信口造出一段"准神话"来。这正如今日乡间父母在敷衍儿童对生命现象的好奇心时，还会讲出"石头坷垃里捡来的""山坡上刨出来的"一类话来。而"梵志"之名多见于佛书，可证其成人后与佛门的渊源。

王梵志诗现存近四百首，见于敦煌藏经洞的卷子及唐宋诗话、

---

① 《太平广记》卷八十二，第328页，明嘉靖刻本。

笔记以及禅宗语录等。其作者问题比较复杂，因为有种种迹象表明，这些诗并非出于一人之手，甚至也非产生于一个时代。大致说来，其中半数为初唐王梵志的作品，其他则为中晚唐一些无名作者所作。由于思想内容、艺术风格与王梵志比较接近，而王作在唐代名气很大，所以便笼统归到王梵志名下。我们在讨论有关诗僧问题时，也不妨仍把这些作品放到一起来看。

王梵志诗大体可分两类：一类为描写社会现实的作品，另一类为阐扬佛理的作品。前者如《贫穷田舍汉》：

贫穷田舍汉，庵子极孤凄。两穷前生种，今世作夫妻。

妇即客春捣，夫即客扶犁。黄昏到家里，无米复无柴。

男女空饿肚，状似一食斋。里正追庸调，村头共相催，

幞头巾子露，衫破肚皮开。体上无裈绔，足下复无鞋。

丑妇来怒骂，啾唧搦头灰。里正被脚蹴，村头被拳搓。

驱将见明府，打脊趁回来。租调无处出，还须里正陪。

门前是债主，入户见贫妻。舍漏儿啼哭，重重逢苦灾。

如此硬穷汉，村村一两枚。①

取材与写法都有特色，像这样描写下层民众性格的诗作，不仅在唐诗中罕见，就是在一部古代文学史也是不多见的。既穷又倔，生活困顿，压迫沉重，在一首小诗里生动表现出来，实在是诗歌史上的异数。

后者从表现手法的角度看，又有几种不同情况。一种是直露的说理，如：

———————————

① 王梵志：《贫穷田舍汉》，《王梵志诗》卷五。

非相非非相，无明无无明。相逐妄中出，明从暗中生。

明通暗即尽，妄绝相还清。能知寂灭乐，自然无色声。①

这简直是押韵的经论，叫"诗"是有些勉强的。

另一种是形象、含蓄的说理，如：

世无百年人，强作千年调。打铁作门限，鬼见拍手笑。

城外土馒头，馅食在城里。一人吃一个，莫嫌没滋味。②

发挥佛教"无常""寂灭"之说，言辞俚俗而形象生动。特别是"鬼见拍手笑"一句，形象诡异，意味深长，给读者深刻印象。这种介于诗歌与佛偈之间的作品，可算作另类的格言诗。

还有一种诗味很足，将佛理完全融入生活图景中，如：

吾有十亩田，种在南山坡。青树四五树，绿豆两三窠。

热即池中浴，凉便岸上歇。遨游自取足，谁能奈我何！③

在一幅返朴归真、潇洒自得的人生画面上，隐隐透出禅宗"平常心是道"的主张。全诗清新自然，颇有渊明风致。可惜王梵志作品中达到这一境界的并不多。他的多数诗作质木无文，所长在明白如话，所短在情味不足。

---

① 王梵志：《非相非非相》，《王梵志诗》卷三。
② 王梵志：《世无百年人》《城外土馒头》，《王梵志诗》卷六。
③ 王梵志：《吾有十亩田》，《王梵志诗》卷三。

寒山、拾得与丰干同修持于天台国清寺，大致在盛唐、中唐之际，大历年间前后。关于他们的事迹也多带神话色彩。传说丰干初为寺中舂米的执役僧，人们问他为何甘心于此时，便答以"随时"二字。某日兴发，乘坐一虎，口唱道歌，直入松门。僧众方知其不凡。后游长安，为闾丘胤治病，嘱其日后赴国清寺访寒山、拾得，称二人是文殊、普贤的化身。闾丘胤访之，二人避入寺后岩缝，而岩缝随之闭合无痕。再访丰干禅房，寂无人踪，只见满地虎迹。而寒山则以一疯僧面目出现，以桦皮制成高冠，穿布袍，拖破鞋，有时在寺中吟唱，有时到村落歌啸。他与丰干论禅，全以诗句喻禅境，行事疯疯颠颠，往往把寺中僧众搞得寝食难安。他还曾与著名禅师赵州从谂论禅，极尽玄奥之能事。他跟拾得最为友善。拾得也是弃婴，被丰干收养，故名为"拾得"。

　　三人中，以寒山诗名最盛，今存其作品三百余首。20世纪中后期，先后在日本、美国、港台掀起过"寒山热"。特别是60年代的美国，很多青年把寒山当作崇拜的对象。寒山诗风接近于王梵志，但比王作生动一些，特别是那些描写自我形象及僧居环境的作品，如《自乐平生道》：

　　　　自乐平生道，烟萝石洞间。野情多放旷，长伴白云闲。
　　　　有路不通世，无心孰可攀？石床孤夜坐，圆月上寒山。

　　　　千山万水间，中有一闲士。白日游青山，依归岩下睡。
　　　　忽而过春秋，寂然无尘累。快哉何所依，静若秋江水。[①]

────────────

① 释寒山：《自乐平生道》，《寒山诗》，第15页，四部丛刊本。

有些写禅理禅境的诗作也隽永有味，如：

> 众星罗列夜明深，岩点孤灯月未沉。
> 圆满光华不磨莹，挂在青天是我心。①

> 闲自访高僧，烟山万万层。师亲指归路，月挂一轮灯。②

但也有直说佛理，如同押韵经论者，如：

> 嗔是心中火，能烧功德林。欲行菩萨道，忍辱护真心。③

> 余劝诸稚子，急离火宅中。三车在门外，载你免飘蓬。
> 露地四衢坐，当天万事空。十方无上下，来去任西东。
> 若得个中意，纵横处处通。④

两首"诗"皆直接取意于《法华经》，"功德林""火宅""三车"等都是经中的喻象。后一首更是《法华经》著名的"火宅""三车"寓言的翻版。不过，相比之下，寒山的这类作品是较少的。

寒山关心自己诗作的社会反映及社会效果，在诗中反复提及这方面的问题，如：

---

① 释寒山：《众星罗列》，《寒山诗》，第13页，四部丛刊本。
② 释寒山：《闲自访高僧》，《寒山诗》，第11页，四部丛刊本。
③ 释寒山：《嗔是心中火》，《寒山诗》，第6页，四部丛刊本。
④ 释寒山：《余劝诸稚子》，《寒山诗》，第17页，四部丛刊本。

五言五百篇，七言七十九。三字二十一，都来六百首。

一例书岩石，自夸云"好手"。若能会我诗，真是如来母。①

有个王秀才，笑我诗多失。云不识蜂腰，仍不会鹤膝。

平侧不解压，凡言取次出。我笑你作诗，如盲徒咏日。②

有人笑我诗，我诗合典雅。不烦郑氏笺，岂用毛公解！

不恨会人稀，只为知音寡。若遣趁官商，余病莫能罢。

忽遇明眼人，即自流天下。③

诗中充满了自得、自信之意，同时也表明了寒山在诗歌创作中的审美追求——真率、通俗。客观地讲，寒山诗的艺术水平，远不能与李杜诸大家相比，甚或与郊、岛辈的距离也是相当大的。但是，他确实形成了自己独特的风格。就凭这一点，他就可以在唐诗广大的园圃中占有稳固的一席之地。

拾得诗与寒山诗相类，只是说理、格言类作品所占比例更大一些，以致时人认为他的作品实为佛家偈语，而他便作诗辩解道：

我诗也是诗，有人唤作偈。诗偈总一般，读时须仔细。

缓缓细披寻，不得生容易。依此学修行，大有可笑事。④

---

① 释寒山：《五言五百篇》，《寒山诗》，第18页，四部丛刊本。
② 释寒山：《有个王秀才》，《寒山诗》，第19页，四部丛刊本。
③ 释寒山：《有人笑我诗》，《寒山诗》，第20页，四部丛刊本。
④ 释拾得：《我诗也是诗》，《全唐诗》卷八百七，第5380页，《四库全书》本。

丰干诗今仅存两首，有"寒山特相访，拾得常往来。论心话明月，太虚廓无碍"之语。他之得以厕身诗僧之列，实在是沾了寒山、拾得的光。

在唐代诗僧中，更有代表性的，是辛文房提出的那八个人，而又以皎然、贯休、齐己为其中翘楚。

皎然是谢灵运的后裔，字清昼，湖州人，生活在开元至贞元之间，主要活动在大历年间，与寒山等大致同时，但当时的名气比寒山大得多。据《宋高僧传》："凡所游历，京师则公相敦重，诸郡则邦伯所钦。"时谚称："雪之昼，能清秀；越之澈，洞冰雪；杭之标，摩云霄。"把他与灵澈、道标一起作为诗僧的代表人物。皎然有《杼山集》十卷，在唐代诗僧中是多产作家；另有《诗式》五卷，《评论》三卷，《诗议》一卷，在我国诗论史上占有重要地位。对于皎然的诗，历代论者多给予较高的评价。宋严羽在著名的《沧浪诗话》中讲："释皎然之诗，在唐诗僧之上。"明胡震亨也认为在众多诗僧中，"吴兴昼公（皎然）能备众体，缀六艺之精英，首冠方外"。

皎然虽为一代名僧，但在人生出处的问题上也有困惑和烦恼。一方面，他向往"古磐清霜下，寒山晓月中"的山林隐逸生活，自称"迹嘹世上华，心得道中精"；另一方面，又不甘寂寞，为名而周旋于显贵之间，有时甚至曲意逢迎，如把中丞于頔比作谢灵运，称自己的佛学修养承蒙于頔教诲方得开悟（《奉酬于中丞使君〈邯斋卧病〉见示》）。对此，他内心也时有愤懑与愧恶，在《述祖德赠湖上诸沈》一诗中，他写道："我祖文章有盛名，千年海内重嘉声。……世业相承及我身，风流自谓过时人。……饱用黄金无所求，长裾曳地干王侯。一朝金尽长裾裂，吾道不行计亦拙。岁晚高歌悲苦寒，空堂危坐百忧攒。"很难相信，这竟是"清净其志，高迈其心，浮名薄利所不能唤"（《皎然传》）的高僧的晚年心态。

这种人生态度的矛盾，反映到他的文学活动中，也表现为相互矛盾的行为。早年留意于诗道，以康乐传人自居。为获诗名，不惜放弃自己所长，模仿韦应物的古体，将仿作献给韦以求品题，韦全不称赏。失望之余，再献旧作，韦虽"大加叹咏"，却也坦率指出其"猥希老夫之意"的轻躁过失。而到了晚年，心态一变，认为这些文字活动"扰我真性"，决心"屏息诗道"，把旧作一把火烧掉。不过毕竟旧习难改，又作文记此诀别文墨之事道："我疲尔役，尔困我愚。数十年间，了无所得。况汝是外物，何累于人哉！住既无心，去亦无我，将放汝各归本性，使物自物，不关于予，岂不乐乎?"①但当朝廷降旨，要编纂他的诗文集收藏到集贤殿御书院时，"天下荣之"他又欣然承旨，并请托相国于頔为之作序了。

皎然之诗大多语涉佛理禅义，但得禅趣者却很少。如《答俞校书冬夜》：

> 夜闲禅用精，空界亦清迥。子真仙曹吏，好我如宗炳。
> 一宿睹幽胜，形清烦虑屏。新声殊激楚，丽句同歌郢。
> 遗此感予怀，沈吟忘夕永。月彩散瑶碧，示君禅中境。
> 真思在杳冥，浮念寄形影。遥得四明心，何须蹈岑岭。
> 诗情聊作用，空性唯寂静。若许林下期，看君辞薄领。②

虽屡言"禅用精""禅中境"，却无王维、苏轼等人作品中深厚隽永

---

① 释皎然：《中序》，《昼上人集》卷一，第6页，四部丛刊本。
② 释皎然：《答俞校书冬夜》，《昼上人集》卷一，第3页，四部丛刊本。

的禅味。论其究竟，原因之一便在于禅本不必说破，说破了便不
是禅。

皎然作品中，将佛理化入诗题而不着形迹的，当推《周长史昉
画毗沙门天王歌》，诗云：

> 长史画神独感神，高步区中无两人。
> 雅而逸，高且真，形生虚无忽可亲。
> 降魔大戟缩在手，倚天长剑横诸绅。
> 慈威示物虽凛凛，在德无秋唯有春。
> 吾知真象本非色，此中妙用君心得。
> 苟能下笔合神造，误点一点亦为道。
> 写出霜缣可舒卷，何人应识此情远。
> 秋斋清寂无外物，盥手焚香聊自展，
> 忆昔胡兵围未解，感得此神天上下。
> 至今云旗图我形，为君一顾烟尘清。①

"真象本非色"为佛理，但在这里与画家略形取神之技亦相贴切，故
双关而无牵强之感。全诗写佛门胜迹，而着眼却主要在艺术感受，
也避免了枯躁的教义宣传。

前人以"清弱"评皎然之诗，评贯休则与其相反，为"粗豪"
二字。贯休，俗姓姜，字德隐，婺州人。少年出家于和安寺，修行
之余，便与另一小沙弥相唱和。到十五、六岁，"诗名益著，远近皆
闻"。后值唐末大乱，贯休入蜀依前蜀帝王建，献诗云："一瓶一钵

---

① 释皎然：《周长史昉画毗沙门天王歌》，《昼上人集》卷七，第 49 页，四部丛刊本。

垂垂老，万水千山得得来。"得王建礼遇，赐号"禅月大师"，八十一岁终于蜀地。今存诗二十五卷，为《禅月集》。

唐翰林学士七吴融为《禅月集》作序，称贯休为太白、乐天之后第一人，认为贯休诗作尽合乎"美刺"之道。踵武李、白之论，自属溢美；而"美刺"之说，也不尽不实。一般来说，贯休诗比起皎然的题材要广阔些，有的反映民生疾苦也比较深切，如《偶作》：

尝闻养蚕妇，未晓上桑树。下树畏蚕饥，儿啼亦不顾。

一春膏血尽，岂止应王赋。如何酷吏酷，尽为搜将去。

蚕蛾为蝶飞，伪叶空满枝。冤梭与恨机，一见一沾衣。①

"下树畏蚕饥，儿啼亦不顾""冤梭与恨机，一见一霑衣"，写寒门贫妇的血泪，思路允称独到。但是，此类作品毕竟只占其全集很少的比例。贯休诗多为奉赠酬答之作，对象主要有两类：一是禅门诗友，一是达官显贵。所以，对于贯休来说，诗常常是社会交际的一种手段。如卷二十四，收七律十二首，排律三首，题目依次为《上卢使君二首》《陪冯使君游六首》《贺雨上王使君二首》《感怀寄卢给事二首》《贺郑使君》《送郑使君》《赠杨公杜之舅》《游金华山禅院》。除最后一首外，全是与"使君"们应酬之作。很难想象，这类作品怎么能有"美刺之旨"与禅趣佛理。

相比之下，贯休古体诗作的内容要丰富些，也有较为鲜明的个人风格，如《酷吏词》抨击暴政，《陈宫词》感叹兴亡，《古交如真金》讥评世风等。兹举《常思李太白》，以见其风格特色：

----

① 释贯休：《偶作》，《禅月集》卷五，第18页，四部丛刊本。

常思李太白，仙笔驱造化。

玄宗致之七宝床，虎殿龙楼无不可。

一朝力士脱靴后，玉上青蝇生一个。

紫皇案前五色麟，忽然掣断黄金锁。

五湖大浪如银山，满船载酒挝鼓过。

贺老成异物，颠狂谁敢和？

宁知江边坟，不是犹醉卧。①

诗写得很有气派。"紫皇案前"四句，尤写出李白笑傲江湖之狂态，"犹醉卧"也颇有余味。前人之"粗豪"说实为此类作品而发，殊不知，贯休之作中，有生命的正在这里边。

贯休的诗近于世俗，很少表现他的僧侣身份。不过在为数不多的咏禅迹佛理之作中，也表现出类似的"粗豪"风格。如《道情偈》：

非色非空非不空，空中真色不玲珑。

可怜卢大担柴者，拾得骊珠橐籥中。②

"卢大"即六祖慧能。这首诗颇带几分越祖分灯的狂禅味道，在皎然的集子里是绝对找不到的。

齐己生活在唐末至五代前期，俗姓胡，益阳人，自号衡岳沙门。

---

① 释贯休：《常思李太白》，《禅月集》卷二，第4页，四部丛刊本。
② 释贯休：《道情偈》，《禅月集》卷十九，第60页，四部丛刊本。

有《白莲集》十卷及诗论著作《风骚旨格》一卷传世，其中收诗八百余首，也是多产诗人。《四库全书总目》把他与皎然、贯休并列，而认为"皎然清而弱，贯休豪而粗"，齐己的五言律"有大历以还遗意""非他释子所及"。

对于一般文学爱好者来说，齐己的名字总是和"一字师"的故事联系在一起的。齐己与郑谷为文字交。一次，他把新作《早梅》送呈郑谷，其中有"前村深雪里，昨夜数枝开"两句。郑谷指出，"数枝"不如改作"一枝"，因为"数枝非早也"。齐己不觉拜倒说："真是我的'一字师'啊。"从此，"一字师"便作为推敲字句和虚心请益的佳话广为流传。

同贯休相似，齐己诗中的僧侣意识也很淡薄，大多数作品看不出作者特殊的释子身份。他在自己诗作的基础上，把诗歌题材归纳为四十类，其中与佛教有关的只有"道情""睦恋"两类。而相形之下，他的诗人意识却过分强烈，大量的作品都或隐或显地提到自己的吟诵生涯。此类例证不胜枚举，如《咏怀寄知己》：

> 已得浮生到老闲，且将新句拟玄关。
> 自知清兴来无尽，谁道淳风去不还。
> 三百正声传世后，五千真理在人间。
> 此心终待相逢说，时复登楼看暮山。①

佛的影子看不到，反而是儒家的诗教（"三百正声"）和道家的真言（"五千真理"）挂在了口边。其《寄朗陵二禅友》：

---

① 释齐已：《寄知己》，《白莲集》卷八，第56页，四部丛刊本。

潇湘曾宿话诗评，荆楚连秋阻野情。

金锡罢游双鬓白，铁盂终守一斋清。

篇章老欲齐高手，风月闲思到极精。

南望山门石何处，沧浪云梦浸天横。[①]

他心中的偶像是历代诗苑大匠，而尤倾慕李白、李贺，这里的"老
欲齐高手，闲思到极精"就隐含着这样的心理活动。而在其他作品
里则多次直接提到他们的成就，如《还人卷》：

李白李贺遗机杼，散在人间不知处。

闻君收在芙蓉江，日斗鲛人织秋浦。

金梭轧轧文离离，吴娃越女羞上机。

鸳鸯浴烟鸾凤飞，澄江晓映余霞辉。

仙人手持玉刀尺，寸寸酬君珠与璧。

裁作霞裳何处披？紫皇殿里深难觅。[②]

以二李拟友人，自属最高褒奖，而他本人诗风也颇似李贺，取象、
用韵、起结都有贺诗的味道。

更有趣的是，齐己某些诗作一派香艳，与僧、与佛殊不相称。
如《石竹花》："白日当午方盛开，彤霞灼灼临池台。繁香浓艳如未
已，粉蝶游蜂狂欲死。"《和李书记》："繁极全分青帝功，开时独占

---

① 释齐己：《寄朗陵二禅友》，《白莲集》卷九，第 67 页，四部丛刊本。
② 释齐己：《还人卷》，《白莲集》卷十，第 75 页，四部丛刊本。

上春风。吴姬舞雪非贞艳，汉后题诗是怨红。远蝶恋香抛别苑，野莺衔得出深宫。君看万态当筵处，羞杀蔷薇点碎丛。"这也可看作是他的诗人意识压倒僧侣意识的结果。

齐己强烈的诗人意识是和他同样强烈的好"名"之心分不开的。他之爱诗，固然有得"清兴"之趣的一面，但也明显具有为名而作的一面。对此，他毫不掩饰，在诗中多有流露，如《叙怀寄高推官》："搜新编旧与谁评？自向无声认有声。已觉爱来多废道，可堪传去更沽名。"《贻惠暹上人》："经论功余更业诗，又于难里纵天机。……已得声名先振俗，不妨风雪更探微。"《寄吴拾遗》："新竹将谁权重轻，皎然评里见权衡。非无苦到难搜处，合有清垂不朽名。"由于好名，便少不了要与当道官吏周旋应酬，诗中也自然出现了"诸侯见重多""未曾将一字，容易谒诸侯"之类的俗句，颇与僧家身份不合。

对于诗与禅的矛盾关系，齐己深有体会，诗中多有自我开脱之词。如《爱吟》：

> 正堪凝思掩禅扃，又被诗魔恼竺卿。
> 偶凭窗扉从落照，不眠风雪到残更。
> 皎然未必迷前习，支遁宁非悟后生。
> 传写会逢精鉴者，也应知是咏闲情。[1]

同时，他又尽量寻找诗与禅的共同之处，做自己的特殊身份——"诗僧"的立足点。他讲："道情宜如水，诗情合似冰"，"诗心何以

---

① 释齐己：《爱吟》，《白莲集》卷七，第51页，四部丛刊本。

传，所证自同禅"。但这仍是自欺之谈，因为他实在没写出几首诗、禅相通的作品，而在古稀之年，他为自己设计的归宿是："余生消息外，只合听诗魔。"可见，在诗与禅的天平上，他实际是把砝码投向了前者。

三

唐代以后，诗僧作为特殊的文化现象继续存在。宋、明、清三代都有相当数量的诗僧留名于文苑。钱谦益集明诗为《列朝诗集》，其中收录僧徒之作便有 111 家。

宋代诗僧当以所谓"九僧"最有影响，事迹已见上文。"九僧"之中，又以惠崇声名尤盛。惠崇，淮南人，生活于北宋真宗时，能诗善画，擅长于汀渚小景与水禽翎毛。苏东坡那首"春江水暖鸭先知"的著名绝句，便是题写于他的一幅鸭戏图上。惠崇自撰《句图》百联，摘平生得意秀句，如："归禽动疏竹，落果响寒塘""鸟归松堕雪，僧定石沉云""空潭闻鹿饮，疏树见僧行""磬断蛮声出，峰回鹤影沉""落潮鸣下岸，飞雨暗中峰"等，大多生动如画，分明得益于他的美术修养。惠崇诗兼学大历十才子与贾岛，诗风清冷纤秀。他有《访杨云卿淮上别墅》一诗，中有"河分冈势断，春入烧痕青"语，与大历诗人刘长卿、司空曙作品意象类似，以致被人作诗相嘲，云："河分冈势司空曙，春入烧痕刘长卿。不是师兄多犯古，古人诗句犯师兄。"清人贺裳为其辩解，认为是"偶合"。而无论模仿还是偶合，都说明惠崇诗与中晚唐诗的嬗递关系。

"九僧"之外，宋诗僧如惠洪、道潜等亦为一时名流。然今日观之，作品特色均不明显，兹不详述。

元代诗僧较少，稍有名气的是来复见心。但他生活在元末明初，似可归入明代。

明初一批活跃的诗僧，不仅以诗才佛学名世，而且与政坛发生种种关系。如梵琦，作《西斋净土诗》数百首，阐扬净土宗的念佛三昧心得，曾三次被明太祖召见，问鬼神之理等。宗泐，有《全室外集》十卷，首列朱元璋与他的唱和之作。曾奉诏去西域取经，后胡惟庸谋反案发，被人首告为游说西域里应外和，定为死罪，明太祖特旨赦免，命其归老山林："寂寞观明月，逍遥对白云。汝其往哉！"可见与其特殊的密切关系。又有道衍，著《独庵集》，初为著名诗人高启的"北郭十友"之一，后佐命成祖，为靖难大功臣，得封荣国公、太子少师。诗僧荣宠，无过于此人。明中后期，憨山、紫柏等亦能诗，均为帝、后所尊崇，且卷入上层政治旋涡，为轰动一时的佛门人物。诗作师心横口，有大家气象，但留存不多。晚明的"四大高僧"中，憨山德清既是佛教领袖，又在诗苑纵横，同时和一批士林俊彦交往甚密。钱谦益编撰《列朝诗集》，收录憨山诗作46首，为一时方外之最，可见对他的推重。憨山德清主张诗要"情真境实""心境魂融"，其作品也确实呈现出僧人生活、修行的清冷境界，如《夜坐纳凉三首》：

> 夜色喜新晴，迎秋爽气生。雨余林叶重，风度岭云轻。
> 静虑观无我，藏修厌有名。坐看空界月，历历对孤明。
>
> 万籁寂无声，心源似水清。炉烟通夜细，山月入窗明。
> 栖草虫偏稳，眠云鹤不惊。坐深诸想灭，忽听晓钟鸣。

炎热不须辞，清凉信有时。云飞山色堕，雷动雨声随。

短葛休嫌重，商飙莫怨迟。但依松下坐，自待好风吹。①

山居之清幽，与修行者之平静融而为一，虽未臻"诗佛"的境地，却也可共皎然辈相颉颃。特别是"但依松下坐，自待好风吹"之句，语虽平易，颇具禅味。

清代诗僧中，读彻（苍雪）、如乾、元玉（死庵）、大汕、晓青、通荷（担当）、苍林岫、八指头陀等，都很有名气。以处世态度而论，读彻、晓青、大汕分别为三种类型的代表。读彻，云南人，俗姓赵，生活于万历至顺治间，幼年落发，精通《华严经》，有《南来堂》诗集四卷，深受诗坛大家吴伟业、钱谦益赞赏。其诗于兴亡之事感慨殊深，如《金陵怀古》云："抔土当年谁敢盗？一朝伐尽孝陵松。"顺治帝拜僧人玉琳为师，又诏高僧二十余人值万善殿。他人皆以为弘法盛事，独读彻托词规避，故前人称其"远于势利者也"。晓青则与之相反。其师洪储本有强烈的民族意识，始终不忘故明，并参与抗清活动，晓青却一改乃师门风。有诗集《高云堂集》16卷，开篇便是和御制诗百首，平日往来之达官显贵，一一记于简札。康熙对他优礼有加，他上表便自称"臣僧"。其诗风朴实无华，颇有反映社会现实之作，同时也表现出他的人生、政治态度。如《山舫吟》："……好米输官仓，余粒偿私负。十仅余二三，糠秕相插和。……翻思古夷齐，枉自存初步。食粟亦何尤，忍死空肠肚。"大

---

① 释憨山：《夜坐纳凉三首》，《憨山老人梦游集》下册，北京图书馆出版社，2005年，第432页。

汕亦康熙间诗僧，有《离六堂集》12卷。其为人好利甚于好名，曾夺他寺田庄，岁收租米七千余石，并进行海外贸易，财雄一方、然确有诗才，有些作品写地震、写水灾、写兵祸相当详尽生动，对百姓的苦难也流露深切的同情。读其诗而察其行，使人深感人类思想行为的复杂。

进入20世纪，在中国古典诗歌的殿军队伍中，有两位名重一时的诗僧——八指头陀与苏曼殊。

八指头陀，俗名黄读山，湖南湘潭人，生活在晚清的最后六十年间。幼年家贫，为人牧牛。十八岁出家，法名敬安。发大愿心以苦行事佛，在阿育王寺割臂肉燃灯，并自烧残二指，故有"八指头陀"的别号。他初参禅学，后兼修净土，光绪年间已成为著名的高僧。由于秉性刚烈，其领悟禅境近于临济的宗风，说法颇有惊世骇俗之论，如"护生须善杀，刀刀要见血。诸佛及众生，一时俱杀绝。"1912年他在上海创立中华佛教总会，自任会长。半年后圆寂。

八指头陀在诗界的影响不逊于宗教界。他自称"一生心血在诗中"，而其作品亦颇受时人推许。著名诗人易顺鼎曾声称愿以"百金"买八指头陀的一句诗。八指头陀的诗有禅意而无禅语，加以遣词命意造境往往出人意表，故给读者留下深刻印象。如《夜登玲珑岩》：

老僧好奇险，古洞夜探深。螺旋佛头绿，萤飞鬼面蓝。
披云踏松影，扫月坐蒲龛。到此忘炎郁，禅从冷处看。①

---

① 八指头陀：《夜登玲珑岩》，《八指头陀诗续集》卷七，第75页，北京法源寺刻本。

"披云"、"扫月"有禅家宗师气象,"鬼面"则造语谲怪,都不落于俗套。

同时而略晚的另一位诗僧曼殊,俗姓苏,名玄瑛,母为日人,也是狂态逼人的怪才。他曾就读于早稻田大学,在日参加反清的革命活动,后受迫害回国,披剃为僧,法号曼殊,但仍与革命党人陈独秀、章太炎等往来密切。辛亥革命后,愤世嫉俗,乃致力于文学,翻译、创作小说多种,诗亦传诵一时。三十五岁,贫病交迫而死。

曼殊本为至情至性的人物,无奈而入空门,故多感伤之作,如《寄调筝人》:

> 生憎花发柳含烟,东海飘零二十年。
> 忏尽情禅空色相,琵琶湖畔枕经眠。[1]

《本事诗十首》:

> 乌舍凌波肌似雪,亲持红叶索题诗。
> 还卿一钵无情泪,恨不相逢未剃时。[2]

《过若松町有感示仲兄》:

---

① 苏曼殊:《寄调筝人》,《苏曼殊小说诗歌集》,中国社会科学出版社,1982 年,第 223 页。
② 苏曼殊:《本事诗十首》,《苏曼殊小说诗歌集》,中国社会科学出版社,1982 年,第 220 页。

契阔死生君莫问，行云流水一孤僧。

无端狂笑无端哭，纵有欢肠已似冰。①

以形象生动、才情横溢而论，曼殊绝句可冠古今诗僧作品之首。他
不仅善于言情，咏志亦不同凡响，如《以诗留别汤国顿》：

蹈海鲁连不帝秦，茫茫烟水着佛身。

国民孤愤英雄泪，洒上鲛绡赠故人。

海天龙战血玄黄，披发长歌览大荒。

易水萧萧人去也，一天明月白如霜。②

激昂慷慨，虽云"佛身"，却是一派志士仁人的壮怀，无怪乎章太炎
讲："佛有苏玄瑛，可谓厉高节，抗浮云者矣。"

诗僧现象贯穿于我国诗史一千五百余年，其间虽无震烁一代的
李、杜、元、白，却也颇有才情不凡、影响广泛的俊彦。在佛教与
文学之间，最直接的津梁便是这些"两栖"人物。他们不仅以自己
数量可观的作品，为诗苑添一批色调特异之奇葩，而且与俗世文学
家往来密切，在观念情趣等方面互相影响，给整部诗史打上大量深
浅不一的印记。

至于产生这一现象的原因，辛文房有相当详细的分析：

---

① 苏曼殊：《过若松町有感示仲兄》，《苏曼殊小说诗歌集》，中国社会科学出版社，1982
年，第219页。
② 苏曼殊：《以诗留别汤国顿》，《苏曼殊小说诗歌集》，中国社会科学出版社，1982年，
第21页。

至唐累朝，雅道大振，古风再作，卒皆崇夷像教，驻念津梁，龙象相望，金碧交映。虽寂寥之山河，实威仪之渊薮。宠光优渥，无逾此时。故有颠顿文场之人，憔悴江海之客，往往裂冠裳，拔簪缴，杳然高迈，云集萧斋。一食自甘，方袍便足。灵台澄皎，无事相干。三余有简牍之期，六时分吟讽之隙。青峰瞰门，绿水周舍。长廊步屟，幽径寻真。景变序迁，荡入冥思。凡此数者，皆达人雅士，夙所钦怀。虽则心侔迹殊，所趣无间。会稽传孙、许之玄谈，庐阜接谢、陶于白社。宜其日锻月炼，志弥厉而道弥精；佳句纵横，不废禅定；岩穴相迻，更唱迭酬；苦于三峡猿，清同九皋鹤：不其伟欤！与夫迷津畏途，埋玉世虑，蓄愤于心，发在篇咏者，未可同年而论矣。[1]

他指出了三个方面的原因：1. 佛教社会地位优越，吸引了一批失意文人；2. 僧人生活悠闲，有余暇吟咏；3. 僧人幽静的山林生活与诗的情趣契合。前两方面是从类似于社会学的角度考察立论，后一方面则着眼于佛教生活与诗境的相通处。对于后一点，黄宗羲也认为："诗为至清之物。僧中之诗，人境俱夺，能得其至清者。故可与言诗，多在僧也。"齐己则是从自己的实践中体认到这一点，其诗云："诗心何以传？所证自同禅。觅句如探虎，逢知似得仙。"此外，还有人认为僧人作诗是宣传佛理所需，是宗教性活动，如唐代福琳在《皎然传》中讲："莫非始以诗句牵劝，令入佛智，行化之意，本在乎兹。"浏览诗僧现象的历史，此说显然是不够全面的。以我们介

---

① 辛文房：《唐才子传》卷三，第22页，清佚存丛书本。

绍的这些以诗名世的僧人看，作品的主流是咏志抒情，宣传教旨之作只是少数。当然，也有纯然以诗"行化"的和尚，如元末明初的高僧梵琦，作《西斋净土诗》数百首，钱谦益评为"皆于念佛三昧心中流出，历历与契经合，使人读之，恍然如游珠网琼林金沙玉沼间也"。其作如：

> 佛自凡夫到果头，亲曾历劫用功修。
> 净邦岂是天然得，大道初非物外求。
> 先悟色空离欲海，后严福慧泛慈舟。
> 今来古往皆如此，度尽众生愿未休。[①]

这样的作品不过是形象化的说理韵文，若称为"诗"是有些勉强的。而梵琦见重于两朝皇帝，也不是因为诗名。所以，他与我们所论"诗僧"尚有些区别。梵琦这种情况，在明清两代较多见，不少僧人的"诗"集实际是诗体偈颂集。这也是风气使然。

辛、黄以"清"来解释"诗"与"僧"的沟通，把握到了问题的一面，而我们还可从上述史实中看到相反的"俗"的一面。相当多的诗僧名利之心未泯，诗成为他们尘世交际，特别是干谒王侯的手段。另外，佛教经典中的韵文成分，以偈颂印证佛学心得的传统等，也与诗僧现象有某种关联。

[①] 释梵琦：《西斋净土诗》，《净土十要》卷八，《卍新纂大日本续藏经》第 61 册 No. 1164。

四

　　说到佛门中诗歌的留痕，还有一种情况，就是"类诗"偈颂的写作。实际上，在历代数以万计的僧侣中，上述"诗僧"只占很小的比例；而更多的能以韵文写作者并不以"诗"得名，人们通常也不称其为"诗僧"——因为他们的作品在诗与非诗之间，别有专名叫作"偈颂"。

　　偈颂是一种特殊的译名，由梵语来，音译为"偈陀"，有总括、尽摄之意，指佛经中总结性的四句段落（也有个别超过四句的），如《金刚经》结尾部分：

　　　　若有善男子、善妇人，发菩提心者，持于此经，乃至四句偈等，受持读诵，为人演说，其福胜彼。云何为人演说？不取于相，如如不动。何以故？

　　　　一切有为法，如梦幻泡影。如露亦如电，应作如是观。①

这种形式类似于中土"颂"体——前有散序，后为整齐颂文，故从类比角度亦译作"颂"。后合二而一，径称"偈颂"。

　　汉译佛经中的偈，由三言至八言不等，而以四字、五字为多。这类偈只在某些形式因素上近于诗，如字数整齐，间或押韵等，内容则完全说理。以辞采论，大多数偈颂质木无文，《金刚经》那首"一切有为法"偈，在佛经中已属凤毛麟角。该经另一首偈云："若

---

① 《金刚经集注》，上海古籍出版社，1984 年，第 137 页。

以色见我，以音声求我，是人行邪道，不能见如来。"这除却字句整齐划一外，就是最直白的散文。其他经论大率类此，如《法华》之偈："诸法不牢固，常在于念中。已解见空者，一切无想念。"《般舟三昧》："诸佛从心得解脱，心者清净无尘垢。五道鲜洁不受色，有学此者成大道。"《中论》："因缘所生法，我说即是空。亦名为假名，亦名中道义。"多不胜举。严格地讲，这些都不能算作诗，甚至也不是本文所谓"类诗"。

禅宗兴起之后，主张"不立语言文字"，"教外别传，以心印心"。但同时又重视衣钵传承、师友切磋。这就产生了矛盾，只靠棒喝之类手段不能解决普遍的问题，也无法垂久传远。于是，作为一种特殊的语言形式——凝炼、形象、多义、模糊，诗便逐渐被禅师们利用起来。与印度经论的偈语比，禅宗的《坛经》（唯一的中土佛经）所载偈语已较富文采，如"心地邪花放，五叶逐根随。共造无明业，见被业风吹""心是菩提树，身为明镜台。明镜本清净，何处染尘埃"。

禅师们在说法时，常借助于诗化的偈颂。而学禅者则同样借助这一形式来表现内心的体悟。这种说法及表悟的偈颂与佛经的偈颂相比，有三点不同：1. 在声律、辞采方面向诗靠拢，有时则直接借用现成的诗句；2. 形式较为灵活，虽仍以四句一首为多，但两句（仿律诗的一联）一组的情形也不少，且出现长达 264 句的《证道歌》；3. 多借助于情境描写暗示哲理感悟，形象鲜明而喻意模糊。即以《五灯会元》中志勤禅师一则为例：

福州灵云志勤禅师，本州长溪人也。初在沩山，因见桃花悟道。有偈曰："三十年来寻剑客，几回落叶又抽枝。自从一见桃花后，直至如今更不疑。"沩览偈，诘其所悟，与之符契。……僧问："如何得出生老病死？"师曰："青山元不动，浮云飞去来。"……雪峰有偈送双峰，末句云："雷罢不停声。"师别云："雷震不闻声。"峰闻乃曰："灵云山头古月现"。雪峰问云："古人道，前三三后三三，意旨如何？"师曰"水中鱼，天上鸟。"峰曰："意作么生？"师曰："高可射兮深可钓。"①

"三十年来"一首是志勤表现自己感悟所作，"青山"一首则是为徒众说法，而"灵云山头""高可射兮"是禅友之间切磋交流。三种情况不同，偈颂的句数、字数也不相同，但诗化的倾向却是一致的。第一首以桃树的花开叶落、根蒂长在喻指诸法无常、而神识长存；第二首换个角度仍然阐发此理，以青山喻自身佛性，浮云喻因缘生灭；第三首则旨在说明随机接引的开悟之道。在形象性、比喻手法、象征意味方面，三者是相似的。

北宋初，偈颂的诗化倾向进一步发展，出现了"颂古"的新形式。颂古与拈古有关。所谓拈古，就是拈出佛教史的某一史迹或禅门古德的某一公案加以评说。如佛教传说释迦初生时，一手指天，一手指地，周行七步，目顾四方云："天上天下唯吾独尊。"云门文偃禅师拈出并评说道："老僧当时若见，一棒打煞与狗子吃。却贵图天下太平。"某些有诗学根底的禅师不满足于这种评说，便融诗入偈，以韵语形式对评说内容再次概括或发挥，便称为"颂古"。对"颂古"的起源，学术界看法不同，有认为自曹洞宗之祖本寂禅师时便已有之，有认为源自临济门下的汾阳善昭禅师，这前后相差近百

---

① 《五灯会元》卷四，中华书局，1984 年，第 259 页。

年。严格地讲，"颂古"成为定形的偈诗始于汾阳善昭，但善昭前已有少量"颂古"存在，也无可疑。如潋潭灵澄有《西来意颂》，乃为达摩西来一事而作，颂云：

> 因僧问我西来意，我话居山七八年。
> 草履只栽三个耳，麻衣曾补两番肩。
> 东庵每见西庵雪，下涧长流上涧泉。
> 半夜白云消散后，一轮明月到床前。[①]

诗味很足，有寒山的风格，但后四句却是评断"西来"公案的隐喻语。东西、上下喻指时空，白云指分别心，明月指佛性，意谓不起分别心，东土西天古圣今我打成一片，明心见性后即我即佛。但意思很隐蔽，若无若有，这便与直言教旨的早期偈语大异其趣了。

汾阳善昭的"颂古"题材较广，如临济宗的三玄三要宗旨、祖师西来意、二祖得法事等。颂二祖一首云："九年面壁待当机，立雪齐腰未展眉。恭敬愿安心地决，觅心无得始无疑。"诗味较灵澄一首远逊，但可看出"颂古"的一种文化渊源。这种以诗的形式表达对前贤古迹的缅怀、感想，分明与诗坛源远流长的"咏史""怀古"传统有某种关联。

汾阳之后，云门宗的雪窦重显、曹洞宗的天童正觉等相继而起，写出大量的"颂古"之作，一时蔚成风气。仅南宋前期所编《颂古联珠通集》便收有2100多首。"颂古"的宗旨正如《碧岩录》所云："大凡颂古，只是绕路说禅。"而由于"绕路"，便着意吸取诗的表现

---

① 《五灯会元》卷十五，中华书局，1984年，第972页。

手法，于是产生了一批意味隽永的哲理诗。雪窦重显堪称这方面的代表人物。

　　雪窦重显为云门文偃的三传法嗣，开悟后，有学士曾公会写信荐他到灵隐见珊禅师。他到灵隐后并不出示书信，混迹于千余僧众中。三年后，曾学士到寺寻访，他才从衣袖中将前信拿出。后为明州雪窦山资圣寺住持，名动一时。他有文学天才，仿善昭"颂古"之体，举出前贤公案百则，一一咏颂，便是有名的《雪窦颂古》。门人辑录他的诗颂及语录为《瀑泉集》《祖英集》《颂古集》等七种，如他的《法眼"如何是佛"颂》：

　　　　江国春风吹不起，鹧鸪啼在深花里。
　　　　三级浪高鱼化龙，痴人犹戽夜塘水。[1]

法眼的这则公案很简单，有和尚慧超问法眼禅师："如何是佛？"法眼回答："汝是慧超。"雪窦之颂，前两句喻示法眼的旨趣——即我即佛即世界，法身无所不在，深藏于现象界之后而不露；后两句进一步揭示学禅门径，谓"汝是慧超"触机开悟，已使慧超化龙飞去，后人若执迷于文字，在知解理会方面研讨不休，反失其精髓真趣。此诗全用形象描写，语显而意微，深得象征手法三昧。而"鱼化龙"两句喻指认识过程中的妙悟与执迷两种不同境界，活泼、生动、理趣盎然，实为哲理诗中的上乘之作。

　　中唐以迄两宋，各类偈颂中颇多佳制。过去的诗史、文学史往往不屑一顾。其实，这些作品既对诗歌流变（如宋诗以理入诗）有

---

[1]《古尊宿语录》，《卍新纂大日本续藏经》第 68 册 No. 1315。

影响，本身又具有一定的文学价值，有的还很耐咀嚼。今拈数首，以当窥豹。

宋罗大经的《鹤林玉露》中载某尼表现悟道体会之偈：

尽日寻春不见春，芒鞋踏遍陇头云。

归来笑拈梅花嗅，春在枝头已十分。①

禅宗讲佛性在我，自足圆成，不假外求。偈中喻示此理，不着文字，无迹可求，词浅而意深，故传诵久远而不衰。

《五灯会元》载禅门临济宗的昭觉克勤悟法偈：

金鸭香销锦绣帏，笙歌丛里醉扶归。

少年一段风流事，只许佳人独自知。②

偈语绮丽秾艳，风格接近于张籍、王建的艳诗。初看，与佛门宗旨格格不入，故给人留下深刻印象。

克勤禅师生活于北宋末期，师从五祖法演，开悟后住持成都昭觉寺，后为宰相张商英说法。张留住于荆州碧岩，在雪窦《颂古》上加《垂示》《著语》和《评唱》，门人辑录作《佛果圆悟禅师碧岩录》（佛果、圆悟俱为克勤别号），成为禅宗要典。他初事五祖时，不投机，忿然离去。五祖赠语："待你著一顿热病打时，方思量我在。"不久果染伤寒，心生悔意，病愈重归五祖门下。适逢有某提刑

_____

① 《楞严经疏解蒙钞》，《卍新纂大日本续藏经》第 13 册 No. 287。
② 《五灯会元》卷十九，中华书局，1984 年，第 1253 页。

官来问道，五祖举两句艳诗"频呼小玉元无事，只要檀郎认得声"启发，而提刑不悟。克勤在旁，忽觉心地朗彻，便作此偈呈五祖，五祖大为赞叹，遍示寺中长老道："我侍者参得禅也！"

五祖举"频呼小玉"诗句，旨在说明法身佛性无所不在，时时透过色界而显现。克勤之颂，前两句重申五祖意，象征人在纷纭繁复之现象界中；后两名强调因色见道悟空全在自我，开悟之妙只可意会难以言传。

又如船子德诚的传法偈多是围绕自己特异的船居、垂钓生活状态而作，故特色鲜明、形象较为生动，易于给人留下印象。这一组偈共六首，今录其三：

> 三十年来坐钓台，钩头往往得黄能。
> 金鳞不遇空努力，收取丝纶归去来。
>
> 千尺丝纶直下垂，一波才动万波随。
> 夜静水寒鱼不食，满船空载月明归。
>
> 有一鱼兮伟莫裁，混融包纳信奇哉。
> 能变化，吐风雷，下线何曾钓得来。①

船子和尚印心于药山，后遨游于山水间。至秀州华亭，泛一小舟摆渡行人，号"船子和尚"。有人问道，便竖桨回答："棹拨清波，金鳞罕遇。"并作上述偈语。三偈喻指相同，垂钓喻悟道，金鳞喻佛

---

① 《五灯会元》卷五，中华书局，1984年，第275页。

性，水波、风雷喻法相。悟道须破相见性，却又不可执定于相、性之别，故垂钓见鱼，而不志在必得。后世川禅师以"千尺丝纶"一首注解《金刚经》的"所言法相者……即非法相，是名法相"，便取其不粘不脱、不即不离的意味。

宋代的偈颂还出现了与图画相配的形式。如形形色色的《牧牛图颂》，图是连环画，一般画黑牛通过放牧变为白牛的过程，比喻修道者逐渐开悟，自性渐次显明；每幅图画再配一首偈颂，起点题作用。其中有的也较有味道，如廓庵禅师《图颂》中的两首，其一：

> 茫茫拨草去追寻，水阔山遥路更深。
> 力尽神疲无处觅，但闻枫树晚蝉吟。[①]

写修道者发心之初的困难与茫然，可借以形容一切求索者的困惑。其六：

> 骑牛迤逦欲还家，羌笛声声送晚霞。
> 一拍一歌无限意，知音何必鼓唇牙。[②]

此偈写大道初证后的喜悦。心明性见，一通百通，耳闻目遇之处，无不洋溢着会心的妙趣，而这一切全隐含在生动活泼的形象描写之中。偈颂作到这一程度，名之为"诗"，可当之无愧了。

[①]《牧牛图颂》，《嘉兴大藏经》（新文丰版）第 23 册，No. B129。
[②]《牧牛图颂》，《嘉兴大藏经》（新文丰版）第 23 册，No. B129。

第五章

文坛佛踪

相对而言，在文学四体中，中国散文受佛教影响要小一些。柳宗元是散文家之中最近佛门者，他的作品中直接关乎佛教的散文近20篇，有的被后世僧徒尊为典要。但他在《答韦中立论师道书》中列举自己文章渊源时，提到了《诗》《书》《谷梁》《庄》《老》《国语》《史记》等13种著作，儒、道兼有，经、史、子并存，唯独不提佛典。这很有代表性。对于多数散文作家来说，佛教经典并不具有文章典范的意义。不过，也有相反的看法，如刘熙载在《艺概》中讲：

> 文章蹊径好尚，自《庄》《列》出而一变，佛书入中国又一变，《世说新语》成书又一变。此诸书，人鲜不读，读鲜不嗜，往往与之俱化……文家于《庄》《列》外，喜称《楞严》《净名》二经……①

这段话不一定完全准确，如《庄》《列》并称便不尽妥。但他谈到佛教对汉地文章写作的影响时，指出佛书的传播与社会好尚的密切关系，指出"佛书"影响文章是在嗜好的情况下"与之俱化"，也就是并非自觉地学习模仿，而是潜移默化的过程。当然，也有较为自觉的情况，如苏东坡，如钱谦益等，但那毕竟是个别的。

孙昌武先生在《佛教与中国文学》中专论佛教对中国古代散文的影响，特别就说理、论辩类写作在佛教传入前后的明显不同，进行条分缕析，很有说服力。本文不再重复，而把重点放在较为严格

---

① 刘熙载：《艺概》卷一，上海古籍出版社，1978 年，第 9 页。

意义的文学类散文上。不过，散文的文类属性是相当麻烦的问题，所以，"重点"也只在相对的意义上，应用类散文、甚或普泛意义的散文，也不免会论及到。

佛学典籍与中国散文间的影响关系是双向的。一方面，佛学的阐述须主要以散文为工具。中国散文的传统既制约了佛经翻译（早期译文往往"牵梵就汉"，如《四十二章经》句法全学《老子》），又影响到中土所撰经论的写作。另一方面，佛经的异域风格——包括修辞、行文诸方面——也不同程度地反映于译文，潜移默化地渗入散文写作之中。如一些佛教词语逐渐为人们所习用，常见的有大千世界、不可思议、大慈大悲、真谛、刹那、觉悟等等；又如佛经中广设譬喻的手法被很多作家借鉴、吸取，甚至以辟佛著称的韩愈也在这方面得到佛经的沾溉。而文章境界受到的影响，虽不易直观察知，却更为深刻重要。瞿式耜在《牧斋先生初学集目录后序》中讲："（牧斋）读《华严经》，益叹服子瞻之文，以为从华严法界上流出。……恍然悟华严楼阁于世谛文字中。"谈的就是这方面的问题。以东坡散文与同时代欧阳修、曾巩之作相比，其天马行空的思路、心营意造的境界、大胆夸张的笔调，都是十分突出的。在这些方面，苏氏的确受到佛经，特别是《华严》（北宋中后期，《华严经》特别受到文人青睐）的影响。苏子由以亲身感受谈到这一点：

> （东坡）既而谪居于黄，杜门深居，驰骋翰墨，其文一变，如川之方至，而辙瞠然不能及矣。后读释氏书，深悟实相，参之孔老，博辩无碍，浩然不见其涯也。[①]

---

① 苏辙：《亡兄子瞻端明墓志铭》，《栾城后集》卷二十二，第616页，四部丛刊本。

由此看来，人们常讲的"苏文如海"的风格特色，虽与本人的性格、与《庄子》《国策》等皆有渊源，却也不能无视佛门的因缘。不过，这种影响往往只可意会，很难指实。

一

佛教对我国古代散文创作的影响，较为易见的，还是在思想内容方面。如佛教活动、僧徒行迹、佛教艺术等，都是散文较常见的题材，而佛理禅机也或隐或显地渗透到某些作品里，甚至助成了一些传世的名篇。下面举几个典型的例子，以见一隅。

苏东坡的《前赤壁赋》是我国散文史上人所共知的珍品，有"一洗万古"的评价（宋人唐子西语）。文章写东坡与友人在初秋月夜泛舟于长江，游于赤壁之下，吊古伤今，对人生价值展开了讨论。先是友人所发悲慨之论：

> "月明星稀，乌鹊南飞"，此非曹孟德之诗乎？西望夏口，东望武昌，山川相缪，郁乎苍苍，此非孟德之困于周郎者乎？方其破荆州，下江陵，顺流而东也，舳舻千里，旌旗蔽空，酾酒临江，横槊赋诗，固一世之雄也，而今安在哉？况吾与子渔樵于江渚之上，侣鱼虾而友麋鹿，驾一叶之扁舟，举匏樽以相属。寄蜉蝣于天地，渺沧海之一粟。哀吾生之须臾，羡长江之无穷。挟飞仙以遨游，抱明月而长终。知不可乎骤得，托遗响于悲风。

这段话的中心是面对人生之短暂脆弱，所表现出的无可奈何的伤感。为了强调人生之脆弱，论者用宇宙的永恒来反衬生命的流逝。接下去，则是主人的达观之论：

> 苏子曰："客亦知夫水与月乎？逝者如斯，而未尝往也；盈虚者如彼，而卒莫消长也。盖将自其变者而观之，则天地曾不能以一瞬；自其不变者而观之，则物与我皆无尽也，而又何羡乎？且夫天地之间，物各有主，苟非吾之所有，虽一毫而莫取。惟江上之清风，与山间之明月，耳得之而为声，目遇之而成色，取之无禁，用之不竭。是造物者之无尽藏也，而吾与子之所共适。"①

这是一段哲理性很强的话，但读来并不觉枯燥，原因就在于作者巧妙地从眼前景物生发出议论，既扣紧了上文江游的景观描写，又寓抽象哲理于具体形象之中。东坡以明月与江水来比喻人生，揭示出生命意蕴的两面：一方面渺小、短暂，不可避免地衰亡；另一方面伟大、永恒，自身包含不灭的绝对价值。通常认为这是老庄哲学的翻版，就其中复归自然、顺命乘化的人生态度而言，这也是有道理的。不过，更直接的思想渊源，还是应追溯到佛门。论近源，这段话的核心观点与禅理相通（尤其是南宗禅）；论远源，则与《肇论》有十分密切的关系。

《肇论》为东晋僧肇所著。僧肇，俗姓张，少好老庄，出家为僧

---

① 苏轼：《前赤壁赋》，《苏轼选集》，上海古籍出版社，1984 年，第 382 页。

后曾跟鸠摩罗什学习佛典，与竺道生等并称"关内四圣"。所撰《般若无知论》先后得到罗什、慧远的高度评价。《肇论》是后人所编，包括僧肇的佛学论文七篇，如《物不迁论》《不真空论》等。在《物不迁论》中，他探讨了宇宙及人生的动静、变化、生灭诸问题。首先，他对现实生活中世人的一般看法进行了分析，指出："夫生死交谢，寒暑迭迁，有物流动，人之常情。"然后，他举出《放光般若经》《道行般若经》及《中观》为依据，断定"人之常情"只是虚幻假象，而依佛法真谛观察，事物只是每一刹那的因缘凑合，并无时间维度上的延续性，所以说：

> 旋岚偃岳而常静，江河竞注而不流，野马飘鼓而不动，日月历天而不周。
>
> 四象风驰，璇玑电卷，得意毫微，虽速而不转。①

"旋岚"为梵文译音，即风暴。"野马"即蒸腾、漂浮于四野的云气。"四象"为四季，"璇玑"指北斗七星。这两段话的意思是，无论吹倒山岳的风暴、奔腾的江河、飘荡的云气、运行于天的日月，还是不停更迭的季节、变动不居的北斗，如果以慧眼体察深微之真象，就会发现其好似移动变幻不已，实则并无运转变动。撇开细节，只就其基本论点比较，《肇论》为《前赤壁赋》的直接源头之一，是显而易见的。其理由有四点：

其一，就主旨论，《物不迁论》讨论的是，表面看起来随时间流逝的万事万物，换个角度则是另一番道理，另一番景象：

---

① 僧肇：《物不迁论》，《肇论》第一，《大正新修大藏经》第 45 册 No. 1858。

言常而不住。称去而不迁。不迁，故虽往而常静；不住，
故虽静而常往。虽静而常往，故往而弗迁；虽往而常静，故静
而弗留矣。[1]

对于僧肇这一见解，后世注疏者概括为"言往不必往""称去不必
去""即迁而不迁""虽至迁亦不迁也"。显然，东坡所言"逝者如
斯，而未尝往也；盈虚者如彼，而卒莫消长也"，其旨趣完全相
同——换言之，说《前赤壁赋》的思想核心表达的是"物不迁"的
道理，也是未尝不可的。

其二，《前赤壁赋》的主客问答结构形式也由《肇论》得到启
发。《肇论》说理，区别俗谛、真谛，很明确地提出："谈真有不迁
之称，导俗有流动之说。"立论之先设一"俗论"作为"靶子"，如
"人则求古于今，谓其不住；吾则求今于古，知其不去"等等。东坡
也是虚设主客问答形式，目的就是以俗见与慧识作对比，同时也表
现自己由俗见超拔而彻悟的思想历程。《物不迁论》在以"正见"驳
倒了"俗见"后，自得、自信地申明："苟得其道。复何滞哉！""复
何惑于去留。踟蹰于动静之间哉！"《前赤壁赋》结尾处的意味也相
仿佛。

其三，《前赤壁赋》"客人"的困惑由两个方面产生，一是生命
的短暂，二是功业的无常。后者更是"起兴"的原因："方其破荆
州，下江陵，顺流而东也，舳舻千里，旌旗蔽空，酾酒临江，横槊
赋诗，固一世之雄也，而今安在哉？"有趣的是，《物不迁论》也是

---

① 僧肇：《物不迁论》，《肇论》第一，《大正新修大藏经》第 45 册 No. 1858。

如此，而且于一切事物"不迁"的话题中特别提出"功业"不朽的看法：

> 事各性住于一世，有何物而可去来？然则四象风驰，璇玑电卷，得意毫微，虽速而不转。是以如来，功流万世而常存，道通百劫而弥固。成山假就于始篑，修途托至于初步，果以功业不可朽故也。功业不可朽，故虽在昔而不化。不化故不迁，不迁故则湛然明矣。①

其四，如前文所引，僧肇在论述自己观点时候，一方面援引佛典，一方面又形象地用自然物象设譬作比，其中包括日月与江河。而东坡也恰恰是用江流与月亮来做比喻。

有这样四个方面的相类，应该说二者间的血缘关系已经是无可置疑了。可是，我们还可再举出一个旁证，就是僧肇的《不真空论》。

《前赤壁赋》的这段核心议论有佛门渊源，还有一个直接而明显的证据，就是"耳得之而为声，目遇之而成色"两句。这两句在文学上的"前缘"，可以举出太白的"清风朗月不用一钱买"。而且这两句与语境融汇无间，所以读者往往忽视了它的佛门渊源。其实，"耳得之而为声，目遇之而成色"是佛教最基本的"根尘说"的常谈。不过，除却一般性的佛门渊源之外，这两句还与《肇论》有一点特别的关系。《肇论》第一篇是《物不迁论》，接下来的第二篇是《不真空论》。《不真空论》开篇就讨论"耳""目"与"声""色"的

---

① 僧肇：《物不迁论》，《肇论》第一，《大正新修大藏经》第 45 册 No. 1858。

关系：

> 是以至人通神心于无穷，穷所不能滞；极耳目于视听，声
> 色所不能制者，岂不以其即万物之自虚，故物不能累其神明者
> 也。是以圣人乘真心而理顺，则无滞而不通；审一气以观化，
> 故所遇而顺适。①

作注者也纷纷在"耳""目"与"声""色"的关系上发挥，如"目
极视而色不胶。耳洞听而声弗制""虽极目观色。无非实相。纵耳聆
音，反闻自性"等。另外，我们还注意到，这段议论结穴处的"审
一气以观化，故所遇而顺适"，情感基调也与东坡文中"吾与子之所
共适"相类。

要之，东坡的名作《前赤壁赋》与《肇论》关系甚深，特别是
《物不迁论》的框架、观点，直接启发、影响了《前赤壁赋》的
写作。

但是，东坡又不是照抄僧肇之说。从观点来说，东坡主张在人
与自然的谐和中享受生命。这样，就改变了《肇论》那种纯思辨的、
带有强词夺理味道的风格，代之以近人情的潇洒自如面目。这一变
化，体现出禅宗对他的影响。苏东坡的这段哲理之论，最难理解
的是所谓"物与我皆无尽也"，而全文的核心思想也在这一点上。这一
见解的实质是肯定生命绝对价值的无限延续，与僧肇的"今物自在
今""事各性住于一世"观点有别，而同禅宗旨趣深相契合。禅宗认
为，每个生命实体与大自然都是统一的（"物我不二"），同时又都

---

① 僧肇：《不真空论》，《肇论》第二，《大正新修大藏经》第 45 册 No. 1858。

蕴含着永恒的"真如"，这是世界与生命的本质，是万古不磨的真实存在。修禅就是要荡去幻象，直揭这一本源。苏东坡立论实有见于此。而文章最后顺应大化迁流的人生态度，也与禅宗提倡的"平常心是道""于无所住生其心"一脉相通。

不过，应该指出的是，《肇论》与禅宗思想并非对立，而是同一思想体系的不同发展阶段，僧肇也有"天地与我并生，万物与我为一"的讲法，对禅门大德深有影响。故苏东坡在自己的作品中很自然地把两方面的观点融于一炉，而绝无捏合之痕。当然，《前赤壁赋》的价值并不在于观点比《肇论》有何增减，而在于优美的文字，情、境、理的巧妙融合。我们指出其思想、思路源于《物不迁论》，既不是抬高其价值，也不是贬低其价值，只是揭示出一个隐蔽的事实。而这对于更好地理解这一名篇，更好地了解苏东坡，以及了解佛教对中国古代文学的影响，都是有所裨益的。

在化佛理入文学方面，《爱莲说》是堪与《前赤壁赋》比美的另一篇名作。其文曰：

> 水陆草木之花，可爱者甚蕃。晋陶渊明独爱菊；自李唐以来，世人盛爱牡丹。予独爱莲之出淤泥而不染，濯清涟而不妖，中通外直，不蔓不枝，香远益清，亭亭净植，可远观而不可亵玩焉。

> 予谓菊，花之隐逸者也；牡丹，花之富贵者也；莲，花之君子者也。噫！菊之爱，陶后鲜有闻。莲之爱，同予者何人？牡丹之爱，宜乎众矣。[1]

---

① 周敦颐：《爱莲说》，《周元公集》卷二，《四库全书》集部三别集类二。

文章的作者周敦颐，北宋中期人，字茂叔，世称濂溪先生，为理学的开山祖师。《爱莲说》借花自喻，表现一种不从俗、不出世、注重自我修养的人生态度。这似乎与孔孟以来的儒者处世之道并无二致，只是表达得巧妙、生动而已。但是，细推敲起来，为何以莲花设喻？为何强调"出淤泥而不染？"答案却须向佛门寻觅。

原来，莲花是佛教推崇之花，有深厚的象征意味。最著名的当然是佛教大乘重要经典《妙法莲华经》以"莲华（即莲花）"为名，另一部重要经典《维摩诘所说经》以"高原陆地不生莲花，卑湿淤泥，乃生此花"比喻"烦恼泥中，乃有众生起佛法耳"的道理。不过，与《爱莲说》关系更密切的是《华严经探玄记》，略云：

> 大莲华者，梁摄论中有四义。一如世莲华，在泥不染，譬法界真如，在世不为世法所污。……四、如莲花有四德：一香、二净、三柔软、四可爱，譬真如四德，谓常乐我净。[1]

这里的莲花象征真如佛性。佛教认为世俗生活是一种污染，只有觉悟的人才能超拔于外，了悟、保持本自清净的佛性。而在这方面，莲花的生态恰可作一比拟。《大般涅槃经》也讲"出于泥中而不为彼淤泥所污"。至于佛、菩萨之座称"莲花台"，架裟称"莲花衣"，佛土称"莲花国"等等，不一而足，更见出莲花与佛门关系之密切。

周敦颐晚年卜居于庐山，在濂溪之畔筑书堂，即题名"爱莲书堂"。本文便写于此时此地。当年，晋代高僧慧远亦居于庐山，并与

---

[1]《华严经探玄记》，《大正新修大藏经》第 35 册 No. 1733。

陶渊明等结"白莲社"于此。慧远及其信徒设誓，愿往生西方净土——"莲花之邦"。因此，他所创立的净土宗又别称"莲宗"。可见，周敦颐在庐山写《爱莲说》，事非偶然，前代佛门大德的流风遗韵给了他直接的启示。而周敦颐素习佛典，有"周茂叔，穷禅客"的说法。当然，《爱莲说》受胎于佛门，最直接的证据在本文中，"出淤泥而不染，濯清涟而不妖""香远益清，亭亭净植"几可视为《华严经探玄记》的翻版。只是由于作者纯作形象描写，无一语直触佛理，而又把佛性之喻移到人性、人格方面，故对于大多数读者来说，已是无迹可求了。

像《前赤壁赋》与《爱莲说》这样将佛学融铸于中而妙合无痕者，在中国散文史上屈指可数。大多数申说佛理的作品是采取正面直说的方式。《略说士僧交游》中曾提到柳宗元的《东海若》，以寓言说佛理，那已算得是较好调动文学手段之文，但仍不免归于正面直说，有"今有为佛者二人，同出于毗卢遮那之海"云云，结果使寓言成为了浅显的比喻。当然，正面直说的文章写得好了，也可以具有文学意味。如钱谦益的《题佛海上人卷》：

> 佛海上人欲续修《传灯录》，谒余而请曰："愿有以教我也。"嗟乎！禅学蛊坏，至今日而极矣。吴中魔民横行，鼓聋导瞽，从者如市。余辞而辟之良苦。要之，殊不难辨也。拈椎竖拂，胡喝盲棒，此丑净之排场也；上堂下座，评唱演说，此市井之弹词也；谬立宗祧，妄分枝派，一人曰我临济之嫡孙，一人曰彼临济之假嗣，此所谓郑人之争年，以先息为胜者也。古德之立言，如精金美玉，而今人如瓦砾。古德之行事，如寒冰凛霜，而今人如粪土。希声名，结俦党，图利养，营窟穴，以

乞儿市驵之为，而袭诃佛骂祖之迹。入地狱如箭射，鬼神皆知谴诃，而愚人如蛾之附火，死而不悟，岂不悲哉！

昔人谓赞宁为僧中之董狐，觉范为禅门之迁、固。当斯任者，必如将印在手，纵夺惟我，又如摩尼在握，胡汉俱现，然后可以勘辨机缘，发挥宗旨。不然，手眼未明，淄渑莫别，宵行之熠耀，夜然之阴火，将与兰膏明烛争光夺照，长夜昏途，伥伥乎莫知所适从，何传灯之与有？续禅灯者，所以续佛命也。传灯之指一淆，则佛命亦几乎断矣。可不慎哉！

上人将遍走海内名山古刹，网罗放失，以蒇续灯之役。新安江似孙辑本朝僧史有年矣，上人之采访，必自似孙始也，其并以余言告之。[①]

文中对俗禅、假禅的猛烈排击，与柳宗元《东海若》一文如出一辄，但表现手法全然不同。钱氏全用直说。其文学魅力乃由古文技巧中产生，如用排比句法造成气势，用夸张言辞强化效果等。在一组排比里，他又在整齐中故作变化，如"此丑净之排场也""此市井之弹词也""此所谓郑人之争年。以先息为胜者也。"

也有以其雄辩而生魅力的，如沈约的《难范缜神灭论》：

若如来论，七尺之躯，神则无处非形，形则无处非神矣。刀则唯刃犹利，非刃则不受"利"名；故刀是举体之称，利是一处之目，刀之与利既不同矣，形之与神岂可妄合耶？又，昔

---

① 钱谦益：《题佛海上人卷》，《牧斋初学集》卷八十六，上海古籍出版社，1985年，第1908页。

日之刀，今铸为剑，剑利即是刀利，而刀形非剑形；于利之用
弗改，而质之形已移。与夫前生为甲，后生为丙，天人之道或
异，往识之神犹传；与夫剑之为刀，刀之为剑，有何异哉？又
一刀之质，分为二刀，形已分矣，而各有其利。今取一牛之身
而剖之为两，则饮齕之生即谢，任重之用不分。又何得以刀之
为利，譬形之与神耶？①

范缜的《神灭论》是哲学史上的名篇，以刀之锋利喻形之有神，说
明形与神是体与用的关系，形散则神灭。从思想价值来看，远非沈
作所能企及。不过，沈约此文也有其独到之处。他对范缜的诘难主
要抓住刀锋的比喻，由于一切比喻都难免跛足，所以，他的诘难也
就似乎捉住了对方的破绽。同时，他的诘难是针对一点，变化角度，
反复攻击。即如上文，先假定刀锋之喻可取，而推导出与范说相反
的结论——"往识之神犹传"，再指出刀锋之喻并不可取，范说不能
据以立论。这种"蹂践理窟"（皎然语）的笔法，因其雄辩力而吸引
读者。至于此类文字是否算得文学作品，写文学史者迄今仍然见仁
见智，本书也只好存而不论了。

二

　　散文中的佛教内容，还有一个方面，就是对于僧徒形象的记述、
描写。

---

① 沈约：《难范缜神灭论》《广弘明集》卷二十，《大正新修大藏经》第 52 册 No. 2103。

自魏晋以后，大和尚的传记文字传世颇多。从作者方面看，大体有三种情况：一种是僧人编撰，如《高逸沙门传》《高僧传》《续高僧传》等；一种是史学家所作，如《释老志》中的有关部分；一种是文学家的手笔，如刘勰为文长于佛理，故当时名僧碑志多出其手。比较起来，第三种之中，近于文学的稍多一些。以唐代为例，名作家为名僧写碑传是很常见的事情。禅门北宗之祖神秀的碑文为张说所作；南宗之祖慧能的碑文先后有王维、柳宗元、刘禹锡等动笔；天台宗高僧智顗的碑文则出于古文运动前驱梁肃之手。其中张说的《唐玉泉寺大通禅师碑》，历来为研究禅宗梁史者看重。张说仕于中宗、睿宗、玄宗三朝，封为燕国公。他长于文辞，朝廷制诰多出其手，因而与苏颋一起被称作"燕许大手笔"（苏封许国公）。这篇碑文是他得意之作，所记大通禅师即神秀。在武则天至玄宗的一段时期，神秀领导的北宗禅兴旺发达，影响很大。后来，随南宗的发展，北宗渐至式微，以至有关北宗的史料大多散佚湮没。而张说此碑文记载了北宗思想传承的很多情况，故富有特殊的史料价值。兹节录如下：

　　　　禅师尊称大通，讳神秀，本姓李，陈留尉氏人也。心洞九漏，悬解先觉。身长八尺，秀眉大耳，应王伯之象，合圣贤之度。少为诸生，游问江表，老、庄玄旨，《书》、《易》大义，三乘经论，四分律义，说通训诂，音参吴晋，烂乎如袭孔翠，玲然如振金玉。既而独鉴潜发，多闻傍施。逮知天命之年，自拔人间之世。企闻蕲州有忍禅师，禅门之法胤也。自菩提达摩天竺东来，以法传惠可，惠可传僧璨，僧璨传道信，道信传弘忍，继明重迹，相承五光。乃不远遐阻，翻飞谒诣，虚受与沃心悬会，高悟与真乘同彻，尽捐妄识，湛见本心，住寂灭境，行无是处。有师而成，即燃灯佛所；无依而说，是空王法门。服勤六年，不舍昼夜，大师叹曰："东山之法，尽在秀矣。"命之洗足，引之并坐，于是涕辞而去，退藏于密。仪凤中始隶玉泉，名在僧录，寺东七里，地坦山雄，目之曰："此正楞伽孤峰，度门兰若，荫松藉草，吾将老焉。"云从龙，风从虎，大道出，贤人睹。岐阳之地，就者成都；华阴之山，学来如市：未云多也。后进得以拂三有，超四禅，升堂七十，味道三千：不是过也。①

这是标准的传记文写法：既把生平出处交代得清清楚楚，又突出了受法、传法等紧要关节。文章有词采，但文学性并不强。多数僧徒碑传的词采尚不及此，只是略述事迹梗概而已，距文学作品就更远了。梁肃在《台州隋故智者大师修禅道场碑铭》中自述为文缘起，称当时天台宗领袖湛然大师有命："汝，吾徒也。盍纪于文言，刻诸金石，俾千载之下，知吾道之所以然。"于是，梁肃"稽首受命，故大师之本迹，教门之继明，后裔之住持，皆见乎辞"。可见，此类文字的写作主要是为宗教服务的，其目的本不在于"文"也。

述僧人生平而可视为文学作品的，是一些"变格"之作，如欧阳修的《释秘演诗集序》：

予少以进士游京师，因得尽交当世之贤豪。然犹以谓国家臣一四海，休兵革，养息天下，以无事者四十年，而智谋雄伟非常之士，无所用其能者，往往伏而不出，山林屠贩，必有老

---

① 张说：《唐玉泉寺大通禅师碑》，《张燕公集》卷十九，第117页，四部丛刊本。

死而世莫见者，欲从而求之不可得。其后得吾亡友石曼卿。曼卿为人，廓然有大志。时人不能用其材，曼卿亦不屈以求合。无所放其意，则往往从布衣野老，酣嬉淋漓，颠倒而不厌。予疑所谓伏而不见者，庶几狎而得之，故尝喜从曼卿游，欲因以阴求天下奇士。

浮屠秘演者，与曼卿交最久，亦能遗外世俗，以气节相高。二人欢然无所间。曼卿隐于酒，秘演隐于浮屠，皆奇男子也。然喜为歌诗以自娱。当其极饮大醉，歌吟笑呼，以适天下之乐，何其壮也！一时贤士，皆愿从其游，予亦时至其室。十年之间，秘演北渡河，东之济、郓，无所合，困而归。曼卿已死，秘演亦老病。

嗟夫！二人者，予乃见其盛衰，则予亦将老矣。夫曼卿诗辞清绝，尤称秘演之作，以为雅健有诗人之意。秘演状貌雄杰，其胸中浩然，既习于佛，无所用，独其诗可行于世。而懒不自惜。已老，胠其橐，尚得三、四百篇，皆可喜者。曼卿死，秘演漠然无所向。闻东南多山水，其巅崖崛峍，江涛汹涌，甚可壮也，遂欲往游焉。是以知其老而志在也。于其将行，为叙其诗，因道其盛时以悲其衰。①

这篇文字不以传记的常用体裁来作，而是借诗集之序写其人，于是便有了腾挪变化的余地。欲写秘演事迹，却从石曼卿身上落笔，中间又插入作者自己，不仅行文曲折有致，而且加强了感叹悲慨的氛围。文章对秘演性格的描写不过寥寥数语，便使一个落拓不偶的奇

---

① 欧阳修：《释秘演诗集序》，《欧阳文忠公集》卷四十一，第252页，四部丛刊本。

僧跃然于纸上。从文章的形象性、抒情性来讲，这是当之无愧的优秀的文学性散文。

记述、描写僧侣事迹的散文，还有一类写法，即取僧侣活动的一时一事，而不及其身世生平，行文灵活，文学性较强。如东晋佚名僧人的《庐山诸道人游石门诗序》就是一篇文采斐然的山水游记：

石门在精舍南十余里，一名障山。基连大岭，体绝众阜。辟三泉之会，并立而开流；倾岩玄映其上，蒙形表于自然，故因以为名。此虽庐山之一隅，实斯地之奇观。皆传之于旧俗，而未观者众。将由悬濑险峻，人兽迹绝，迳回曲阜，路阻行难，故罕径焉。

释法师以隆安四年，仲春之月，因咏山水，遂杖锡而游。于时交徒同趣三十余人，咸拂衣晨征，怅然增兴。虽林壑幽邃，而开涂竞进；虽乘危履石，并以所悦为安。既至则援木寻葛，历险穷崖，猿臂相引，仅乃造极。于是拥胜倚岩，详观其下，始知七岭之美，蕴奇于此。双阙对峙其前，重岩映带其后，峦阜周回以为障，崇岩四营而开宇。其中有石台、石池，宫馆之象、触类之形，致可乐也。清泉分流而合注，渌渊镜净于天池。文石发彩，焕若披面；怪松芳草，蔚然光目，其为神丽，亦已备矣。

斯日也，众情奔悦，瞩览无厌。游观未久，而天气屡变。霄雾尘集，则万众隐形；流光回照，则众山倒影。开阖之际，状有灵焉，而不可测也。及其将登，则翔禽拂翮，鸣猿厉响。归云回驾，想羽人之来仪；哀声相和，若玄音之有寄。虽仿佛犹闻，而神以之畅；虽乐不期欢，而欣以永日。

当其冲豫自得，信有味焉，而未易言也。退而寻之，夫崖谷之间，会物无主，应不以情。而开兴引人，致深若此，岂不以虚明朗其照，闲邃笃其情耶？并三复斯谈，犹昧然未尽。

俄而太阳告夕，所存已往，乃悟幽人之玄览，达恒物之大情，其为神趣，岂山水而已哉！于是徘徊崇岭，流目四瞩：九江如带，丘阜成垤。因此而推：形有巨细，智亦宜然。乃喟然叹宇宙虽遐，古今一契；灵鹫邈矣，荒途日隔；不有哲人，风迹谁存？应深悟远，慨焉长怀，各欣一遇之同欢，感良辰之难再，情发于中，遂共咏之云尔。[①]

文章的风格颇近于王羲之的《兰亭集序》，但既记僧人之游，佛理感悟的内容就有别于俗谛。故由山水而返观，悟"虚明朗其照，闲邃笃其情"之理；又由登临而感慨，兴"灵鹫邈矣，荒途日隔"之叹。文章写游山过程之细致，形容山林气象之生动，均可列于历代游记之中而无逊色。而林壑崇崖之间，几十位僧徒"杖锡而游"的景象尤显别致，给读者以新奇的印象。

柳宗元的《送文郁师序》则是另一种风格。其文曰：

柳氏以文雅高于前代，近岁颇乏其人，百年间无为书命者。登礼部科，数年乃一人；后学小童，以文儒自业者又益寡。

今有文郁师者，读孔氏书，为诗歌逾百篇，其为有意乎文儒事矣，又遁而之释。背笈篋，怀笔牍，挟海溯江，独行山水间。俯俯然模状物态，搜伺隐隙，登高远望，凄怆超忽，游其

---

① 佚名僧：《游石门诗序》，《古诗纪》卷四十七，第353页，《四库全书》本。

心以求胜语，若有程督之者。已则披缁艾，茹藁芹，志终其身。吾诚怪而讥焉。对曰："力不任奔竞，志不任烦挈，苟以其所好，行而求之而已尔。"终不可变化。

吾思当世以文儒取名声，为显官，入朝受憎冒讪黜摧伏，不得守其土者，十恒八九。若师者，其可讪而黜耶？用是木复讥其行，返退而自讥。于其辞而去也，则书以畀之。①

写文郁的形象虽只有寥寥数笔，但已勾画出其人超迈不俗的神情。柳文本长于记人，如《段太尉逸事状》即为千古名篇。此文虽属小品，也可见出作者的功力。不过，柳宗元此文写文郁之外尚另有喻托，即文中所谓"退而自讥"之意。而"自讥"是表，讥世是里，"十恒八九"云云已作暗示。因此，文章短小，而意旨深刻，文郁师的事迹恰成为作者借题发挥的材料。无怪乎写得出"背笈箧，怀笔牍，挟海溯江，独行山水间""登高远望，凄怆超忽"那样气韵生动的句子。

三

记人之外，记述佛教胜迹也是散文中较为常见的内容。

这首先表现于有关佛刹的记述描写中。中国佛寺的兴建始于东汉明帝，至南北朝而极盛。以后各代时废时建，规模虽有所不同，但这类工程至近代从未停止过。很多佛教建筑规模宏伟，风格别致，

---

① 柳宗元：《送文郁师序》，《柳宗元集》卷二五，中华书局，1982年，第681页。

有的还成为盛衰兴废的见证，从而引起了文人记述描写的兴趣。这方面的题材在南北朝至明清的散文作品中占有可观的比重。

记述佛教建筑的散文首推杨衒之的《洛阳伽蓝记》。杨衒之，北平（今河北卢龙一带）人，生活于北魏末至东魏时期，任过期城太守等中级官员。东魏孝静帝武定五年（公元547年）他到洛阳，看到战乱后城市残破，佛寺圮坏，"表里凡有一千余寺，今日寥廓，钟声罕闻。恐后世无传，故撰斯记。"据《广弘明集》，他的创作动机还有更重要的一方面，即"见寺宇壮丽，损费金碧，王公相竞，侵渔百姓，乃撰《洛阳伽蓝记》，言不恤众庶也"。全书五卷，分记洛阳城东、西、南、北、中较为重要佛寺的兴建缘起、规模结构及社会背景、城市环境、历史传说等多方面的情况。全书重点写佛刹40座，另外提及43座。文中对北魏中后期佛教盛行时一境如狂的情景进行了批判性描述；对佛事活动及某些历史事件的记述都具有史料价值，而对佛教建筑的描写则相当细致、生动。如卷一的《永宁寺》：

……中有九层浮图一所，架木为之，举高九十丈。上有金刹，复高十丈；合去地一千尺。去京师百里，已遥见之。初掘基至黄泉下，得金像三十二躯，太后以为信法之徵，是以营建过度也。刹上有金宝瓶，容二十五斛。宝瓶下有承露金盘一十一重，周匝皆垂金铎。复有铁锁四道，引刹向浮图四角。锁上亦有金铎，铎大小如一石瓮子。浮图有九级，角角皆悬金铎，合上下有一百三十铎。浮图有四面，面有三户六窗，户皆朱漆。扉上各有五行金铃，合有五千四百枚。复有金环铺首。殚土木之功，穷造形之巧，佛事精妙，不可思议。绣柱金铺，骇人心目。至于高风永夜，宝铎和鸣，铿锵之声，闻及十余里。

浮图北有佛殿一座，形如太极殿。中有丈八金像一躯，中长金像十躯，绣珠像三躯，金织成像五躯，玉泉二躯。作工奇巧，冠于当世。僧房楼观，一千余间，雕梁粉壁，青璅绮疏，难得而言。柽柏椿松，扶疏檐霤，丛竹香草，布护阶墀。

……

时有西域沙门菩提达摩者，波斯国胡人也。起自荒裔，来游中土。见金盘炫目，光照云表，宝铎含风，响出天外；歌咏赞叹，实是神功。自云年一百五十岁，历涉诸国，靡不周遍，而此寺精丽，阎浮所无也。极佛境界，亦未有此！口唱南无，合掌连日。①

中国古代散文中，状物之作以《周礼·考工记》为最早的典范。此文得《考工记》的细密，而生动、形象则更有过之。文章既有静态的说明，又有动态的描写。如"高风永夜，宝铎和鸣，铿锵之声，闻及十余里"等，都使读者有若目睹耳闻。作者借达摩的观感来加深读者印象，尤属匠心独具之笔。这部书基本是散体，但也偶尔夹杂一、二骈语，如"柽柏椿松，扶疏檐霤；丛竹香草，布护阶墀""殚土木之功，穷造形之巧"等，在文中起到渲染描写的作用。而以散体状物、记事，则简捷明快。状物之效，此文可见；而记事如《开善寺》一则，写元琛之婢朝云吹箎散寇事，《景兴尼寺》写隐士赵逸事等，都以较短篇幅记述了较复杂的故事，近于笔记小说的风格，简明而生动。

---

① 杨衒之：《洛阳伽蓝记》卷一，第1页，四部丛刊本。

用骈体记叙佛教建筑的典范之作可推萧纲的《相官寺碑》。其文曰：

真人西灭，罗汉东游。五明盛士，并宣北门之教；四姓小臣，稍罢南宫之学。超洙泗之济济，比舍卫之洋洋。是以高檐三丈，乃为祀神之舍；连阁四周，并非中官之宅。雪山忍辱之草，天宫陀树之花，四照芬吐，五衢异色。能令扶解说法，果出妙衣。鹿苑岂殊，祇林何远？皇太子萧纬，自昔藩邸，便结善缘。虽银藏盖寡，金地多阙，有惭四事，久立五根。泗川出鼎，尚刻之罘之石；岷峨作镇，犹铭剑壁之山。矧伊福界，宁无镌刻？铭曰：洛阳白马，帝释天冠，开基紫陌，峻极云端。实惟爽垲，栖心之地。譬若净土，长为佛事。银铺曜色，玉碍金光。塔如仙掌，楼疑凤凰。珠生月魄，钟应秋霜。鸟依交露，幡承杏梁。窗舒意蕊，室度心香。天琴夜下，绀马朝翔。生灭可度，离苦获常。相续有尽。归乎道场。①

萧纲，梁武帝之子，即位为简文帝，后为侯景所杀。萧氏父子崇信佛教，梁代江南有寺近3000座。萧衍、萧纲、萧绎都有论佛理、记佛事之文。本篇同杨文相比，除了一般意义上的骈散差别外，还有一个突出的特点，就是大量使用佛学的典故，几乎达到了句句有佛典的地步。如首两句用了《四十二章经》之典，次二句用《天竺大论》之典，接下去，则有《浮屠经》《涅槃经》《无量寿经》《维摩诘经》《法华经》等数十种经论中的出典错杂于文中。作为状物、记事

---

① 萧纲：《相官寺碑》，《艺文类聚》卷七十六，第991页，《四库全书》本。

之文，这种写法自然远不及《洛阳伽蓝记》的效果。不过，若考虑佛学在散文创作中的影响，本篇就堪称一种典型了。

记叙佛教建筑的散文，历代皆有，或侧重于状物叙事，或侧重于炫耀作者佛学禅理的修为，大多不脱上述两篇的模式。但也有少量借题发挥，意不在佛刹之上的，如明末钱谦益的《瑞光寺兴造记》：

　　余十五六时，从吾先君之吴门，则主瑞光寺僧蓝园远公。迄今三十余年，先君停舟解装与远公逢迎笑言之状，显显然在心目间。每过寺门，辄泫然回车，不忍入也。远公居寺之后禅院，每令一小沙弥导余游废寺。殿堂萧然，塔下榛芜，不辨甃城，廊庑漏穿，败甍朽木，与像设相撑柱，有声拉拉然。相与顾视，促步以反。余每思之，如宿昔之恶梦，尚为心悸。又思此寺久已颓圮，不知今日又如何也？

　　崇祯辛未，友人张异度以复寺来告曰："寺僧竺璠实主之。"已而璠过余曰："公知我乎？即远公院中小沙弥也。公于此寺有宿缘，幸为我记之。"嗟乎！璠为小沙弥导余游寺时，其长与案上下耳。今乃能夙夜经营，还寺旧观，其所成就不苟如此。余稍长于璠，束发登朝，值兵兴多垒之日，浮湛罪废，一无以自效，其视璠为可愧也。

　　虽然，璠之主斯寺，二十年所矣。二十年之中，相之拜者几人？将之遣者几人？督抚大吏易置者几人？当其筑堤推毂，富贵烜赫，视夫祝发坏服，麻鞋露肘之徒，不啻一毫毛，然其卒能无愧之者几人也？盖尝论之，浮屠之为其塔庙，犹士大夫之谋人军师国邑也。浮屠以其塔庙为己，而不以其塔庙为己之塔庙。以其塔庙为己，故捍护之不啬头目，而庀治之不惜脑髓；不以其塔庙为己之塔庙，故一钱之入，不私其囊箧，毕世之计，不及其子孙。二者士大夫所远不及也，斯所以愧与？

报应因果之说，儒者所不道。然吾观富贵烜赫者，未几而囊金椟帛，弃掷道路，遗骴腐骨，狼藉乌鸢，视浮屠之四众瞻仰，粥鱼斋鼓，安稳高闲者，所得孰多？呜呼！士大夫之于浮屠，不独思愧也，岂亦可以知惧矣乎？

以璠之贤，能劳身捐躯以为其塔庙，其有取于余言也，岂徒欲以夸大其能事邪？予故推广其意，以告于世之君子。而予既无用于世，粥鱼斋鼓之间，他日将从璠而老，姑书是以志余之愧焉。寺建于吴赤乌，其兴废载在郡志。璠之兴造，经始于万历某年，天启甲子造七佛阁于佛殿之北，崇祯己巳修天宁塔，凡若干级，募饭僧田若干亩。寒灰奇公自楚来驻锡，而昆山王在公孟凤以宰官入道，皆助璠唱缘，克有终始。崇祯壬申五月，常熟钱某为之记。①

本文作于崇祯六年，明王朝已是内外交困，回天乏术了。天启元年，后金攻陷沈阳，至崇祯二年占领全部关外地区，并数次南下，侵扰畿辅，攻掠直隶、山东、山西。明先后诛杀有关督抚大臣熊廷弼、王化贞、袁崇焕等多人。而崇祯元年，陕北爆发大规模农民起义，高迎祥称闯王，至四年，各路人马已总计二十余万；六年，李自成、张献忠等都别为一军，渐具羽翼。文中"二十年"云云，正是针对

---

① 钱谦益：《瑞光寺兴造记》，《牧斋初学集》卷四十二，上海古籍出版社，1985 年，第 1106 页。

这种国势日蹙的局面而言。而在这一段时间里，钱谦益也饱尝宦海风波。天启四年，魏忠贤爪牙崔呈秀作《东林党人同志录》，列钱为党魁，使钱被削籍罢归。崇祯元年，魏崔倒台，钱谦益复起，但很快陷入新的党争漩涡，再被革职。写此文时正赋闲乡居，冷眼旁观时政，一肚皮牢骚无从发泄，便借佛刹之题作自家之文。文中极力称赞僧人"以其塔庙为己，而不以其塔庙为己之塔庙"的精神，正是批评执政柄者以社稷为己之社稷，而不以之为己身、为己任。对于佛教报应之理，文章婉转地予以肯定，但目的不在于炫耀佛学知识，也不是宣扬佛理，而是借以加强批评的力量。因此，与萧纲之作相比，思想内容要深刻多了。文章由忆旧下笔，既引入小沙弥，便于叙述写作缘起，又形成亲切自然的氛围，表现出晚明散文的特色。

钱谦益另有《龙树庵记》一文，也同此机杼。文章借龙树庵之兴造为题，褒佛徒而贬将相：

> 吾观佛之徒，其为说，以谓山河大地，一切如幻。而其身之所寄，瓦盂锡杖，一饭一宿，即五山十刹，亦比之于逆旅传递而已。然其人往往以塔庙为国土，以伽蓝为金汤，而效死以守之，身可杀而不可夺，若传（按，即僧广传）者，何其固也！今之为卿士大夫者，身受国家疆圉之寄，而不难以戎索与虏。一旦丧师失地，日蹙国百里，拱手瞪目，彼此相顾视，所谓败则死之，危则亡之者，其于浮图何如也？①

---

① 钱谦益：《龙树庵记》，《牧斋初学集》卷四十二，上海古籍出版社，1985 年，第 1105 页。

比起《瑞光寺兴造记》来，此文对僧人的赞扬更甚，对当政者贬斥亦更甚。"拱手瞪目，彼此相顾视"云云，颇有传神之妙。

如钱文这样的借题发挥，虽意不在写佛事，但行文活泼，议论风生，给读者的印象十分深刻，所以僧徒之事迹、佛刹之兴废也随文而自然传世。

四

对佛教胜迹的记载，还包括其他造型艺术，如佛教题材的绘画、雕塑艺术等。汉明帝时，佛教初入中土，就伴随着有关的造型艺术。明帝曾命画工绘释迦像，置于清凉台上，后又有天竺僧人画楞严二十五观图于保福院。魏晋南北朝时期，佛教日趋兴盛，佛寺大量兴建，对佛教人物、故事图画的需求也随之剧增，于是出现了一批技艺精湛的佛画艺术家，如曹不兴、陆探微、张僧繇、曹仲达等，曹不兴有"佛画之祖"的称号。与之同时，石窟艺术也发达起来，彩塑、岩雕、壁画等都达到了很高的艺术境界。入唐以后，佛教造型艺术的水平又有大幅度提高。吴道子的《维摩像》《帝释像》及壁画《地狱变相》等都享有不衰的盛誉。而龙门、敦煌等石窟中的唐代石雕、彩塑佛像也都具有不同凡响的神韵。这种艺苑盛事，自然而然地反映到散文作品中，如白居易的《画西方帧记》《画弥勒上生帧记》等。但此类文章多以记述缘起、阐说佛理为主，对艺术品本身的描述反而较少。而且这种描述一般比较平实，有说明文的倾向，不像同类题材诗歌那样渲染夸张、酣畅淋漓。但也可以说，作家们自有不成文的文体分工，他们认为散文对这方面题材比较宜于介绍与说明，而把艺术性描述的任务让与了诗歌。以《画西方帧记》为例：

我本师释迦如来说，言从是西方过十万亿佛土，有世界号极乐，以无八苦四恶道故也；其国号净土，以无三毒五浊业故也；其佛号阿弥陀，以寿无量、愿无量、功德相好、光明无量故也。谛观此娑婆世界、微尘众生，无贤愚、无贵贱、无幼艾，有起心归佛者，举手合掌，必先向西方；有怖厄苦恼者，开口发声，必先念阿弥陀佛。又，范金合土，刻石织文，乃至印水聚沙，童子戏者，莫不率以阿弥陀佛为上首，不知其然而然。由是而观，是彼如来有大誓愿于此众生，此众生有大因缘于彼国土明矣。不然者，东南北方，过去见在未来，佛多矣，何独如是哉？何独如是哉？

唐中大夫、太子少傅、上柱国、冯翊县开国侯、赐紫金鱼袋白居易，当衰暮之岁，中风痹之疾，乃舍俸钱三万，命工人杜宗敬按《阿弥陀》《无量寿》二经，画西方世界一部：高九尺，广丈有三尺，弥陀尊佛坐中央，观音、势至二大士侍左右，天人瞻仰，眷属围绕，楼台妓乐，水树花鸟，七宝严饰，五彩彰施，烂烂煌煌，功德成就。弟子居易焚香稽首，跪于佛前，起慈悲心，发弘誓愿：愿此功德，回施一切众生。一切众生，有如我老者，如我病者，愿皆离苦得乐，断恶修善，不越南部，便睹西方。白毫大光，应念来感；青莲上品，随愿往生。从现在身，尽未来际，常得亲近而供养也。欲重宣此愿而偈赞云：

极乐世界清净土，无诸恶道及诸苦。

愿如老身病苦者，同生无量寿佛所。①

文章用一半篇幅宣传净土宗的教义，虽然从结构方面看，是为下文描写画面作铺垫，但毕竟枯燥乏味。全文只有描述画面一段近于文学笔法，其余部分或为议论文，或为辅教应用文。若以狭义的文学体裁标准衡量，本文恐将被划到圈子之外了。

佛门中人关于佛像的描写文字，当以慧远的《铭》为翘楚，洋洋洒洒五篇，其中颇有文采斐然的句子。不过，铭的文体属性实在诗与文之间，而以慧远此文论之，毋宁说更近于诗。他把说明缘起的内容放到了前面的序中，铭文便有了诗一般的风格：

廓矣大象，理玄无名，体神入化，落影离形。回晖层岩，凝映虚亭，在阴不昧，处暗逾明。婉步蝉蜕，朝宗百灵。应不同方，迹绝而冥。

茫茫荒宇，靡劝靡奖。淡虚写容，拂空传像。相具体微，中姿自朗。白毫吐曜，昏夜中爽。感彻乃应，扣诚发响。留音停岫，津悟冥赏。抚之有会，功弗由曩。

旋踵忘敬，罔虑罔识。三光掩晖，万象一色。庭宇幽蔼，归途莫测。悟之以静，抠之以力。惠风虽退，维尘攸息。匪伊玄览，孰扇其极。

---

① 白居易：《画西方帧记》，《白居易集》卷七十一，中华书局，1979年，第1496页。

希音远流，乃眷东顾。欣风慕道，仰规玄度。妙尽毫端，运微轻素。托采虚凝，殆映宵雾。迹以像告，理深其趣。奇兴开襟，祥风引路。清气回于轩宇，昏明交而未曙。彷佛镜神仪，依俙若真遇。

铭之图之，曷营曷求。神之听之，鉴尔所修。庶兹尘轨，映彼玄流。漱情灵沼，饮和至柔。照虚应简，智落乃周。深怀冥托，宵想神游。毕命一对，长谢百忧。[①]

南朝似此铭文、赞颂不一而足，风格、内容大体相同。

记述雕塑的文章也大多类此。作者的笔墨主要用于宣扬佛理及功德缘起，对雕塑本身的描写少而空泛，一般来说，文学意味是很淡薄的。如慧远的"晋襄阳丈六金像"颂词，先述佛教在中土流传的盛况，然后感叹自己"生善教末年"，"拟足逸步，玄迹已邈"，于是"命门人铸而像焉"。再论佛像对信徒的启示教化作用，"使怀远者兆玄根于来叶，存近者遘重劫之厚缘"。至于佛像的状貌、铸造的工艺，只是简单地几句带过：

金颜映发，奇相晖布。肃肃灵仪，峨峨神步。茫茫造物，玄运冥驰。伟哉释迦，与化推移。静也渊默，动也天随。[②]

梁元帝萧绎的《荆州长沙寺阿育王像碑》，也是以主要篇幅写阿

---

① 释慧远：《佛影铭》，《广弘明集》卷十五《大正新修大藏经》第 52 册 No. 2103。
② 释慧远：《晋襄阳丈六金像赞序》，《广弘明集》卷十五《大正新修大藏经》第 52 册 No. 2103。

育王"道冠万灵，理超千圣"的法力，而对其像的描写不过寥寥数语："惠音八种，面门五色。组蚌生华，入青楼而吐曜；金口照采，出紫殿而相辉。"究其原因，乃由于作者视佛像为圣物，绘、塑皆为善行功德，故记述时也以同样虔诚之心为之。既不能把佛像当作艺术品观照，更不敢旁溢歧出有题外之语，因而只能写成这种样子了。

第六章

佛道稗语

中国古代小说与佛、道二教的缘份相当深厚。小说史几乎从开篇便沐浴在佛光、道风之中，而作为通俗性较强的文学式样，小说中的宗教内容也较为通俗。特别是白话小说，所描写的宗教人物——无论是佛、菩萨、罗汉，还是男神女仙，亦或和尚、尼姑、道士——大多染有市井气息，有的甚至明显世俗化变形。但这种不"纯"的宗教描写，凭借其通俗优势，在中下层民众中产生了很大的影响，反过来又促使宗教进一步世俗化。明清两代，佛教、道教日益入世近俗，白话小说的影响是不可忽视的因素。如罗汉堂中塑一个"济公"，佛殿上赫然出现"斗战胜佛"字样，观音与吕祖同祀于一殿等，皆非鲜见，可作小说"反向"影响之明证。下面，先重点谈一下佛教与小说的缘分，然后介绍一下道教与小说关系的概况。

一

佛教对于中国古代小说而言，影响的首要方面是成为了其文学想象力的助长剂。

一部中国小说史，几乎各阶段都留下了鲜明的"佛"字。佛教对小说的影响是多方面的。它不仅以其典籍中大量传说故事为小说创作提供了素材，而且以其恢宏、夸诞的风格刺激了小说作者的想象力，以其丰富、深邃的理论影响了作家们的人生态度与宇宙观（当然，这种影响兼有积极、消极成分），从而折射到作品之中，为中国古代小说添上一特异色调。说佛教是中国小说艺术之助长剂，当非夸张。

我国小说在魏晋南北朝时粗具规模，产生了大量以"志怪"为内容的作品。对此，鲁迅分析其原因道："中国本信巫，秦汉以来，神仙之说盛行，汉末又大畅巫风，而鬼道愈炽；会小乘佛教亦入中土，渐见流传，凡此，皆张皇鬼神，称道灵异，故自晋迄隋，特多鬼神志怪之书。"指出了佛教流传与志怪繁盛之间的因果关系。

三国、西晋时的志怪作品中已能看到受佛教影响的痕迹，到了东晋，记述佛法、僧徒的故事明显增多。如荀氏《灵鬼志》的"沙门"除妖、"胡道人"（即外国僧人）治鬼的故事，陶渊明《搜神后记》中的"比丘尼"神通、"竺法师"灵异的记载等。此类故事一般不涉及佛教教理，而着眼于佛徒的神咒、术数。这一方面反映出当时民众对佛教的印象，另一方面也是因为佛教初来中土时，传法高僧如安世高、支娄迦谶、佛图澄等，为坚定统治者及民众信从之念，往往借助于某些"特异功能"以炫神奇，而有别于隋唐以后的佛门宗旨。

其中，有的故事直接由佛经中移植改写而来，如《灵鬼志》中"外国道人"一则：

　　太元十二年，有道人外国来，能吞刀吐火，吐珠玉金银。自说其所受术，即白衣，非沙门也。尝行，见一人担担，上有小笼子，可受升余。语担人云："吾步行疲极，欲暂寄君担上。"担人甚怪之，虑是狂人，便语云："自可尔耳，君欲何所自措耶？"其答云："若见许，正欲入笼子中。"笼不便，担人逾怪其奇："君能入笼中，便是神人也。"下担入笼中，笼不更大，其亦不更小，担之亦不觉重于先。

既行数十里，树下住食，担人呼共食，云："我自有食。"不肯出，止住笼中，出饮食器物罗列，肴膳丰腆亦办，反呼担人食。未半，语担人："我欲与妇共食。"即复口出一女子，年二十许，衣裳容貌甚美，二人便共食。食欲竟，其夫便卧。妇语担人："我有外夫，欲来共食，夫觉君勿道之。"妇便口中出一年少丈夫，共食。笼中便有三人，宽急之事，亦复不异。有顷，其夫动，如欲觉，其妇便以外夫内口中。夫起，语担人曰："可去。"即以妇内口中，次及食器物。……

在《旧杂譬喻经》中有梵志吐壶的故事：

昔有国王，持妇女急。正夫人谓太子："我为汝母，生不见国中，欲一出，汝可白王。"如是至三。太子白王，王则听。太子自为御车出，群臣于道路奉印为拜。夫人出其手开帐，令人得见之。太子见女人而如是，便诈腹痛而还。夫人言："我无相甚矣！"太子自念："我母尚如此，何况余乎！"夜便委国去，入山中游观。时道边有树，下有好泉水，太子上树。逢见梵志独行来，入水池浴。出饭食，作术吐出一壶，壶中有女人。与于屏处作家室，梵志遂得卧。女人则复作术，吐出一壶，壶中有年少男子，复与共卧，已便吞壶。须臾，梵志起，复内妇着壶中，吞之已，作杖而去……①

两相比较，承袭之迹灼然可见。梁代吴均又据此演为《阳羡书生》，

---

① 《旧杂譬喻经》，《大正新修大藏经》第 4 册，No. 206。

改梵志、僧人为书生，基本情节如故，收入《续齐谐记》中，成为对后世颇有影响的传说故事，甚至被视为小说构思想象的典范。明人袁于令在《隋史遗文序》中讲："传奇者贵幻，……如阳羡书生，恍惚不可方物。"可见这个故事的诡异奇幻给人们的深刻印象。

南北朝的志怪小说中，有关佛教的内容更多，神通异术之外，因果报应是重要主题。佛教的因果报应理论传入中土后，是在东晋后期，经慧远大师之手而成系统的。印度佛教中原有"业报轮回"的观点，而中国传统文化也有"天道无亲，福善祸淫"之说。慧远在此基础上，作《明报应论》《三报论》等，提出："业有三报：一曰现报，二曰生报，三曰后报。现报者，善恶始于此身，即此身受。生报者，来生便受。后报者，或经二生三生、百生千生，然后乃受。"① 并对时人的怀疑、反对意见予以解释和驳斥。慧远的理论在南北朝流行广远，信从者众多，而志怪小说多言报应，成为这一理论的形象化例证。故《法苑珠林》把此类作品同《弘明集》《高僧传》等佛学典籍相提并论，而鲁迅在《中国小说史略》中统称之为"释氏辅教之书"。

最早的"辅教"类志怪小说，今可考知的是东晋后期谢敷的《观世音应验记》。谢敷本人是虔诚的佛教徒，"笃信大法，精勤不倦"。其后，刘宋时有傅亮、张演，萧齐时有陆果，亦作《观世音应验记》，反映出当时士民对观世音的特殊信仰与崇拜。至于更直接表现因果报应观点的作品，在《隋书·经籍志》中著录有《宣验记》《冥祥记》《冤魂志》等近 10 种。而到了北宋初年的《太平广记》，收录的小说（或"准小说"）中，归入"报应类"的计有 33 卷，

————————

① （释）慧远《三报论》，《四库全书》子部《弘明集》卷五。

"骁勇类"则不过 2 卷,"豪侠类"不过 4 卷,"诙谐类"不过 8 卷。足见佛教的"因果报应"观念之深入人心,以及对小说的巨大影响。

梁人王琰的《冥祥记》有一则赵泰的故事,说的是赵泰死而复活,讲述在阴间的见闻。自称由于生平"修志念善",在阴间得做高官,巡行地狱,眼见:

> 所至诸狱,楚毒各殊。或针贯其舌,流血竟体;或披头露发,裸形徒跣,相牵而行。有持大杖,从后催促。铁床铜柱,烧之洞然,驱迫此人,抱卧其上,赴即焦烂,寻复还生。或炎炉巨镬,焚煮罪人,身首碎坠,随沸翻转。有鬼持叉,倚于其侧。有三、四百人,立于一面,次当入镬,相抱悲泣。或剑树高广,不知限量,根茎枝叶,皆剑为之。人众相誓,自登自攀,若有欣意,而身首割截,尺寸离断。①

佛教既讲报应、讲轮回,就自然对地狱惨状详加描绘,如《法苑珠林》卷七:"夫论地狱幽酸,特为痛切:刀林耸日,剑岭参天,沸镬腾波,炎炉起焰,铁城尽掩,铜柱夜燃。如此之中,罪人遍满,周惶困苦,悲号叫唤。牛头恶眼,狱卒凶牙。长叉挂肋,肝心碓捣,猛火逼身,肌肤净尽。……如斯之苦,何可言念。"此为先唐佛典有关地狱描写(如《俱舍论》等)的集大成,其中"炎炉沸镬""刀林剑岭"云云,《冥祥记》的描写如出一辙。

这样的地狱描写自有其消极作用,如宣扬了宗教迷信、渲染了残酷的暴力场面等。但也为后世的小说、戏剧提供了素材。《三国志

---

① 《法苑珠林》,《大正新修大藏经》第 53 册,No. 2122。

平话》中的"司马貌断狱"，《梁武帝演义》中的郗后下地狱，《警世阴阳梦》中的魏忠贤阴间受审，以及《聊斋》中著名的"席方平"故事，《四声猿》中曹操与弥衡对簿于阴司的情节等，由此衍生的文学作品实在不胜枚举，其中不乏借助地狱情节增加了艺术魅力的小说，如《席方平》。

因果报应的思想贯穿于《冤魂志》全书。作者颜之推是笃信佛理的人物，在《颜氏家训》中大讲佛理以诫子孙，也曾以"果报"之说示警。《冤魂志》写的多是年代不远的真人事迹，而以传说与佛理相附会。如"徐铁臼"一则，记刘宋时东海徐某之续妻虐死前妻之子徐铁臼，铁臼索命报应事，结局是续妻陈氏向冤魂忏悔，"为设祭奠"，而冤魂终不肯饶恕。又如"孙元弼"一则，记陈超诬杀孙元弼事，结局也是陈向元弼的冤魂"叩头流血"，而最终仍无法逃脱报应。这正体现了慧远的因果报应思想。他在《三报论》中提出："三业殊体，自同有定报。定则时来必报，非祈祷之所移，智力之所免也。"两相对照，足见鲁迅先生"释氏辅教"之判定正中鹄的。

这种"果报"观念在后世小说中也很常见，并有进一步的发展，不仅作为说教内容存在于作品中，而且成为一部分作品编织情节、安排结构的重要手段。如明末的白话长篇小说《醒世姻缘传》，其基本的故事框架就是两世姻缘间的丝毫不爽的"果报"联系。《说岳全传》中的忠奸斗争，也皆因前世冤孽而生，等等。这当然有很多消极的作用，且往往出现模式化的趋向。但是，也不可一概而论。《红楼梦》中，宝玉与黛玉的爱情悲剧也有"果报"因素在内，而作者为他们构设的绛珠仙子与神瑛侍者间"还泪"的因果背景，无疑使这一悲剧更增深沉隽永的无可奈何意味。

二

魏晋南北朝的"志怪"及"志人"之作，是中国小说史的序篇，小说史的正文则由唐传奇肇端。此后，我国古代小说呈二水分流之态，即白话与文言。这里且先谈佛教对文言一脉的沾溉。

唐代文言小说习称作"唐传奇"。从小说观念的角度讲，唐传奇表现出一种文体的自觉意识。鲁迅曾与志怪作品进行过比较："传奇者流，源盖出于志怪，然施之藻绘，扩其波澜，故所成就乃特异。其间虽亦或托讽喻以抒牢愁，谈祸福以寓惩劝，而大归则究在文采与意想，与昔之传鬼神明因果而外无他意者，甚异其趣矣。"志怪之作，主旨在宣传所记之事、所述之理，作者对自己的记述大多深信不疑，包括其中有关佛教的内容。因此，既可以说佛教滋养了志怪，也不妨说志怪宣扬、传播了佛教。传奇则不然，其主旨在叙事艺术与文章辞采，佛教的内容只是"作文"的材料而已。这样，佛教对传奇的关系，便不再是"双向""互利"的，而主要是一种"单向"的沾溉关系。

这首先表现在启发思路及提供素材上。唐传奇的一大部类是武侠小说，如《聂隐娘》《红线》《虬髯客传》等，总计40余篇。其中对剑术的描写别具一格，如《聂隐娘》：

> 隐娘初被尼挈，不知行几里。及明，至大石穴之嵌空，数十步，寂无居人，猿猱极多，松萝益邃。……尼与我（即隐娘）药一粒，兼令执宝剑一口，长二尺许，锋利吹毛可断。令逐二女攀缘，渐觉身轻如风。一年后，刺猿猱百无一失。后刺虎豹，

皆决其首而归。三年后能飞，使刺鹰隼无不中。剑之刃渐减五寸，飞禽遇之，不知其来也。至四年，留二女守穴，挈我于都市，不知何处也。指其人者，一一数其过，……授以羊角匕首，刃广三寸，遂白日刺其人于都市，人莫能见。①

这里有两点值得注意：1. 传授剑术的是一位佛门人物。在唐传奇中，写僧尼擅武技的颇有几篇，如《剑侠传》中写诗僧齐己"于沩山松下亲遇一僧，于头指甲下，抽出两口剑，跳跃凌空而去"，《酉阳杂俎》中写一亦侠亦盗僧人剑术、弓矢皆出神入化，等等；2. 剑术之奇不可思议。中国旧有剑术之谈，东汉赵晔的《吴越春秋》所写越女刺袁公，东晋干宝《搜神记》所写干将莫邪的雌雄神剑，三国曹丕《典论自叙》所写与邓展比剑、论剑诸事皆有神乎其技的倾向，但均不及《聂隐娘》所写妙用无方、匪夷所思。而在《妙吉祥最胜根本大教经》中关于剑法的描写却差堪比拟：

> 持明者，用花铁作剑，长三十二指，巧妙利刃。持明者，持此剑往山顶上，如前依法作大供养，及随力作护摩。以手持剑，持诵大明，至剑出光明，行人得持明天。剑有烟焰，得隐身法。剑若暖热，得降龙法，寿命一百岁。若法得成，能杀魔冤，能破军阵，能杀千人。②

《大教经》是密宗尊奉的经典。唐开元年间，印度密教高僧善无畏、

---

① 《太平广记》卷一百九十四，第 845 页，《四库全书》子部小说家类。
② 《佛说妙吉祥最胜根本大教经》，《大正新修大藏经》第 21 册，No. 1217。

金刚智来华传法，信从者甚众，经过其弟子一行、不空等盛行弘布，形成了汉地的佛教密宗，在中唐有较大的影响。由于密宗重咒、术，富有神秘色彩，故对中晚唐武侠小说有一定的影响。以前面引述的《聂隐娘》一段而言，学剑于山颠、有隐形之术、学剑以杀人除恶、剑身别有妙处等描写，都明显带有受《大教经》启发的痕迹。而写僧尼擅长剑术，当也与此有关。至于后世小说中多写僧尼之武技，且剑术幻化无端，实皆由此一脉相传。

描写神怪、爱情内容的传奇小说也从佛典中得到滋养。李朝威的《柳毅传》是一部著名的作品，写儒生柳毅路遇牧羊女，得知是洞庭龙君小女，被丈夫、公婆虐待，路途遥远，无法与父母通信求助。柳毅激于义愤，为龙女寄书至洞庭。洞庭南岸有大橘树，柳毅击之，有武夫出水引入龙宫。龙宫中"台阁相向，门户千万，奇草珍木，无所不有""柱以白璧，砌以青玉，床以珊瑚，帘以水精，雕琉璃于翠楣，饰琥珀于虹栋，奇秀深杳，不可殚言"。信送到之后，龙女的叔父——获罪于天庭正被囚禁的钱塘龙君去救出龙女，又杀死了龙女负心的丈夫。钱塘君力主把龙女嫁给柳毅，柳毅不屈于威武而拒绝了婚事。钱塘君与柳毅相互钦重，反成莫逆。柳毅辞行，龙宫赠送他大量奇珍异宝。后龙女终与之结为伉俪，并同登仙班。这是融神怪、爱情、侠义于一体的动人故事，而其中某些情节便是由佛教典籍中演变而来。晋法显译有《摩诃僧祇律》，中有商人与龙女的故事：

　　南方国土有邑名大林，时有商人，驱八牛到北方俱哆国。复有一商人，共在泽中牧牛。时离车捕龙食之，捕得一龙女。龙女受布萨法无害心，能使人穿鼻牵行。商人见之形相端正，即起慈心。问离车言："汝牵此欲作何等?"答言："我欲杀啖。"商人言："勿杀。我与汝一牛贸取，放之令去。"捕者不肯。乃至八牛，方言："此肉多美，今为汝故，我当放之。"即取八牛，放龙女去。时商人寻复念言："此是恶人，恐复追逐更还捕取。"即自随逐看其向到池边。龙变为人，语商人言："天施我命。我欲报恩。可共入宫，当报天恩。"商人答言："不能。汝等龙性卒暴，嗔恚无常，或能杀我。"答言："不尔。前人系我，我力能杀彼。但以受布萨法故，都无杀心。何况天今施我寿命而当加害? 若不去者，小住此中。我今先入拼挡宫中。"即便入去。是龙门边，见二龙系在一处。见已，商人问言："汝为何事被系?"答言："此龙女半月中三日受斋法。我弟兄守护此龙女不坚固，为离车所捕得。以是故被系。唯愿天慈语令放我。此龙女若问欲食何等食者，龙宫中有食，尽寿乃能消者。有二十年消者，有七年消者，有阎浮提食。若索者，当索阎浮提人间食。"龙女拼挡已，即便呼入，坐宝床褥上。龙女白言："天今欲食何等食? 为欲食一食尽寿乃至。"答言："欲食阎浮提人间食。"即持种种饮食与。问龙女言："此何故被系?"龙女言："天但食，用问为?""不尔。我要欲知之。"为问不已。即语言："此人有过，我欲杀之。"商人言："汝莫杀。""不尔。要当杀之。"商人言："汝放彼者，我当食耳。"白言："不得直尔放之，当罚六月摈置人间。"即罚六月人间。商人见龙宫中种种宝物庄严宫殿。商人问言："汝有如是庄严，用受布萨为?"……便言："我欲还归。"龙女即与八铕金，语言："此是龙金，足汝父母眷属终身用不尽。"语言："汝合眼。"即以神变持著本国。行伴先至语其家言："入龙宫去。"父母谓儿已死，眷属宗亲聚在一处悲啼哭。时放牧者及取薪草人见已，先还语其家言："某甲来归。"家人闻已，即大欢喜，出迎入家。入家已，为作生会。作会时，以八铢金持与父母："此是龙金。截已更生。尽寿用之不可尽也。"①

这一段离奇的故事，情节曲折，对话细致，本身就可以当作小说来读。其中"龙女受难""义救龙女""入龙宫""赠金送还"等情节框架被李朝威采用，成为《柳毅传》中爱情及侠情描写的基础。甚至有些细节，也影响到《柳毅传》，如龙宫中有犯罪被囚禁的龙，商人得到它的帮助，罪龙也因人的到来而最终获释；又如"龙性卒暴，嗔恚无常"的说法与《柳毅传》中钱塘君"蠢然之躯，悍然之性"形象有某种关联，等等。可以说，李朝威的创作全面受到《摩诃僧祇律》的启发。

不仅《柳毅传》，中国小说颇多关于龙宫的描写，如《东游记》《西游记》等，也同样有佛教的影响在内。中国虽旧有龙的传说与崇拜，但未见有龙宫之说，而佛典中却颇多，如《长阿含经》提到"大海底有娑竭罗龙王宫殿"，《杂宝藏经》有"恒河水龙宫"之说等。

佛教对唐传奇以及后世传奇小说之沾溉，还表现在哲理思想的影响，特别是渗透在佛教故事中的哲理。《杂宝藏经》中有"婆罗那比丘为恶生王所苦恼缘"，讲述了一个梦幻故事：某王子婆罗那修道不诚，向师父辞归，师父让他再留宿一夜，夜里王子梦见已到家中，父王去世，他承继大宝，发兵去讨伐宿仇恶生王，不料兵败被俘，

————————————

① 《摩诃僧祇律》，《大正新修大藏经》第 22 册，No. 1425。

恶生王要杀他，他恐惧中念及师父，师父即现身于面前，并向恶生王求情，而刽子手不肯等待，举刀便砍，王子大惊怖，失声大恸，却是一个噩梦，于是当下彻悟人生皆如幻梦的色空之理。《大庄严论经》《六度集经》等也有类似的故事，最后则同归于"苦谛""集谛"之彻悟。这和以《左传》为代表的传统"预言""吉凶"之类梦观念大异其趣，哲理意味与庄子"梦蝶"说差相仿佛，但生动、具体则过之，因而在知识分子中产生了深远的影响。唐传奇中《枕中记》《南柯太守传》，《聊斋志异》中的《续黄粱》《画壁》等篇的基本情节即据此而设计，并体现出类似的人生哲理。

《枕中记》写卢生宿于邯郸道之旅舍，遇仙人吕翁，授枕命枕之，卢生便进入梦境，尽尝富贵滋味，醒来发现不过瞬间一梦。篇末点题，说明"人生之适"皆如此等"梦寐"。《南柯太守传》写侠士淳于棼入大槐安国，遍历宠辱，醒来却是一梦，梦中的大槐安国乃是身旁的蚁穴，篇末云"贵极禄位，权倾国都，达人视此，蚁聚何殊"。两篇都写了富贵如同梦幻，也都写了富贵场中的危机，这与"苦恼缘"的主旨完全相同，而且基本故事情节也相仿佛。《续黄粱》乃仿《枕中记》而作，但铺叙描写更为酣畅淋漓，其中增加了入梦者在幻境享尽荣华后转世遭到报应，还有地狱惨刑的描写，都反映了佛教思想。而导人入梦者，也由仙人改为"深目高鼻"的老僧。可见蒲松龄对这一素材的理解更溯向佛学源头。小说最后写身入梦境的曾某被"以酷刑定罪案，依律凌迟处死，萦赴刑所，胸中冤气扼塞，距踊声屈，觉九幽十八狱，无此黑暗也。正悲号间，闻同游者呼曰：'兄梦魇耶？'豁然而寤，见老僧犹跏趺座上。"梦觉前的恐怖况味与"苦恼缘"如出一辙。

文言小说的作者中，蒲松龄是受佛教影响较深者。其《聊斋自序》称其降生之际，父亲梦见一个面带病容的瘦和尚，偏袒右肩走进门来，右胸贴一铜钱大小的圆膏药，醒后蒲松龄正呱呱坠地，右胸恰有一个黑痣。他深信自己是僧人转世，故云：

> 门庭之凄寂，则冷淡如僧；笔墨之耕耘，则萧条似钵。每搔头自念，勿亦面壁人果是吾前身耶？盖有漏根因，未结人天之果；而随风荡堕，竟成藩溷之花。茫茫六道，何可谓无其理哉！①

面壁人，指禅宗初祖达摩，此泛指僧人；"有漏根因""人天之果"云云，亦是佛学常谈，此指前生修持不到，未得成佛；"藩溷之花"云云，也是佛教史上有关因果轮回的辩论中，范缜的著名论点，此指自己今生的命乖运舛；"六道"则为六道轮回之意，指佛教的报应轮回说。这一段短短的自述，就有如此多的佛学出典，可见蒲氏思想受佛学浸染之深。《聊斋》中，类似《续黄粱》这样寄寓佛学思想的篇章为数不少，如《瞳人语》中方生因轻薄遭到报应而失明："闻《光明经》能解厄，持一卷，浼人教诵。初犹烦躁，久渐自安，旦晚无事，惟趺坐捻珠。持之一年，万缘俱净。"结果，心净而厄解，眼得复明。又如《画壁》导朱孝廉出入幻境的是一高僧，而篇末云："人有淫心，是生亵境；人有亵心，是生怖境。菩萨点化愚蒙，千幻并作，皆人心所自动耳。老婆心切，惜不闻其言下大悟，披发入山也。"更是直接以佛理点明题旨，以故事证明佛理，几乎有"辅教"之嫌了。

---

① 蒲松龄：《聊斋自志》，《聊斋志异》卷首第 3 页，上海古籍出版社，1984 年。

我国文言小说以唐传奇与《聊斋》为前后两高峰，中间宋、明之作虽绵延不绝，但笔力殊弱，境界平淡。这些作品中，佛教的影响亦很明显。如宋传奇《李师师外传》开端：

> 汴俗，凡男女生，父母爱之，必为舍身佛寺。寅（即师师父）怜其女，乃为舍身宝光寺。女时方知孩笑。一老僧目之曰："此何地，尔乃来耶？"女至是忽啼。僧为摩其顶，啼乃止。寅窃喜曰："是女真佛弟子。"为佛弟子者，俗呼为师，故名曰师师。①

这一段写李师师之得名，取佛教转世之说，给这位高级妓女蒙上一层神秘面纱。又如明人瞿佑的《剪灯新话》中《三山福地志》一篇，始写元自实嗔念起而恶鬼随，慈心生而福神从，继写前世因果、今生报应，也是在故事中穿插佛理。这两个例子都反映出宋代以后，佛教世俗化的倾向；而后者则将儒、释、道之形象与说教冶于一炉，还反映了我国封建社会后期三教合一的情况。

三

我国小说的另一系统是白话之作，亦称之为通俗小说。过去，人们论及白话小说，一般从宋代话本开始。本世纪初，敦煌千佛洞藏经的发现，把白话小说的源头上溯到了唐代。如同其雏形文言小

---

① 佚名：《李师师外传》第1页，琳琅秘室丛书本。

说——志怪一样，早期白话小说在襁褓中也得到了佛力的"庇佑"。

六朝以来，为扩大佛学在社会上的影响，僧人汲取了儒生文士论学讲问的方法，逐渐形成了自己讲经的制度。针对大众的讲经称为俗讲。中晚唐时期，俗讲盛极一时，据《乐府杂录》："长庆中（唐穆宗年号），俗讲僧文溆善吟经，其声宛扬，感动里人。"《因话录》更记载了俗讲轰动一时的情况："有文溆僧者，公为聚众谭说，假托经论，所言无非淫秽鄙亵之事。不逞之徒，转相鼓扇抶树；愚夫冶妇，乐闻其说，听者填咽寺舍，瞻礼崇拜，呼为'和尚'。教坊效其声调，以为歌曲。"韩愈《华山女》诗有更生动的描写：

> 街东街西讲佛经，撞钟吹螺闹宫廷。
> 广张罪福资诱骨，听众狎恰排浮萍。[①]

正规的俗讲，内容、形式都比较固定，由专业性的化俗法师在"讲院"中进行，先读一段经文，然后用通俗的散韵相间的语句进行解释。后来，为了吸引听众，内容、形式都有了变化，出现"说因缘"和演"变文"。

"说因缘"不再读讲经文，而是说唱佛教故事来宣传佛理，如《悉达太子修道因缘》《难陀出家缘起》《欢喜国王缘》等。显然，这已有了说唱文学的味道，和白话小说有了某些相通之处。《水浒传》中，有鲁智深乔妆成新娘痛打小霸王的情节，还有花和尚曾谎称善于"说因缘"，可以感化周通云云。可见在宋元时，这种用故事宣传佛理的通俗传教形式仍然存在。

---

① 韩愈：《华山女》，《韩愈选集》，上海古籍出版社，1996年，第137页。

"变文"的情况要复杂些，某些重要问题在学术界迄无定论，如"何谓变文""变文如何产生"等。但有两点可以肯定：1. 变文是对听众演出的说唱文学的底本，故事性很强，性质接近于宋元话本；2. 变文与佛教关系密切，今存变文中与佛教有关的故事占半数以上，如《大目乾连冥间救母变文》《大目犍连变》《降魔变文》《频婆娑罗王后宫彩女功德意供养塔生天因缘变》等。而变文演出时多配以故事性图画，称之为"变相"，今存"变相"如《维摩变》《劳度叉斗圣变》皆为佛教故事画。

变文对中国通俗文学的发展有极大影响，其韵文与散文相错杂来叙述故事的文体，衍生出了诸如宫调、宝卷、弹词等讲唱文学，并表现于话本及章回小说中，《西游记》《金瓶梅词话》皆于散文中夹杂大量韵文，形成我国白话小说中一种独特的文体形式。中国本土的文学传统中，亦有韵散结合的作品，如赋与诗连缀在一起（赵壹《刺世疾邪赋》、鲍照《芜城赋》、萧绎《采莲赋》等皆在赋末缀以多少不等的诗句），但不是错杂相间，亦非用来叙事。故这种通俗文体应主要溯源至变文。自变文再上溯，便会发现这与佛经的文体有关。很多佛经为韵散相间体，散文用来叙事并议论，中间或开头、结尾穿插韵体的"偈颂"。有些经文的韵文占相当大的比重，如《本生经》《普曜经》《法华经》等。

除了文体方面的影响外，一些变文情节复杂变化，描写细致，人物也粗具形象，直可作为短篇小说观——虽则未脱稚气。如著名的《目连救母变文》，叙述佛的弟子目连得证阿罗汉果后，遍历地狱寻觅生母青提夫人，并建盂兰会救拔她出饿鬼道。不料，她脱离饿鬼道后转生为黑狗。目连再运神通，救母摆脱狗身，得升天界。文中上天入地，极其诡幻，尤其对地狱的描写，极为惨酷而生动。此事本出于《经律异相》，经变文一番铺演，把一个简单的果报故事变为一篇奇幻动人、初具规模的小说，并塑造出一个顽强不屈、至情至性的目连形象，对后世说唱、戏曲都有影响。

更为生动的一篇是《降魔变文》，由《贤愚经》衍生。描写佛的弟子舍利弗与外道六师斗法，六师化出宝山、水牛、毒龙等，舍利弗则化为金刚、狮子、鸟王等降之，五度较量后六师终于服输。今且看其中的两段：

> 六师闻语，忽然化出宝山，高数由旬。钦岑碧玉，崔嵬白银，顶侵天汉，丛竹芳薪。东西日月，南北参晨。亦有松树参天，藤萝万段。顶上隐士安居，更有诸仙游观，驾鹤乘龙，仙歌聊乱。四众谁不惊嗟，见者咸皆称叹。舍利弗虽见此山，心里都无畏难。须臾之顷，忽然化出金刚。其金刚乃作何形状？其金刚乃头圆象天，天圆只堪为盖；足方万里，大地才足为钻。眉郁翠如青山之高崇，口哏哏犹江海之广阔。手执宝杵，杵上火焰冲天。一拟邪山，登时粉碎。山花萎悴飘零，竹木莫知所在。百僚齐叹希奇，四众一时唱快。故云，金刚智杵破邪山处。若为：
>
> 六师忿怒情难止，化出宝山难可比。……手持金杵火冲天，一拟邪山便粉碎。①

后面的韵文部分共十六句，内容则为前文所叙的重复。六度斗法，皆用这种形式叙述，成为骈散错落有致的模式。又如：

---

① 《敦煌变文集》，人民文学出版社，1984年，第382页。

六师见宝山摧倒，愤气冲天，更发嗔心，重奏王曰："然我神通变现，无有尽期，一般虽则不如，再现保知取胜。"劳度叉忽于众里，化出一头水牛。其牛乃莹角惊天，四蹄似龙泉之剑；垂斛曳地，双眸犹日月之明。喊吼一声，雷惊电吼。四众嗟叹，咸言外道得强。舍利弗虽见此牛，神情宛然不动。忽然化出狮子，勇锐难当。其狮子乃口如谿豁，身类雪山，眼似流星，牙如霜剑，奋迅哮吼，直入场中。水牛见之，亡魂跪地。师子乃先慑项骨，后拗脊跟，未容咀嚼，形骸粉碎。帝王惊叹，官庶茫然。六师乃悚惧恐惶，太子乃不胜庆快处，若为：

六师忿怒在王前，化出水牛甚可怜。[①]

类似的斗法描写，在过去的中土文学中是没有的。即使神话传说中的黄帝大破蚩尤，在想象之丰富奇诡、描写之细腻生动上也远逊于此。这对后世的小说影响甚大。《西游记》中的车迟国赌赛斗法便脱胎于此，而孙悟空同二郎神、牛魔王等的变化争斗也明显受此启发。后来的神魔小说或其他题材作品中夹杂的神魔内容，大多有斗法的情节，如《西洋记》《女仙外史》等，甚至英雄传奇之作也夹杂进一些，如《水浒传》《水浒后传》等。到了 20 世纪三四十年代，还珠楼主的剑侠系列动辄百万言，离却斗法便寸步难行了。

随着俗讲进一步走向民间，变文的内容逐渐越出佛教的范围，民间故事、历史传说都成为演唱的材料，如《王昭君变文》《孟姜女变文》《伍子胥变文》等，演唱这类变文的也变为民间世俗的艺人。

---

① 《敦煌变文集》，人民文学出版社，1984 年，第 383 页。

唐人吉师老有诗《看蜀女转昭君变》，就是描写一个"妖姬"演唱《王昭君变文》的情况。

另外，与变文同时，说话艺术也发展起来。唐郭湜的《高力士外传》记："每日上皇与高公亲看扫除庭院，芟薙草木；或讲经、论议、转变、说话，虽不近文律，终冀悦圣情。"转变即演唱变文，与说话同为娱乐形式。而说话中，佛教题材亦占相当份量，如《庐山远公话》，是现存的最早的话本小说，讲述晋代高僧慧远的故事，说慧远在庐山结庵诵经，顿现百般祥瑞，惊动山神，驱神兵精怪为建寺庙，后有强盗将慧远掳去，又转卖给崔相公，慧远因前世与强盗、相公间结下孽缘，故今生相偿了却因果，在崔家宣讲佛经，折服道安，感化合宅，最后又回庐山终归上界。这段故事由《高僧传》生发，加入大量想象虚构的成份，成为了"小说家言"。但与一般的小说比，却又有明显的特点：1. 取材于佛教典籍；2. 完全站在佛教立场，宣扬其神迹法力；3. 宣传因果报应理论；4. 穿插大段讲解佛经的内容，如为崔夫人等讲《涅盘经》两千余言，为崔相公讲"佛学入门"千余言，同道安辩论佛理三千余言，占全文篇幅四分之一以上，这在中国古典小说中是仅见的。这种情况，既说明了佛教对说话艺术影响之深，也为我们解开我国小说史上一个谜团提示了线索。

自宋人耐得翁提出"说话四家"的说法后，对话本小说按"家数"分类便成通论，但"四家"的具体解释却言人人殊。问题的症结之一是对"说经"的理解——一般性地演述佛经如何能够成为说话的内容呢？现在，我们从《庐山远公话》得到启示："说经"是把有关佛教的内容，包括对经籍的阐释、组织穿插到故事之中，而非干巴巴地宣讲佛经。

"说经"类话本把小说与佛教的关系拉得更紧了。就现存此类话本来看，其中《大唐三藏取经诗话》便是以小说演述佛事的典型，并在小说史上占据了重要的位置。《诗话》讲唐玄奘西行求法取经的事迹。对于这件事，《诗话》以前的记述多为实录，偶有神异内容也简单少变化。《诗话》始演实录为小说，并把故事的重点由玄奘法师移到猴行者身上，其中的魔劫描写颇具腾挪变化。元明之际，在此基础上又产生了《西游记平话》，遂为《西游记》那部神奇的作品准备了腾飞的翅膀。

四

到了明清两代，我国小说的最大成就在于白话长篇。长篇之作，由于涵摄量大，反映社会生活及社会观念的范围相对广阔，而此时的佛教已充分世俗化，渗透于生活与观念的方方面面，于是，在传世的数百部作品中，大多数可见佛光之映射——或全部沐浴其中，或如"返景入深林"，显出斑驳数点光影。

神魔题材的作品自然佛光最盛。正面演述佛教故事的，如《西游记》《西游补》《后西游记》《济公全传》《观世音传》等自不待言，即使泛写神魔，甚至道教的故事，也同样融有佛教的成份，如《西洋记》《女仙外史》《三遂平妖传》《封神演义》《四游记》等。这首先表现在人物形象方面。《封神演义》写道教，神仙世界的秩序基本以道教经典为依据，老子、元始、南极仙翁、广成子之类是作品主体。但书中又写了独立于这个神仙世界之外的另一系统，即西方的接引道人、准提道人，他们的形象、行为均标明了佛教的身份——

"莲花成体"，"七宝林下说三乘"，收降孔雀为护法等。就是书中明确作为道教弟子描写的人物，细细考察，也往往会发现佛门的"血统"。

哪吒是知名度颇高的神仙人物，而民间对他的了解主要来自《封神演义》。明末的《绘图三教源流搜神大全》是一部关于民间宗教信仰的"准学术"著作，其中"哪吒"一条几乎全取材于《封神》（以及《西游》），称"哪吒本是玉皇驾下大罗仙"，"托胎于托塔天王李靖"，"五日化身浴于东海"，"七日即能战杀九龙"，"弓箭射死石矶娘娘之子"，"遂割肉刻骨还父"，"遂折荷菱为骨，藕为肉，丝为胫，叶为衣而生之"云云。玉皇是道教神祇，说哪吒是他的臣下，这源于《西游》。不过，把哪吒安到道教系统里，这却是《封神演义》的"功劳"。《封神演义》写哪吒师从太乙真人，乃元始天尊之徒孙，这就"正式"进入了道教系统。殊不知其真实出身却在佛门。哪吒原名为"那罗鸠婆"，别译作"哪吒鸠跋罗""哪吒俱伐罗""那拏天"等，亦简称为"哪吒""哪吒太子"。如《佛所行赞·第一生品》："毗沙门天王，生那罗鸠婆，一切诸天众，皆悉大欢喜。"《北方毗沙门天王随军护法仪轨》："尔时哪吒太子……白佛言：'我护持佛法'。"而割肉析骨的情节亦见于《五灯会元》："哪吒太子，析肉还母，析骨还父，然后现本身，运大神力，为父母说法。"这一佛教传说成为文人习用的典故，如南宋著名诗论家严羽在《答出继叔临安吴景仙书》中自称："吾论诗，若哪吒太子析骨还父，析肉还母。"此说流入民间，再由小说作者加工，便使佛教护法神改换了门庭。

《女仙外史》号称"演述玄门奥旨"，其中有一刹魔公主，是作者别出心裁的自造形象，名不见于三教经籍。可是仔细端详，却可辨识出佛门人物的影子，即《普曜经》《佛本生经》等佛典中多次出现的阿修罗的女儿，只是经过作者较大程度的加工罢了。再如阴曹地府中的阎王也是小说中释道"通用"的形象，而查一查他的"履历"，却是地道"佛徒"出身，从古印度的《起世经》《灌顶经》《问地狱经》，到中国僧人的著作《预修十王生七经》等均有记述。虽然不同的小说中，作者给阎王掺杂了或多或少的儒、道成份，但这个形象的基本材料却是打着佛的印记。其他像托塔天王、燃灯道人、韦护、木吒等等，都类似于此，不胜枚举。

佛教还为神魔小说提供了大量情节元素。《西游记》《封神演义》中出人意表的神奇幻化情节，很多由佛教的传说中采撷得来。例如孙悟空降妖的重要手段是钻入魔怪腹中——小雷音寺钻入黄眉怪之腹、黑风山钻入黑熊精之腹、狮驼国钻入狮怪之腹、无底洞钻入鼠精之腹，而最有名的一段是在罗刹女肚子里的一通折腾。《封神演义》中杨戬亦擅此道。梅山七怪中的朱子真是个猪精，吞吃了周营的大将，杨戬出马复仇，"朱子真如前，复现原身，将杨戬一口吃去"。朱子真得胜回营，不料杨戬在他腹内弄神通，"在他心肝上一揸"，朱子真只得降服，现了原形。这段描写同《西游记》狮驼国一段颇相似。另外，杨戬同魔家四兄弟交战，也是设法钻入花狐貂腹内，把它弄死。这一反复出现的情节正是由佛经中移植改造的。佛经里出入腹中来兴妖作怪的记述很多，佛、魔皆有。如关于佛弟子目连降龙的就有《增一阿含经》："（目连）化作细身，入龙身内，从眼入耳出，耳入鼻出，钻啮其身。"《经律异相》："（目连）变身入龙目中，左入右出，右入左出，如是次第从耳鼻出或飞入其口。龙谓目连在其腹中矣。"

神魔小说中对变化形象的描写更为普遍，《西游记》中的孙悟空、猪八戒、二郎神、观世音、牛魔王、白骨精等等，都有程度不同的变化"表演"。《封神演义》中则是杨戬的"专利"。还有《南游记》中的华光、《韩湘子全传》中的韩湘子、《西洋记》中的王神姑、《后西游记》中的孙小圣、《狐狸缘》中的狐精等。这种形象可以任意变化的观念当与佛学的万法缘起、法无自性的理论有关联,如《般舟三昧经》云:"幻如人,人如幻""幻与色无异也"。就含有幻相随心变化而与现实并无二致的意思。而众所周知的观音大士更是有多种面目:千手千眼观音、十一面观音、马头观音、水月观音、马郎妇观音等,或男相、或女身、或慈祥、或狞猛,自然也启发小说作者的想象力,把幻化编织到故事情节里。更为典型的是《维摩诘经》中一段变化的描写:

> 舍利弗言:"汝何以不转女身?"天曰:"我从十二年来,求女人相,了不可得。当何所转?譬如幻师,化做幻女。若有人问'何以不转女身',是人为正问否?"舍利弗言:"不也。幻无定相,当何所转?"天曰:"一切诸法,亦复如是,无有定相。云何乃问不转女身?"即时,天女以神通力,变舍利弗令如天女。天自化身如舍利弗,而问言:"何以不转女身?"舍利弗以天女相而答言:"我今不知所转,而变为女身。"……即时,天女还摄神力,舍利弗身复还如故。①

这里不仅有自身的变化,还有把他人变为自己,再施法术使其变回原形,以及男身变女身等。如果熟悉《西游记》的情节,读到这里便会发出会心一笑。因为《西游记》中多次出现类似的情节,如高

---

① 《注维摩诘所说经》卷六,上海古籍出版社,1990年,第132页。

老庄、火焰山、波月洞等，都是以男身变女身作为故事的"核儿"，通天河则是孙悟空施法力帮助猪八戒变化。与《维摩诘经》这一段最为接近的是比丘国的情节。妖魔要吃唐僧的心，孙悟空便把自己变为唐僧，把唐僧变为自己，危机过去后，他再施展神通，把唐僧变回自己的原形。

再如分体完形的情节：《西游记》中孙悟空与虎力大仙赌赛砍头还原，与鹿力大仙赌赛剖腹涤肠；《封神演义》中申公豹砍头游空迷惑姜子牙等，也是神魔斗法的习见描写。究其源，则与早期佛教徒的苦行及幻术有关。在魏晋南北朝的志怪小说中，就可以见到类此的"胡道人"分体完形的记述。其他诸如各种降魔法宝、分身之术等也同样可离析出佛教的因子。至于观念方面的影响，在神魔小说中更几乎无所不在，如轮回转世，如灵魂不灭，如因果报应，如佛法无边，等等，且留待下文专门来谈。

其他题材类型的小说，如世情、传奇、历史演义等，只要其中有较为具体的世态描写，便很少与佛教绝缘的。世情类的巨著如《金瓶梅》《醒世姻缘传》《儒林外史》《红楼梦》《歧路灯》等，多者全书依佛理为结构框架，少者也有僧尼出现。即使那些篇幅较短，反映社会生活较窄的作品，往往也把有关佛教的内容作为社会环境描写的组成部分，或用作安排故事情节的一种手段。如清初的《金云翘》，写一妓女半生受颠沛磨折之苦，中间穿插了观音阁写《华严经》、招隐庵开盂兰大会等有关佛事的情节，都与女主人公王翠翘命运的转折有关：写经使她有机会逃出妒妇宦氏的魔掌，写盂兰会使她逃难得逢徐明山，都属于要紧的"关目"。最后又借道姑三合子之口解释王翠翘"以何因缘，堕此恶趣"，道是："大凡人生世间，福必德修，苦因情受。翠翘有才有色，只为情多，遂成苦境。"又道：

"功德大而宿孽可消，新缘得结矣。……俟其钱塘消劫时，棹一苇作宝筏，渡之续其前盟，亦福田中一种也。"这段因果报应论虽无新意，但小说作者却是一本正经地用来总结自己的故事，企图借此"深化主题"。有趣的是，这段议论明明是佛家观点，其中的"因缘""苦境""消劫""一苇""宝筏""福田"等也纯系佛教用语，讲话人却是个道姑，而议论中还涉及很多"忠""孝""节""义"的内容，是一段典型的三教合一描写。这既反映了当时思想界三教合一的现实，又说明小说作者对佛教内容的描写并不十分认真、准确。

历史、传奇类小说中有关佛教的地方也很多，如《三国演义》中关羽和普净僧的两度因缘，《禅真逸史》中的高僧林澹然同淫僧钟守净的对比描写，《梁武帝演义》中萧衍同释宝志及达摩的交往，《飞龙全传》中昙云长老助赵匡胤灭寇等，其中有些在全书还占了相当大的比重。特别值得提出的是《水浒传》。作为写武侠为主的英雄传奇之作，有关佛教的描写生动细致，给读者留下鲜明的印象，包括各类僧人形象——得道高僧智真长老、侠客兼狂禅的鲁智深、半僧半盗的生铁佛、淫僧裴如海等，各类佛事——坐禅修行、追荐亡灵、剃度受戒、头陀报晓，各种寺庙——五台山的文殊院、京城的相国寺、败落的瓦官寺等。这些是小说的有机构成，有的僧人如鲁智深的故事还是中心内容，而另一方面，如果研究元明之际的佛教，这也是弥足珍贵的材料。

以上所谈是长篇小说中有形有迹的佛教影响，虽然只是挂一漏万的举例，却已能感到"佛光"之眩目了。而这仅是有形有迹的内容，至于融化、渗透在作品中的佛学思想，如《红楼梦》的"色空"、《西游记》的"狂禅"、《老残游记》的"解脱"，则是更深层的表现，问题较为复杂，留待他日专论。

五

　　道教对于中国古代小说的影响与佛教相比，有同有异。相同的是作为一种宗教文化，作为社会文化的一个重要方面，自然而然地成为小说表现的对象，甚至成为一部分作品的主要题材。另外，道教方面也有以小说作为"辅教"工具的做法，使得一部分作品和道教的传播、道教的通俗化，发生了较为密切的关系。不同的地方在于，首先是作为本土文化，道教不像佛教有那样明显独特的异质文化因子，其影响也就经常与其他社会文化因素混融在一起，很难单独厘清。其次，道教借鉴佛教教理教义的地方较多（尤其是宋金以后），所以在这个层面上"原创性"的影响有时也很难判定。不过，道教毕竟是具有自己独特品性的宗教，尤其是长生不老、白日飞升的幻想，非常符合中国人的心理需求，也很适于作为小说的情节要素，所以，写道教的小说作品数量同样是非常可观的。

　　更值得提出的是，由于有了道教的因素，中国小说中便出现了一类有趣的题材，就是三教合一与三教争胜。如前所述，我国古代的宗教一大特色就是"三教合一"。不过，"三教合一"并不是三教统一。实际上，伴随着"三教合一"的论调以及彼此渗透、混融的过程，三教之间的斗争、争胜一刻也不曾停止。这种情况反映到小说中，就产生了十分有趣且富有"中国特色"的一类题材，就是"三教合一"与"三教争胜"的并存。"合一"是儒释道活动于同一个"平台"，教理教义互相影响；"争胜"是每部作品大多都有一个抑彼扬此的倾向，因此也就有了相互之间或明或暗的斗争。这种题材在明清的白话长篇中是相当普遍的存在，既丰富了作品的文化内涵，又增加了作品的趣味。

"合一"而不甚"争胜"的小说，有万历年间两部道教小说——署名竹溪散人邓志谟的《咒枣记》与《铁树记》，二书分别记述道教仙真萨真人与许真人的得道事迹。《铁树记》开卷第一幅图画便是"三教源流图"，图画的中间是释迦牟尼，两边是孔子与太上老君。图画配有一联，上曰"教演于三　岂云天地分多数"，下为"道原于一　若剖藩篱即大家"。《咒枣记》中，萨真人道行圆满却未得升仙的机缘，是观世音特意嘱托葛仙翁，上奏玉帝帮了萨真人的大忙。仙真与菩萨生活于一个世界，一个"平台"，彼此不分畛域。《西游记》《封神演义》看起来也是如此，如来、老君、玉帝、甚至王母，杯盏交错，言笑晏晏，可是细究起来，作者却是机心深隐。这一点较为复杂，我们后面当作专论。

道教的内容往往和上古的神仙信仰掺杂在一起，或者说很多是从上古神仙家言演变而来的。如东汉王充《论衡·道虚》："淮南王学道，招会天下有道之人，倾一国之尊，下道术之士，是以道术之士并会淮南，奇方异术，莫不争出。王遂得道，举家升天，畜产皆仙，犬吠于天上，鸡鸣于云中。"这便是通常所说"一人得道，鸡犬升天"的由来。这里所学"道"即为神仙家之道，与道教并无关涉。可是道教产生后，把刘安"增补"为本教的教徒，晋代葛洪的《神仙传》："时人传八公、安临去时，余药器置在中庭，鸡犬舐啄之，尽得升天，故鸡鸣天上，犬吠云中也。"《太平广记》不但把这一传说正式纳入道教典籍，而且还丰富了细节——尽管这一传说与道教"脱屣妻孥"的宗旨相悖。由于这样的结局与中国人深厚的家庭情结吻合（"世人都说神仙好，只有妻儿忘不了"），熊掌与鱼兼收腹中，所以深受世俗欢迎，以致后世不断编织类似的故事，加到道教人物的身上。如晋代著名道家人物许逊，早期的事迹并无家人升天的说法，后来逐渐加入，到了明代白话小说《铁树记》中，举宅飞升成了重要情节：

> 玉帝闻奏，乃对众真曰："许逊德果至善……拔宅上升，以昭善报。"二仙复宣诏曰："上诏学仙童子许逊，功行圆满，已仰潜山司命官传金丹于下界，返子身于天上。及家口厨宅一并拔之上升……其父许肃封中岳仙官，母张氏封中岳夫人。钦此钦遵，诏至奉行。"
>
> 真君上了龙车，仙眷四十二口，同时升举……仙仗既举，屋宇鸡犬皆上升。唯鼠不洁，天兵推下地来……①

连老鼠的处置都顾及，其世俗化的程度令人惊讶。而这恰是道教题材在通俗文学中的典型表现。

实际上，从一开始，道教中人所作的神仙传记，往往就与志怪传奇难分彼此，同一部作品，既见于《太平广记》又见于《云笈七签》的例子俯拾即是。如被道教徒尊为"葛真人"的葛洪，其《神仙传》是道教的重要经典，但其中一些篇目历来被治志怪者视为佳作，并对后世小说的情节模式产生了很大的影响。例如《壶公》写壶公度费长房的事迹，其中真人隐于市井、壶中别有洞天、酒盎出酒无穷、壶公三次考验、长房功亏一篑等，都可以在小说史上反复见到类似的故事情节。唐传奇的两位重要作家，裴铏与杜光庭，都与道教渊源甚深。《云笈七签》收有裴铏的《道生旨》一卷，题为

---

① 邓志谟《铁树记》，巴蜀书社，1993年，十五回，第924页。

"谷神子裴铏述"，其中自称曾修道于洪州西山，道号谷神子。杜光庭更是晚唐五代著名的道士，唐僖宗曾赐号"弘教大师"，后蜀更先后尊为"广成先生""传真天师"，并封为"蔡国公""大学士"等崇高职衔。他们的作品都有铺张、宣扬道教神异奇迹，借以影响统治者，达到邀宠固位的目的。动机虽有可议之处，但从另一面看，也促使其投入精力，认真写作。杜光庭先后撰有《神仙感遇传》十卷、《仙传拾遗》四十卷、《王氏神仙传》五卷、《墉城集仙录》十卷等，其中多数篇目还是文学意味寡淡的，但也有情节丰富、生动者。特别值得提出的是杜氏的《墉城集仙录》。此书已无全璧。据《通志略》称共记女仙一百零九人，现存于《道藏》与《云笈七签》的共计六十二人，加上其他书中所引佚文二十二人，可得其大半。此书可称道的地方主要有三点：1、如此集中记述了大量"女仙"事迹，实属罕见。所记西王母、九天玄女、太阴女、鲍仙姑、骊山老母等仙女事迹，对于后世的小说、民间信仰，都有相当大的影响；2、《墉城集仙录叙》中继承了先秦神仙家的说法，把女仙系统当作与男仙系统分庭抗礼的一方：

> 一阴一阳，道之妙用。裁成品物，孕育群形……天覆地载，清浊同其功；日照月临，昼夜齐其用。假彼二象，成我三才。故木公主于震方，金母尊于兑泽，男真女仙之位，所治昭然。[①]

讲的虽是虚无缥缈的仙界，但涉及的也是两性间关系。这样的平等看法，实在是难能可贵；3．虽然标举的是"编记古今女仙得道事

---

① 杜光庭：《墉城集仙录叙》，《云笈七签》卷一百一十四，第 1043 页，四部丛刊藏本。

实"，但有些篇章还是颇有文学色彩，如《南溟夫人传》，写两位凡人遇难，终得女仙援手之事。其情节相当曲折。先写二人遇飓风漂入大洋深处，侥幸得登孤岛，阒寂无人，正怅望间，"见一巨兽出于波中，若有所察，良久而没"。然后，又见一侍女，便哀告其救助，继而又有天尊降临，指示其通过侍女去恳求南溟夫人，其后巨兽得罪，仙人垂怜，等等。此文先见于裴铏的《传奇》，但究竟原创者是谁，尚难遽断。不过，这并不十分重要，重要的是由此我们可以更确切地知道，道士们在讲述仙真事迹的时候，并不排斥小说家言。

如前所述，明清小说中道教一般与佛教出现在同一个"平台"上。从这个意义上说，"三教合一"几乎是普遍的认识。但具体到某一部作品，却又存在着三教之间、特别是佛道二教之间左右偏袒的问题。神魔小说中，明显扬佛抑道的有《西游记》《西洋记》《济公全传》等；相反，明显站在道教立场，扬道抑佛的则有《封神演义》《女仙外史》《绿野仙踪》等。其他种类小说往往有轩轾而不明显。如英雄传奇之作的《水浒传》，其中九天玄女是影响故事的最高神，而表现出更多具体的神通、法力的是罗真人及公孙胜，可是他又写了个不俗的和尚智真长老，看来"脚踩了两只船"。不过细品起来，却还是对道教青目稍多。《红楼梦》癞僧跛道同行，仿佛并无轩轾，可是佛门写了个妙玉，道门写了个马道婆，作者的倾向在不经意间流露了出来。

道士来写小说，并产生巨大社会影响的，当推《封神演义》的作者陆西星。此书是典型的"借他人酒杯浇自家块垒"。武王伐纣的故事在《武王伐纣平话》中已有相当充分的表现，对于《封神演义》来说，那只是一个框架，更重要的是装在框架里的东西。框架里，作者不厌其烦地申明"三教合一"，而骨子里却是一心一意地辨是非、争高低。第一层，辨的是道教内的邪正。这是作者写作的根本动机。当看到"万仙阵"一节，本是同门的阐教与截教大打出手，截教门徒被阐教"就如砍瓜切菜一般，俱遭杀戮""可怜万仙遭难，其实难堪"之时，令读者深感作者心中怨毒之深。第二层，辨的是道教与佛教的高低。这一层，作者的态度温和多了，但立场却毫不含糊。他表明道高于佛的文学手段有两种：一是设计、安排人物关系，把原应属于佛教的人物如观音、普贤、文殊等，都安排为神仙体系的小一辈角色——这正是道教惯用的《老子化胡经》一类手法；二是让本属佛门的人物在故事中出丑丢脸，如让黄龙真人几次被擒，吊到旗杆上示众等。当然，对于大多数读者来说，作者的真实意图是隐而不彰的。他们看到的只是热闹的故事，和前所未闻的复杂的神仙世界。

还有一种复杂的情况，就是《西游记》这样累积而成的作品。其成书过程中全真教道士曾直接染指，使得文本中掺入了大量道教的成分。但故事本身是铺写佛教的史实，而全真教又吸取了很多佛教因素，最后的写定者的宗教立场也是偏向于佛教，以致全书中涉及佛教、道教的内容纠葛缠绕，很难厘清。这已经属于复杂的专题研究了，下一章虽将略加展开，仍不能全面分说。但要指出的是，关于《西游记》的宗教话题不能视若无睹，否则无法对作品进行全面的阐释。

[附] 文学形象寻根二则

【其一】 哪吒：从佛典中蜕变出的悖伦"英雄"

明清两代的通俗小说，大多与下层文人有关，因而方方面面与

"庙堂文化"皆有程度不同的疏离。《水浒传》被称为"诲盗",《金瓶梅》更是被直接宣判为"淫书",实在有其自身的原因在内。但是,对于封建伦常的"大原则",这些作品还都是认同的——至少在文字表面上。

只有《封神演义》,在这个重大问题上,颇有"出格"的地方。换言之,书中的人物、情节体现出的伦常态度,迥非那个时代的"常态"。

如灵珠子哪吒,大义凛然地"弑父"复仇;

如处于父母血仇中间的殷郊,从《武王伐纣平话》形象的大转变;

如姜子牙在历史中的"武成王"封号的被转移——黄飞虎命运的复杂意味,等等。

这些都可以从思想文化视角做深入的讨论,或许能够产生一些有多方面价值的认识。尤其哪吒一例,追踪蹑迹,考察这个极为独特的文学形象是如何从佛教经典中蜕变出来,是一个颇有兴味的话题。哪吒出自佛教,哪吒及托塔天王与佛教密宗有关,这都已有文章论及,但其中的起承转合、脉络演变的梳理似还有进一步细化的空间。

一

中国"神魔"小说中[1],若论影响最大的艺术形象,孙悟空、猪

---

[1] 鲁迅先生之后,学界多以"神魔小说"称《西游》《封神》一类作品,后有倡议代之以"神怪""灵异"者。其实,名为实之宾,约定俗成,大可不必纠缠。

八戒之外，哪吒应属无可争议者。他与猴子、胖猪一样，都家喻户晓，且都经过各种艺术形式不计其数的改编。不过，他又有几点是和孙悟空、猪八戒迥然不同的。

首先，他是"来历分明"的人物。检索《大藏经》，"那吒"可得近九百条。其次，他的所作所为，颇有与"礼教中国"大相凿枘者，以两千年间的伦常衡量，直可称作"大逆不道"——这样的文学形象独一无二。再次，哪吒在《封神演义》中的形象可称为"少年英雄"，透过神异、宗教的表象，典型地表现了成长的梦想与烦恼，这正是其艺术生命的根本所在。

这些，都值得作专题性研究。我们在这里只是讨论前面两个方面。

先来看看他的来历——既是确然分明，又不乏复杂与模糊。而这都与《封神演义》的描写不无关系。

《封神演义》中有名有姓的人物四百余名，重要而"有故事的"也有数十名，但只有哪吒的"出身传"足足写了三回书，篇幅甚至超过了姜子牙。可以说，全书最精彩的部分就是这三回。书中写哪吒为灵珠子转世，一出生就不同凡响。七岁时，已"身长六尺"，然后因嬉戏闹海，打死了龙王手下的巡海夜叉，又打死了三太子，还抽了龙筋，在师父的纵容下，上天宫揭龙鳞，又射死石矶弟子，闯下了一连串的灭门大祸，接下来，出现了三个极为特异的情节。第一个是剔骨还父、析肉还母：

> 哪吒厉声叫曰："一人行事一人当，我打死敖丙、李艮，我当偿命，岂有子连累父母之罪？……我今日剖腹剔肠，剜骨肉还于父母，不累双亲，你们意下如何？"……哪吒便右手提剑，

先去一臂，后自剖其腹，刳肠剔骨，散了三魂七魄，一命归泉……魂无所依，魄无所倚……飘飘荡荡，随风而至，径到乾元山而来。①

这段文字写得极为惨烈，哪吒的命运也显得极其悲惨。幸而他的师父太乙真人同情其遭遇，于是情节陡转，又有了神奇的莲花化身一段：

> （太乙真人）叫金霞童儿："把五莲池中莲花摘二枝，荷叶摘三个来。"童子忙忙取了荷叶、莲花，放于地下。真人将花勒下瓣儿，铺成三才，又将荷叶梗儿折成三百骨节，三个荷叶，按上、中、下，按天、地、人。真人将一粒金丹放于居中，法用先天，气运九转，分离龙、坎虎，绰住哪吒魂魄，望荷、莲里一推，喝声："哪吒不成人形，更待何时！"只听得响一声，跳起一个人来，面如傅粉，唇似涂朱，眼运精光，身长一丈六尺，此乃哪吒莲花化身，见师父拜倒在地。②

死而复活，本就是具有戏剧性的情节，而复活的方式又是如此奇特。莲花化身，既有佛教"妙法莲华"的意味，又极具视觉冲击力，活画出天上地下绝无仅有的一个神祇形象——神采灵动、超逸凡尘的少年英雄。另外，这个设计又为小说后来的一系列情节打下了基础：因为是莲花化身，所以好多邪魔外道的法宝在他身上都不起作用，

---

① 《封神演义》13回，华夏出版社，1994年，第83页。
② 《封神演义》14回，华夏出版社，1994年，第87页。

终于成就了哪吒"肉身成圣"的功业。

接下来的第三段更加匪夷所思，就是让哪吒演了一出轰轰烈烈的"弑父"报仇的大戏：

真人曰："李靖毁打泥身之事，其实伤心。"哪吒曰："师父在上，此仇决难干休！"真人曰："你随我桃园里来。"真人传哪吒火尖枪，不一时已自精熟。哪吒就要下山报仇。真人曰："枪法好了，赐你脚踏风火二轮，另授灵符秘诀。"真人又付豹皮囊，囊中放乾坤圈、混天绫、金砖一块："你往陈塘关去走一遭。"哪吒叩首，拜谢师父，上了风火轮，两脚踏定，手提火尖枪，径往关上来。诗曰："两朵莲花化现身，灵珠二世出凡尘。手提紫焰蛇矛宝，脚踏金霞风火轮。豹皮囊内安天下，红锦绫中福世民。历代圣人为第一，史官遗笔万年新。"

哪吒来到陈塘关，径进关来至帅府，大呼曰："李靖早来见我！"……李靖大怒："有这样事！"忙提画戟，上了青骢，出得府来，见哪吒脚踏风火二轮，手提火尖枪，比前大不相同。李靖大惊问曰："你这畜生！你生前作怪，死后还魂，又来这里缠扰！"哪吒曰："李靖！我骨肉已交还与你，我与你无干碍的，你为何往翠屏山鞭打我的金身，火烧我的行宫？今日拿你，报一鞭之恨！"把枪晃一晃，劈脑刺来。李靖将画戟相迎，轮马盘旋，戟枪并举。哪吒力大无穷，三五合把李靖杀得马仰人翻，力尽筋酥，汗流挟背。李靖只得望东南逃走。哪吒大叫曰："李靖休走！休想今番饶你！不杀你决不空回！"往前赶来，不多时看看赶上。哪吒的风火轮快，李靖马慢，李靖心下着慌，只得下马借土遁去了。哪吒笑曰："五行之术，道家平常，难道你土遁去了，我就饶你？"把脚一蹬，驾起风火轮，只听风火之声，如飞云掣电，望前追来。李靖自思："今番赶上，被他一枪刺死，如之奈何？"……见一道童，顶着发巾，道袍大袖，麻履丝绦，原来是九宫山白鹤洞普贤真人徒弟木吒是也。木吒曰："父亲！孩儿在此。"李靖看时，乃是次子木吒，心下方安。哪吒架轮正赶。见李靖同一道童讲话，哪吒向前赶来。木吒上前大喝一声："慢来！你这孽障好大胆！子杀父忤逆乱伦，早早回去，饶你不死。"哪吒曰："你是何人，口出大言？"木吒曰："你连我也认不得？吾乃木吒是也。"哪吒方知二哥，忙叫曰："二哥！你不知其详。"哪吒把翠屏山的事，细细说了一遍："这个是李靖不是，是我不是？"木吒大喝曰："胡说！天下无有不是的父母。"哪吒又曰："剖腹剜肠，已将骨肉还他了，我与他无干，还有甚么父亲之情？"木吒大怒曰："这等逆子！"将手中剑望哪吒一剑砍来；哪吒架住曰："木吒！我与你无仇，你站开了！待吾拿李靖报仇。"……用手取金砖望空打来。木吒不提防，一砖正中后心，打了一交，跌在地下。哪吒登轮来取李靖，李靖抽身就跑。哪吒叫曰："就赶到海岛，也取你首级来，方泄吾恨。"李靖望前飞走，真似失林飞鸟，漏网游鱼，莫知东南西北。往前又赶多时，李靖见事不好，自叹曰："罢！罢！罢！想我李靖前生不知作甚么孽障，致使仙道未成，又生出这等冤愆，也是合该如此；不若自己将画戟刺死，免受此子之辱。"……太乙真人叫："李靖过来。"李靖倒身下拜。真人曰："翠屏山之事，你也不该心量窄小，故此父子参商。"哪吒在旁，只气得面如火发，恨不得吞了李靖才好。二仙早解其意，真人曰："从今父子再不许犯颜。"吩咐李靖："你先去罢。"李靖谢了真人，径出来了。就把哪吒急得敢怒而不敢言，只在旁边抓耳揉腮，长吁短叹。真人暗笑曰："哪吒！今你也回去罢。好生看守洞府，我与你师伯下棋，一时就来。"哪吒听见此言，心花儿开了，哪吒曰："弟子晓得。"忙忙出洞，踏起风火二轮，追赶李靖……说李靖被哪吒赶得上天无门，入地无路，正在危急之际，只见山冈上有一道人，倚松靠石而言曰："山脚下可是李靖？"李靖头一看，见一道人。李靖曰："师父！末将便是李靖。"道人曰："为何慌忙？"靖曰："哪吒追赶甚急，望师父垂救。"道人曰："快上冈来，站在我后面，待我救你。"……道人跳开一旁，袖儿望上一举，只见祥云缭绕，紫雾盘旋，一物往下落来，把哪吒罩在玲珑塔里。道人双手在塔上一拍，塔里火发，把哪吒烧得大叫："饶命！"道人在塔外问曰："哪吒你可认父亲？"哪吒只得连声答应："老爷！我认是父亲了。"道人曰："既认父亲，我便饶你。"道人忙收宝塔，哪吒睁眼一看，浑身上下并没有烧坏些儿。哪吒暗想有这等的异事，此道人真是弄鬼。道人曰："哪吒你既认李靖为父，你与他叩头。"哪吒意欲不肯，道人又要祭塔；哪吒不得已，只得忍气吞声，低头下拜，尚有不平之色。道人曰："还要你口称父亲。"哪吒不肯答应。道人曰："哪吒！你既不叫父亲，还是不服，再取金塔烧你。"哪吒着慌，连忙高叫："父亲！孩儿知罪了。"哪吒口内虽叫，只是暗暗切齿，自思道："李靖！你长带着道人走？"道人唤李靖曰："你且跪下，我秘授你这一座金塔。如哪吒不服，你可将此塔祭起烧他。"哪吒在旁，只是暗暗叫苦。道人曰："哪吒！你父子从此和睦，久后俱是一殿之臣，辅佐明君，成其正果，再不必言其前事。哪吒！你回去罢。"哪吒见是如此，只得回乾元山去了。①

这一段"弑父"复仇，小说洋洋洒洒写了将近八千字，中间曲折反复，煞是好看。特别是哪吒的心理活动，一而再，再而三，直至最后也是在"金塔"的威压之下，不得已而妥协。除此之外，全书再没有如此摇曳多姿的笔墨。

值得提出的是，作者的立场是同情哪吒的。这不仅从太乙真人为哪吒准备复仇的法宝，传授武艺、神通可以感觉到，而且从描写李靖狼狈状况的笔墨也流露出来。特别是在哪吒出发复仇之际，作者的赞语中竟然有"历代圣人为第一"的评价！

这样一个独特的哪吒，却是地地道道的佛门出身——作者的态度与评价与此不无关系。

二

在早期的佛经中，"哪吒"经常出现在咒语中，如《大方等大集经》："尔时，世尊即说此陀罗尼句：'……比婆那吒、却伽那吒、阿吒那吒、究那吒、波利究婆那吒、那茶那吒、富利迦那吒……尸利拘婆那吒。'"②《大佛顶如来放光悉怛多般怛罗大神力都摄一切咒王陀罗尼经》："召那吒鸠伐罗天王咒曰：'唵那咤俱伐罗可可可可吽波多曳莎呵。'"③

---

① 《封神演义》14 回，华夏出版社，1994 年，第 87—91 页。
② 《大正藏》第 13 册 No. 0397。
③ 《大正藏》第 19 册 No. 0947。

哪吒作为人格神的形象从何时开始，很难准确考订。在"阿含"部佛经中有"阿吒哪吒经""阿吒哪吒剑"之说，但尚非人格神。明确成为护法的人格神，并与"天王"成为一家人，是在密宗的经典中，如唐代不空所译《北方毗沙门天王随军护法仪轨》：

> 尔时那吒太子手捧戟，以恶眼见四方，白佛言："我是北方天王吠室罗摩那罗阇第三王子其第二之孙，我祖父天王及我那吒同共每日三度白佛言：'我护持佛法，欲摄缚恶人，或起不善之心。我昼夜守护国王大臣及百官僚，相与杀害打陵，如是之辈者，我等那吒以金刚杖刺其眼及其心。若为比丘、比丘尼优婆塞、优婆夷起不善心及杀害心者，亦以金刚棒打其头。'"①

类似文字出现于密宗多部经典中。不过，其中的哪吒为北方天王之孙（后逐渐"升级"为子），作为护法神祇，其形象相当凶恶："恶眼""捧戟""以金刚杖刺其眼及其心"。

其他佛典中，这个哪吒形象还有较为丰富的内容，如《发觉净心经》世尊对弥勒宣示"多言"的害处：

> "弥勒！于中菩萨当观二十种诸患乐多言者。何等为二十？弥勒！乐多话者当无敬心，以多闻故；……不住于正，行当轻躁；不能灭断诸疑行，行之时犹如哪吒，唯随逐声；……随诸烦恼所牵，诸根不调伏故。弥勒！乐多言菩萨有此等二十诸患，

---

① 《大正藏》第 21 册 No. 1247。

唯信知音声，不观正义者。"

　　"尔时世尊，欲重宣此义，而说偈言：'……轻躁犹如风吹草，有诸疑心不能决，彼无坚意不能定，乐于多言如是患。犹如哪吒在戏场，说他猛健诸功德，彼时亦复如哪吒，乐于多言如是患。'"①

佛讲多言有二十种祸患，其中举出的反面人物只有一个，便是哪吒。说他"猛健"，与前面的护法恶神倒也相近，不过"轻躁""多言"，以致"在戏场"自吹自擂，这种形象还是使人大出意外。此经主角为弥勒，大藏经收入"宝积部"，撰述的具体年代很难考定，但属于较为晚近经典应大致不错。

　　这个护法神形象传入中土后，继续护法，而除恶之外多了行善功能，如《佛祖统纪》等书中多有类似事迹："师初在西明寺，中夜行道，足跌前阶。有圣者扶其足。师问为谁，答曰：'北天王太子哪吒奉命来卫。'"② 此事最早见于晚唐的笔记小说《开天传信记》。"师"即宣律师，无畏三藏由天竺来长安便依他驻锡于西明寺。而哪吒在中土守护的第一位僧伽就是宣律。这中间无畏与宣律互动互捧的痕迹灼然可见，而哪吒的形象则在此互动中传布开来。

　　不知何时开始，哪吒与天王的关系出现了戏剧性变化。北宋苏辙的《栾城集》有《哪吒》诗，甚为有趣：

　　　　北方天王有狂子，只知拜佛不拜父。佛知其愚难教语，宝

---

① 《大正藏》第 12 册 No. 0327。
② 《大正藏》第 49 册 No. 2035。

塔令父左手举。儿来见佛头辄俯，且与拜父略相似。佛如优昙难值遇，见者闻道出生死。嗟尔何为独如此，业果已定磨不去。佛灭到今千万祀，只在江湖挽船处。[①]

首先，此时的哪吒已经明确成为"天王太子"，而不是复杂的"第三王子其第二之孙"了。宋真宗时编就的《景德传灯录》已有哪吒"析肉还母，析骨还父"之说，却不见"拜佛不拜父"。苏子由此诗说明前述哪吒"弑父"的某些故事因素在北宋中后期已经开始流行于僧俗两界。细玩该诗，至少有三个相关要素已经存在了：一个是哪吒乃"狂子"而非孝子；一个是哪吒坚持不肯"拜父"；一个是出现了"塔"，只不过是佛以之为自己的替身，以"如朕亲临"般的诈术来解决父子间的矛盾。但是，此时尚未有"弑父"的严重冲突，没有从伦理角度谴责哪吒，没有对"不拜"做出明确的评价，而是以佛教常谈——"业果已定"来搪塞了一下。

与苏辙同时的惠洪所撰《禅林僧宝传》也有哪吒的事迹：

> 天台国师名德韶……问："那吒太子析肉还母，析骨还父，然后化生于莲花之上，为父母说法。未审如何是太子身？"曰："大家见上座。"[②]

这里出现了两个有关的情节：一个是"析肉还母，析骨还父"，但没有说明为什么，若从前后文看，似乎没有涉及恩怨情仇；另一个是

---

① 苏辙：《栾城集》第三集卷一，《四库全书》集部别集类。
② （释）惠洪：《禅林僧宝传》卷七，《四库全书》子部释家类。

出现了"莲花",不过不是由莲花化生,而是"化生于莲花之上"。这一"之上"就出现了问题:究竟是什么化生到"之上"呢?于是有了"如何是"与"大家见"的机锋问答。今天一般读者来看这段问答,一定是如同看其他禅门机锋一样如坠五里雾中。如果我们强作解人的话,这个公案似应指向"真空妙有""照见五蕴皆空"之类意旨,但是又不能说破。所以,此后,"哪吒"的骨肉与真身关系成为了禅宗十分常见的"话头"。兹再举二例,以见其余。如《古尊宿语录》卷第二十八,《舒州龙门佛眼和尚语录》:

> 昔日那吒太子,析肉还母,析骨还父,然后现本身,运大神通。大众!肉既还母,骨既还父,用什么为身?学道人到这里若见得去,可谓廓清五蕴,吞尽十方。听取一颂:"骨还父,肉还母,何者是身?分明听取,山河国土现全躯,十方世界在里许。万劫千生绝去来,山僧此说非言语!"下座。①

佛眼这段话的大意是,肉身本为虚幻,自性即为佛性,而佛性无所不在。《禅宗颂古联珠通集》更有意思,若干大德就此一事各抒己见。其赞颂的则为前述佛眼远禅师那一段:"那吒太子析肉还母,析骨还父,然后现本身运大神力,为父母说法。肉既还母,骨既还父,用甚么为身?学人到这里若见得去,廓清五蕴,吞尽十方。乃颂曰云云。"下面胪列一系列相关颂词:

> 骨肉都还父母了,未知那个是那吒。一毛头上翻身转,一

---

① 《卍新续藏》第 68 册 No. 1315。

一毛头浑不差。（径山杲）。

　　那吒太子本来身，卓卓无依不受尘。云散水流天地静，篱
间黄菊正争春。（自得晖）。

　　析骨还父肉还母，不知哪个是哪吒。夜深失脚千峰外，万
古长风片月斜。（少室睦）。

　　骨还父肉还母，日西沉水东注。——（良久）露！（北涧
简）。

　　雨散云收后，崔嵬数十峰。王维虽敏手，难落笔头踪。（无
准范)[1]

如同各种禅门公案一样，这些都有莫名其妙的味道。但可知的是：
一、哪吒析还父母骨肉的事迹在宋代已经流传甚广，特别是在禅门
中；二、其基本含义是摒弃、超越物像而显现内在精神。至于这一
事迹从何而来，当时的人们已经深感困惑了，以致有"丛林有'析
骨还父，析肉还母'之说，然于乘教无文。不知依何而为此言"的
质疑[2]。但如此惊心动魄的神异事迹，已经广为传播，得到采信，些
许质疑已不起作用了。此时，不仅禅门热衷讨论，甚至谈文论艺者
也引经据典证明己说，如严沧浪的《答出继叔临安吴景仙书》：

　　仆之《诗辩》，乃断千百年公案，诚惊世绝俗之谈、至当归
一之论。其间说江西诗病，真取心肝刽子手。以禅喻诗，莫此
亲切。……尝谒李友山，论古今人诗，见仆辨析毫芒，每相激

---

[1]《卍新续藏》第 65 册 No. 1295。
[2]《祖庭事苑》，见《卍新续藏》第 64 册 No. 1261。

赏。因谓之曰："吾论诗，若那吒太子析骨还父，析肉还母。"
友山深以为然。①

可见其影响之广泛。

说到这里，哪吒与天王的关系、护法神的身份、析骨肉还于父
母，都在佛教文献中找到了根源。但析还父母之后，他做了什么，
却找不到佛门的依据。只有惠洪讲了一句"于莲花之上，为父母说
法"，但言之不详，似乎是说佛法以报父母恩德的意味。

三

《封神演义》之外，言及哪吒弑父报仇的，只有《西游记》。其
八十三回《心猿识得丹头　姹女还归本性》：

> 天王轮过刀来，望行者劈头就砍。早有那三太子赶上前，
> 将斩妖剑架住，叫道："父王息怒。"天王大惊失色。噫！父见
> 子以剑架刀，就当喝退，怎么返大惊失色？原来天王生此子时，
> 他左手掌上有个"哪"字，右手掌上有个"吒"字，故名哪吒。
> 这太子三朝儿就下海净身闯祸，踏倒水晶宫，捉住蛟龙要抽筋
> 为绦子。天王知道，恐生后患，欲杀之。哪吒奋怒，将刀在手，
> 割肉还母，剔骨还父，还了父精母血，一点灵魂，径到西方极
> 乐世界告佛。佛正与众菩萨讲经，只闻得幢幡宝盖有人叫道：

---

① 严羽：《沧浪诗话》（校释）附录，人民文学出版社，1961年，第253页。

"救命！"佛慧眼一看，知是哪吒之魂，即将碧藕为骨，荷叶为衣，念动起死回生真言，哪吒遂得了性命。运用神力，法降九十六洞妖魔，神通广大，后来要杀天王，报那剔骨之仇。天王无奈，告求我佛如来。如来以和为尚，赐他一座玲珑剔透舍利子如意黄金宝塔，那塔上层层有佛，艳艳光明。唤哪吒以佛为父，解释了冤仇。所以称为托塔李天王者，此也。今日因闲在家，未曾托着那塔，恐哪吒有报仇之意，故吓个大惊失色。却即回手，向塔座上取了黄金宝塔，托在手间问哪吒道："孩儿，你以剑架住我刀，有何话说？"[1]

这段故事与《封神演义》的哪吒出身传十分相似，包括闹海、抽龙筋、割肉还母剔骨还父、莲花复生、弑父报仇、以塔解冤的主要情节完全一样。这就出现了一个大问题：两部作品之间的关系。是《西游记》"缩写"了《封神演义》的三回书？还是《封神演义》"扩写"了《西游记》的这一段？亦或二者之前本有哪吒弑父的故事存在，二书所取略有差异？

可以说，三种情况皆有可能，而在没有新的文献材料发现之前，这个问题很难做出确定的结论。

我们在这里只是梳理了问题的来龙去脉，并无解决上述问题的宏愿。不过，比较一下两部作品讲述同一个故事的差别，还是饶有兴味的事情。《西游记》中，哪吒弑父复仇是个人行为，而如来并未支持；如来解决问题的方法虽然也是赐塔，但"塔"不是武器、法宝，而是"层层有佛"，因而是佛的象征，哪吒"以佛为父""以和

---

[1] 《西游记》第 83 回，人民文学出版社，1980 年，第 973 页。

为尚"，于是消解了"冤仇"的因果。这里几乎没有伦理评价的因素出现——既没有同情哪吒，也没有谴责。

相比之下，《封神演义》弑父描写的特异之处就凸显出来了——特别是在伦理层面上。至少有以下几个方面：

一个是给哪吒"弑父"以更充分的理由。哪吒的析肉剔骨本出于自愿（这点与《西游记》"剔骨之仇"不同），结仇乃缘于李靖毁像烧庙的过分行为：

李靖指而骂曰："畜生！你生前扰害父母，死后愚弄百姓！"骂罢，提六陈鞭，一鞭把哪吒金身打得粉碎。李靖怒发，复一脚蹬倒鬼判。传令："放火，烧了庙宇。"……哪吒那一日出神，不在行宫；及至回来，只见庙宇无存，山红土赤，烟焰未灭，两个鬼判，含泪来接。哪吒问曰："怎的来？"鬼判答曰："是陈塘关李总兵突然上山，打碎金身，烧毁行宫，不知何故。"哪吒曰："我与你无干了，骨肉还于父母，你如何打我金身，烧我行宫，令我无处栖身？"……跪诉前情："被父亲将泥身打碎，烧毁行宫。弟子无所依倚，只得来见师父，望祈怜救。"真人曰："这就是李靖的不是。他既还了父母骨肉，他在翠屏山上，与你无干；今使他不受香火，如何成得身体。……李靖毁打泥身之事，其实伤心。"哪吒曰："师父在上，此仇决难干休！"真人曰："你随我桃园里来。"真人传哪吒火尖枪，不一时已自精熟。哪吒就要下山报仇。真人曰："枪法好了，赐你脚踏风火二轮，另授灵符秘诀。"真人又付豹皮囊，囊中放乾坤圈、混天绫、金砖一块。"你往陈塘关去走一遭。"①

李靖无理而过分的行为给了哪吒复仇的理由。从读者的角度，也自然会给予哪吒高度的同情。而这个李靖虽为人父，其形象却从一开始带有暴虐、无情，还有几分鄙俗的色彩。夫人难产分娩，他提剑闯进产房；哪吒闹海，龙王找上门来，他害怕玉帝的"正神"权威，"放声大哭"；哪吒的母亲为儿子建庙，他毁像焚庙，原因竟然是怕"这条玉带送了"——丢官。这些描写，都为哪吒的弑父做了背书。这一点，又从太乙真人的言语、行为得到了加强。太乙真人是小说中的正面人物，他不但明确谴责了李靖："这就是李靖的不是……其实伤心。"而且亲自动手为哪吒复仇准备条件：传授武艺，赐予法宝，并为之送行。

与之相反的，哪吒弑父途中遇到哥哥木吒，而木吒是完全站在李靖立场——也就是通常的"三纲五常"上的。作品写木吒以伦常大道理责骂哪吒："孽障好大胆！子杀父忤逆乱伦！"当哪吒讲出李靖那些过分的行为来做解释时，木吒毫不理会，大义凛然地斥责："胡说！天下无有不是的父母。"这是很有意味的一段。"忤逆乱伦"，就把哪吒复仇的故事与伦常大道理紧密联系了起来。而"天下无有不是的父母"，更是那个时代不容置疑的"天经地义"（《四库全书》的经部，这句话出现了三十余次）。作者让它出于木吒之口，给哪吒的行为戴了个负面的"大帽子"。可是，接下来，这个站在道德高地的木吒就被他的弟弟"一砖正中后心，打了一交，跌在地下"，成了一个可笑的失败者。作者的立场、态度由此可见。

———————————

① 《封神演义》第 14 回，华夏出版社，1994 年，第 86—87 页。

还有一个与《西游记》的明显不同处，就是事情的结局。《西游记》是"以和为尚"，双方无是非与对错，塔中有佛，"以佛为父"，伦常问题让位给佛教义理。这显然是与苏辙诗中"儿来见佛头辄俯，且与拜父略相似"一脉相承（不过，苏辙诗中未有弑父情节，只是"不拜"而已）。《封神演义》则不然，结局是灵鹫山燃灯道人（约略等于"我佛如来"）以宝塔烧炼哪吒，哪吒不是敌手，"哪吒不得已，只得忍气吞声，低头下拜，尚有不平之色……口内虽叫，只是暗暗切齿"。也就是说，在这场情理与伦理的生死大战中，哪吒是一个在武力胁迫下失败的英雄形象。

打乱龙宫与天庭的秩序，哪吒与孙悟空异曲而同工；但弑父复仇，则是他在文学形象的长廊中与众不同、特立独行之处。如果考虑到这是一个成长中的少年形象，那么他对秩序的反叛、对长辈权威的挑战——甚至到了"弑父"的地步，以及在挑战、反叛过程中，生命却得到了升华，通过这一升华，获得巨大的神奇力量（包括豹皮囊中的种种法宝），都具有某种文学/文化"原型"的意义。而在宋明理学盛行了几百年的思想背景下，何以出现这样的文学形象？何以广为传播竟未遭到质疑、或是禁毁？这些，都是值得做出更深刻的理论性研究的大问题。

当然，那已经超出本文讨论的界域，只能俟之他日了。

【其二】　再议东坡诗与《西游记》

一

先作解题。

《西游记》的成书是一个漫长而复杂的过程。作为小说情节主体的取经故事，就现在可见文献而言，主要经历了唐初的《大唐西域记》《三藏法师传》、宋元的《大唐三藏取经诗话》《西游记平话》，以及某些杂剧的积累、演化，最终汇聚到明万历时期的世德堂本《西游记》的八至一百回中。而世德堂本《西游记》开篇七回书的悟空出身传，特别是全书最精彩的"大闹天宫"故事，却几乎不见其来龙去脉，仿佛全然是"吴承恩"① 灵感乍现的独立创作。可以肯定，世德堂本《西游记》的这部分内容，最后写定者的创作成分的比例是比较高的。但是不是完全"凭空而来"，却还有讨论的余地。

　　讨论这个问题，如果我们能挖掘到传承灼然的文献材料，那当然是最理想的状态。退而求其次，就是发现相似度较高的一些元素，那么这样的材料"很可能"影响到作品的构思，我们不妨称之为"或然"。东坡诗与《西游记》之间就存在着这种"或然"的联系。

　　本文何以称"再议"？

　　2004 年的文献学辑刊《古典文献研究》中有俞士玲先生大作《〈醉道士石〉诗是〈西游记〉猴子原型?》，首次提出了苏东坡诗作与《西游记》孙悟空形象的关系。文章很有启发性，可惜没有引起学界足够的关注，而问题也还有进一步发掘的空间，故再加延展、论证。

　　在进入正题之前，有两点相关联的说明。

　　一是关于杨景贤《西游记杂剧》的时代问题。现存杂剧剧本中出现"齐天大圣""偷盗仙丹"等关目的有两种，一为佚名钞本《二郎神锁齐天大圣》，一为《西游记杂剧》，年代均不可确指。后者或

———————————

① 世德堂本《西游记》的写定者是否吴承恩，学界有分歧。本文暂从旧说。

以为出于元人吴昌龄，或以为明人杨景贤；明人说又有明初与明末两种意见。简言之，在是否具有"大闹天宫"情节的本事资格上，同样处于"或然"的层面。由于并不影响本文所论，故对此予以悬置。

二是笔者近年考察《西游记》与全真道的关系，提出《西游记》故事的累积、演变过程在元末明初曾存在一"全真化"环节，而全真祖师王重阳、马丹阳诗词作品中都出现过弼马温、闹天宫的端倪[1]。由于与本文没有直接关联，为避免枝蔓，后文亦不再提及。

二

苏轼元丰八年被任命为登州太守。赴任途经扬州时，当地官员杨景略赠酒款待，东坡遂为其赋诗一首，题做《杨康功有石，状如醉道士，为赋此诗》。诗云：

> 楚山固多猿，青者黠而寿。化为狂道士，山谷恣腾踔。
> 误入华阳洞，窃饮茅君酒。君命囚岩间，岩石为械杻。
> 松根络其足，藤蔓缚其肘。苍苔眯其目，丛棘哽其口。
> 三年化为石，坚瘦敌琼玖。无复号云声，空余舞杯手。
> 樵夫见之笑，抱卖易升斗。杨公海中仙，世俗哪得友？
> 海边逢姑射，一笑微俯首。胡不载之归，用此顽且丑。

---

[1] 参见拙著《西游新说十三讲》，中华书局，2022年。

求诗纪其异，本末得细剖。吾言岂妄云，得之亡是叟。①

这是一首很奇特的诗。

此前，东坡与杨某素无交往，此次相遇属于真正的"萍水相逢"。分手后仅有一次交集，还是以不愉快结束：

> 顷年杨康功使高丽还，奏乞立海神庙于板桥。仆嫌其地湫隘，移书使迁之文登，因古庙而新之。杨竟不从。不知定国何从见此书，作诗称道不已。仆不能记其云何也。次韵答之。
>
> 退之仙人也，游戏于斯文。谈笑出奇伟，鼓舞南海神。顷年三韩使，几为蛟鳄吞。归来筑祠宇，要使百贾奔。我欲迁其庙，下数浮空群。移书竟不从，信非磊落人。公胡为拳拳，系此空中云？作诗颂其美，何异刻剑痕。我今已括囊，象在六四坤。②

东坡自己为诗加注，指出："板桥，商贾所聚"，浮空群"谓登州海市"。

这件事在苏东坡旷达的一生中是很罕见的情况。事情的起因是"元丰七年高丽王徽卒……运立，上命左谏议大夫杨景畧为祭奠使……七年七月自密之板桥航海而往"。在出使过程中，据说出现了灵异现象，杨某以《维摩诘经》投献海神，获得海神庇佑，方才顺利完成使命。归国后上奏朝廷，便在高密的板桥镇——航海出发地

---

① 苏轼：《顷年杨康功》，《苏轼诗集》卷 26，中华书局，1982 年，第 1375 页。
② 苏轼：《顷年杨康功》，《苏轼诗集》卷 36，中华书局，1982 年，第 1938 页。

建了海神庙。东坡离开贬谪地黄州后，在江南栖迟了一段时间，得到了登州太守的任命。赴任途中经扬州，有了观摩杨某奇石之事。离开扬州，淮河风浪阻滞行程，于是有了歌咏"醉道士石"的诗，并托楚州地方官转送石头的主人杨某。离开楚州地面，东坡经密州而抵登州。密州是旧任故地，东坡稍有停留。这段时间里，他看到了地处板桥的海神庙。离开密州，抵达登州任所，东坡开始了他的五日太守任期。在这五天里，他曾登上著名的蓬莱阁，神奇地见到了海市蜃楼——对此有诗《海市》，其序云："予闻登州海市旧矣。父老云，常出于春夏，今岁晚，不复见矣。予到官五日而去，以不见为恨。祷于海神广德王之庙，明日见焉。乃作此诗。"

由于十月出现海市蜃楼极为罕见，苏东坡诗中不无得意之态，自比作韩愈，并有"信眉一笑岂易得，神之报汝亦已丰"之句。于是他想到密州板桥那座奉旨敕建的海神庙，便去函与杨某商量迁移至蓬莱的丹崖山。从建筑审美的角度，如果蓬莱阁近旁有这么一座俯瞰大海的神庙，确属锦上添花之举。然而，杨某回复中究竟如何"不从"，没有任何记载，但肯定有不够友好的言辞，所以才有了东坡给王定国诗中"移书竟不从，信非磊落人"的愤愤之语。而杨某人也在不久后辞世（据《续资治通鉴长编》）。

这是苏东坡《醉道士石》诗的始末。现在看，东坡赠诗的原因当有两端：一是东坡名满天下，起复路过，作为东道主的杨某很自然地会出面招待，其间很可能他展示了自己收藏的奇石；二是杨某曾就此命题作文式地索诗，而当时东坡"欠了账"，数日后风浪滞留，又得美酒豪饮，便乘兴发挥想象力，写就这首奇特之作。杨某因东坡诗而留名于后，则为始料不及之事。

三

这块石头奇在何处？东坡这首咏石诗又是如何凭空写出呢？

原来，"醉道士"在唐宋，尤其是宋代，是一个热门的文学、艺术意象。据存世文献的记载，题署有顾恺之、僧繇、阎立本、何长寿、范长寿、叶进成等名号的《醉道士图》曾流传于世。其中颇有托名之作。且当时还有种种相关的怪异之谈，如谓僧繇原作《醉僧图》，僧人贿赂阎立本加上了道冠变成《醉道士图》。对此，又有澄清、反驳之作多种。而题咏这些画作的诗歌亦多多，如范成大《题醉道士图》："蜩鹦鹏鹍任过前，壶中春色瓮中天。朝来兀兀三杯后，且作人间有漏仙。"韩元吉《题张几仲所藏醉道士图》："何须坐客总能文，呼酒相逢日暮云。醉倒尽如狂道士，夜归谁问故将军。"诗后跋语称："几仲移节稽山，淳熙庚子岁除前一日会饮上饶传舍，观图戏书。南涧翁韩某无咎。"可见观《醉道士图》是欢宴的一个"节目"。而陆游有同题的《题张几仲所藏醉道士图》："千载风流贺季真，画图仿佛见精神。迩来祭酒皆巫祝，眼底难逢此辈人。"此时放翁赋闲于乡，似为张几仲到任山阴后所作。若如此，则张氏展示《醉道士图》乃属会友例行的得意之举。而陆游又别有《画醉道士》："落托在人间，经旬不火食。醉后上江楼，横吹苍玉笛。大口如盆眼如电，九十老人从小见。曾携一鹤过岳阳，满城三日闻酒香。"可见对这个题目的浓厚兴趣。

从陆游的诗中的"曾携一鹤过岳阳"可知，他心目中的"醉道士"是确有所指的，即所谓"八仙"中的吕洞宾。传说中的吕洞宾狂放不羁，这可能是文人墨客对"醉道士"意象感兴趣的原因之一。

当然，并不是唐宋文艺作品中的"醉道士"都确指吕洞宾。唐人开始有"醉道士"之说时，吕洞宾尚未成名。但陆放翁有此一念，可以说明"醉道士"意象所具有的狂放内蕴。这样的看法同样流露在"人间有漏仙"等文字刻画之中。

另外，杨某有所托，东坡亦乐于为，还有一个原因是东坡对奇石的兴趣。东坡诗文中屡屡可见对"怪石"的书写，此前曾有专文《怪石供》《后怪石供》。他在《与佛印禅老书》中写道："收得美石数百枚，戏作《怪石供》一篇，以发一笑。开却此例，山中斋粥今后何忧？想复大笑也。更有野人于墓中得铜盆一枚，买得以盛怪石，并送上结缘也。"① 细玩苏文，他的这一兴趣不是简单的"把玩"，当与胸中垒块、胸中丘壑隐然相关。《怪石供》讲："凡物之丑好生于相形，吾未知其果安在也。使世间石皆若此，则今之凡石复为怪矣。"② 借怪石与"凡石"的对比，嘲讽世间美丑颠倒之意甚明。

东坡还有一首径题为《咏怪石》的诗，其意味、手法都可与《醉道士石》相发明，略云：

> 家有粗险石，植之疏竹轩。人皆喜寻玩，吾独思弃捐。以其无所用，晓夕空崭然。……谁知兹石本灵怪，忽从梦中至吾前。初来若奇鬼，肩股何屏颜。渐闻硍礚声，久乃辨其言。云"我石之精，愤子辱我欲一宣。天地之生我，族类广且蕃。子向所称用者六，星罗罨布盈溪山。伤残破碎为世役，虽有小用乌足贤！如我之徒亦甚寡，往往挂名经史间。居海岱者充禹贡，

---

① 苏轼：《与佛印禅老书》，《苏文忠公全集·东坡续集》卷11，第1305页，明成化刊本。
② 苏轼：《怪石供》，《苏文忠公全集·东坡集》卷23，第244页，明成化刊本。

雅与铅松相差肩；处魏榆者白昼语，意欲警惧骄君惓；或在骊山拒强秦，万牛汗喘力莫牵；或从扬州感卢老，代我问答多雄篇。子今我得岂无益？震霆凛霜我不迁。雕不加文磨不莹，子盍节概如我坚？以是赠子岂不伟？何必责我区区焉！"吾闻石言愧且谢，丑状敫去不可攀。骇然觉坐想其语，勉书此篇席之端①。

　　此诗与韩愈的《毛颖传》同一机杼，都有些怪力乱神的意味。而其中以石自喻，"借酒杯，浇块垒"的表现手法，特别是写怪石精灵入梦，以及"若奇鬼"的形象，都可以作为理解《醉道士石》的参考。

　　源于此，便有了这首《杨康功有石，状如醉道士，为赋此诗》的作品。

四

　　东坡这首诗是典型的纪事之作，叙述了杨某怪石的由来。在东坡笔下，这个故事主要包含了五个要素：

　　一、山中青猿成精，修炼成人型，是为"狂道士"；

　　二、狂道士闯入道教领袖之一茅君的洞府——华阳洞，偷喝了仙酒，于是有了"醉道士"的缘由；

　　三、茅君捉住猴精，把它镇压、囚禁在山岩之下；

---

① 苏轼：《咏怪石》，《苏轼诗集》卷48，中华书局，1982年，第2605页。

四、囚禁三年之后，猴精化为了怪石；

五、怪石为樵夫所得，又为远来的"仙客"携去。

这五点有虚有实，虚多实少。

先说"实"的。"误入华阳洞，窃饮茅君酒"，这个"茅君"是道教神仙系列中的真实角色。据程缜为东坡诗作注引《仙经》云："句曲山即三十六洞天之第八洞，名曰华阳洞，大茅君之所治也。师神仙传：大茅君名盈，次弟名固，小弟名衷，太上老君拜盈为司命真君，固为定箓君，衷为保命君。故号三茅君。"而《三茅真君加封事典》称"其仙班之尊崇，固非世人之所能测料"，于宋崇宁元年特于加封"进号太元妙道真君东岳上卿司命神君"。

这个"实"的是东坡从道教神祇中顺手引来，为那些"虚"构故事增加一些真实感。其他几个故事要素则完全出于东坡的心营意造了。这一点，当时为东坡诗作注者都看得清清楚楚。《东坡诗集注》中的赵次公指出："先生自言，以其石乃猿化道士，窃仙酒，而又化石，止设虚辞为称耳。"①《苏诗补注》中，查慎行引《陵阳室中语》云："东坡作文，如天花变现，初无根叶，不可揣测。如《醉道士石诗》，共二十八句，却二十六句假说，惟用二句收拾。此真千古绝调也。"②

苏东坡创作的这篇"诗体小说"虽然短小，却极富想象力，情节也相当丰富。其中有这样几个故事要素特别值得提出：

一是猴子与石头的关系，猴子可以化为石头；

二是成精的猴子可以修炼成狂放的道士形象；

---

① 《东坡诗集注》卷 26，《四库全书》集部别集类。
② 《苏诗补注》卷 26，《四库全书》集部别集类。

三是猴精/道士闯入道教领袖的洞府，偷喝了仙酒；

四是它因此被捉住；

五是捉住后被压到山崖之下，困顿不堪；

六是猴子化石被当地樵夫携走，卖给了海外来人。

熟悉《西游记》的朋友们很可能会心一笑，因为这些因素都出现在小说前七回的孙悟空出身传中——当然，表现的方式有所不同。

这样一些故事情节，在东坡之前，似不多见，尤其是集中在一个故事里，可谓未曾有。

五

苏东坡这首诗在当时就产生了比较大的影响。秦少游很可能是因诗赋诗，作了《题杨康功醉道士石》：

> 黄冠初饮何人酒，径醉颓然不知久。风吹化石楚山阿，藤蔓缠身藓封口。常随白鹤亦飞去，但有衣冠同不朽。异物终为贤俊得，野老田夫岂宜有。华阴杨公香案吏，一见遂作忘年友。日暮西垣视草归，往往对之倾数斗。大梦之间无定论，启母望夫天所诱。谷城或与子房期，西域更为陈郇吼。我疑黄冠反见玩，若此坚顽定醒否。何当一笑凌苍霞，顾谢主人聊举手①。

秦观与杨康功也有交集，自然见过这块石头。但作这首诗是临场发

---

① 秦观：《题杨康功醉道士石》，《淮海集》卷5，第19页，《四部丛刊》本。

挥，还是由东坡诗引发，就不得而知了。有可能，东坡对自己所作的这篇"诗体小说"比较得意，所以寄给多位朋友欣赏（后文还有他人），以致激起了少游的诗兴，理由见下。

秦少游既是"苏门学士"，又是才名不凡、特立独行的人物，所以他的这首诗似有承东坡原作而来的内容，也有别出心裁、另起炉灶的地方。"风吹化石楚山阿，藤蔓缠身藓封口"与东坡的"松根络其足，藤蔓缚其肘。苍苔眯其目，丛棘哽其口"景象差相仿佛。但东坡诗的核心，独创性最强的部分——猴精盗酒、猴精化石，他却没有承袭。

少游诗自家独创的内容重要的有两方面：一方面是罗列了若干与石头有关的典故，如夏启的母亲化身为石，张良之师于谷城化身为黄石等；另一方面是期待石头醒来恢复灵性，重新飞腾为仙。其中特别应予注意的是罗列典故中的"西域更为陈那吼"。此典乃出自玄奘《大唐西域记》，卷十有：

> 罗汉伽蓝西南行二十余里，至孤山。山岭有石窣堵波，陈那菩萨于此作《因明论》……崖谷震响，烟云变采[1]。

卷十一有：

> 摩诃刺侘国……伽蓝门外南北左右各一石象。闻之土俗曰，此象时大声吼，地为震动。昔陈那菩萨多止此伽蓝[2]。

---

① 玄奘：《大唐西域记》卷 10，第 118 页，四部丛刊本。
② 玄奘：《大唐西域记》卷 11，第 128 页，四部丛刊本。

从"为陈郍吼"观之，少游所用更直接的出处当为"石像"事。秦少游的这首诗收入《淮海集》，后世又在《苏诗补注》中附于东坡诗后，当有一定的传播与影响。更有趣的是，他在《和子瞻双石诗》中再次使用了这个典故："我愿作陈那，令吼震山谷。……大士舍宝陁，仙人遗句曲。惟诗落人间，如传置邮速。"把石头与陈郍（"郍"同"那"）联系，也就与佛教联系了起来，同时还指出由于东坡的诗，使得石头的珍奇、不凡广为传播。甚至可以说，少游这首诗，特别是诗中"陈那"这一出典，使得东坡的"石头猴子"故事间接地与玄奘西行取经产生了联系。

其实，在东坡周围的文人圈子里，当时谈石头是一个"热门"的话题。关于"醉道士石"，因诗赋诗的还有释参寥，他的题目是《杨康功待制所藏醉道士石》，诗云：

> 天官夜宴琼楼春，一官大醉颓穹旻。飞光贯地若素练，百里鸡犬声纷纷。吹风洗雨岁月古，化此顽石良悲辛。楚山之老颇知异，濯以涧底清漪沦。霓裳彷佛认羽客，楮冠数寸横秋云。空斋昼闲戏一击，琅然哀韵还清真。我闻天官天所陈，虽复暂屈终当伸。烈风迅雷一朝作，却上苍苍朝紫宸[1]。

他同样也没有采取东坡的猴精化石、猴精盗酒的故事内核，而是自己编造了一段故事：天官醉酒坠落凡尘而化石。这样做符合他与东坡之间各逞才思的关系。而诗的结尾几句——"虽复暂屈终当伸。烈风迅雷一朝作，却上苍苍朝紫宸"，却是借题发挥，隐指东坡必然

---

[1] 释参寥：《杨康功待制所藏醉道士石》，《苏诗补注》卷26，《四库全书》集部别集类。

否极泰来，大有作为。

几乎与此同时，东坡作还有《双石》诗，言及王晋卿——一位贵胄友好——和他的"夺石"公案。他赋诗前后又有三段文字记述"事件"的由来与发展，甚有谐趣。第一段："仆所藏仇池石，希代之宝也。王晋卿以小诗借观，意在于夺。仆不敢不借，以此诗先之。"第二段："王晋卿示诗，欲夺海石。钱穆父、王仲至、蒋颖叔皆次韵。穆、至二公以为不可许。独颖叔不然。今日颖叔见访，亲睹此石之妙，遂悔前语。轼以谓晋卿岂可终闭不予者？若能以韩干二散马易之者，盖可许也。复次前韵。"第三段："轼欲以石易画，晋卿难之。穆父欲兼取二物。颖叔欲焚画碎石。乃复次前韵，并解三诗之意。"五个朋友之间，以观石为契机，相互嘲戏，次韵唱和，诚文人知己一大乐事！随后，东坡又有《雪浪石》《沉香石》《石芝》等咏石之作。

指出这些，是要说明苏东坡的咏石之作并非冷僻孤例，而是相当投入、且有比较大影响的题材类型。

六

讲到这里，一个结论呼之欲出：苏东坡的《杨康功有石，状如醉道士，为赋此诗》，与《西游记》前七回的悟空出身传，特别是大闹天宫的故事具有较强的互文关系，不排除《西游记》作者对东坡作品的借鉴、吸收的可能性。

东坡集中还有一个意象，也可以引起与《西游记》关系的联想，就是多次出现的"石芝"。先是被贬黄州时，曾记夜间梦游，见到石芝："紫藤如龙蛇，枝叶如赤箭"，"余率尔折食一枝，众皆惊笑"。①
若干年后，又有同题《石芝》诗，其引言称："予顷在京师，有凿井
得如小儿手以献者，臂指皆具，肤理若生。予闻之隐者曰'此肉芝
也'。与子由烹而食之。"诗所记尤生动：

> 土中一掌婴儿新，爪指良是肌骨匀。见之怖走谁敢食，天
> 赐我尔不及宾。……肉芝烹熟石芝老，笑唾熊掌嚼雕胡。老蚕
> 作茧何时脱，梦想至人空激烈。古来大药不可求，真契当如磁
> 石铁②。

一个珍奇的果实，形象类似婴儿，不识货的人惊恐而走，不敢食用。
而其实是难得之仙药，所以东坡兄弟顾不上他人径自享用了。

这不能不让我们想到《西游记》里的名段：五庄观偷吃人参果。
小说写五庄观的道童请唐僧吃人参果：

> 径至前殿奉献道："唐师父，我五庄观土僻山荒，无物可
> 奉，土仪素果二枚，权为解渴。"那长老见了，战战兢兢，远离
> 三尺道："善哉，善哉！今岁倒也年丰时稔，怎么这观里作荒吃
> 人？这个是三朝未满的孩童，如何与我解渴？"……明月上前
> 道："老师，此物叫做人参果，吃一个儿不妨。"三藏道："胡
> 说！胡说！他那父母怀胎，不知受了多少苦楚，方生下未及三
> 日，怎么就把他拿来当果子？"清风道："实是树上结的。"长老

---

① 苏轼：《石芝》，《苏轼诗集》卷 20，中华书局，1982 年，第 1047 页。
② 苏轼：《石芝》，《苏轼诗集》卷 37，中华书局，1982 年，第 2001 页。

道："乱谈！乱谈！树上又会结出人来？拿过去，不当人子！"①

形似婴儿的仙果，肉眼凡胎者的惊恐，皆与东坡笔下的描写相类。何况小说的下文还有孙悟空等三人偷来仙果匆匆吃下，猪八戒囫囵吞吃惹得悟空讥笑的情节，与"率尔折食一枝，众皆惊笑""天赐我尔不及宾"的情境亦差相仿佛。

东坡诗文在明代深受读书人喜爱，即以杨慎《升庵集》为例，"东坡"字样便出现 125 次之多。所以，《西游记》的写定者——无论是否是吴承恩，读到东坡作品的几率都是相当高的。而东坡作品中，"猴子、石头、偷酒、镇压山崖"，以及"仙果、似婴儿、惊恐、享用"的生动形象与大胆想象，给予了他启发，也是很有可能的。

至少，彼此构成了互文关系。这对于认识文学、文化的血脉传承，也是不无帮助吧。

① 《西游记》24 回，人民文学出版社，1980 年，第 282 页。

第七章

稗中折光看"三宝"

太虚法师在《中国佛学》的开篇曾提出了"中国佛学的特质"问题。他论述道：

> 佛法由梵僧传入，在通俗的农工商方面，即成为报应灵感之信仰。在士人方面，以士人思想之玄要、言语之隽朴、品行之恬逸、生活之力俭，遂形成如四十二章经、八大人觉经等简要的佛学。……如此适于士人习俗之风尚，遂养成中国佛学在禅之特质。[①]

这番话，对于我们研究小说中的佛教影响，有两点启示：1. 佛教传入中国后，适应中土固有之文化而发生了一些显著的变化，除少数专精者外，教理在士人及一般民众中都有简化的趋势；2. 同为简化，在不同的文化层面有不同的重点，世俗民众主要接受了轮回业报观点，士人则侧重于禅悦。

小说中的佛理简化趋势更为明显，不仅繁复的名相辨析在作品中几乎绝迹，就是最基本的空有、显密、宗下教下之分别，也不甚在意。偶有专论，又往往不免于郢书燕说。故小说中虽"佛光普照"，但表现在佛理方面却大率为简单肤浅之说——不过，这无碍小说的艺术价值，有时反可增加别致的趣味。

从文化层面来看，中国古代小说处在特殊的结合部位：作者、编者多为下层文人，作品多在市井中流传而定型，因而既有士人文

---

① 释太虚：《中国佛学》第二章第一节，中国佛教协会，1989年，第10页。

化的因子，又有俗众文化的成份。就融入作品的佛理而言，古代小说便兼有这两种文化层面的内容。俗众喜闻乐见的是因果报应、佛法无边，士人则欣赏其中的禅意、空观。当然，这两种成份也非判然可分，但以大端而言是不错的。

在《佛道稗语》中，我们主要从小说史的角度讨论了佛教以及道教对小说发展的影响。本篇则更多地深入具体的作品，揭示其中所描写的"三宝"——佛、法、僧。具体说，就是作品中以小说笔法表现的佛理，以及描写的佛陀、菩萨、僧侣等形象。

一

小说中的因果报应思想在前文已经谈到，这是佛理中最能被大众理解接受的内容。我国通俗小说盛于明清，而明清佛教净土宗独盛。净土宗力倡业报轮回，是世俗化最甚的一派，这自然更助长了小说中写因果之风。但一般地讲，此时的因果报应论已非纯然佛理。清代的灵岩印光法师曾以"力敦伦常，精修净业"概括教旨，认为"善因"是"父慈子孝，兄友弟恭，夫唱妇随，各尽己分"。这颇有代表性，反映了儒学伦理观渗入佛教因果论的趋势。明清小说中写因果十之八九是儒释混杂，以因果报应的劝诱、恐吓力量推行儒学的伦常道德，如《三言二拍》《聊斋志异》《阅微草堂笔记》等。这种写法，佛理显豁直观，但内涵稀薄，对小说的艺术水平裨益不大。

因果观在小说中的另一种作用表现在结构方面，即借助报应、转世的描写给作品以故事框架，如前文提到的《三国志平话》《说岳全传》之类。在一部分作品中，这种结构几成模式。虽然多数在艺术上并不成功，但也有由此而增色的，如《红楼梦》的绛珠仙草的还泪桥段。

小说中谈禅说空大体有三种情况：一种是在具体情节中呈露出"空""禅"意味，甚至由某些"空""禅"之论生发为小说中的人物、情节；一种是借人物之口直接谈禅论空；一种是整部作品的主题与"空""禅"有关，"空""禅"的意味弥漫于全书。不论是哪种情况，比起宣扬因果来，有关"空""禅"的描写都显得内涵更为丰厚，更有哲理意味。

下文就各种情况拈取数例，虽不能面面俱到，却也可窥见小说中佛理的大概。

首先，因果报应的观念影响到小说作者，于是在设计情节结构时渗透于作品，此行彼效，渐成模式。

话本小说中常见的模式是"前因—后果"，即把一个人物先后经历的两个（或两个以上）事件用因果纽带联系起来，从而按照时序纵向展开故事。这样的例子俯拾即是，如：

冯梦龙《古今小说》的第一篇为《蒋兴哥重会珍珠衫》，写陈商诱奸了蒋兴哥之妻王三巧，结果恶运迭降，财物被劫，重病身亡，而妻子又被迫改嫁，所嫁正是失去了发妻的蒋兴哥。前有恶因，后接恶报。另一方面，蒋兴哥识破妻子奸情后，宅心仁厚，给王三巧一条生路，结果在生死关头巧遇王氏，得其援救，并且破镜重圆。前有善因，后接善报。作者唯恐读者对因果联系察觉不出，开篇声称"今日听我说《珍珠衫》这套词话，可见果报不爽"，文中点明"一报还一报"，篇终再强调"殃祥果报无虚谬，咫尺青天莫远求"。

《醒世恒言》的"施润泽滩阙遇友"，前因写施润泽拾金不昧，后果便是运道顺遂，不仅遇难呈祥，而且财源滚滚，连别人的元宝都飞到他的家中。作者也着意指出前后事件的联系："种瓜得瓜，种豆得豆，一切祸福，自作自受。"

此类结构模式多写今生的前因与后果，是从佛教报应理论的所谓"现世报"说衍生。从内容意义看，劝善说教的味道较浓；从形式作用看，强化了情节的顺向联系，契合于"讲故事"的传统小说观，故很容易被接受，但毕竟失之于简单、乏味。

长篇小说中常见的模式是"转世"的框架。即在小说主体部分外，套上一个因果关系，说明故事中发生的一切都是前缘注定。故事中的人物是身负宿因转世投胎的，人物之间的关系也在生前注定，而结局则完全是宿命的。例如：

《后水浒》写杨么起义的故事。作者把这原本独立、完整的故事套进了一个前世因果的框架中，开端借罗真人之口交待出宋江等三十六人将转世重聚，"以完劫数，以报奸仇"，而杨么即为宋江转世；篇末则写杨么等"脱去躯壳，各现本来面目"，业消而劫完。

《说岳全传》所写岳飞抗金的故事本也是独立而完整的，作者却也套上一个因果框架。开端写如来佛"慧眼一观"，见出"一段因果"，便将护法神大鹏鸟贬下东土投胎为岳飞，而大鹏的仇敌转世为秦桧一干奸党；结尾一回写众魂魄在玉帝座前听宣示因果，然后各归其位。

一般说来，这种框架有如下特点：1. 由佛教的"来生报"理论衍生，主要功能是为小说的主要人物、主要事件寻找"前生"的渊源；2. 大多属于"屋上架屋、头上安头"，摘掉这个框架，对作品主要内容并无影响；3. 从叙述效果看，可加强故事的完整感，前有所始，后有所终，适合于民众的审美心理；4. 为作品涂上宿命色彩，多数情况下削弱作品的思想意义，甚至产生破坏作用。如《说岳全传》中写岳飞之死令人不忍卒读，但框架却交待了一个荒唐的悲剧前因：一切起于女土蝠的一个臭屁。这种自我亵渎无疑是艺术上的失败。

不过，袭用这一模式而出新意、见奇效的也不乏其例，最突出者当属《红楼梦》。

《红楼梦》不仅采用了"转世"的因果框架，而且别出心裁地同时设计了两个框架，一齐套将上去。一个框架是石头幻形入世，历劫以悟"色空"；一个则是神瑛侍者与绛珠仙子结下还泪前缘，下凡以了夙愿。整个贾府兴衰、木石盟、金玉缘的故事便都套在这两重框架中。神瑛、绛珠的前缘，作品是这样写的：

> 只因西方灵河岸上三生石畔，有绛珠草一株，时有赤瑕宫神瑛侍者，日以甘露灌溉，这绛珠草始得久延岁月。后来既受天地精华，复得雨露滋养，遂得脱却草胎木质，得换人形，仅修成个女体，终日游于离恨天外，饥则食蜜青果为膳，渴则饮灌愁海水为汤。只因尚未酬报灌溉之德，故其五内便郁结着一段缠绵不尽之意。恰近日这神瑛侍者凡心偶炽，乘此昌明太平朝世，意欲下凡造历幻缘，已在警幻仙子案前挂了号。警幻亦曾问及，灌溉之情未偿，趁此倒可了结的。那绛珠仙子道："他是甘露之惠，我并无此水可还。他既下世为人，我也去下世为人，但把我一生所有的眼泪还他，也偿还得过他了。"①

按照一般的写法，这段对宝、黛的悲剧情缘已经做出了因果性交待，

① 《红楼梦》第一回，人民文学出版社，2008 年，第 8 页。

而且以浇灌之因引出"还泪"之果，极富诗意地预示了命运的悲剧性，可以说很漂亮地完成了因果框架的使命。那么，作者又再套上一个石头转世的框架，岂不更属叠床架屋之举？

且让我们来看看这个"石头"框架的概略：

原来女娲氏炼石补天之时，于大荒山无稽崖炼成高经十二丈，方经二十四丈顽石三万六千五百零一块。娲皇氏只用了三万六千五百块，只单单剩了一块未用，便弃在此山青埂峰下。谁知此石自经煅炼之后，灵性已通，因见众石俱得补天，独自己无材不堪入选，遂自怨自叹，日夜悲号惭愧。

一日，正当嗟悼之时，俄见一僧一道远远而来……齐憨笑道："善哉，善哉！那红尘中有却有些乐事，但不能永远依恃，况又有'美中不足，好事多魔'八个字紧相连属，瞬息间则又乐极悲生，人非物换，究竟是到头一梦，万境归空，倒不如不去的好。"这石凡心已炽，哪里听得进这话去，乃复苦求再四……那僧又道："若说你性灵，却又如此质蠢，并更无奇贵之处。如此也只好踮脚而已。也罢，我如今大施佛法助你助，待劫终之日，复还本质，以了此案。你道好否？"石头听了，感谢不尽。那僧便念咒书符，大展幻术，将一块大石登时变成一块鲜明莹洁的美玉，且又缩成扇坠大小的可佩可拿……便袖了这石，同那道人飘然而去，竟不知投奔何方何舍。

后来，又不知过了几世几劫，因有个空空道人访道求仙，忽从这大荒山无稽崖青埂峰下经过，忽见一大块石上字迹分明，编述历历。空空道人乃从头一看，原来就是无材补天，幻形入世，蒙茫茫大士、渺渺真人携入红尘，历尽离合悲欢炎凉世态的一段故事。后面又有一首偈云："无材可去补苍天，枉入红尘若许年。此系身前身后事，倩谁记去作奇传?"诗后便是此石坠落之乡，投胎之处，亲自经历的一段陈迹故事……①

联系全书来体味，这段"石头所记"的框子有两方面的功能。一是关乎艺术形式方面的叙事功能。有了这个框架，就给了全书以特定身份的叙述人——石头：书中所记为其身历目击，故有自传性质；一切均从石头眼中见出，故作品叙事为主观性、为特定视角。二是深化全书哲理意味的象征功能。这后一方面，意蕴深邃，有着丰厚的文化内涵。

本质是石头，幻形为宝玉，故名为贾（假）宝玉——这正象征了小说主人公深刻的内在矛盾。石与玉对称，着眼点落在它的无世俗价值而具自然天性上。其与世俗贵重之"玉"的反差，表现于成语中，有玉石俱焚、玉石杂糅之类；表现于诗文中，以石自喻，寄托愤世嫉俗、自嘲嘲世的作品历代皆有。宋米芾"性不能与世俯仰"，爱石成癖，呼石为兄，论石崇尚"瘦""绉"。苏东坡追求"市人行尽野人行"的境界，主张画石"文而丑"。曹雪芹自己也是画石好手，敦敏《题芹圃画石》诗云："傲骨如君世已奇，嶙峋更见此支离。醉余奋扫如椽笔，写出胸中块垒时。"可见曹雪芹在《红楼梦》中写石头幻形入世而为贾宝玉，是与其日常以画石为寄托、象征自己与世扞格的人品一脉相通的。

《红楼梦》中的贾宝玉有双重身份。作为"宝二爷"，他的身世、地位、相貌等都是世人欣羡的，如同经过僧人幻术后的美玉；作为

①《红楼梦》第一回，人民文学出版社，2008年，第2页。

"怡红院浊玉"，他的"似傻如狂""不通世务"，则被世人诟病、鄙夷，如同未经幻术前天然状态的顽石。故作者在习见的转世框架中加上了一笔：由石化玉，然后投胎。这便使一般的因果框架成为了小说艺术中的妙笔。这样，通灵宝玉象征"宝二爷"，虽高贵而为皮相、为幻；顽石象征贾宝玉的本质，虽拙朴而为性灵、为真。石与玉二而一，正折射出贾宝玉形象的深刻内在矛盾。

另外，在这个"石头所记"的框架中，作者还借僧道之口，一再强调"到头一梦"，使故事还未开篇，就定下了"色空"的调子。因此，可以说，石头的框架与绛珠的框架在意味上也是有区别、有分工的。绛珠的框架以"还泪"为神髓，意味凄绝，对应于作品缠绵悱恻的情缘描写；石头的框架以"化玉"为龙睛，意味深迥，对应于作品冷峻超脱的哲理思考。而这两个框架又以警幻仙子为纽带，互相联结，使宝玉与石头的关系若即若离，处于烟云模糊的状态，产生出微妙的象征效果。

由近乎迷信的因果观念产生，已经模式化的结构框架，到了曹雪芹手中竟变得如此具有魅力，真令人不可思议。不过，追流溯源，就会发现曹氏之前已有些有心人在尝试因果框架的改革了。

《金云翘》也有两个框架：一个是主人公王翠翘梦见妓神刘淡仙，得知自己是"断肠部"中人物，到人间偿情孽；另一个是仙人三合子对觉缘尼昭示的因果：王翠翘因种种善行而将修来善果，最终超离"断肠部"。前者是"来生报"，后者是"现世报"，套在一起有点"因果大全"的味道。虽然效果还可商榷，但毕竟表现出从模式中求新变的努力。另外，写梦中见女仙，得知有"断肠部"，专收薄命女子，且吟组诗咏叹之，这对《红楼梦》所描写的警幻仙子"曲演《红楼梦》"等情景应是有直接影响的。

《梁武帝演义》也是因果转世框架，主人公梁武帝与郗皇后为佛前两株仙草——菖蒲与水仙下界，历劫后再同归佛前。写仙草（且为素雅之草卉）转世，似与《红楼梦》绛珠之构思不无瓜葛。这部书的作者也对因果框架小有改革。他写水仙下界投胎于母腹中时，恰逢其母"一点怒僧之念，一如火发"，结果使这佛门名卉改铸了性格，变得嫉妒残暴、视僧如仇。这样，她的命运也套进了两重因果框架：由前世的仙缘而得享富贵、受宠爱、得善报；由今世的孽缘而倒行逆施、谤僧毁佛、得恶报。虽然作者未能把这两个框架的关系处理得很融洽，但毕竟不失为一种艺术上的尝试。而上面所说把"孽因"（母怒）同人物的性格联系起来，也是有新意的安排。

可见，材料虽同，成品却可能各异——或为铁，或为金，运用之妙存乎一心而已。

二

小说中蕴含佛教义理的例子多多，有的表现在人物刻画中，如《西游记》中的牛魔王形象，便是一个突出的典型。作品中的牛魔王颇多"不同凡妖"之处，我们至少可以列举出四个方面：1. 所有魔怪中，与他有关的笔墨最多。"三调芭蕉扇"写了三回且不论，早在第三回、第四回就有他与美猴王交游的描写，至四十一、四十二回、五十三回又反复提及。2. 具有和凡人一样的家庭关系、社会交往。他有妻有妾，有兄弟有儿子，妻妾间会争风吃醋，兄弟间有书信往来，父子间讲孝敬养老；又有把兄弟一起遨游，有邻居筵请饮酒——这在《西游记》诸妖中没有第二个。3. 是全书中唯一与孙悟空有恩怨纠葛，化友为敌的魔怪。4. 他从未动过吃唐僧肉的念头，是孙悟空主动打上门来的；而他之所以招灾惹祸，乃在于自身的生活方式（因儿子而生嗔，因妻妾而越陷越深）。这些都提醒我们：这不是一个简单的"兽精"。

《西游记》独对这个牛魔王精雕细刻，是偶然兴之所至呢，还是别有原因？这在小说的具体描写中透露了一些消息。"三调芭蕉扇"一回，写牛魔王凶悍难以收服，于是来了十万"佛兵"把它围住，北有泼法金刚，南有胜至金刚，东有大力金刚，西有永住金刚，乃"领西天大雷音寺佛老亲言"，率佛兵布列天罗地网来捉牛。在《西游记》中，未等孙悟空求救，主动来援兵，且由如来佛亲自出面，由佛教最高护法神率"佛兵"动手，这是唯一的一次。牛魔王走投无路，"摇身一变，还变做一只大白牛"。最终被众神捉住，"牵牛径归佛地回缴"——把降服魔怪送交如来，这也是特例。而作者唯恐读者不注意这一点，特作诗相证云："牵牛归佛休颠劣，水火相联性自平。"

作者通过这样不同寻常的处理，反复提醒我们：这个不寻常的艺术形象与佛门有相当深的渊源。

《法华经·譬喻品》讲：

（有大长者）其家广大，唯有一门，多诸人众……欻然火起，焚烧舍宅，长者诸子，若十、二十，或至三十，在此宅中。长者见是大火从四面起……而诸子等于火宅内，乐著游戏，不觉不知，无求出意……（长者）而告之言："羊车、鹿车、牛车，今置门外，汝等迅取勿误。"……诸儿闻言，踊跃争出……

长者各赐诸子等一大车，驾以白牛，行步平正，其疾如风。①

关于这段譬喻的含意，《法华经》解释道："是诸众生未免生老病死、忧悲苦恼，而为三界火宅所烧。"火宅即喻现实苦难世界，而羊车、鹿车、牛车比喻"三乘"佛法，即声闻乘、辟支佛乘和菩萨乘。三乘虽有高下，但都是佛超度众生的手段，只是应机说法，故似有别。若从实质来说，则三乘亦无二致，是"一佛乘分别说三"。大白牛车象征的就是这一实质性的、无分别的"一佛乘"，而大白牛在佛学著述中就成为脱离欲界凡尘、证道归佛的象征物，如《坛经》："有无俱不计，长御白牛车。"《五灯会元》记长庆大安禅师论道，自称修持三十年，"只看一头水牯牛，若落路入草，便把鼻孔拽转来，才犯人苗稼，即鞭挞。调伏既久，可怜生受人言语，如今变作个露地白牛，常在面前，终日露迥迥地，趁亦不去。"由水牯牛变白牛，比喻修持已成，心性已定。

　　大安禅师的比喻还有一点可注意，就是所谓"便把鼻孔拽转来"，喻收束心性归于佛境，这也是佛学中习用的比喻。《阿含经》提到十一种牧牛的方法，《大智度论》的十一种略有不同，都用来比喻不同的收心敛性的修持之道。《佛教遗经》也用这个譬喻说明成佛的方法："譬如牧牛，执杖视之，不令纵逸，犯人苗稼。"而在中国特有的禅宗里，以牧牛（"牵牛归佛"）喻修行证道的公案更是常见。如石巩慧藏未证道时在厨房执役，马祖道一走进来问："作甚么？"藏回答："牧牛。"马祖又问："作么生牧？"答："一回入草去，蓦鼻拽将回。"马祖当下首肯："子真牧牛。"即承认了他已证道的资

①《妙法莲华经》譬喻品第三，《大正新修大藏经》第 9 册 No. 262。

格。其他如百丈怀海、沩山灵佑、南泉普愿等禅门大宗师也都有类似的示机开悟法门。

后来，有人绘出《牧牛图》，以连环画的形式形象地喻示修行途径，并配有《牧牛图颂》。如普明禅师的《牧牛图颂》描写在放牧途中使一头黑牛变白牛的过程，先头角，后牛身，再尾巴，最终通体洁白，喻已证佛道。

这个比喻为文人所熟知。苏东坡之好友佛印有《牧牛歌》四首。宋末文论家真德秀讲："至谓制心之道，如牧牛，如驭马，不使纵逸。"《西游记》中也用到这一典故，如二十回偈云：

> 法本从心生，还是从心灭。生灭尽由谁，请君自辨别。既然皆己心，何用别人说？只须下苦功，扭出铁中血。绒绳着鼻穿，挽定虚空结。拴在无为树，不使他颠劣。莫认贼为子，心法都忘绝。休教他瞒我，一拳先打彻。现心亦无心，现法法也辍。人牛不见时，碧天光皎洁。秋月一般圆，彼此难分别。①

这段偈语是写唐三藏初聆大乘妙法——《般若心经》时所证，是书中不甚多见的正面论佛理的段落之一。其中有两点可注意：1. "人牛不见时"云云，与师远禅师《牧牛图颂》所画所写相类似。《图颂》第八为"人牛俱忘"，云"鞭索人牛尽属空，碧天辽阔信难通"，《西游记》则是"人牛不见时，碧天光皎洁"，差相仿佛。2. "绒绳着鼻穿""不使他颠劣"之描写与诸神擒住牛魔王、牵牛归佛的描写用语十分相似。

---

① 《西游记》二十回，人民文学出版社，1980年，第230页。

综上所述，牛魔王的形象与佛门有明显的血缘关系。不过，《西游记》成书过程相当复杂。这样一个牛魔王进入《西游记》，既可能有直接的佛门的影响渠道，也很可能是经过了"二传手"全真道。这个问题我们将另作专论。

有趣的是，比《西游记》稍晚的《西洋记》也写了一个白牛精，也与佛门深有渊源，而写法却大不相同，效果也因之而不同。

《西洋记》是明万历中期的作品，略晚于《西游记》，作者是罗懋登。小说一百回，写郑和下西洋的故事，而主角是为郑和护法的金碧峰长老。作品写他是燃灯老佛的化身，有无边法力，一路上同三十九国作战，降伏外道邪魔，主要靠他的佛法威力。作为陪衬，作品写了郑和另一护法人物——张天师，虽然道貌岸然，法力却远逊于金碧峰。这更明确地显示出作者尊崇佛教的倾向。

作品以佛门人物为主角，自然多涉佛理。如第四回金碧峰剃度之初与其师讨论禅机一段，写某禅师留下个黄纸包，打开一看是羚羊角和宾铁刀。于是师徒二人讨论道：

> 云寂道："这个禅机，出于《金刚经》上。"弟子道："怎见得？"云寂道："金刚世界之宝，其性虽坚，羚羊角能坏之。羚羊角虽坚，宾铁能坏之。"弟子道："这个解释，只怕略粗浅了些。"云寂道："意味还不止此。"弟子道："还有甚么意味？"云寂道："金刚譬喻佛性，羚羊角譬喻烦恼，宾铁譬喻般若智。这是说，那佛性虽坚，烦恼能乱之，烦恼虽坚，般若智能破之。"……好个弟子，早已勘破了腾腾和尚这个机关……道："我做徒弟的，虽入空门，尚未披剃；虽闻至教，尚未明心。这个羚羊角，论形境，就是徒弟的卯角；论譬喻，就是徒弟的烦

恼。却又有个宾铁，明明的是叫徒弟披剃去烦恼也。"①

这是借人物之口直接论禅的典型文例。《西洋记》中的佛理大半用这种方式表现，而最集中的是关于金碧峰降服牛精的一段。

小说八十二回至八十四回写银眼国引蟾仙师阻路。这仙师却是佛祖莲台下的白牛，当年佛祖降生，佛母无乳，全靠此白牛之乳养大，"后来白牛归了佛道，这如今睡在佛爷爷莲台之下"。思凡下界，化作了仙师，骑一头青牛，使一支铁笛，神通广大。金碧峰看出了他的本相，便现出丈六佛身，喝一声："畜生！你在这里做甚么？"于是仙师化作了颜色纯白的大牛，被牧童牵归佛国。

有趣的是那头青牛，本是大画家戴嵩的艺术作品，修行了几百年，略有神通，却不得正果，反被白牛怪役使，"吃许多亏苦"。做了金碧峰的"俘虏"后，乞求长老指示脱化之境，这金长老便宣示了一大篇佛理禅机。为与上文《西游记》牛魔王一段比较，逐录如下：

> 国师道："初然是个未牧，未经童儿牧养之时，浑身上是玄色：'生狞头角怒咆哮，奔走溪山路转遥。一片黑云横谷口，谁知步步犯嘉苗。'第二就是初调，初穿鼻之时，鼻上才有些白色：'我有芒绳蓦鼻穿，一回奔竞痛加鞭。从来劣性难调治，犹得山童尽力牵。'第三是受制，为童儿所制，头是白的：'渐调渐伏息奔驰，渡水穿云步步随。手把芒绳无少缓，牧童终日自忘疲。'……第八到相忘，牛与童儿两下相忘，是不识不知的境

---

①《西洋记通俗演义》四回，上海古籍出版社，1985 年，第 49 页。

界，浑身都是白色，脱化了旧时皮袋子：'白牛常在白云中，人自无心牛亦同。月透白云云影白，白云明月任西东。'第九是独照，不知牛之所在，止剩得一个童儿：'牛儿无处牧童闲，一片孤云碧嶂间。拍手高歌明月下，归来犹有一重关。'第十是双泯，牛不见人，人不见牛，彼此浑化，了无渣滓：'人牛不见了无踪，明月光寒万里空。若问其中端的意，野花芳草自丛丛。'"

说了十牛。国师又问道："你可晓得么？"青牛道："晓得了。""晓得"两个字还不曾说得了，只见青牛身子猛空间是白。国师道："你是晓得已自到了相忘的田地。"道犹未了，一声响，一只白牛就变做一个白衣童子，朝着老爷礼拜皈依。国师道："再进一步就是了。"一阵清风，就不见了那个童儿。只见天上一轮月，月白风清，悠悠荡荡。天师道："佛力无边，广度众生。这个青牛何幸，得遇老爷超凡入圣。"①

金碧峰说的"十牛"，就是前文提到的各种"牧牛图颂"中最为常见的内容；而其中九、十两个阶段的描写与《西游记》二十回那段偈子——"人牛不见时，碧天光皎洁。秋月一般圆，彼此难分别。"太相似了。其实，这整段文字所蕴含的佛理，与《西游记》牛魔王故事所要表达的也基本相同，但表现方式与艺术效果却大不相同。

首先，罗懋登不是把佛理融化到故事中，成为故事的佐料，而是把故事套到佛理上，按佛理的框子、模子制造故事。青牛的脱化得道完全依《牧牛颂》喻示的顺序：青牛变白牛，白牛脱牛身，最

_____

① 《西洋记通俗演义》八十四回，上海古籍出版社，1985年，第1080页。

终归空寂。其次，佛理不是在具体情节中呈露出来，而是由书中人物滔滔不绝地正面阐述。金碧峰这一番有散有韵的宏论全本于南宋普明禅师的《牧牛图》，从小说情节的发展看，实在不需要这样长篇大论照抄禅语。这只能归结于作者对佛理的爱好、炫耀佛学修养（其实仅"一知半解之悟"）的冲动，以及对小说艺术规律的认识不足。

三

　　像这样，借人物之口谈禅，而把禅学佛典直接抄入作品的，还有《梁武帝演义》。这部书共四十回，正面论佛谈禅的就有五、六回。如三十四回写达摩与梁皇见面：

　　　　梁主点头，因又问道："朕即位以来，造寺写经，度僧讲法，不可胜记，有何功德?"达摩道："并无功德。"梁主道："何以无功德?"达摩道："此是人天小果，有漏之因。如随形，形虽有非实。"梁主听了，一时面有愠容，因又问道："如何是功德?"达摩道："净智妙圆，体自空寂，如是功德，不以世求。"梁主又问道："如何是圣谛第一义?"达摩道："廓然无圣。"梁主不解，又问道："对朕者是谁?"达摩道："是佛。"①

----

① 《梁武帝演义》。

这一段话初见于《坛经》，后增饰于《五灯会元》，是禅宗著名的第一公案——"达摩廓然"。《五灯会元》卷一"东土祖师"云：

> 帝问曰："朕即位以来，造寺写经，度僧不可胜纪，有何功德？"祖曰："并无功德。"帝曰："何以无功德？"祖曰："此但人天小果，有漏之因。如影随形，虽有非实。"帝曰："如何是真功德？"祖曰："净智妙圆，体自空寂，如是功德，不以世求。"帝又问："如何是圣谛第一义？"祖曰："廓然无圣。"帝曰："对朕者谁？"祖曰："不识。"①

两相比较，除了个别的语气词以及誊录笔误之外，小说几乎一字不差地抄了佛典。尤其是对话中涉及"理论"的话语，小说家更是虔诚地照录下来。其中只有一个实质性的改动，即最末一句：《坛经》原作"不识"。这其实是这则公案的锋刃所在，但不好理解，尤不易解说清楚。看来小说作者考虑到了一般读者的理解接受能力，便改作了"是佛"，以显示达摩的自负与傲然，也为梁武帝的不满提供了理由。不过，这一来禅味全消。由于前后文几乎完全相同，可以肯定是照本抄录，所以这一改动也可以肯定是作者有意为之。前面照录，不能认为是高明的做法；这里特意的改动，似乎也不见得高明。又要谈禅，又要通俗，对于迷恋佛理的小说作者，这真是"熊掌与鱼"式的难题。

虽然我国古代小说大多有佛理的渗透，但用专门的篇幅，借书中人物之口大谈禅机的毕竟是少数。在这方面，《红楼梦》显得比较

---

① 《五灯会元》卷一，中华书局，1984年，第43页。

突出，因为第二十二回的题目就叫做"听曲文宝玉悟禅机"。不过，题目虽是"宝玉悟禅机"，谈禅的主角却是两个女性——林妹妹与宝姐姐。无独有偶，《老残游记》中也有"男欢女悦证初禅""斗姥宫中逸云说法"之类的回目，而谈禅的主角也是两个女性——逸云与靓云。一般来说，禅悦是士大夫的"专利品"，这两部小说却描写四位妙龄女郎津津有味地大讲这又空又玄的玩艺儿，可说别有情趣。而仔细推敲，两部作品的描写同中有异，尤可引发我们研究、比较的兴味。

先看《红楼梦》。

二十二回写薛宝钗过生日，贾母为她摆酒唱戏。席间，宝钗点了一出《鲁智深醉闹五台山》，并盛赞其中《寄生草》的曲词，道是：

> 漫揾英雄泪，相离处士家。谢慈悲剃度在莲台下。没缘法转眼分离乍。赤条条来去无牵挂。哪里讨烟蓑雨笠卷单行？一任俺芒鞋破钵随缘化！[①]

席间，黛玉和众人闹了别扭。宝玉一心回护黛玉，反惹黛玉加倍不快。史湘云也恼了他。这一来，弄得宝玉心灰意懒。书中写：

> 宝玉道："什么是'大家彼此'！他们有'大家彼此'，我是'赤条条来去无牵挂'。"谈及此句，不觉泪下。袭人见此光景，不肯再说。宝玉细想这句趣味，不禁大哭起来，翻身起来至案，

---

① 《红楼梦》二十二回，人民文学出版社，2008年，第294页。

遂提笔立占一偈云："你证我证，心证意证。是无有证，斯可云证。无可云证，是立足境。"写毕，自虽解悟，又恐人看此不解，因此亦填一支《寄生草》，也写在偈后，自己又念一遍，自觉无挂碍，中心自得，便上床睡了。……（《寄生草》）词曰："无我原非你，从他不解伊。肆行无碍凭来去。茫茫着甚悲愁喜，纷纷说甚亲疏密。从前碌碌却因何，到如今回头试想真无趣!"①

这一偈一曲引起了黛玉、宝钗的忧虑，唯恐宝玉因此而"移性"，真的遁入空、无，便来同他讲论了一番禅理：

一进来，黛玉便笑道："宝玉，我问你：至贵者是'宝'，至坚者是'玉'。尔有何贵？尔有何坚？"宝玉竟不能答。三人拍手笑道："这样钝愚，还参禅呢。"黛玉又道："你那偈末云，'无可云证，是立足境'，固然好了，只是据我看，还未尽善。我再续两句在后。"因念云："无立足境，是方干净。"宝钗道："实在这方彻悟。当日南宗六祖惠能，初寻师至韶州，闻五祖弘忍在黄梅，他便充役火头僧。五祖欲求法嗣，令徒弟诸僧各出一偈。上座神秀说道：'身是菩提树，心如明镜台，时时勤拂拭，莫使有尘埃。'彼时惠能在厨房碓米，听了这偈，说道：'美则美矣，了则未了。'因自念一偈曰：'菩提本非树，明镜亦非台，本来无一物，何处染尘埃？'五祖便将衣钵传他。今儿这偈语，亦同此意了。只是方才这句机锋，尚未完全了结，这便

_____

① 《红楼梦》二十二回，人民文学出版社，2008 年，第 297 页。

丢开手不成?"黛玉笑道:"彼时不能答,就算输了,这会子答上了也不为出奇。只是以后再不许谈禅了。连我们两个所知所能的,你还不知不能呢,还去参禅呢。"[1]

宝玉果然自愧弗如,便止息了参禅悟道的念头。

小说中谈禅的,当以这段文字为最"地道"。其中涉及禅理的,主要有如下几点:

1. 潇洒自然的禅宗解脱境界——"赤条条来去无牵挂"。与佛教其他宗派不同;禅宗所提倡的解脱不是面如死灰、形如槁木、灰心灭智的青灯黄卷生活,而是斩断葛藤,纯任天然。正如马祖道一所讲:"道不用修,但莫污染。何为污染?但有生死心、造作趋向,皆是污染。若欲直会其道,平常心是道。何谓平常心?无造作、无是非、无取舍、无断常、无凡无圣。"这种五"无"境界,便是一个赤条条本来面目的真"我"。贾宝玉对此虽有所会心,"喜的拍膝画圈,称赏不已",但又并非真悟,所以转眼间便被感情牵缠,掉进烦恼的葛藤丛中。薛宝钗首先拈出这支曲子来欣赏,比贾宝玉懂得多一些,但能知不能行——点这出戏的行为本身就是讨好贾母的"造作"行为,故最终也难逃烦恼。

2. 破尽"我执""法执"的无差别境界——"无我原非你,从他不解伊"。佛教的基本教义是"缘起"理论,由此推论,现象界的"我"与"法"皆本质空幻而无自性,故修道者须破除"我执"与"法执"。与其他教派比起来,禅宗在这个问题上观点更彻底一些,主张泯灭一切分别之想,视"我"与世界合一,同为一浑然自在之

---

[1] 《红楼梦》二十二回,人民文学出版社,2008 年,第 299 页。

体。禅宗六祖慧能在广州法性寺听僧众辩论风吹幡动的问题时，曾以截断众流的态度讲道："法师！自是众人妄想动与不动，非见幡动；法本无有动与不动。"动与不动没有分别，人与我之间自然也没有界限，于是真正达到"不二"的境界。贾宝玉的《寄生草》中"纷纷说甚亲疏密"便是由此而衍生。

3. 彻底解脱的"如来禅"——"无立足境，是方干净"。禅宗有一则著名的公案，香岩智闲悟道后，仰山慧寂前来问难，香岩口吟一颂云："去年贫，未是贫；今年贫，始是贫。去年贫，无卓锥之地；今年贫，锥也无。"仰山评价是已得"如来禅"，但又称未得"祖师禅"。"祖师禅"之说乃自仰山创始。小说里贾宝玉的"无可云证，是立足境"，相当于香岩的"贫无卓锥之地"境界，虽已解脱，尚未彻底。林黛玉的"无立足境，是方干净"则臻于"锥也无"的彻底解脱境界了。至于仰山所谓"祖师禅"，语涉玄微，历来禅门大德尚参悟不一。曹雪芹本人恐怕不曾达到那么"专业化"水准，即使达到也不愿让林黛玉陷入过深的禅机中，故以通俗易解的"如来禅"终止这场谈禅悟道了。

4. 当下了断的机锋问答。黛玉问宝玉"尔有何贵"一段，是典型的禅宗机锋。《五灯会元》中有亡名古宿的问答："圣僧像被屋漏滴，有人问：'僧既是圣僧，为甚么有漏？'僧无对。"从名相辨析角度诘责，黛玉所问与此为同一思路。而机锋相斗，贵在当下了断，如麻谷向黄檗问道，黄檗反问："大悲千手眼，作么生是正眼？速道？速道？"然后，"谷拟议，师便喝"。在机锋问答中，双方目的是证入"言语道断，思维路绝"的禅境，故必须应机作答，当下了断。过后拟议作答，便失去机锋旨趣。所以林黛玉说："彼时不能答，就算输了。"

由这几点看，曹雪芹于禅学确有所解，作品中的描写也是认真的。不过，无论是贾宝玉的偈、曲，还是林妹妹、宝姐姐的高论，都不过是禅学"入门"而已。包括宝钗引经据典的五祖传法一段，也没有超出这一水准。

在高鹗所续的第九十一回，也有一段谈禅的描写，回目是"布疑阵宝玉妄谈禅"，与宝玉问答的仍为黛玉。所谈虽袭取禅宗语录的话，但得形而未得神，故近乎于隐语、猜谜。而黛玉的问答语过于直露，不仅不合于她的性格，而且全无机锋语应有的智慧闪光。高鹗的笔力萎弱，由此也可略见一斑。

再来看《老残游记》。

书中大段谈论佛理的有三个地方，一个是斗姥宫的尼姑逸云为德夫人说法：

> 《金刚经》云："无人相，无我相。"世间万事皆坏在有人相我相。《维摩诘经》：维摩诘说法的时候，有天女散花，文殊菩萨以下诸大菩萨花不着身，只有须菩提花着其身，是何故呢？因为众人皆不见天女是女人，所以花不着身；须菩提不能免人相我相，即不能免男相女相，所以见天女是女人，花立刻便着其身。推到极处，岂但天女不是女身，维摩诘空中那得会有天女？因须菩提心中有男女相，故维摩诘化天女身而为说法。我辈种种烦恼，无穷痛苦，都从自己知道自己是女人这一念上生出来的，若看明白了男女本无分别，这就入了西方净土极乐世界了。①

———————————

① 《老残游记》二集，第五回，人民文学出版社，1982年，第257页。

另一处是逸云和她的师妹靓云向老残请教：

> 靓云遂立向老残面前，恭恭敬敬问道："《金刚经》云：'若
> 人满三千大千世界七宝以用布施，其福德多不如以四句偈语为
> 他人说，其福胜彼。'请问那四句偈本经到底没有说破。有人猜
> 是：'一切有为法，如梦幻泡影，如露亦如电，应作是如观。'
> 老残说："问的利害！一千几百年注《金刚经》的都注不出来，
> 你问我，我也是不知道。"逸云笑道："你要那四句，就是那四
> 句，只怕你不要。"靓云说："为什么不要呢？"逸云一笑不语，
> 老残肃然起敬的立起来，向逸云唱了一个大肥喏，说："领教得
> 多了！"靓云说："你这话铁老爷倒懂了，我还是不懂。为么我
> 不要呢？三十二分我都要，别说四句。"逸云说："为的你三十
> 二分都要，所以这四句偈语就不给你了。"靓云说："我更不懂
> 了。"老残说："逸云师兄佛理真通达！你想，六祖只要了'因
> 无所住，而生其心'两句，就得了五祖的衣钵，成了活佛，所
> 以说'只怕你不要'。真正生花妙舌！"①

再一处是逸云为众人解说"酒肉穿肠过，佛在心中留"之类的方便
禅理：

> 六祖隐于四会猎人中，常吃肉边菜，请问肉锅里煮的菜算
> 荤算素？……若说吃肉，当年济颠祖师还吃狗肉呢，也挡不住

---

① 《老残游记》二集，第五回，人民文学出版社，1982 年，第 263 页。

成佛……①

这第一段"天女散花"论破除人我相，第三段"但吃肉边菜"阐述禅宗的戒律观以及不断烦恼的立场，都属于一般性佛学常识。而第二段围绕《金刚经》四句偈语的讨论，却是地地道道的"尖端性"问题。

逸云、靓云、老残三人的问答中涉及的佛学理论问题既有深度，又有广度，这里只能略述其大概。《金刚经》是大乘佛教的重要经典，禅宗自五祖弘忍起奉为明心见性的主要法门，以至有"《金刚经》者，乃《大藏经》之骨髓"的说法。在《金刚经》中，如来屡屡提到"四句偈"，说若能传扬者福德无比。但是，经中并没指出是哪四句偈，于是引起后人聚讼纷纭。各种意见大致可分两类，一类在本经中指实某四句即是，如指为"无我相"等四句，指为"一切有为法"等四句，等等；一类认为本无实在的四句，如颜丙注曰："四句偈者，乃此经之眼目。虽经八百手注解，未闻有指示下落处。人多不悟自己分上四句，却区区向纸上寻觅；纵饶寻得，亦只是死句，非活句也""四句偈者，初不假外求，而在吾心地明了，方真四句也。"这是典型的禅宗"不假文字，直指心性"的观点。这个问题虽然没有定论，但其重要性却是公认的，所谓"四句偈者，又《金刚经》之骨髓。若人受持是经而不明白四句下落，又岂能超生脱死而成佛作祖也"。刘鹗把这样一个尖端性佛学难题搬到作品中来，是因为他研究有素，自谓已得妙解，便借逸云之口发之。而逸云与靓云的问答，实质便是上述两类观点的争论。靓云执着于经典文字，

---

① 《老残游记》二集，第六回，人民文学出版社，1982年，第275页。

故有"三十二分都要"之说；逸云超脱文字，主张参活句不参死句，返观内照于自身，实现"我即是佛"的顿悟。很明显，刘鹗是站在逸云的（也就是禅宗的）立场之上的。

《老残游记》写佛理一是炫学，二是表达自己的人生态度。上述三个例子，炫学的成分是主要的，而表达人生态度的笔墨则相对隐蔽一些。刘鹗是通过逸云与赤龙子的形象描写来实现这一意图的。他唯恐读者不能领会，特意借逸云之口来介绍赤龙子：

> 若赤龙子，教人看着说不出个所以然来，嫖赌吃著，无所不为；官商士庶，无所不交。同尘俗人处，他一样的尘俗；同高雅人处，他又一样的高雅，并无一点强勉处，所以人都测不透他。①

这是明显地"克隆"一个中国版的维摩诘居士。这段文字的后面，作者还进一步"落实"，让这位赤龙子告诉逸云，他在妓院中同妓女相处时"形骸上无戒律"。从描写态度看，这位赤龙子是作者笔下真正的"高人"。显然，刘鹗如此借重佛理来虚构出这样一个形象，很大程度上是"夫子自道"，带有为自己的行迹辩护的味道。

把《红楼梦》与《老残游记》作一下比较，虽然同是妙龄少女谈禅，差异却是十分明显的。《红楼梦》借禅写人，禅如同书中的诗、画、酒令、灯谜，主要是用来刻画人物形象、推进故事情节的手段，而人才是目的；《老残游记》借人写禅，逸云那样的人物，以及黄龙子之流，都是作者的传声筒，而讲禅才是目的。

---

① 《老残游记》二集，第五回，人民文学出版社，1982年，第265页。

具体说来，两部作品在佛理入书上的差别表现在如下四个方面：禅理与情节的关系，禅理与人物性格的关系，谈禅的段落与全书的关系，所谈禅理的内容等方面。

《红楼梦》谈禅的一段是整个故事情节的有机组成部分。贾宝玉生活在"女儿国"里，终日处在身份有别、性格各异的姐姐妹妹之感情纠葛中，"爱博而心劳"，于是暂借禅理而求心地宁静。但他毕竟是"为赋新词强说愁"的少年，所以转眼间又跳出禅境回到姐妹中间。谈禅只是宝、黛、钗感情纠葛之流中自自然然的一朵浪花。作者用过生日听戏的一句曲词引入，用姐妹戏谑式地考较禅理跳出，把色彩较特异的谈禅段落妙合无痕地组织到整个故事中。相比之下，《老残游记》就显得生硬了。即以谈四句偈那段看，谈禅的起因是德夫人告诉靓云老残"佛理精深"，让她去讨教，与前后情节并无有机联系。若把这段删去，对故事毫无影响。

《红楼梦》中谈禅与人物性格紧密关联。贾宝玉的性格中有冥想、反思的倾向，"时常没人在眼前，就自哭自笑的"（三十五回傅试家老婆子语），所以对悲凉之雾呼吸感受独深，最终能悬崖撒手。谈禅这段是刻画这一倾向的有力一笔，为后来性格的发展作了铺垫。林、薛所谈也与二人性格相合。林黛玉的续偈与机锋如同其人，悟性很高，尖利透彻；宝钗的态度与阐释亦如其人，博学多才，温和明白。《老残游记》则不然。逸云本身就是性格失常的人物，半尼半妓，强作解人。而所谈禅理是她对自己性格的解释。也可以说，作者刘鹗正是从这些禅理中推衍出了逸云的形象。所以尽管满纸玄奥之谈，这个人物仍然单薄没有血肉。

从整部作品的大结构看，《红楼梦》是从"烈火烹油、鲜花着锦"逐步写到"茫茫大地真干净"的。凄清冷淡的音调间歇而又不断地穿插到乐章中，直到最后成为"色空"的主旋律。宝玉悟禅机一段同黛玉葬花、情悟梨香院、闷制风雨词、联诗悲寂寞等情节一样，都属于这大结构中的一环，声气相通，形成笼罩全书的悲凉之雾。《老残游记》本来就有散乱之弊，二集的"解脱"与一集情节缺少有机联系，这几段谈禅描写更远离主体部分，因此看不出这样写的必要性。

至于谈论禅理的内容，前文已经讲过：《红楼梦》是禅学入门的水平，既合乎宝、黛、钗的身份，又让读者一目了然；《老残游记》则过于"尖端化"，且不说那"四句偈"问题之复杂，就说逸云、靓云谈话涉及的"三十二分"，老残似不经意提到的"无所住而生其心"一类内容，就不是大多数读者能明白的。

从以上四个方面的比较看，似乎《红楼梦》无一不好，《老残游记》一无是处，这未免有偏心之嫌。不过，若以小说艺术的尺度来衡量，结果只能是如此。如果换成所谈禅理专精程度来作尺子，就另当别论了。

四

《西游记》是演说佛教故事的作品中影响最大的一部，但书中正面阐扬佛理的情节并不多。无论佛、菩萨，还是圣僧、行者，其佛学修为不仅比不上逸云女士，甚至也不如宝姐姐、林妹妹，以及肤浅的宝兄弟。作品里一本正经、反复再三的佛理重头戏是围绕《般若波罗蜜多心经》展开的，而在最基本的问题上，"吴承恩"却出了常识性笑话。

有关《心经》的情节分别见于十九回、二十回、三十二回、四十三回、九十三回等，其中十九回乌巢禅师授经是根本。作品是这样写的：

> 三藏殷勤致意，再问："路途果有多远？"禅师道："路途虽远，终须有到之日，却只是魔障难消。我有《多心经》一卷，凡五十四句，共计二百七十字。若遇魔障之处，但念此经，自无伤害。"三藏拜伏于地恳求，那禅师遂口诵传之。经云："《摩诃般若波罗蜜多心经》。观自在菩萨，行深般若波罗蜜多，时照见五蕴皆空，度一切苦厄……"此时唐朝法师本有根源，耳闻一遍《多心经》，即能记忆，至今传世。此乃修真之总经，作佛之会门也……玄奘法师悟彻了《多心经》，打开了门户。那长老常念常存，一点灵光自透。①

这段描写有一定的佛学依据。《般若波罗蜜多心经》是大乘经典中最短的一部，但历来受到重视，被看作是大乘般若思想的纲要。所以书中称为"修真之总经，作佛之会门"。这部经前后有八种汉译本，最早的一部为鸠摩罗什所译，名为《摩诃般若波罗蜜大明咒经》。而最流行的一种却是玄奘所译《般若波罗蜜多心经》。书中称此经为唐僧西行途中始得传授，"即能记忆，至今传世"，虽不十分准确，却也算得出言有据。吴承恩闹的笑话是关于这部经的名字。

这部经的名字应该这样理解："般若"为智慧，"波罗"为彼岸，"蜜多"为到达，"心"为核心、心髓；故全称的意思是"以大智慧

---

① 《西游记》十九回、二十回，人民文学出版社，1980年，第227—230页。

解脱到达彼岸之心要的经典"。其简称应为《心经》。作者在这里却简化成了《多心经》，这反映出他对这部经的名称以及内容都有所误解。首先是对"心"的理解有误。"心"用于书名，作纲要、心髓讲，在佛典中并非仅见，如《阿毗昙心》即为《阿毗昙经》的纲要。东晋高僧慧远对此有专门的解释：

> 阿毗昙心者，三藏之要颂，咏歌之微言，源流广大，管统众经，领其宗会，故作者以"心"为名焉。有出家开士，字曰法胜，渊识远鉴，探深研机，龙潜赤泽，独有其明。其人以为《阿毗昙经》源流广大，卒难寻究，非赡智宏才，莫能毕综。是以探其幽致，别撰斯部，始自界品，讫于问论，凡二百五十偈。以为要解，号之曰"心"。①

吴承恩在书中以一首偈语描写玄奘对此经的体会，略云："法本从心生，还是从心灭。生灭尽由谁，请君自辨别。既然皆己心，何用别人说……"可见他是以"万法唯心"之"心"来理解《心经》之"心"了，所以才会在前面加上数量定语"多"。其实，即使那样，"多心"也是不通的。佛教讲"一心"，若"多心"岂不成了"二心搅乱大乾坤"。其次，"蜜多"之"多"乃梵文语气词缀，故"波罗蜜多"也可简作"波罗蜜"，但绝不能拆为"波罗蜜"、"多"。吴承恩错解"心"意，又不明此理，便闹出了《多心经》的笑话。而后文七十九回中"多心的和尚"的描写，当亦与此误解有关。

不过，这个错误并不能完全由吴承恩负责，因为他又另有所本。

---

① 钱谦益：《般若心经略疏小钞》引述，《卍新纂大日本续藏经》26 册 No. 532。

《太平广记》卷九十二"玄奘"条记取经事：

> 行至罽宾国，道险，虎豹不可过。奘不知为计，乃锁房门
> 而坐。至夕开门，见一老僧，头面疮痍，身体脓血。床上独坐，
> 莫知来由。奘乃礼拜勤求。僧口授《多心经》一卷，令奘诵之，
> 遂得山川平易，道路开辟，虎豹藏形，魔鬼潜迹。遂至佛国，
> 取经六百余部而归。其《多心经》至今诵之。①

《西游记》的承袭是很明显的，不仅《多心经》的以讹传讹，而且书
中"禅师遂口诵传之""至今传世"的细节，对此经驱魔威力的夸
张，俱由此而来。

《大唐三藏取经诗话》也把有关《心经》的情节作为重头戏。
"入竺国度海之处第十五"写三藏历尽艰险求得佛经后，点检经文，
发现美中不足——"只无《多心经》本"。接下去便是"转至香林寺
受《心经》本第十六"，以一节文字专写定光佛授《心经》事，
略云：

> 云中有一僧人，年约十五，容貌端严，手执金环杖，袖出
> 《多心经》，谓法师曰："授汝《心经》归朝，切须护惜。此经上
> 达天宫，下管地府，阴阳莫测，慎勿轻传；薄福众生，故难
> 承受。"

从情节看，《西游记》没有接受《诗话》的安排，但有一点二者相

---

① 《太平广记》卷九十二，第379页，《四库全书》子部，小说家类。

似。《诗话》虽也误用《多心经》之名，却又杂称《心经》，似乎对此持无所谓的态度。《西游记》也是如此，在后面几回中，既有《多心经》之名，又有《心经》之称，看来吴承恩的笑话不完全是学识不足，而是还有态度方面的原因。

前面提到过《西游记》中的佛教因素来源的问题：既有直接的渠道，如玄奘取经的本事；也有经过"二传手"全真道的间接渠道，如牛魔王"大白牛"形象。这后一方面在作品的《心经》迻录上更为典型。前面讲到的十九回后半到二十回开端的有关《心经》的文字，经考察实出自明初全真道士何道全之手。何道全的著作是《般若心经注解》。这篇《般若心经注解》在逐句解释了《心经》经文之后，是以一篇偈语作结的：

> 注经已毕，更留一篇请晚学同志详览研穷。二十年后有出身之路，休要忘了老何！到岸高师不在此限。"法本从心生，还是从心灭。生灭尽由谁，请君自辨别。既然皆己心，何用他人说！直须自下手，扭出铁牛血。绒绳暮鼻穿，挽定虚空结；拴在无为柱，不使他颠劣；莫认贼为子，心法都忘绝。休教他瞒我，一拳先打彻。观心亦无心，观法法亦辍。人牛不见时，碧天清皎洁。秋月一般圆，彼此难分别。"[①]

显然，《西游记》中的《心经》并非从佛门经典直接抄来，而是把全真道士"无垢子何道全"所注解的《心经》迻录过来。不仅迻录了正文，而且把"老何"的"准跋语"中的这篇长偈也全文照搬了。

---

① 何道全：《般若心经注解》，《卍新纂大日本续藏经》第 26 册 No. 574。

全真道士为什么要来注解佛门的经典呢？这篇偈是偶然被迻录到小说中，还是出于对其中义理的注意？这一义理在《西游记》中有何影响？

全真道士和佛教的关系相当密切，从创教祖师王重阳开始，就一再强调："释道从来是一家，两般形貌理无差。""禅道两全为上士，道禅一得自真僧。"全真七子之首的马丹阳："色即是空空是色，色空空色两具忘。""个青牛，引白犊，向曹溪深处，往来相逐……人显本来面目。"马丹阳这两段讲论"色空"与"白牛"，和何道全注《心经》，又以偈语唱"白牛"，几乎如出一辙。

所以，《西游记》涉及佛教的描写很多，其中相当多的"不甚专业"，这口锅不应全部由"吴承恩"来背。由于这部小说是在一二百年的时间中累积而成，中间曾有全真教染指的环节，而最后的写定者吴承恩（这是个有争议的问题，这里仍暂用成说）是在承继了前人文字的基础上进行的再创作，包括对"二传手"全真教文字的承继。

这种情况也并非全是坏事。因为《西游记》毕竟是一部小说，而且主题风格是谐谑、游戏。写了宗教内容，而又不十分"认真"，从文学表达的角度看，有时反而会产生特殊的效果。例如按照乌巢禅师授《心经》时所讲，"若遇魔障之处，但念此经，自无伤害"。经文中也称："依般若波罗蜜多故，心无挂碍；无挂碍故，无有恐怖……能除一切苦，真实不虚。"小说里唐僧当然相信了这一点，于是当即记诵、悟彻，"常念常存"，"一点灵光自透"。作品在接下去的第二十回便写了"黄风岭唐僧有难"：当师徒三人路遇黄风怪手下的虎精时，八戒先去迎战，悟空随后相帮，而唐僧"坐将起来，战兢兢的，口里念着《多心经》"。此时他对此经的效能还是深信不疑的，连我们读者也预期下文将有佛经降魔的情节了。不料，虎精使了个金蝉脱壳计，骗过了悟空与八戒，"化一阵狂风，径回路口。路口上那师父正念《多心经》，被他一把拿住，驾长风摄将去了。"这部降魔护法、神乎其神的圣经"初出茅庐"，碰上一个三流的小妖精，就栽了一个大跟斗。作品就此产生了反讽的效果。

由此，我们想到贯穿《西游记》全书的一种现象：作者对宗教，特别是对佛教，经常表现出一种矛盾的态度。时而很虔诚，很认真，写如来佛法无边，通天彻地；时而嘲戏不敬，一味游戏笔墨，写如来是妖精娘舅、为儿孙搜刮钱财等等。实际上，在相当多的小说中都可以看到这种现象。如《禅真逸史》，一方面极力歌颂"通玄护法仁明灵圣大禅师"林澹然，一方面借高欢之口历数佛教祸国殃民的罪状，判若出于二人之手。这是由于多数小说作者对佛教教义、禅理心存敬意，但又对现实中的佛教、僧众怀疑乃至不满；而小说本属游戏笔墨，不必那么严谨周密，正不妨信笔所之，任意表现一番。所以，我们看到吴承恩反复写到《心经》，不要就断定他的虔诚；看到上述嘲讽文字，也不要就送一顶"批判宗教迷信"的桂冠。

五

如上所述，佛教的义理表现在小说中的时候，便失去了繁复、玄奥的本来面目。而佛教诸神在小说里的变形则更甚，因为这要经过两道"工序"的改造。

黑格尔在论神性与艺术的关系时指出："无论神性的东西怎样具有统一性和普遍性，它在本质上也是具有定性的；它既然不只是一种抽象概念，也就应具有形状可供人观照。如果想象用具体形象把这有定性的神性的东西掌握住而且表现出来，它就会现出多种多样的定性，……第一步就分化为许多独立自足的神，例如希腊艺术中的多神观念；就连在基督教的观念里，尽管神本身是纯粹的心灵的统一性，他也要显现为现实中的人，和尘世的事物直接交织在一起。"（《美学》第一卷）由抽象的、超凡的观念变为具体的、现实的形象，进入人世或仿人世的生活之中，这是文学艺术中"造"神的普遍规律。中国小说中的佛教神祇也不例外。

但是，由宗教观念变为艺术形象，这只是一道工序。小说的通俗属性又决定了另一道工序：世俗化。在下层民众中，各种宗教信仰都难免经过低品位的文化折射而有所变形。而我国古代小说既多取材于民间，又着意迎合民众（特别是市民）的趣味，于是所刻画的佛、菩萨形象变形尤甚。这样，佛教神祇在小说中的变形就具有了两种向度：一种受民众的观念、趣味影响，表现为由圣趋凡；一种体现出小说创作的艺术需要，表现为形象化、趣味化以及象征化等。而这两种向度是并行、纠结在一起的，有时完全重合，有时也可能产生矛盾。下面选择几个有代表性的文例以窥一斑。

描写佛、菩萨形象，自然首推《西游记》。小说中，如来、观音，甚至弥勒的形象，都有可称道的灵动之笔。不过，在《西游》的诸神谱系中，有一个地位很重要的神祇在故事发展中却少有提及，那就是齐天大圣孙悟空的蒙师——须菩提。

孙悟空一生拜了两个师傅。一个是唐僧，似乎除了会念紧箍咒外一无所长，所以只是个空名儿的老师；另一个便是须菩提，孙悟空脱凡登仙，七十二般变化与筋斗云，皆拜他所赐，故是个货真价实的师傅。师徒分手时，这位须菩提祖师预见到自己的徒弟会闹出大乱子，便发布了类似脱离关系的"宣言"，于是，后面就再也没有出面。这样处理，主要可看作吴承恩的狡狯之笔，免得下文纠缠不清，旁生枝节。不过，还有一个次要原因在这个形象自身。小说中的须菩提有一个根本的疑点——不知这位神通广大的祖师是佛是道。

有很多笔墨可证明他是道家仙长。孙悟空未入其洞府，便闻樵夫作歌："观棋烂柯，伐木丁丁，云边谷口徐行。……相逢处，非仙即道，静坐讲《黄庭》。""观棋烂柯""讲《黄庭》"等都与道教有关，所以孙悟空讲："《黄庭》乃道德真言，非神仙而何？"他初到洞边，见一仙童，"髽髻双丝绾，宽袍两袖风"，是地道的道士打扮。入门后，这位祖师开出的"课程目录"大半是道教货色，如请仙扶鸾、问卜揲蓍、休粮守谷，采阴补阳等。而最后传授给孙悟空的"长生之妙道"更属纯粹道教教理，所谓"道最玄，莫把金丹作等闲""都来总是精气神，谨固牢藏休漏泄""月藏玉兔日藏乌，自有龟蛇相盘结"都是典型的道教语言，躲避"三灾"，"三十六天罡""七十二地煞"变化都是道教修炼之术。所以有的研究者据此而下断语，判定孙悟空为道教出身，反天宫属叛变教门之举。

但是，作品里又为这位祖师涂染上几分佛门色彩。首先，他为猴王起的这个名字——"悟空"，是典型的和尚法号，因此孙悟空日后拜唐僧为师时免了改名之劳。其次，孙悟空得道的一回书，回目作"悟彻菩提真妙理"，"菩提"为佛学"觉悟"义。复次，书中形容祖师说法道："天花乱坠，地涌金莲。妙演三乘教，精微万法全。"一派我佛灵山法会的气象。这些还可视作细节，而这位祖师的出身来历就更有名堂了。原来，须菩提是佛教中释迦牟尼的十大弟子之一。历史上实有其人，为古印度拘萨罗国舍卫城人，长者之子，属婆罗门种姓。协助释迦传道，最善讲解"空"义，被称为"解空第

一"。主要佛教经典中经常提到他的名字,特别是"般若"类经典。如《道行般若》中须菩提解释"菩萨"之义:

> 佛使我说"菩萨","菩萨"有字便著……"菩萨"法字了无,亦不见"菩萨",亦不见其处。[1]

又如《五灯会元》载:

> 须菩提尊者在岩中宴坐,诸天雨花赞叹。者曰:"空中雨花赞叹,复是何人?云何赞叹?"天曰:"我是梵天,敬重尊者善说《般若》。"者曰:"我于《般若》未尝说一字,汝云何赞叹?"天曰:"如是尊者无说,我乃无闻。无说无闻,是真说《般若》。"[2]

诸如此类,多为阐发"空空如也"的教义。看来,须菩提的"解空第一"当非浪得虚名。

徒弟名"悟空",师傅为"解空第一",这似乎不可视为巧合。何况,作者又煞费苦心地把"悟空"的命名权安排到"解空第一"的师傅手中。《西游记》第一回写猴王初参菩提祖师,主要笔墨便是对命名过程的描写,让须菩提对"孙悟空"三个字作长篇大论的解释,然后缀以赞语:"打破顽空须悟空",着意点出"悟空"的佛理内涵。看起来,合理的解释只能是:当吴承恩准备叙述猴王得道经

---

① 《道行般若经》卷一道行品,《大正新修大藏经》第 8 册 No. 224。
② 《五灯会元》卷二,中华书局,1984 年,第 114 页。

过时，自然要为他创造出一个师傅来；而旧有的材料中恰有猴王名"悟空"之说，"悟空"触发了他的联想，"解空第一"的须菩提便很自然地进入了构思。由"悟空"联想到"解空第一"，于是便拉来须菩提做了猴王的师傅，而这样的师傅为徒弟命名"悟空"顺理成章。

从小说艺术来看，吴承恩这"灵机一动"的一笔自有成功之处。由于须菩提在一般读者中"知名度"不高，所以使猴王的师门富有神秘色彩；同时，下文也容易"摆脱"，避免旁生枝节、关系复杂。但是，这一笔也带来了麻烦，因为作者的宗教倾向与总体构想不容孙悟空出身于佛门。

《西游记》有明显的扬佛抑道倾向。且不说书中佛门人物如来、观音、弥勒、文殊个个神通广大，而道教从玉皇、老君到八洞神仙无不相形见绌。就看取经途中的车迟、比丘、灭法等国昏君，都是受了妖道的蛊惑而须圣僧救拔的种种描写，可见作者对二教的不同态度是很鲜明的。

作者对全书的构想是取经与成佛同步，五众（包括龙马）完成了取经的任务，也就同时圆满自己的修行。五众程度不同地都有"脱胎换骨"或"改邪归正"的过程。而五众之中，又以孙悟空为描写重点，为这一构想的集中体现。如果他得道之初便已入佛门，那么闹天宫之类"不法"行为便不好解释，改邪归正的意思也难于体现。出于这样的总体构想，孙悟空最初的神通绝不能得自佛门。而此外的唯一选择是道教。这又和贬道扬佛的倾向一致：让道教门徒"改邪归正"，可以使作者的宗教倾向得到戏剧化的体现。吴承恩唯恐读者忽略了他的意图，在作品里再三点明："闻大圣弃道从释""大圣，这几年不见，前闻得你弃道归佛""皈依沙门，这才叫做改邪归正"等。

于是乎，一个矛盾摆在作者面前：孙悟空的师傅是灵机一动由佛教"借"来的，不可避免带有三分佛光；由于上述原因，又必须给猴子安排一个道教的出身。不可兼得，又不忍偏弃，无可奈何之下，就只有让须菩提的宗教面目含混一些，成为个半佛半道的"祖师"。

《西游记》的须菩提虽然被改造得有些面目含混，但还是一派祖师仙长的气象。其他小说中有些佛道形象却变形得更加厉害。《红楼梦》二十五回"红楼梦通灵遇双真"中，写贾宝玉和凤姐中了魔魔妖法，正生命垂危之际，来了两个救星：

> 众人举目看时，原来是一个癞头和尚与一个跛足道人。见那和尚是怎的模样："鼻如悬胆两眉长，目似明星蓄宝光。破衲芒鞋无住迹，腌脏更有满头疮。"那道人又是怎生模样："一足高来一足低，浑身带水又拖泥。相逢若问家何处，却在蓬莱弱水西。"①

这个癞头和尚将贾宝玉的通灵玉擎在掌上，口诵了两段偈语，"念毕，又摩弄一回，说了些疯话"，便转身没了踪影，而贾宝玉与凤姐却因此而得救。

这一僧一道在前文还出现过三次，一次在大荒山青埂峰的仙境中，一次在甄士隐梦游的太虚幻境中，还有一次在苏州街头甄士隐的现实生活里。有趣的是，他们的形象随境而异，大不相同。第一回，青埂峰下：

---

① 《红楼梦》二十五回，人民文学出版社，2008 年，第 346 页。

俄见一僧一道远远而来，生得骨格不凡，丰神迥异，说说笑笑来至峰下，坐于石边高谈阔论。[1]

太虚幻境中，因情节与青埂峰下的描写相衔接，故没有对僧道的形象再做描绘。但甄士隐梦中口口声声称"仙师"，实为不写之写，超凡的风神可想而知。而接下去，作品写甄士隐梦醒，来到街上：

只见从那边来了一僧一道：那僧则癞头跣脚，那道则跛足蓬头，疯疯癫癫，挥霍谈笑而至。及至到了他门前，看着士隐抱着英莲，那僧便大哭起来……士隐不耐烦，便抱女儿撤身要进去，那僧乃指着他大笑，口内念了四句言词道……[2]

这癞头和尚发了一会疯后，也便一去"再不见个踪影"。

和尚的身份虽没作交待，但为菩萨、罗汉之流无疑。菩萨、罗汉"骨格不凡，丰神迥异"不足为奇，"癞头跣脚"则奇矣；而身现两种形象，回仙境则俊爽之至，入尘世则腌臜已极，就更出人意表了。这种描写因其反常而产生复杂的意味，也因自身反差极大，加深了癞头和尚给读者的丑陋印象。

如果我们把眼光放开，就会在中国小说史上为这个怪异形象找到不少"孪生"。

《西游记》第八回"观音奉旨上长安"中，观音携木叉到东土寻

---

① 《红楼梦》第一回，人民文学出版社，2008 年，第 2 页。
② 《红楼梦》第一回，人民文学出版社，2008 年，第 10 页。

找取经人，"师徒们变作两个疥癞游僧，入长安城里……隐遁真形"。第十二回"观音显象化金蝉"写道："菩萨变化个疥癞形容，身穿破衲，赤脚光头……那愚僧笑道：'这两个癞和尚是疯子！是傻子……'"而下面便写菩萨现出原身："瑞霭散缤纷，祥光护法身。九霄华汉里，现出女真人……"以疥癞之形入世，以祥瑞之相归真，写作手法与《红楼梦》相似。

更为生动细致的是《说岳全传》中的疯僧，其形象与癞头和尚大同小异："那疯僧垢面蓬头，鹑衣百结，口嘴歪斜，手瘸足跛，浑身污秽。"有意思的是他与秦桧的一番对话。秦桧见他形容污秽，便作诗嘲笑道：

　　"你这僧人：蓬头不拜梁王忏，垢面何能诵佛经？受戒如来偏破戒，疯癫也不像为僧！"疯僧听了，便道："我面貌虽丑，心地却是善良，不似你佛口蛇心。"①

随后，这疯僧将秦桧罪行淋漓尽致地揭发了出来，待秦桧派人捉他时，留下四句诗便隐没。当秦桧的差人访拿时，发现他是地藏王菩萨的化身，"宫殿巍峨，辉煌金碧"，菩萨高坐宝殿，宝相庄严。

这段故事虽属无稽，但反映出民众的善良愿望，故流传较广，在戏曲、曲艺舞台上改编上演，至今而不衰。

比这疯僧"知名度"更高的是济颠和尚。和《红楼梦》大致同时的《济公全传》中他的形象是：

_____

① 《说岳全传》七十回，上海古籍出版社，1980年，第622页。

脸不洗，头不剃，醉眼乜斜睁又闭。若痴若傻若颠狂，到处诙谐好耍戏。破僧衣，不趁体，上下窟窿钱串记，丝绦七断与八结，大小疙瘩接又续，破僧鞋，只剩底，精光两腿双胫赤，涉水登山如平地，乾坤四海任逍遥（原文如此。似应将末两句颠倒过来）。①

连他的徒弟也是一副肮脏模样：

来了一个和尚，也是短头发有二寸多长，一脸的油腻，破僧衣短袖缺领，腰系丝绦，疙里疙瘩，光着两只脚，穿着两只草鞋，跟济公一个样子的打扮。②

可是，每当世人（包括道行低浅的僧道）以貌取人、过于不敬时，济颠和尚便显露金身罗汉的法相：

和尚摸着天灵盖，露出佛光、金光、灵光，老仙翁一看，和尚身高丈六，头如麦斗，面如獬盖，身穿织缀，赤着两只脚，光着两只腿，是一位活包包的知觉罗汉。③

在晚明刊行的话本小说《钱塘湖隐济颠禅师语录》中，这个又疯又脏的和尚已基本定型，但所写重点在狂禅。有些情节全从《水浒传》鲁智深那里趸来，特异之处在于疯，外在形象不过是"一只脚穿着

---

① 《济公全传》，花城出版社，1983年，第7页。
② 《济公全传》，花城出版社，1983年，第649页。
③ 《济公全传》，花城出版社，1983年，第651页。

蒲鞋，一只手提着草鞋，口内唱着山歌"，远不及《济公全传》这样夸张。

把僧人描写成这种怪异的样子，其根源在中土佛典中可以发现一些踪迹，如《五灯会元》的几个异僧：

> 金陵宝志禅师……发而徒跣，著锦袍，往来皖山剑水之下，以剪尺拂子拄杖头，负之而行……帝尝诏画工张僧繇写师象，僧繇下笔辄不自定。师遂以指劙面门，分披出十二面观音，妙相殊丽，或慈或威，僧繇竟不能写。[①]

画像一段从《列子》中化出，可做佛门搬运道家资财的小例。前面所写宝志的形象，搞怪则有，肮脏尚无。另一对大德的知名度高于宝志：

> 天台山寒山子……因众僧炙茄次，将茄串向一僧背上打一下。僧回首，山呈起茄串曰："是甚么？"僧曰："这疯颠汉！"
> 天台山拾得子……寒山槌胸曰："苍天，苍天！"拾得曰："作甚么？"山曰："不见道东家人死，西家人助哀。"二人作舞，笑哭而出国清寺。[②]

与宝志那段类似，也是着眼于二人行为的怪异、疯癫。还有一位则不仅行为怪异，形象也与常僧大不相同：

---

① 《五灯会元》卷二，中华书局，1984年，第117页。
② 《五灯会元》卷二，中华书局，1984年，第121页。

明州崇化县布袋和尚，自称契此，形裁腲脮，蹙额皤腹，出语无定，寝卧随处，常以杖荷一布囊并破席，凡供身之具，尽贮囊中。入廛肆聚落，见物则乞，或醯醢鱼菹，才接入口，分少许投囊中，时号长汀子……梁贞明三年丙子三月，师将示灭，于岳林寺东廊下端坐磐石，而说偈曰："弥勒真弥勒，分身千百亿。时时示时人，时人自不识。"偈毕，安然而化，其后复现于他州，亦负布袋而行。四众竞图其象。[1]

这个形像猥琐、大肚子的穷和尚，就成了后来中土弥勒的原型。

这些人物在书中列于"西天东土应化圣贤"类，与文殊菩萨、维摩大士、哪吒太子并列，显然被看作临凡度世的活佛。"布袋和尚"一则卒章显志，更直接点明为弥勒菩萨化身。这些记载虽见于典籍，却有小说味道。上文所述"癞头和尚"之类形象的要素——行为怪异、形象丑陋、真身庄严等，已基本包含其中。而由于载入典籍，就很容易被信从。如弥勒的形象，据《弥勒下生经》等印度佛经的描绘，他为释迦佛的继承者，原本法相庄严，但由于上述布袋和尚之说的影响，竟变成了大肚皮的笑和尚，赫然塑于各地寺庙，被中国人普遍接受了。

如果说，《红楼梦》中癞头和尚的形象一定程度反映了下层士人愤世嫉俗的心态，那么《济公全传》中的济颠形象则市民味更浓一些，曲折地反映出下层民众自我肯定、自我欣赏的心理。同为变形的菩萨、罗汉，同属一种人物模式，文化意味其实不同，而这也成就了人物形象的艺术个性。

----

[1]《五灯会元》卷二，中华书局，1984年，第121页。

如果说小说改造菩萨、罗汉已显示出中国人特殊的宗教态度，那么更大胆之处表现于佛陀形象中。

《西游记》第九十八回为"功成行满见真如"，写唐僧师徒终于来到了灵山。在拜如来取真经时，有一段插曲：阿傩、伽叶向唐僧索取贿赂未遂，就把"无字之经"传给他们，孙悟空发觉后，返回大雄宝殿同如来讲理。作品写道：

> 行者嚷道："如来！我师徒们受了万蜇千魔，千辛万苦，自东土拜到此处，蒙如来吩咐传经，被阿傩，伽叶掯财不遂，通同作弊，故意将无字的白纸本儿教我们拿去。我们拿他去何用？望如来敕治！"佛祖笑道："你且休嚷。他两个问你要人事之情，我已知矣。但只是经不可轻传，亦不可以空取。向时众比丘圣僧下山，曾将此经在舍卫国赵长者家与他诵了一遍，保他家生者安全，亡者超脱，只讨得他三斗三升米粒黄金回来。我还说他们忒卖贱了，教后代儿孙没钱使用。你如今空手来取，是以传了白本。白本者，乃无字真经，倒也是好的。因你那东土众生，愚迷不悟，只可以此传之耳，即叫"阿傩、伽叶，快将有字的真经，每部中各检几卷与他，来此报数"。①

这个小插曲是双重的恶作剧：故事中的阿傩、伽叶捉弄了唐僧师徒；故事外，吴承恩捉弄了读者，使他们产生了一系列无从索解的疑惑。前文写如来主动造经以流传东土，普度众生，"乃是个山大的福缘，海深的善庆"，如何却说"经不可轻传"？如来法力无边，无所不能，

---

① 《西游记》九十八回，人民文学出版社，1980年，第1141页。

为何斤斤计较"米粒黄金"之多寡？佛教讲寂灭，讲色空，作为一教之主的如来岂能牵肠挂肚于"后代儿孙没钱使用"？况且，如来这一番"高论"，本身就是逻辑混乱，到底"无字真经"价值如何，前后自相矛盾。全书大半篇幅写取经，基调是赞许颂扬，何以最终突然变调，化庄严为滑稽，把一桩神圣的事业变成一场可笑的买卖？如是等等，都很难有完满的答案。这一笔看似荒诞无稽、突兀而来，实则在全书有脉络可循，就是如来那多次皴染而成的生趣盎然的形象。

吴承恩笔下的如来极富情趣，总是饶有兴味地看待各种"大事件"。孙悟空大闹天宫，满天神仙束手无策，"玉帝特请如来救驾"。这是何等严重的关头，他却和猴子玩起赌赛，说什么："你若有本事……把天宫让你；若不能打出手掌，你还下界为妖，再修几劫，却来争吵。"作者还特意让孙悟空在他手掌撒上一泡猴尿，让他笑骂上两句"尿精猴子"，来增加喜剧色彩，让这位教主远神圣而近凡俗。第五十二回唐僧失陷，各路神兵都被兕大王战败，孙悟空只好请如来帮忙。如来明知妖精底细，也有降伏的方法，却借口怕妖精到灵山吵嚷，不直接告诉悟空，装模作样派十八罗汉下界降妖，暗地里留下降龙、伏虎，秘密告知备细，嘱其等再次失败后转达孙悟空。结果先是激得悟空在灵山大吵"卖放人口"，后又惹得他埋怨："可恨！可恨！如来却也闪赚老孙！当时就该对我说了，却不免教汝等远涉？"如来此举若论情理则无从索解，看来只能说是性格如此，似乎他很愿意看到顽皮的猴子吵嚷烦躁。

作者还把如来塑造成体谅人情的长者。他困住了大鹏金翅雕，劝其皈佛。妖精道："你那里持斋把素，极贫极苦；我这里吃人肉，受用无穷；你若饿坏了我，你有罪愆。"这本属积恶难改的无理之词，如来却以善言劝慰："我管四大部洲，无数众生瞻仰，凡做好事，我教他先祭汝口。"取经事毕，唐僧师徒齐证正果，分派"职事"时，如来特拣一"肥缺"——净坛使者给猪八戒，照顾他的贪吃毛病，并以"乃是个有受用的品级"来劝诱他接受。口腹之欲，本为佛徒所戒。但如来反而谅解之，照顾之。这样的教主形象自然令凡俗世人感到可亲可近。

小说中，如来的个性还表现为喜谈健谈。每次面对孙悟空时，总要夸夸其谈一番，和孙悟空那急躁、直截了当的个性形成鲜明对比。闹天宫时，如来对孙悟空讲玉皇的来历；真假猴王闹上灵山时，他大讲"周天物类"；降大鹏雕之前，对孙悟空大谈与妖怪的亲缘关系等。这当然不合于佛教修持的宗旨，但是却为如来增添了不少亲和凡人的色彩。

另外，如来在小说中一出场，就没有清净、空寂之相，而是一个安富尊荣的长者面目。在"安天大会"上，如来高居首席。席面上是"龙肝凤髓，玉液蟠桃"，饮酒间是"走斝传觞，簪花鼓瑟"。又有"王母娘娘引一班仙子、仙娥、美姬、毛女，飘飘荡荡舞向佛前……佛祖合掌向王母谢讫，王母又着仙姬、仙子唱的唱，舞的舞"。对于众仙的献礼，如来皆"欣然领谢"。最后，他"向玉帝前谢宴"，而"众各酩酊"。回灵山后，三千诸佛等来见，如来特意告知："玉帝大开金阙瑶宫，请我坐了首席，立'安天大会'谢我，却方辞驾而回。"颇以饮宴、"首席"、宠遇之类俗事为得意。而那三千诸佛也"听言喜悦，极口称扬"。

显然，这个如来已距佛教至尊的本来面目甚远了。但这个"假"如来却活了起来，特别在一般民众的心目中，很大程度取代了真释迦。民众能够接受他，是因为他与民众的生活接近，与民众的理解水平接近，也因为他是个有血有肉、近人情、会开玩笑的"活"佛。

既然他欣赏安富尊荣的生活方式、谅解口腹之欲、办事爱开玩笑、又擅逗口舌之才，那么最后对阿傩"索贿案"的态度岂不十分自然吗？

吴承恩这种不同一般的写佛之笔为作品增添了生趣，也提供了把抽象的神性转化为可观照的个性化的神祇形象的成功范例。这首先归功于作者的幽默感。胡适指出：

> 《西游记》有一个特长处，就是他的滑稽意味。拉长了面孔，整日说正经话，那是圣人菩萨的行为，不是人的行为。《西游记》所以能成世界的一部绝大神话小说，正因为《西游记》里种种神话都带着一点诙谐意味，能使人开口一笑。这一笑，就把那神话"人化"过了。我们可以说，《西游记》的神话是有"人的意味"的神话。①

《西游记》全书因诙谐而"人化"，书中的佛、菩萨也自然包含其中，由作者的幽默而获得人的品格。如来已如上述，观音的情况也相类似，每当她和悟空在一起时，相互间调侃味十足的对话，俨然是慈爱的长姐与顽皮小弟在斗口。可以说，观音的形象也因《西游记》而"鲜""活"了许多。

比吴承恩时代略晚的李卓吾是一位小说理论家。他提出了小说创作"当以趣为第一"，这与吴氏的创作态度完全一致，是中晚明启蒙思潮在文学领域的反映。《西游记》的如来、观音之所以"活"

---

① 胡适：《西游记考证》，《中国章回小说考证》，上海书店，1980年，第362页。

了，就是因为"情趣"二字。但对"情趣"的把握是很困难的，弄不好便堕入俗趣、恶趣之境地。同为调侃式的写佛，《南游记》中有这样一段：

> 却说灵鹫山山后有一洞，洞内有一洞主独火大王，一日自言曰："今世尊如来，当日在雪山修行，来到我这灵山，一见我这里青山隐隐，绿水迢迢，便问我借与他居住。彼时立下文书，议定借他住一年还我。过了一年，去问他取，说我许他住十年。我当时便怒，叫他取文书来看，等他将文书看时，果是个十字，无奈只得与他住十年。过了十年去取，说我写定许他住千年。我当日又叫他取文书来看，文书内又果是个千字。本当共他大闹一场，他佛法大，难以问他取，只得随他……"①

这独火大王后来无奈，便到灵山强吃恶喝。如来纵容手下将其烧死，然后再板起面孔惩诫手下。这是把市井中大无赖与小无赖的冲突照搬到灵山，不能说无"趣"，但过实、过俗。又如《东游记》中，如来、老君请观音为八仙等和解，观音拒绝，书里写道：

> 观音笑曰："那洞宾最是轻薄。我向在洛阳造桥，被他多方调戏。"老君、如来大笑曰："今有二老在，却不妨事也。"②

这种对话，似乎放到娼妓与孤老之间更合彼此身份。故同为调侃语，

---

① 余象斗：《南游记》第一回，《四游记》，河洛图书出版社，1980年，第116页。
② 吴元泰：《东游记》第五十六回，《四游记》，河洛图书出版社，1980年，第108页。

比起《西游记》中诙谐、机智的对话来，格调斯为下矣。至于塑造形象之成败，明眼读者一望可知，更勿须赘论了。

六

　　与佛、菩萨的形象相比，小说中僧众的变形程度较轻一些。他们生活于尘世，多数作品中，作者是把他们放到接近现实的环境里，主要以写实的笔法来刻画。但是，受作者宗教倾向的影响，以及社会文化多方面因素的制约，还有小说艺术规律的支配，我国古典小说中的僧众形象仍不免被涂上一些圣光或俗气，而很少有真正现实主义的产物。

　　俗气往往表现为对市民阶层情感、趣味的迎合，且大多混合有对佛教一定程度的不满；圣光则更多体现了作者的主观色彩，如寄托个人的胸中块垒、表现某种宗教见解等。《水浒传》中的鲁智深就是后者的典型。

　　《水浒传》中佛教的描写大半与鲁智深有关。作为僧人，鲁智深是个十分特异的形象。初上五台剃度时，智真长老与他摩顶受戒道："五戒者：一不要杀生，二不要偷盗，三不要淫邪，四不要贪酒，五不要妄语。"而未经几时，除了"淫邪"一条外，诸戒皆破，成了杀人放火的酒肉和尚（这只是相对于戒律而言，无贬意）。这样一个佛门的异端、叛逆，智真长老反预言他将成正果，而那些谨守戒律虔心修行的僧人却"皆不及他"。这位智真长老因宽容、庇护鲁智深，也得作者分外青目，被描写成全书唯一的有道高僧。

　　作品借智真长老之口，两次申说佛门戒条。一次是鲁智深初上五台时，"长老用手与他摩顶受记道：'一要皈依佛性，二要归奉正法，三要归敬师友，此是三归。五戒者：一不要杀生，二不要偷盗，三不要邪淫，四不要贪酒，五不要妄语。'智深不晓得禅宗答应能否两字，却便道：'洒家记得。'众僧都笑。"二次是鲁智深闹酒后，"长老道：'智深虽是个武夫出身，今来赵员外檀越剃度了你，我与你摩顶受记，教你一不可杀生，二不可偷盗，三不可邪淫，四不可贪酒，五不可妄语。此五戒乃僧家常理。出家人第一不可贪酒，你如何夜来吃得大醉……'"论情节的需要，实在不必如此详尽且重复地写这些戒条。施耐庵也绝不会用这种方式来宣扬佛门戒律。如果联系上下文来看，详写戒条的目的是作反面铺垫，为鲁智深的逐条破戒作准备。

大闹五台山是破戒之始。从形迹看，主要写破酒戒，但体现出的精神却是对佛门戒律、偶像的全面蔑弃。如最为人们称道的"醉打山门"一段：

门子听得半山里响，高处看时，只见鲁智深一步一颠，抢上山来。两个门子叫道："苦也！这畜生今番又醉得不小，可便把山门关上，把栓拴了。"只在门缝里张时，见智深抢到山门下，见关了门，把拳头擂鼓也似敲门，两个门子那里敢开。智深敲了一回，扭过身来，看了左边的金刚，喝一声道："你这个鸟大汉，不替俺敲门，却拿着拳头吓洒家，俺须不怕你。"跳上台基，把栅刺子只一扳，却似撅葱般扳开了；拿起一根折木头，去那金刚腿上便打，簌簌地泥和颜色都脱下来。门子张见道："苦也！"只得报知长老。智深等了一会，调转身来，看着右边金刚，喝一声道："你这厮张开大口，也来笑洒家。"便跳过右边台基上，把那金刚脚上打了两下，只听得一声震天价响，那尊金刚从台基上倒撞下来，智深提着折木头大笑。两个门子去报长老，长老道："休要惹他，你们自去。"只见这首座、监寺、都寺，并一应职事僧人，都到方丈禀说："这野猫今日醉得不好，把半山亭子、山门下金刚，都打坏了，如何是好？"长老道："自古天子尚且避醉汉，何况老僧乎？若是打坏了金刚，请他的施主赵员外自来塑新的；倒了亭子，也要他修盖。这个且由他。"众僧道："金刚乃是山门之主，如何把来换过？"长老道："休说坏了金刚，便是打坏了殿上三世佛，也没奈何，只可回避他。你们见前日的行凶么？"①

鲁智深的行为和智真长老的态度，使我们联想到一个著名的禅门人物——丹霞天然。《五灯会元》卷五有他的事迹：

> 邓州丹霞天然禅师……忽一日，石头告众曰："来日划佛殿前草。"至来日，大众诸童行各备锹镢划草，独师以盆盛水，沐头于石头前，胡跪。头见而笑之，便与剃发，又为说戒。师乃掩耳而出。再往江西谒马祖，未参礼，便入僧堂内，骑圣僧颈而坐。时大众惊愕，遽报马祖。祖躬入堂，视之曰："我子天然。"师即下地礼拜曰："谢师赐法号。"……后于慧林寺遇天大寒，取木佛烧火向，院主诃曰："何得烧我木佛？"师以杖子拨灰曰："吾烧取舍利。"主曰："木佛何有舍利？"师曰："既无舍利，更取两尊烧。"……元和三年，于天津桥横卧，会留守郑公

---

① 《水浒传》第四回，人民文学出版社，1997年，第66—67页。

出，呵之不起。……长庆四年六月，告门人曰："备汤沐浴，吾欲行矣。"乃戴笠策杖受屦，垂一足未及地而化。①

熟悉《水浒传》的读者一定会发现，描写鲁智深的很多情节元素，都可以在这里发现，如：毁佛像却得长老赏识，落发时的隐语"划佛殿前草"，《水浒传》则有落发偈语"寸草不留"；圆寂前"备汤沐浴"云云，《水浒传》则有："……洒家今已必当圆寂。烦与俺烧桶汤来，洒家沐浴。"虽不能断言天然是鲁智深的原型，但可以肯定作者是熟悉有关天然的这些掌故的，其创作时心中出现过天然的影子。

鲁智深的破戒并没有到此为止。他被迫离开五台山后，路过桃花庄，得知周通抢亲事，便口称善说因缘，骗过了刘太公，演出销金帐打周通一幕闹剧，破了"妄语"之戒。紧接着，他上了桃花山，因瞧不起李忠的鄙吝，故将其金银酒器"都踏扁了，拴在包裹"，不辞而别，又破了"偷盗"戒。下山不久便到了瓦官寺，杀死生铁佛崔道成，破了"杀生"戒。在这些情节中，妄语、偷盗都不是必有之笔，可以看作是针对"五戒"的有意安排。"五戒"之中，只有"淫邪"一条未犯。这是因为《水浒》有一独特的道德标准：好汉不能亲近女色。作品通过宋江之口宣布了这一标准："但凡好汉犯了'溜骨髓'三个字的，好生惹人耻笑。"故作者便让鲁智深免破此戒了。

可见，作者在塑造鲁智深除暴安良义侠形象的同时，也有意描写了他突破佛门戒律的种种行为。而与此形成鲜明对照的，是对他"终成正果"的渲染。这在作品里也有多处。

---

① 《五灯会元》卷五，中华书局，1984年，第261页。

先是鲁智深上山之初，众僧因其"形容丑恶"而反对剃度。智真为除众人疑心，"焚起一炷信香，盘膝而坐，口诵咒语，入定去了"。回来后，预言"此人上应天星"，"久后却得清净，证果非凡，汝等皆不及他"。再是鲁智深醉闹后，智真又以"虽是如今眼下有些罗唣，后来却成得正果"，来堵住僧众埋怨之口。待鲁智深离寺之前，他二次入定，更具体地证实了鲁的"正果"，并赠其四句偈语，"终身受用"。后文破辽时，鲁智深上五台拜谒本师，智真再赠一偈，且告之"与汝前程永别，正果将临"。最后，作者以大段篇幅写鲁智深的坐化：地处"江山秀丽，景物非常"的杭州六和塔，时当"月白风清，水天共碧"的良夜，鲁智深成就大功之后，豁然觉悟，从从容容洗浴更衣，焚香而逝。坐化前写下一篇颂子："平生不修善果，只爱杀人放火。忽地顿开金绳，这里扯断玉锁。咦！钱塘江上潮信来，今日方知我是我。"又有高僧大惠禅师为道法语云："咄！解使满空飞白玉，能令大地作黄金。"遍观全书一百零八将，这样辉煌的生命终结，此外并无第二人。这是作者对前文"证果非凡"的照应，也是与前文种种破戒描写相呼应之笔。在这种奇特的呼应中，作者表达了禅门特有的戒律观。

在契嵩本的《坛经》中，记述慧能得弘忍传法后，避难于猎人队中，"每至饭时，以菜寄煮肉锅。或问，则对曰：'但吃肉边菜。'"这是一个很著名的禅宗典故，标志着新的戒律观的形成。在传统佛学中，戒律是修行的起点。有《羯磨》《四分律》等专门著作，规定了五戒、八戒、九戒、十戒，乃至二百五十戒、三百五十戒等相当繁复的条规。虽然有具体规定的差异，但基本精神却是一致的：以外在的权威来强制性地规范自我的行为。自慧能而始的南禅，强调"即我即心即佛"，出现了蔑弃外在权威的倾向。与此相应，守戒成为了自觉的选择。因此，重视戒律的精神，不拘守于具体条规；重视主体的觉悟，不看重外在的行为方式。肉边之菜已属荤腥，依传统戒律食之为破戒，但慧能心中无肉，便不妨食之。这种戒律观到了五宗七派的时期更趋极端，甚至出现了以故意破戒为真觉悟的作法，即所谓"狂禅"。嵩岳元珪禅师曾讲："若能无心于万物，则罗欲不为淫，福淫祸善不为盗，滥误疑混不为杀，先后违天不为妄，惛荒颠倒不为醉，是谓无心。无心则无戒，无戒则无心。"到了仰山慧寂，便讲得更干脆："滔滔不持戒，兀兀不坐禅。酽茶三两碗，意在镢头边。"勘破戒律、坐禅这些外在形式，自我才能显现出来。再往后发展，便是丹霞天然那种惊世骇俗的行为和"掩耳而出"的抵制戒律态度。

这种极端化的戒律观，从积极方面理解，是对主体自然心性的肯定，马祖的"我子天然"便含有这层意思。鲁智深的法号也有些特殊的意味。这个名字在宋代说话艺术中已有，但他师父与师叔的法号却是施耐庵的创造物。二人一名"智真"，一名"智清"，与"智深"成了兄弟班行。既然作者能注意到"智真""智清"的同辈名号排行，同时又专门写了鲁达的赐名情景，那么，这一名号的辈份混乱恐怕不能简单看作无意的疏漏。这一疏漏实际上产生了隐义：鲁智深并无师承，一切只是自我的天机自露而已。这种隐义与破戒不妨正果的描写是一致的，都是"狂禅"精神的体现。

"狂禅"是一种复杂的宗教现象，褒贬是非不可遽定。但有一点可以肯定，"狂禅"是佛教的异端。从历史上看，"狂禅"中人物都是率情任性、蔑视戒律、鄙夷成说、行事张狂者。他们既对佛学作出了独特的贡献，又对佛教本身产生破坏的力量。施耐庵公然为"强盗"立传颂德，属于儒生中的异端人物。他在小说中花费如许笔墨，在刻画鲁智深侠僧形象的同时，又为之涂染上一定的"狂禅"色彩，大写其"证果非凡"，乃是其本人思想倾向的折光。

明后期，禅宗复兴，狂禅亦盛。居士如李卓吾，僧人如紫柏，都表现出狂禅的作风，从而名动天下。李卓吾以思想界领袖的身份批点《水浒》并为之作序，大大提高了《水浒传》的社会声望，使其由大众文化层面进入了士人文化层面。很有意思的是，对《水浒》的一百余位好汉，李卓吾最推崇的就是鲁智深。他在批语中讲：

> 此回文字（指大闹五台山）分明是个成佛作祖图。若是那班闭眼合掌的和尚，决无成佛之理。何也？外面模样尽好看，佛性反无一些。如鲁智深吃酒打人，无所不为，无所不做，佛性反是完全的，所以到底成了正果。算来外面模样，看不得人，济不得事。此假道学之所以可恶也与？此假道学之所以可恶也与？[1]

这可算得是一篇"狂禅宣言"。他把鲁智深这个形象的潜在内涵充分揭示出来：破除外在戒律，挣脱外部束缚，便可以"成佛作祖"；率情任性便是真佛，吃酒打人不妨菩提之路。同时，李卓吾又由此生发，认为这个形象还具有批判道学的意义。这后一种说法虽有些牵强，但适逢当时思想文化领域的反礼教启蒙思潮兴起，故颇易产生共鸣。其后的《水浒》评论者如金圣叹辈，都从"狂禅"的角度赞美鲁智深的形象。李卓吾在芝佛院中的侍者——沙弥常志抄写李评《水浒》后，极为仰慕鲁智深，也狂放起来，"时时欲学智深行径"，

---

① 《李卓吾先生批评忠义水浒传》卷四，第 21 页，上海人民出版社影印本。

最后搞得李卓吾本人也消受不起，只好学那智真长老，请他"另谋高就"了。至于到了曹雪芹的时代，在《红楼梦》中让宝玉、宝钗借鲁智深而兴谈禅之念，就更明确地揭示出"赤条条来去无牵挂"的禅味了。

从佛教的角度看，鲁智深是一个"畸人"形象，自身具有矛盾的结构：身在佛门而不守佛门规条，不守佛门规条反能证果成佛。这只能看作是一种异端，而无法为正宗佛教所接受。但从小说艺术的角度看，这种内在的矛盾结构使鲁智深的形象具有了丰厚的内涵与极为特异的形象表征：既有表层的义侠好汉涵义，又有深层的纵情任性、挣脱束缚的涵义。从而，在我国小说众多的僧人形象中，成为最富意味的一个。

《水浒传》写了多种类型的和尚。鲁智深这种侠僧之外，还有淫僧，如裴如海；盗僧，如生铁佛；高僧，如智真长老；凡僧，如文殊院、相国寺一干僧众。由于《水浒传》的典范地位，这几种类型便成为明清小说僧侣形象的基本模式，而其中以裴如海的模式影响最大。

小说第四十五回写了裴如海与潘巧云通奸的故事。裴如海本是裴家绒线铺里的小官人，出家在报恩寺，法名海公。作品写他的形象是：

　　一个青旋旋光头新剃，把麝香松子匀搽；一领黄烘烘直裰初缝，使沉速栴檀香染。山根鞋履，是福州染到深青；九缕丝绦，系西地买来真紫。光溜溜一双贼眼，只睃趁施主娇娘；美甘甘满口甜言，专说诱丧家少妇。①

写他的僧房是：

> 一个小小阁儿里，琴光黑漆春台，排几幅名人书画，小桌儿上焚一炉妙香。②

从衣着、居室到神情举止，都是落了发的花花公子。他与潘巧云勾搭成奸后，又买通胡道人，安排了长久之计。不料被石秀看破，经过一番周折，裴、潘皆死于非命。

作品插入这个故事，主要有两方面的作用。一方面在情节发展中起引线作用，石秀等杀裴、潘后投奔梁山，从而引出了三打祝家庄的重头戏。另一方面是刻画石秀精明、重义而又狠辣的形象的重要一笔。但是，若作者目的仅止于此，上述写裴如海的笔墨便有些多余了。实际上，这段奸情故事还有其独立的自身价值。作者用十分细腻的笔法描写裴如海对潘巧云的引诱：

> 海和尚却请："干爷和贤妹去小僧房里拜茶。"一邀把这妇人引到僧房里深处，预先都预备下了，叫声："师哥拿茶来。"只见两个侍者捧出茶来，白雪锭器盏内，朱红托子，绝细好茶。吃罢，放下盏子，"请贤妹里面坐一坐。"又引到一个小小阁儿里……那妇人道："师兄端的是好个出家人去处，清幽静乐。"

---

① 《水浒传》四十五回，人民文学出版社，1997年，第577页。
② 《水浒传》四十五回，人民文学出版社，1997年，第583页。

海阇黎道："妹子休笑话，怎生比得贵宅上。"潘公道："生受了师兄一日，我们回去。"那和尚那里肯，便道："难得干爷在此，又不是外人，今日斋食已是贤妹做施主，如何不吃箸面了去？师哥快搬来！"说言未了，却早托两盘进来，都是日常里藏下的希奇果子，异样菜蔬，并诸般素馔之物，摆满春台。那妇人便道："师兄何必治酒，反来打搅。"和尚笑道："不成礼数，微表薄情而已。"师哥将酒来斟在杯中。和尚道："干爷多时不来，试尝这酒。"老儿饮罢道："好酒，端的味重。"和尚道："前日一个施主家传得此法，做了三五石米，明日送几瓶来与令婿吃。"老儿道："甚么道理？"和尚又劝道："无物相酬贤妹娘子，胡乱告饮一杯。"两个小师哥儿轮流筛酒，迎儿也吃劝了几杯。那妇人道："酒住，吃不去了。"和尚道："难得贤妹到此，再告饮几杯。"……那妇人三杯酒落肚，便觉有些朦朦胧胧上来，口里嘈道："师兄，你只顾央我吃酒做什么？"和尚扯着口嘻嘻的笑道："只是敬重娘子。"那妇人道："我吃不得了。"和尚道："请娘子去小僧房里看佛牙。"那妇人便道："我正要看佛牙则个。"这和尚把那妇人一引，引到一处楼上，却是海阇黎的卧房，铺设得十分整齐。那妇人看了，先自五分欢喜，便道："你端的好个卧房，干干净净。"和尚笑道："只是少一个娘子。"那妇人也笑道："你便讨一个不得？"和尚道："那里得这般施主。"妇人道："你且教我看佛牙则个。"和尚道："你叫迎儿下去了，我便取出来。"那妇人道："迎儿，你且下去看老爷醒也未。"迎儿自下得楼来去看潘公，和尚把楼门关上。①

---

① 《水浒传》四十五回，人民文学出版社，1997年，第582—584页。

在《水浒传》大刀阔斧的粗线条文字中，这段描写显得比较特殊。如果说，鲁智深大闹五台山那样粗犷、简洁的笔墨，恰合于塑造传奇中的侠僧；那么，作者在这里的细腻笔法，便是适应于所刻画的现实生活中的僧人形象。作者活灵活现地描画出一个被情欲缠扰的青年僧人，是如何利用他的财势、发挥他的口才、费尽他的聪明，来达到诱奸目的的。然后，唯恐读者不理解自己的用心，便直接在作品中露面，大谈和尚与性的问题：

> 看官听说，原来但凡世上的人，惟有和尚色情最紧。为何说这句话？且如俗人出家人，都是一般父精母血所生，缘何见得和尚家色情最紧？惟有和尚家第一闲。一日三餐，吃了檀越施主的好斋好供，住了那高堂大殿僧房，又无俗事所烦，房里好床好铺睡着，没得寻思，只是想着此一件事。假如譬喻说一个财主家，虽然十相俱足，一日有多少闲事恼心，夜间又被钱物挂念，到三更二更才睡，总有娇妻美妾，同床共枕，那得情趣！又有那一等小百姓们，一日价辛辛苦苦挣扎，早晨巴不到晚，起的是五更，睡的是半夜。到晚来，未上床，先去摸一摸米瓮看，到底没颗米，明日又无钱，纵然妻子有些颜色，也无些甚么意兴。因此上输与这和尚们一心闲静，专一理会这等勾当。那时古人评论到此去处，说这和尚们真个利害，因此苏东坡学士道："不秃不毒，不毒不秃，转秃转毒，转毒转秃。"和尚们还有四句言语，道是："一个字便是僧，两个字是和尚，三

个字鬼乐官，四字色中饿鬼。"①

　　这是站在世俗的立场上，对出家人性心理的揣测。其中有一定的合理成分，也不乏事实可作例证，但毕竟是以己度人，所以又反映出自家的心理状态。

　　在儒家为主体的传统文化中，性欲是最敏感的话题。正人君子们遵循"非礼勿言"的圣训，是绝不肯公开谈论的；正统的文学式样——诗文中，也是绝不能正面表现的。到了道学家的时代，更进一步提出了"存天理，灭人欲"的主张，性欲几乎成为犯罪的同义语。但是，人类的本能是不可能消除的，压抑与禁锢只会造成旁溢歧出的局面。于是，通俗小说便成为谈论情欲的方便处所。纯粹的秽亵之作数量已相当可观，若再把夹有或多或少秽笔的作品加上去，在全部小说中的比例将是很惊人的。在现实生活中，由于在性问题上的绝对禁欲，僧尼的心理与行为自然引起俗众的好奇。对于这方面的破戒行为，俗众的愤怒也是加倍的。16 世纪，意大利的历史学家圭奇阿尔狄尼在他的《格言集》里说："没有人比我更憎恶那些教士们的野心、贪婪和放纵生活的了。这不仅是因为每一种恶行本身是可恨的，而是因为每一种恶行和所有的恶行在那些宣称自己是和上帝有特殊关系的人们的身上是最不合适的。"在差不多相同的时代，出于同样的心理，中国的僧尼也遭到类似的抨击。俗众或许能够原谅自己的放荡行为，而不肯放弃嘲骂破戒僧尼的机会——因为他们属于和佛有"特殊关系"而与众不同的社会群体。通俗小说中，有关僧尼奸淫的描写，既满足了人们谈论违禁话题的欲求，满足了

---

① 《水浒传》四十五回，人民文学出版社，1997 年，第 579 页。

人们对异己社会群体的好奇心理，又宣泄了这种嘲骂的冲动。金圣叹在读了裴如海一段后写道："佛灭度后，诸恶比丘于佛事中，广行非法，破坏象教，起大疑谤，殄灭佛法，不尽不止。我欲说之，久不得便，今因读此而寄辩之……欲护我法，必先驱逐如是恶僧。"显然，是从小说里感到了共鸣。

　　由于这种先入为主的情感偏向，小说中的裴如海模式，便同时具有了两种相反的品性。一种是写实的品性。此种模式描写的是出家人在现实人生的欲海中的陷溺，写的是人之常情、世之常事，故自然而具有写实的品性。前引裴如海诱奸一段便是典型文例。另一种是夸张的品性。出于上述偏见，此种模式往往夸大僧尼的性冲动，用近亵的笔调描写其心理与行为。即如裴如海的故事中，裴如海在寺院中为所欲为的描写与其实际身份（年轻僧人，绒线铺小官人出家）便殊不相称。应该说明，小说中出现裴如海模式，并不能代表作品整体的宗教倾向。有研究者据此证明《水浒传》具有反对佛教的倾向，但那样无法解释智真长老以及鲁智深的形象内涵。《禅真逸史》也是如此，其中的钟守净是典型的裴如海式人物。作品写他是一个"飘飘俊逸美丰姿"的"少年俊秀沙门"，开讲佛法时瞥见了黎赛玉，"自此以后，恰似着鬼迷的一般"，"自言自语，如醉如痴，废寝忘食，没情没绪，把那一片念佛心撇在九霄云外，生平修持道行，一旦齐休。合着眼便见那美人的声容举止，精神恍惚，恹恹憔悴，不觉染了一种沉疴，常是心疼不止"。后设计将黎赛玉骗来做佛事，再设词诓入内室。内室摆设精洁非常，黎见他"少年聪俊"，"是个富贵有势力的和尚"，便也动了心。二人勾搭成奸后，作恶多端，被剑山众好汉杀死。这个形象脱胎于裴如海，而劣迹则远过之。这部作品还在开篇写梁武帝"酷信佛教""朝政废弛"，魏主反而"暗暗称羡"，下旨建寺广行法事。于是，引起了大将军高欢的一番切谏，列举了佛教的三大罪状，洋洋千言，可作一篇"灭佛论"读。显然，高欢之言即作者之意。在作品卷首，还有托名唐太史令傅奕的题词。傅奕是唐初辟佛健将，曾上书极诋佛法，又编有辟佛专著《高识集》。作者托名此人，全书大旨可见。不过，与前代范缜、傅奕、韩愈等人的辟佛言论相比，高欢所论明显世俗化了。哲理、伦理已不是议论的要点，僧人的情欲成为抨击的重要目标，道是：

> 虽然披缁削发，而男女之欲，人孰无之？不能遂其所愿，轻则欲火煎熬，忧思病死，甚且逾墙窥隙，贪淫犯法，而不之顾。至于佛会之说，其恶尤著……阳为拜佛看经，暗里偷情坏法，伤风败俗，紊乱纲常，莫此为甚。[①]

可以说，钟守净的形象乃是作者对高欢所论的证明。据此，这部小说似乎应属于反佛之作，而通观全书，却又并不尽然。

此书名曰《禅真逸史》，并以半佛半仙的林澹然贯串全篇。所写林澹然被唐高祖敕封为"通玄护法仁明灵圣大禅师"，行侠仗义，除暴安良，且精通佛法，甚有威灵。这从根本上肯定了佛教。可见，仅凭作品中裴如海模式的存在，就断言全书具有如何的宗教倾向，是靠不大住的。

这种对待佛教的矛盾态度，在社会上普遍存在。钱谦益给黄梨洲的信中讲："迩来则开堂和尚，到处充塞，竹篦挂杖，假借缙绅之宠灵，以招摇簧鼓。士大夫挂名参禅者无不入其牢笼……第不可因

---

① 《禅真逸史》第一回，黑龙江人民出版社，1986年，第4页。

此辈可笑可鄙，遂哆口谤佛谤僧。譬如一辈假道学大头巾，岂可归罪于孔夫子乎？"（《黄梨洲文集》附录）金圣叹主张对"恶僧""可以刀剑而砍刺之""以弓箭而射杀之"，深恶痛绝到了极点，但他目的却是"真正护法"，"是则名为爱恋如来，是则名为最胜供养"。对生活在现实世界中的和尚，对和俗人具有相同思想感情的和尚，则站在世俗的立场上指责之、嘲骂之；而对玄奥的佛学，对庄严而飘渺的佛，则敬而远之，存而不论，或汲引以为谈资。类似情况在同时期的欧洲也存在。瑞士学者布克哈特的《意大利文艺复兴时期的文化》中指出："在文艺复兴达到高潮时期，意大利上层和中层阶级对于教会的感情里混合有：极端蔑视的反感、对于日常生活中的表面的宗教习惯的默认和一种信赖圣礼和圣典的意识。"看来，这种对待宗教的矛盾态度具有一定的普遍性，是在特定的信仰动摇的历史时期，反映社会心态的一个重要侧面。

对于陷溺欲海的僧尼，大多数小说皆持尽情嘲骂的严厉态度。但是，也有少数作品有所不同。话本《五戒禅师私红莲记》写得道高僧五戒禅师，"一时差讹了念头"，见色起意，与养女红莲发生了性关系，后且愧且悔，自行坐化而去。师弟明悟禅师恐其迷失本来面目，随之圆寂。于是，二僧同时转世，五戒即苏东坡，明悟即佛印。二人交好，苏乃"省悟前因"，"自称为东坡居士"，"敬佛礼僧"。最后，"二人俱得善道"，苏为大罗天仙，佛印成至尊古佛。

两位高僧同时转世，了却因果，这也是白话小说的一种情节模式，如《金光洞主谈旧迹　玉虚尊者悟前身》《月明和尚度柳翠》《明悟禅师赶五戒》等。其中，《明悟禅师赶五戒》系据这篇《私红莲记》改写，而《月明和尚》也很可能与此同源异流；又有《佛印师四调琴娘》，乃由《明悟禅师》衍生而成，也是同一系统中的作品。这些作品对待高僧"一时差讹了念头"的犯戒行为，无论性质轻重（轻者如玉虚尊者，只是稍动凡心；重者如五戒禅师，奸污养女），一律给予谅解。《私红莲记》写五戒禅师悔悟后，写下八句辞世颂，曰："吾年四十七，万法本归一。只为念头差，今朝去得急。传与悟和尚，何劳苦相逼？幻身如雷电，依旧苍天碧。"一派大彻悟、大智慧的气象。至于让他转世为苏东坡，再进而成大罗天仙，更是"恶有善报"，反成无上正果。

拿《私红莲记》同《水浒传》《禅真逸史》类作品比较，在对和尚犯淫戒的态度上显然差别很大。不过，细加分析，《私红莲记》对和尚的性行为也是否定的，这与《水浒》等并无二致，差别在于对和尚特殊身份的看法。《水浒》等书因这种特殊身份而加倍憎恶，极尽嘲讽谩骂之能事，在裴如海死后，有两支曲子："堪笑报恩和尚，撞着前生冤障；将善男瞒了，信女勾来，要他喜舍肉身，慈悲欢畅。怎极乐观音方才接引，早血盆地狱塑来出相？想'色空空色，空色色空'，他全不记多心经上。到如今，徒弟度生回，连长老涅槃街巷……只道目连救母上西天，从不见这贼秃为娘身丧！""淫戒破时招杀报，因缘不爽分毫。本来面目忒蹊跷，一丝真不挂，立地放屠刀！大和尚今朝圆寂了，小和尚昨夜狂骚。头陀刎颈见相交，为争同穴死，誓愿不相饶。"这两支曲在百回本、百二十回本中文字多有异同，但格调完全一致。这里所录其实是金圣叹改写的。金圣叹为此颇费了一番心力，然后自作自赞，连批了 22 个"妙"字、4 个"绝倒"，意犹未足，又两次批上"真正绝妙好辞"。尽管金圣叹批点的风格有语气夸张的特点，但在短短一小节文字里加如此多的赞誉，也是绝无仅有的事情。可见当时对裴如海因奸被杀情节有高度兴趣，以及写出这段文字时的兴奋之态。作者与金圣叹这种恶意的幸灾乐祸心态，表现出十足的市井气。《私红莲记》中的五戒却因身为得道高僧，"禅宗释教，如法了得"，而受到作者的格外"照顾"，不仅未受世间的惩罚，而且转世得为东坡先生，反获善报。因此，笔者认为，裴如海模式的故事是佛教外的作者所创作，故主要反映了一般民众的态度；而《私红莲记》等几篇作品很可能起源于"说因缘"之类的俗讲，故一定程度站到了维护佛教的立场上。

在和尚的形象系列中，鲁智深是理想的英雄，裴如海是现实的凡人，而《西游记》的唐三藏则介于其间，是一个半俗半圣的形象。

唐三藏形象中并存着三种成份：完成了艰巨的取经使命的圣僧，十世修行后转世的金蝉长老，六根不净的受考验的凡夫。这三种成份在作品里的表现方式不同，作用亦不同。

圣僧成份来源于历史，这是唐三藏的基本身份。在早期的取经记述中，人们关心的是事实，唐三藏是当然的主角，完全以真实的圣僧的身份出现。随着故事的广泛流传，人们的兴趣逐渐转移到伴生的传说上。由于僧侣及民间艺人的渲染附会，故事的神奇色彩越来越浓，取经的本事反而淡化了。相应地，承当神奇传说的猴行者"喧宾夺主"，唐三藏反倒退居于陪衬地位。这种颠倒状况在《取经诗话》中已基本形成，到《西游记》则更甚。这样，在小说的大部分情节中，并没有对"圣僧"的描写，"圣僧"应有的坚韧、博学、有识等品质只间或描画淡淡的一笔。可以说，在《西游记》中，圣僧是唐三藏的基本身份，这是由历史事实承袭而来的，也是整个故事赖以展开的基点，但在具体描写中，这方面虚多实少，作者并无意表现唐三藏之"圣"，甚至有意无意间剥夺了原本属于他的很多光荣。

在早期的取经故事中，并没有转世的情节，转世是与唐三藏出身的故事联系在一起的。现在所见出身故事，最早当属宋元戏文，但无转世之说。由于这些戏文只是辑佚的片断，故原本之有无尚不能断定。至明人杨景贤的《西游记杂剧》中，始见有关转世的描写，即第一出观音所云："见今西天竺有大藏金经五千四十八卷，欲传东土，争奈无个肉身幻躯的真人阐扬。如今诸佛议论，着西天毗卢伽尊者托化于中国海州弘农县陈光蕊家为子，长大出家为僧，往西天取经阐教。"吴承恩从戏剧中吸取了这一情节，但进行了三个方面的改造：1. 改毗卢伽为金蝉子，名称中国化；2. 金蝉子转世并非自觉临凡承担取经任务，而是"只为无心听佛讲，转托尘凡苦受磨"；3. 增添了妖魔因其高贵的前生而加以谋害的描写，男妖欲食之长生不老，女妖欲婚配而"盗取元阳"。这样，唐僧就具有了第二种身份，使他有别于凡人，但这种身份对唐僧的具体形象并无多大影响。吴承恩并没有因此为其增添圣光。真正有意义的，反是上述第三方面改动。吴承恩别出心裁，使金蝉子这一身份成为唐僧魔障的根源，从而解决了作品整体性的情节难题：为什么诸多魔怪一再袭扰取经？怎样使魔怪袭扰的目的与方式有所变化？统观全书，因食肉长生或婚配长生而干扰取经的魔怪，差不多占魔怪总数的一半。因此，我们不妨认为，吴承恩从戏剧中吸取转世情节的主要目的乃在于此，而唐僧所具金蝉子转世这一身份的主要意义也在于此。

在西行的大多数时间、场合中，唐三藏都是作为受考验的凡夫来被描写的。考验包含戒、定、慧三个方面的内容。作者把他刻画成谨守戒律，但定力不够、慧识更差的僧人。每当遇到险阻时，唐三藏总是"魂飞魄散，战兢兢坐不稳雕鞍""扑的跌下马来，挣挫不动，睡在草里哼哩"。定力是如此，慧识更差。作者把他同孙悟空对比来写：孙悟空有火眼金睛，善识妖魔真相；而唐三藏则凡胎肉眼，一次又一次受骗上当。如八十回过黑松林一段：

> 却说三藏坐在林中，明心见性，讽念那《摩诃般若波罗密多心经》，忽听得嘤嘤的叫声"救人"。……只见那大树上绑着一个女子，上半截使葛藤绑在树上，下半截埋在土里。长老立定脚，问他一句道："女菩萨，你有甚事，绑在此间？"咦！分明这厮是个妖怪，长老肉眼凡胎，却不能认得……行者笑道："兄弟，莫解他，他是个妖怪，弄喧儿，骗我们哩。"三藏喝道："你这泼猴，又来胡说了！怎么这等一个女子，就认得他是个妖怪！"行者道："师父原来不知。这都是老孙干过的买卖，想人肉吃的法儿。你哪里认得！"……行者笑道："师父要善将起来，就没药医。你想你离了东土，一路西来，却也过了几重山场，遇着许多妖怪，常把你拿将进洞，老孙来救你，使铁棒，常打死千千万万；今日一个妖精的性命，舍不得，要去救他？"唐僧道："徒弟呀，古人云：'勿以善小而不为，勿以恶小而为之。'还去救他救罢。"行者道："师父既然如此，只是这个担儿，老孙却担不起。你要救他，我也不敢苦劝你：劝一会，你又恼了。任你去救。"唐僧道："猴头莫多话！你坐着，等我和八戒救他去。"①

读到这里，我们真要为孙悟空难过：跟上这样一个愚蠢、固执、迂阔的师傅，一切只能徒唤奈何了。而如果想到，类似的情景已在白骨精处、平顶山、号山出现过多次，每次唐三藏都因自己的愚蠢大

---

① 《西游记》八十回，人民文学出版社，1980年，第935—938页。

吃苦头，那就越发为他的执迷不悟、毫无长进而惊讶了。无怪乎到了20世纪的最后几年，当代大学生们热捧的《大话西游》里，要把唐三藏恶搞成那样的不堪。

但这还只是在浅显层面上的描写，作者对唐三藏凡俗成份的刻画还有更深的表现。

在上述引文的开头，有唐僧诵《心经》的描写。这看似闲文的一笔其实大有深意。前面已谈到，佛授《心经》是取经传说中的重要情节，《太平广记》《取经诗话》都有这方面描写。吴承恩承袭了这一情节，加以改写，用来表现唐僧的凡夫面目。《心经》云：

> 观自在菩萨，行深般若波罗蜜多时，照见五蕴皆空，度一切苦厄。舍利子，色不异空，空不异色；色即是空，空即是色。受想行识，亦复如是。舍利子，是诸法空相，不生不灭，不垢不净，不增不减。是故空中无色，无受想行识，无眼耳鼻舌身意，无色声香味触法，无眼界，乃至无意识界，无无明……无挂碍故，无有恐怖；远离颠倒梦想，究竟涅槃。①

此经为般若类经典的要义概说，核心就是论一个"空"字，指出如果彻悟了"诸法空相"之理，那就可以心地彻底宁静，"无恐怖""无挂碍""度一切苦厄"，而达到涅槃之境。在取经传说中，此经之所以成为主要经典，成为唐僧西行的精神支柱，原因之一是经中有"度一切苦厄"等语。但吴承恩并没有在这方面展开描写，甚至还屡写"苦厄"临头时诵经无效的情景。通过对此经的有关描写，主要

---

① 《般若波罗蜜多心经》，《大正新修大藏经》第8册，No. 251。

效果是昭示了唐僧六根不净的凡夫素质。

　　唐僧初收悟空时，路遇六个强贼，分别是眼见喜、耳听怒、鼻嗅爱、舌尝思、意见欲、身本忧，挡住西行之路。那唐僧"魂飞魄散，跌下马来，不能言语"。孙悟空则毫不迟疑，尽皆打死。师徒俩为此意见不和，导致行者第一次弃师而去。这是佛理意味很浓的一段。佛经中有六根、六尘之说，六根为眼根、耳根、鼻根、舌根、身根和意根，六尘为色尘、声尘、香尘、味尘、触尘和法尘。而六根、六尘又常被称作"六贼"，如《大佛顶如来万行首楞严经》："汝现前眼耳鼻舌及与身心，六为贼媒，自劫家宝。"《杂阿含经》："内有六贼，随逐伺汝，得便当杀，汝当防护。……六内贼者，譬六爱欲。"意思是，眼、耳等感官发挥功能时，会干扰清净的禅心，认空为有，如同强盗般劫掠修行所得。孙悟空将六贼一棒打杀，而唐僧伤感不已，正隐含唐僧六根不净之意。

　　《心经》有"空中无色，无受想行识，无眼耳鼻舌身意，无色声想味触法"一段，讲的也是彻悟"空"理，以断绝六根与六尘。唐僧虽口不停诵，但心却不能断绝，所以，一事当前，总是心地不能清净，毫无超脱之意。作品不断写他"耳热眼跳，身心不安""魂飞魄散，战兢兢坐不稳雕鞍""止不住眼中流泪""放声大哭"，正是要表现这一点。

　　更直接表现作者这一意图的，是唐僧与悟空关于《心经》的两次讨论。一次在三十二回：

　　　　师徒们正行赏间，又见一山挡路。唐僧道："徒弟们仔细。前遇山高，恐有虎狼阻挡。"行者道："师父，出家人莫说在家话。你记得那乌巢和尚的《心经》云'心无挂碍。无挂碍，方无恐怖，远离颠倒梦想'之言？但只是'扫除心上垢，洗净耳边尘。不受苦中苦，难为人上人。'你莫生忧虑，但有老孙，就是塌下天来，可保无事。怕甚么虎狼！"长老勒回马道："我当年奉旨出长安，只忆西来拜佛颜。舍利国中金象彩，浮屠塔里玉毫斑。寻穷天下无名水，历遍人间不到山。逐逐烟波重迭迭，几时能彀此身闲？"行者闻说，笑呵呵道："师要身闲，有何难事？若功成之后，万缘都罢，诸法皆空。那时节，自然而然，却不是身闲也？"长老闻言，只得乐以忘忧。①

另一次在九十三回：

忽一日，见座高山，唐僧又悚惧道："徒弟，那前面山岭峻峭，是必小心！"……行者道："师父，你好是又把乌巢禅师《心经》忘记了也？"三藏道："《般若心经》是我随身衣钵。自那乌巢禅师教后，那一日不念，那一时得忘？颠倒也念得来，怎会忘得！"行者道："师父只是念得，不曾求那师父解得。"三藏说："猴头！怎又说我不曾解得！你解得么？"行者道："我解得，我解得。"自此，三藏、行者再不作声。……三藏道："悟能、悟净，休要乱说。悟空解得是无言语文字，乃是真解。"②

从不参禅念经的孙悟空解得经义，口不停诵的三藏法师反须徒弟不时提撕。而且，师徒间的讨论都是在唐僧"悚惧""忧虑"之时，越

① 《西游记》三十二回，人民文学出版社，1980年，第372页。
② 《西游记》九十三回，人民文学出版社，1980年，第1077页。

发显出他并未解得《心经》三昧，从而六根未净，六贼不时袭扰。

吴承恩写唐僧的六根不净，除掉恐惧、猜疑、多虑等方面外，还着重在他浅薄的爱心、同情心。平顶山银角大王变作个跌折腿的道士、号山红孩妖变作个被害的儿童、无底洞的老鼠精变作个受难的女子，唐僧眼观其情，耳闻其声，便心生同情之念，终于上了圈套。孙悟空则千方百计遮住他的耳目，但皆终归无效。由耳目而动心，由心动而召致魔障，正表现出唐僧未能彻悟《心经》"无眼耳鼻舌身意，无色声香味触法"之空理。

从史实角度看，吴承恩笔下的唐三藏严重失"真"；而从文学角度看，这半人半圣的形象却自有其价值。由于"六根不净"，他在多数场合的表现无异于一个普通人，为这部神魔题材的作品增添了人间烟火气，从而让读者感到亲切可信。他的肉眼凡胎，给妖魔一次又一次可乘之机，有利于情节的发展。另外，他的愚蠢表现还成为孙悟空的反衬，二者之间有相反相成的作用——对这些，如果体会不够分明，不妨设想把唐僧形象改写为睿智卓识、胆略过人、深通佛法的纯然"圣"僧，且看那时小说的味道如何。

第八章

佛道与戏

一

　　中国古典戏剧在其形成、发展的过程中，也受到佛教的多方面影响。如唐五代的佛寺俗讲经过分化演变，产生了市井的说唱艺术，成为戏曲的一个直接源头；又如，早期戏曲音乐的曲牌有《哪吒令》《好观音》《阅金经》之类，分明与佛教音乐有一定的渊源。而在祀佛、还愿之类活动中，往往伴随着戏曲演出，自然也促进了戏剧艺术的普及与发展。至于戏剧文学的"佛缘"，可说是"非浅非非浅"。一方面，或多或少涉及佛教内容的剧本为数可观，是谓"非浅"；另一方面，认真、细致表现佛教题材——阐扬佛理、刻画僧徒形象的作品却不多，故曰"非非浅"。

　　中国古代戏曲是世界戏剧史上四大古典剧种之一，在其形成发展过程中，广泛吸收了多民族文化的成份，如伴奏乐器，便是大半来自中亚。而从戏剧文学的角度看，则与印度文化——主要指佛教文化——渊源更深一些。在题材、观念、结构等方面皆有血脉相通之处。下面，就用比较的方法，对这种渊源关系作一些具体的考察、分析。

　　对于中国戏曲的起源，学术界歧见纷纭。其中，最引起争议的一种观点是郑振铎先生的"梭康特拉影响"说。

　　《梭康特拉》是印度戏剧家卡里台莎的作品，描写梭康特拉与丈夫杜希扬太之间的恩怨纠葛，其中有梭康特拉上京寻夫，而杜希扬太负心忘义，将其遗弃的情节。1930 年代初，在天台山国清寺发现了很古老的梵文钞本《梭康特拉》。由于天台山距我国早期戏剧——温州戏文的发源地很近，便激发了郑先生探寻二者关系的念头。经过比较研究，他认为，《梭康特拉》等剧本是印度商人或僧人由海路带入中国的，中国戏剧是在印度戏剧影响下成形的。他的理由有三点：

1. 温州戏文与印度戏曲结构形式十分相似，如都由"唱""念""做"三种元素构成，开场都有定场诗、开场白一类的套子，结束都有下场诗、结束语，表演行当也基本相同；

2. 现在所知最早的戏文是《赵贞女蔡二郎》与《王魁负桂英》，现存的早期戏文为《张协状元》，题材皆为"痴情女子负心汉"，而这恰是《梭康特拉》的中心内容；

3. 唐宋两代，中印间海上交通很便利，有材料表明，那时两国文化交流的速度是很快的。

对郑先生的这一假说，特别是中国戏剧完全由印度输入的观点，学术界多持否定态度。近年来，又有人从所谓"美狄亚母题"的角度再次论证其说的偏颇。《美狄亚》是古希腊剧作家欧里庇得斯的作品，写美狄亚屡次帮助伊阿宋，但二人结合后，伊阿宋另觅新欢，美狄亚便施辣手冷酷无情地报复了伊阿宋。研究者认为，这种弃妇报复负心丈夫的故事具有"全人类的意义"，因为表现的是普遍存在的"破碎的妇女心灵的悲剧"。在不同文化背景的国家或地区，类似题材的文学作品反复出现，所以有了"美狄亚母题"之说。按此说分析，《赵贞女蔡二郎》《王魁负桂英》与《梭康特拉》之间的关系是平行性再现，而非影响性承袭。

这两种见解涉及比较文学研究的一些根本性方法分歧，这里自然不能细加剖断。但二说都富有启发性，可以使我们研究中国戏剧起源时眼界更为开阔些。

　　说中国戏剧完全由印度输入，是不合于史实的，但指出其所受印度文化的影响则是完全有必要的。印度戏剧早于中国戏剧，中印间以佛教为契机的文化交流十分频繁，而中印戏剧又确有内容、形式上的若干相似点，因此，中国戏剧在成形过程中受到印度戏剧的启发、影响是完全可能的，但这需要我们拿出更切实的证据来。在没有直接证据的情况下，认为二者主要是平行发展的关系，而不排除在某些具体问题上承袭的可能性，则较为稳妥些。

　　中国戏剧一定程度上受到印度文化的沾溉，更确凿的证据在于对佛教故事的移植编演。有的剧目直接演出印度佛教传说，如明代传奇《目连救母》。有的则杂取佛教故事改编而成，如元人李好古的《沙门岛张生煮海》。剧中写书生张羽寄住于东海之滨的石佛寺，夜晚弹琴自娱，龙女出海潜听，心摇情动，便与他约为夫妻，并定于八月十五日相见。张生日后相访，人海相隔，仙踪难觅。有仙姑特地赠他三件法宝：银锅一个、金钱一文、铁勺一把。张生持宝到沙门岛，支起银锅，投入金钱，以铁勺将海水舀入锅内煮沸。锅内水减一分，海中水去十丈。最后迫使龙王应许了婚事，请石佛寺长老为媒，举行婚礼。这时，东华仙赶到，指明张生、龙女乃金童、玉女下界，有宿世因缘，便带二人上天同归仙位。

　　龙王居龙宫，有龙女，这和《柳毅传书》同一机抒，这受到了《摩诃僧祇律》等佛典的启发影响。至于以铁勺等法宝煎干海水来降伏龙王的情节，则与《生经》有些血缘关系。《生经》的《佛说堕珠著海中经》讲菩萨为济世度人而入海寻得宝珠，返回的路上被龙王抢去。菩萨便取出勺子，决心将海水舀干，最后迫使龙王送出了宝珠。很显然，《张生煮海》的基本故事骨架乃由此袭取。大的改动有两处：一处是将宝珠改为龙女，这很可能受《柳毅传书》的启发，而且较适合于观众的口味；另一处是既设置石佛寺长老来保留佛教气息，又写东华仙、金童、玉女来增添道教氛围，这间接反映了当时三教合一的思想趋势。

另一个袭取佛教题材的典型例子是元杂剧《庞居士误放来生债》，讲居士庞蕴虔心礼佛，广行善举，其妻女亦共同修持，与禅门大德马祖道一、石头希迁，百丈怀海屡有印证。其女灵兆借卖笊篱之机，点化了禅师丹霞天然，后举家白日升天，共成正果。这一题材主要取自《五灯会元》。《五灯会元》卷一"马祖道一法嗣"下列有"庞蕴居士"的事迹，说他以马祖、石头为师，与丹霞为友，举家向佛。其女灵照"鬻竹漉篱供朝夕"，在卖笊篱时得以彻悟，与其父先后坐化。剧本将因果报应思想掺到庞居士事迹中，更加强了佛教的宣传气息。对《五灯会元》所记的庞蕴事迹，剧作者大体照搬，甚至把庞蕴的偈语也抄作台词如第一折中："断绝贪嗔痴妄想，坚持戒定慧圆明。自从灭了无明火，炼得身轻似鹤形。"剧中马祖、丹霞的台词，也大多由禅门灯录中摄取。

也有的剧本题材虽与佛门有缘，但属间接关系。如《牡丹亭》的故事来自话本小说《杜丽娘慕色还魂》。不过汤显祖在《牡丹亭题词》中讲："传杜太守事者，仿佛晋武都守李仲文，广州守冯孝将儿女事，予稍为更而演之。"可见他在创作时还参考了李、冯二事。李事出于《搜神后记》，冯事出于《异苑》。冥合还魂之事，《太平广记》等书中颇有一些。今汤显祖独拈出李、冯二事，实事出有因。这两则异闻同收入唐代佛教类书《法苑珠林》，汤氏乃由此中取材。所以，说汤显祖《牡丹亭》的题材与佛教有些瓜葛，也不算牵强。

类似的例子还可以举出一些，但总体来说，数量并不算多。这恐怕是因为佛教故事大多毕竟不适合于舞台吧——像《庞居士误放来生债》那样的剧本，演出效果不会太好，而《张生煮海》较受欢迎的原因恰在于增加了婚恋的非佛教因素。我们举出上述几例，只不过是要说明，中国戏剧如同其他文学体裁一样，也确实受到了来自印度的佛教文化的影响而已。

二

除了题材方面的影响之外，剧本中的佛教内容主要还表现为佛理的宣传及僧徒的形象。在这两方面，略有涉及的作品并不少，但正面着意描写的却不多。下文就其中有代表性的作一些简要的介绍。

现存元杂剧中，正面宣扬佛理的只有《东坡梦》《冤家债主》《忍字记》《度柳翠》《来生债》等数种而已。《东坡梦》写苏轼与佛印相调笑事，东坡指使妓女白牡丹引诱佛印破戒，结果白牡丹反被佛印度化做了尼姑。作品虽写了东坡与佛印参禅问答的情节，但着眼点不在于此，故所写佛理只是"人相我相众生相""色即是空，空即是色"一类空泛话头，并无认真之意。《冤家债主》是宣扬因果报应的，剧中写张善友的妻子昧了某僧银钱，僧便投生其家破败其产业，最后因果昭彰。佛理主要通过剧情来表现，正面宣讲之处亦不多。比起来，《忍字记》《度柳翠》阐扬佛理较为直接。《度柳翠》下文再讲，这里看一看《忍字记》。

《忍字记》是郑廷玉的作品。他是元代前期的重要剧作家。作品存目二十三种，今存六种，包括《冤家债主》《忍字记》《看钱奴》

等。《忍》剧写如来座下第十三尊罗汉谪下凡尘后为刘均佐，其人悭吝不堪，于是有弥勒、伏虎禅师、定慧长老分别入世点化。弥勒在他手上写一"忍"字，助成了修行，使其终于认清本来面目。剧中既有通过故事情节说法处，也有直说佛理处，如第三折定慧长老白：

> 想我佛西来传二十八祖、初祖达摩禅师，二祖慧可大师，三祖僧璨大师，四祖道信大师，五祖弘忍大师，六祖慧能大师。佛门中传三十六祖五宗五教正法。是哪五宗？是临济宗、云门宗、曹溪宗、法眼宗、沩山宗。五教者，乃南山教、慈恩教、天台教、玄授教、秘密教。此乃五宗五教之正法也。[1]

可以看出，作者对佛理并无高深修养，故所云似是而非。统观全剧，类似不准确的地方还可指出一些，如开端介绍主人公，称"上方贪狼星乃是第十三尊罗汉"，第一折描写弥勒化身为"布袋和尚"，竟随身带"婴儿姹女"，都是把道教与佛教强扭到一起。虽则如此，作者阐述佛理的态度是认真的，宣扬佛教宗旨的目的也十分明确，这在元代剧坛上是并不多见的。

《忍字记》关于弥勒化身的一段描写有一定的史料价值。剧中借刘天佐之口描写弥勒的形象道：

> 他腰围有篓来粗，肚皮有三尺高。便有那骆驼白象、青狮、

---

① 郑廷玉：《忍字记》，《元曲选》第三册，中华书局，1979年，第1072页。

豹，敢可也被你压折腰。①

弥勒在印度佛经中的原初形象是："时有迦波利婆罗门子，名弥勒，躯体金色，三十二相，八十种好，放银光明，黄金校饰，如白银山威光无量。来至佛所。尔时世尊，与千二百五十比丘经行林中，又有结发梵志五百人等，遥见弥勒，威仪庠序，相好清净，五体投地。""有婆罗门家生一男儿，字曰弥勒，身色紫金，三十二相，众好毕满，光明殊赫。出家学道，成最正觉。"这样的形象与释迦佛并无二致。各种经籍中类似的描写多多，可以说是"定型"的标准形像，而传入中土后却渐生变化。五代以来，出现布袋和尚的传说，并把他与弥勒联系起来。宋代塑弥勒像，据说已有参照布袋和尚形像操作了的。《忍》剧这段描写可以证明至晚到元初，"大肚"弥勒"笑和尚"的形象已经定型。

剧中阐发佛理的，无过于汤显祖的《南柯记》。汤是我国古代最伟大的剧作家之一，江西临川人，生活在明后期（主要活动于万历年间）。他的代表作是《紫钗记》《牡丹亭》《南柯记》《邯郸梦》，因其中都以梦境为重要关目，故被统称作"临川四梦"。"四梦"中都有浓厚的佛教气息，而《南柯记》尤甚。

汤显祖对佛教，特别是禅宗深感兴趣。明末有所谓四大高僧，汤与其中两位——紫柏、憨山——均有往来，而与紫柏的交谊相当亲密。汤显祖有佛门别号曰"寸虚"，即紫柏所命。紫柏称与汤"有大宿因"，故"以最上等人"相期。晚年，汤还组织"栖贤莲社"，招纳同道共参佛理，并为《五灯会元》作序。诗文中禅理禅

---

① 郑廷玉：《忍字记》，《元曲选》第三册，中华书局，1979 年，第 1062 页。

趣更是所在多有。至于剧本，以"梦"为关目，本身就反映了"色空无二""梦幻空华，何劳把捉"的佛教人生观。汤显祖有《梦觉篇》，记梦紫柏来信而感悟的情形，略云"似言空有真，并究色无始""如痴复如觉，览竟似惊起"，有意识地把"色空""觉悟"同梦境联系起来。

《南柯记》作于汤显祖的晚年。剧本取唐传奇《南柯太守传》的基本情节加以改编。《南柯太守传》讲的是淳于棼梦入蚁穴，被招为驸马，享尽富贵荣华，后失势被送回人间，醒来却是一梦，然蹑迹寻踪，大槐树下蚁穴与梦境无殊。汤显祖把这个故事套到一个因果报应的框架中，道是契玄法师前生无意中伤害了一些蚂蚁，故此生借说法之机促成淳于棼与蚂蚁公主的姻缘，而借淳于棼的力量超度众蚁升天。对这个框架，汤氏用重笔浓墨进行渲染，从而使剧本在原作的人生如梦、富贵无常的主题之外，又产生了因果报应、佛法无边的第二主题。为加重这一主题的份量，剧本的《禅请》《情著》等出还刻意设置了讲说佛理的场面。如《情著》一出，写淳于棼与蚁国的女官见面，被她相中，地点是在孝感寺。按说孝感寺只是一个故事的环境，其佛教性质可以略有表现，也可不表现。而汤显祖却大写契玄说法的具体情景，先是由契玄把《五灯会元》中的"兔角龟毛""金钩垂钓"之类的话头演说一番，然后先后由首座、某老僧与淳于棼分别问禅，提供机会，再让契玄反复宣讲。而这都是和戏剧情节全不相干的内容。兹略加节录，以窥一斑：

　　净（即契玄）：大众，若有那门居士，禅苑高僧，参学未明，法有疑碍，今日少伸问答。有么？

　　外扮老僧上：有，有，有，敢问我师如何是佛？

净：人间玉岭青霄月，天上银河白昼风。

外：如何是法？

净：绿蓑衣下携诗卷，黄篾楼中挂酒瓢。

外：如何是僧？

净：数茎白发坐浮世，一盏寒灯和故人。

外：多谢我师，今日且归林下，来日问禅。

（下）

······

生（淳于棼）上：[谒金门前] 闲生活，中酒嗅花如昨。待近炉烟依法座，听千偈澜翻个。

小生淳于棼，来此参禅。想起来落拓无聊，终朝烦恼，有何禅机问对？就把烦恼因果，动问禅师。（见介）小生淳于棼，稽首，特来问禅。如何是根本烦恼？

净：秋槐落尽空宫里，凝碧池边奏管弦。

生：如何是随缘烦恼？

净：双翅一开千万里，止因栖隐恋乔柯。

生：如何破除这烦恼？

净：唯有梦魂南去日，故乡山月路依稀。

（生沉吟）

净（背介）：老僧以慧眼观看，此人外相虽痴，倒可立地成佛。

······

贴（蚁仙）（响唱介）：《妙法莲花经·观世音菩萨普门品》。

净：六万余言七轴装，无边妙义广含藏。白玉齿边流舍利，红莲舌上放毫光。喉中玉露涓涓润，口内醍醐滴滴凉，假饶造罪过山岳，不须妙法两三行。

[梁州新郎] 人天金界，普门开觉，无尽意参承佛座。以何因果，得名观世音那？佛告众生遇苦，但唱其名，即时显现无空过。贪嗔痴应念，总销磨。求男求女智福多。（合）如是等，威慈大，是名观世音菩萨。齐顶礼，妙莲花。①

以上所录尚不足此出宣讲佛理部分的一半。汤剧中有关佛理的描写不仅篇幅长，而且极严肃认真。和同时代（稍早）的吴承恩《西游记》、徐文长《翠乡梦》《歌代啸》中的宗教描写相比，汤的突出特点就在于态度虔诚，无一分玩笑态。

《南柯记》中表现的"梦幻空华"观念，与憨山、紫柏的影响似有直接的关系。憨山给汤显祖的信中有"种种幻化之缘，皆属空华佛事耳"的告诫。紫柏更是长篇大论地向汤灌输，以期"接引寸虚了此大事"。他在信中抄毗舍浮佛的传法偈："假借四大以为身，心本无生因境有。前境若无心亦无，罪福如幻起亦灭。"希望能以此"接引"汤氏入佛门。又讲：

　　若相续假以因成，错过本来面目，便将错就错。不惟不知因成之前，心本独立，初非附丽；即其照无中边之光，初不梦见，彼照而应物；偶然忘照，流入因成。以不知是因成，复流入相续，相续流入相待。相待是何义？谓物我对待，兀然角立也。呜呼！相待不觉，则三毒五阴，亦不明而迷矣。②

---

① 汤显祖：《南柯记》。
② 释紫柏：《与汤义仍》，《紫柏老人集》，北京图书馆出版社，2005 年，第 608 页。

观《南柯记》中淳于棼的梦幻经历，不正是由"忘照"而"因成"，然后因缘"相续"，终至于"亢然角立""不明而迷"吗？

《南柯记》中佛理的阐发集中而明显。实际上，就是《牡丹亭》也有佛教潜在的影响。《牡丹亭》的核心内容是肯定、赞扬人的天生情欲。汤显祖在《〈牡丹亭〉题词》中讲："情不知所起，一往而深，生者可以死，死可以生。"这种观点与王学后劲——泰州学派的"百姓日用是道""制欲非体仁""人情之外别无天理"主张分明相通。而众所周知，泰州的主张与禅宗的"平常心是道""作用见性"说血脉相通。当然，并不是说《牡丹亭》全由佛理衍生，而是说佛教对剧中流露的某些观点有一定的影响而已。

三

剧中演说佛理，一般不会有好的效果，即使才华如汤显祖。但剧中出现的僧人形象，如果处理得宜，却可令舞台生辉。

元杂剧舞台上，给人印象最深的和尚当属《西厢记》普救寺中的几位，特别是那个惠明。剧本写叛将孙飞虎率五千人马围住普救寺，欲强娶崔莺莺。张生修书请白马将军解救，须有人突围送信，这时惠明挺身而出，且看他的几段唱词：

（惠明上云）我敢去！

［正宫］［端正好］不念《法华经》，不礼《梁皇忏》。颩了僧伽帽，袒下我这偏衫，杀人心逗起英雄胆，两只手将乌龙尾钢椽搛。

［滚绣球］非是我贪，不是我敢，知道他怎生唤作打参？大踏步直杀出虎窟龙潭。

……

［滚绣球］我经文也不会谈，逃禅也懒去参，戒刀头近新来钢蘸，铁棒上无半星儿土渍尘缄。别的都僧不僧，俗不俗，女不女，男不男，则会斋的饱也则向那僧房中胡渰，那里怕焚烧了兜率伽蓝？则为那善文能武人千里，凭着这济困扶危书一缄，有勇无惭。

（末云）他倘不放你过去，如何？（惠云）他不放我呵，你放心。

［白鹤子］……

［二］远的破开步将铁棒颩，近的顺着手把戒刀钐。有小的提起来将脚尖撞，有大的扳过来把骷髅勘。

［一］我瞅一瞅古都都翻了海波，滉一滉厮琅琅振动山岩。脚踏得赤力力地轴摇，手扳得忽剌剌天关撼。

……

［耍孩儿］我从来欺硬怕软，吃苦不甘，你休只因亲事胡扑俺。若是杜将军不把干戈退，张解元干将风月担。我将不志诚的言辞赚。倘或纰缪，倒大羞惭。

（惠云）将书来，你等回音者。

［收尾］恁与我助威风擂几声鼓，仗佛力呐一声喊。绣幡下遥见英雄俺，我教那半万贼兵唬破胆！①

---

① 王实甫：《西厢记》第二本第一折，人民文学出版社，1995年，第76—78页。

豪侠、勇武、气吞万里，在中国文学史的画廊中，只有《水浒传》的鲁智深可与这个莽和尚媲美。而事实上，鲁智深很可能是在惠明形象的启发下塑造出来的。理由有二：1. 元杂剧几出"水浒戏"中的鲁智深形象都比小说《水浒传》的鲁智深差得多，而所差正在缺少这种豪侠、勇武的光彩；2. 《水浒传》中鲁智深破酒肉戒，在寺中寻人打闹，类似《西厢记》惠明的行径，武松在快活林的自我表白"演说"，也似全脱胎于惠明"欺硬怕软"的一段唱。因此，说施耐庵"偷师"于《西厢记》的惠明，当非诬妄；说《西厢记》为中国文学史塑造了一个莽和尚的不朽典型，亦非过誉。

诚然，像惠明这样的"英雄"和尚，虽也表现出佛门异端——"狂禅"的某些特色，却毕竟不是僧侣的"当行本色"。剧本写这样的形象，也并无宣扬佛理的意思。

杂剧舞台上，更多的是无甚特色的配角和尚，如《合汗衫》中的相国寺住持长老、《冤家债主》中的化缘僧、《荐福碑》中的荐福寺长老等。这些舞台形象接近于生活真实，但本身没有"戏"，只是为发展情节而存在，性格既无特色，又与义理无关，所以很难给观众留下什么印象。

元杂剧中，既以僧人为主角，又以宣扬佛理为宗旨的剧目首推《月明和尚度柳翠》。剧本作者不详。故事大意为：观音净瓶中杨柳枝偶然污染，被罚入尘世，投胎作了妓女，名唤柳翠。柳翠宿债偿满后，月明尊者下界点化度脱她。经过几次反复，终于使柳翠了悟本来面目，斩断尘缘，坐化归西。剧本中的月明和尚也是一个典型的狂禅形象，饮酒吃肉，疯疯颠颠，但彻悟佛法，神通广大。且看这样一段对白：

行者：我叫你做好事（指为柳翠家做法事）。

正末（即月明）：你几曾做那好事来。我问你，那里有酒么？

行者：人家做好事，哪得有酒？

正末：有酒我便去，无酒我不去。

行者：有酒，有酒。

正末：那里有肉么？

行者：我说道做好事，哪得肉来？

正末：有肉我便去，无肉我不去。

行者：有肉有肉。

正末：是谁家做好事？

行者：是柳翠家。

正末：哦，是那好女孩儿的柳翠么？

行者：你问她怎的？

正末：是别人家我不去，是柳翠家我便去。

行者：偏怎生他家你便去？

正末：我若不去呵，怎生成就俺那姻缘大事？

行者：正是疯魔和尚！你和他成就姻缘，他怎生肯哩。

正末：你先行者，我随后便来也。（背云）他哪里知道，贫僧乃是西天第十六尊罗汉月明尊者。因为杭州抱鉴营街积妓墙下有一风尘妓女柳翠，此女子本是如来法身，恐怕他迷却正道，特着贫僧引度此女子，只索走一遭去。想初祖达摩西至东土，不立文字，教外别传，直指人心，见性成佛。此个道理，你世上人怎生知道也呵。①

这里月明的插科打诨之处，绝类《济颠语录》中的道济，而且二者同为罗汉下界，似乎是同源异流的两个形象。剧本中虽用了不少篇幅渲染月明和尚的疯颠，最终却把他塑造成一个有道高僧。为此，不仅设计了月明和尚指挥阎王的情节，还安排了他多次说法谈禅的场面，让他在舞台上大讲"般若波罗蜜""人相我相众生相"。这在其他剧作中也是很难见到的。

除了宣扬禅理之外，这个剧本也表现了因果、转世等佛教观念。由于把柳翠写成妓女，便有意无意中体现出"'一阐提'皆有佛性，皆可成佛"的思想。不过，若严格衡量起来，这个剧本所讲述的佛理颇有欠准确处。看来作者也同"吴承恩"之类的小说作者相似，对佛教虽有兴趣，却只停留在"票友"的水平。

这个剧本到了明代，与《五戒禅师私红莲记》的故事掺和到了一起。于是，小说方面，出现了《西湖游览志》中新的"度柳翠"故事，及《古今小说》中的《月明和尚度柳翠》，还有《西洋记》中插入的"柳翠因果"；戏剧方面，则有徐渭的新作《玉禅师翠乡一梦》。

徐渭的戏剧理论与创作都有很高的成就。所作剧本有《四声猿》及《歌代啸》。《四声猿》为四种短剧，《翠乡梦》是其中之一。与《度柳翠》相比，徐作的改动主要有两点。其一，柳翠的前生不是净瓶柳枝，而是高僧玉通。玉通得罪了柳府尹，柳命营妓红莲设计引诱玉通破了色戒。玉通羞愤之下坐化，一灵不昧，投生到柳家为女，

---

① 《度柳翠》，《元曲选》第四册，中华书局，1979年，第1337页。

是为柳翠。故做娼妓败坏府尹门风，对其进行报复。其二，月明和尚与玉通禅师为同修好友，深知前因后果。他度脱柳翠的方法是扮演当年的故事，引发柳翠的前世记忆。这在舞台表现上颇收新鲜效果。

这样一改，故事的主角就由月明变为了柳翠，而玉通破戒的情节成了全剧的紧要关目所在。作品的主题也发生了相应的变化。一位有道高僧，二十年修持，"欲河堤不通一线"，却轻易为妓女破戒——"被一个小蝼蚁穿漏了黄河堤"。这只能说明佛法不足恃，情欲不可灭。剧本中借月明和尚之口讲出："俺法门象什么？……象荷叶下淤泥藕节，又不要龌龊，又要些龌龊。"也是反对矫强不近人情的"修为"。

把和尚放到最敏感的问题——性欲面前来考验，使其破戒出丑，这在明清小说中屡见不鲜；而在剧作中，《翠乡梦》则是典型的一种。徐文长这样处理，一则受社会潮流的影响，二则与他自己的思想倾向有关。徐文长与李卓吾、汤显祖、袁宏道同为中晚明启蒙思潮中的人物。袁有《徐文长传》，对其人其文备加赞赏。袁之友人陶望龄亦有《徐文长传》，指出他的思想倾向近于王学，且近于禅。我们知道，近王近禅正是李、汤、袁等共同的思想特色。而这批人物虽然都对佛教深感兴趣，但又充分肯定人的情欲，因而对佛门之清规戒律有程度不同的讥弹。徐文长对柳翠故事的改造，便体现出这一倾向。而在他的另一剧本《歌代啸》中，这种倾向尤为明显。

《歌代啸》是一部风格奇特的讽刺性闹剧，通过对张、李二僧的种种荒诞际遇，揭露了那个时代世风日下、混乱颠倒的社会现状，同时也讽刺了僧人在财、色诱惑下的丑态。且看剧本开端的一段：

（扮张和尚僧帽僧衣上）谁说僧家不用钱，却将何物买偏衫？我佛生在西方国，也要黄金布祇园。小僧本州三清观张和尚是也。紧自人说，我等出家人，父亲多在寺里，母亲多在庵里。今我等儿孙又送在观里，何等苦恼！师弟唤作李和尚，颇颇机巧，只是色念太浓。这是他从幼出家，未得饱尝此味，所以如此。但此事若犯，未免体面有伤；不如小僧利心略重，还不十分大犯清规。一向口挪肚减，积下些私房，已将师父先年典去的菜园，暗自赎回，未曾说与李和尚知道。昨见他衣衫上带些脂粉气，不知这猫儿又在何处吃腥。

……（李和尚僧衣光头应上）来了。自从披剃入空门，独拥狐衾直到今。咳！我的佛，你也忒狠心！若依愚见看来，佛爷爷，你若不稍宽些子戒，哪里再有佛子与佛孙。[①]

这种描写是漫画式的丑化，但作者的态度是善意的玩笑。他所嘲讽的主要对象是不切人情实际的佛门清规。而漫画化了的破戒和尚形象，又是受戏剧观众——包括市民与农民——欢迎的笑料。笔者曾在嘉峪关，看到关前的戏台两侧有清代的壁画，一侧是破戒的尼姑生下怪胎，另一侧是一群小和尚遥相张望，很能代表俗众这种恶作剧式的欣赏心理，而清代传奇剧《僧尼相会》则是更直接迎合这种心理了。

不过，应该说明的是，徐渭对佛学毕竟有一定的修养，对禅宗尤有好感，故《歌代啸》虽基本属于讽刺性闹剧，但暗用佛典、暗寓佛理之处也不可忽视。如剧中的"李和尚通奸，张和尚被捉""丈

---

① 徐渭：《歌代啸》，《徐渭集》，中华书局，1983年，第1233页。

母娘牙痛，灸女婿足跟"这一主要情节即由佛典衍生。华严始祖法顺曾有《法身颂》："青州牛吃草，益州马腹胀，天下觅医人，灸猪左膊上。"徐作袭用其意至为明显。

明清两代舞台上，还出现过一些有特色的和尚形象。如《雷峰塔》中的法海，成为封建礼教、封建秩序的化身，至今仍属影视戏剧中"出镜率"最高的僧人。《千钟禄》中的建文帝，逊位后出家为僧，表现了乱世士人共同的凄凉幻灭感，剧中《惨睹》一折脍炙人口：

> （小生上，生挑担各色蒲团上）徒弟走吓。
> （生）大师请。
> ［倾盂玉芙蓉］（合）收拾起大地山河一担装，四大皆空相。历尽了渺渺程途，漠漠平林，垒垒高山，滚滚长江。但见那愁云惨雾和愁织，受不尽苦雨凄风带怨长！这雄壮，看江山无恙，谁识我一瓢一笠到襄阳！

这段曲词将亡国之君的感受与行脚僧人的身份巧妙地融合到一起，语工意切，在清初传唱颇广，以致有"家家'收拾起'"的俗谚。

第九章

佛助文心

一

　　佛教与中国古代文学的关系还表现在理论批评上。无论是诗论、文论，还是小说理论，佛学的影响都是相当深厚的。特别是在创作论方面，佛学以其"深入人心"的特色，提供了不少传统儒学所欠缺的理论元素。

　　唐代以后，很多重要的诗论观点都与佛门有或深或浅的渊源。即以迄今最有影响力的"境界"说而论，其直接的思想源头无可置疑地在佛教中，与僧人皎然有着特别密切的关系。

　　前文已述，皎然是古代名气最大的诗僧之一，其诗歌创作在盛中唐之际卓然名家。而他在诗论方面的成就更为突出。从诗歌理论发展史的角度看，钟嵘与司空图之间，皎然允称翘楚。他的理论著作有《诗式》五卷、《评论》三卷、《诗议》一卷等，其中《诗式》最有影响。这是一部正面论述五言诗创作问题的专著，既总结了盛唐诗的创作经验，又为中唐险怪、苦吟诗派打下了理论基础。《诗式》中佛理的折光斑斑可见，如诗歌创作"得空王之道助""明作用"等，而理论内涵最丰富的是"取境"之说。

　　《诗式》卷一有《取境》一节，论曰：

　　　　夫不入虎穴，焉得虎子！取境之时，须至难至险，始见奇句。成篇之后，观其气貌。有似等闲不思而得，此高手也。[1]

在《辨体有一十九字》中曰：

> 夫诗人之思初发，取境偏高，则一首举体更高；取境偏逸，
> 则一首举体便逸。[2]

以"境"论诗，始于王昌龄。他在《诗格》中提出了"诗有三境"的看法，甚至还出现了"意境"的字眼，但他主要着眼于表现对象的类别，"境"的理论内涵并不多。皎然的"取境"说则借径于佛学，从新的视角来认识诗歌创作。其后，经过金圣叹、王国维等人的发挥，形成了意蕴丰厚、影响广泛的"意境"说。

要认识皎然"取境"说的真谛，须先进行两个方面的考察："境"的语源，皎然的佛学造诣。

"境"在汉语中的本义是疆界，"边境""环境"都是由此衍生的用法。后来，在佛典翻译中，"境"字被大量使用，意义也有所变化。大致说来，有两类用法。一类如净土宗的代表著作《安乐集》所云："若论此处境界，唯有三涂，丘坑山涧。沙卤棘刺……不可具说。"又如唯识宗窥基的《成唯识论述记》所云"内识转似外境"等。这里的"境"指虚妄不实的外部世界，是"心""识"的对待物。此类用法接近于后世日常的"环境"之用法。另一类如天台宗大师智𫖮的《摩诃止观》所云："（止观十境）通称禅定者，禅自是

---

① 释皎然：《诗式》卷一，齐鲁书社，1986年，第30页。
② 释皎然：《诗式》卷一，齐鲁书社，1986年，第53页。

其境""诸方便道菩萨境界即起也"。"境"在这里专指心灵的某种状态，是修行者的精神"内境"。此类用法多用于坐禅修行，与汉语本义距离较远。在讲究禅定修行的各派中，"内境"的用法相当普遍，如天台宗与禅宗的著作。

皎然恰与这两个宗派渊源较深。皎然虽然纠缠于俗世中，但对佛学也颇有造诣，编有《内典类聚》等佛籍，自比于支道林，称"善标宗要"，并具有"独悟"的能力。福琳的《皎然传》记他"谒诸禅祖，了心地法门，与武邱山元浩、会稽灵澈为道交"。福琳本人是禅门荷泽宗（"七祖"神会一系）的大师，传中的"了心地法门"云云，可证明皎然曾和禅宗有过密切关系，对"顿悟""一超直入佛地"等修持主张很了解。皎然本人也写有《能秀二祖赞》，对禅宗祖师做了很高评价。另外，福琳在《传》中提到的元浩则是天台宗的重要人物。天宝年之后，天台宗"焕然中兴"（《续高僧传·湛然传》），大盛于江南，在士人中影响尤大。天台大师湛然与古文学家李华、梁肃等都有密切的师友交谊。元浩是他的入室弟子，亦与梁肃交好。而皎然既与梁、李为文字交，又与元浩为"道交"，天台门人宣兑等亦与皎然"结法门昆弟之交"。皎然写有《天台和尚法门义赞》及《苏州支硎山报恩寺法华院故大和尚碑》，碑文详述天台宗源流与宗旨，足见对天台大师德望及学说的心仪。皎然对佛教各宗派的畛域不甚在意，但据以上材料，他在思想理论方面受禅宗与天台宗的影响是比较大的。

这两个宗派都强调内心修持——"止观"，学理有相通处。而天台宗对"止观"时内心的状态更有甚为精细的说明，如《摩诃止观》中有两段很典型的论述：

问：五阴俱是境，色心外别有观耶？答：不思议境智即阴是观，亦可分别。不善无记阴是境，善五阴是观。观既纯熟无恶无无记，唯有善阴，善阴转成方便阴，方便阴转成无漏阴，无漏阴转成法性阴，谓无等等阴。岂非阴外别有观耶？小乘尚尔。况不思议耶。问：若转阴为观，报阴亦应转。答：《大品》云："色净故受想行识净，般若亦净。"《法华》云："颜色鲜白六根清净。"即其义也。阴虽转观，境宛然云云。①

观心是不可思议境者，此境难说。先明思议境，令不思议境易显。……此之十法逦迤浅深皆从心出，虽是大乘无量四谛所摄，犹是思议之境，非今止观所观也。不可思议境者，如《华严》云："心如工画师，造种种五阴，一切世间中，莫不从心造。"……心亦如是，具一切相……心亦如是，具一切五阴性。②

这里所涉的"境"这个概念，至少有如下四层意思：1. "五阴——色受想行识"都是"境"，也就是说，现象界可以用"境"来概括、表达；2. "境"与"观"是相对待的，前者既是后者的对象，又可向后者转化；3. 所谓"不可思议境"就是心灵内省时的状态，因为心灵既可以生出现象界的一切"性""相"，又可以超脱出来观照、透析之，故称"不可思议"；4. "境"可以指心理活动的多种状态，但即使由"阴"转"观"——即由反映现象界转为自省心理状态，它总是保持生动形象的特征（"境宛然云云"）。

---

① 释智者：《摩诃止观》，《大正新修大藏经》第 46 册 No. 1911。
② 同上。

佛门类似的观念对于中国古代诗歌思想有直接的启迪，促使人们对于"情往似赠，兴来如答"的过程进行更为深入的思考与探究。而皎然就是在这一过程中得风气之先的人物。

　　皎然的诗中，"境"的字样大量出现，是前代诗人所未有过的。其中很多取上述这种意义。如"永夜一禅子，泠然心境中"（《五言闻钟》）"夜闲禅用精，空界亦清迥。月彩散瑶碧，示君禅中境"（《五言答俞校书冬夜》）"释事情已高，依禅境无扰"（《奉酬颜使君真卿》）等。而其诗论中的"取境"也是如此。"取境"即"取执境界"之意，指对某种心理状态的自我体认。他认为这种体认是诗歌创作的首要工作，是在构思物象、斟酌字句之前的事情。一首诗的创新与否、格调如何，都由此而决定，所以有"取境偏逸，则一首举体便逸"的说法。这种创作思想在一些诗作中也有所表述，如《杂言宿山寺寄李中丞洪》：

> 偶来中峰宿，闲坐见真境。寂寂孤月心，亭亭月泉影。
> 满山花落始知静，从他半夜愁猿惊，不废此心长杳冥。[①]

"真境"之"真"，不在于花、月、猿等外物，而在于杳冥之心。花之静、月之孤，都是此心杳冥所致。而对"杳冥"的体认，便属于取境了。又如《奉应颜尚书观玄真子画洞庭二山歌》：

> 道流迹异人共惊，寄向画中观道情。
> 如何万象自心出，而心淡然无所营……

---

① 释皎然：《杂言宿山寺寄李中丞洪》，《昼上人集》卷第二，第17页，四部丛刊本。

盼睐方知造境难，象忘神遇非笔端。①

这里提到了"造境"，有两点值得注意：1."造境"即"象忘神遇"之时，亦"心淡然"之时，指的是一种创作心态；2.画面的具体形象是在创作的第二步完成的，第一步是将"道情"寄于绘画构思之中，这样"造境"之时，心灵的创造力便自然而然地发挥出来。

　　总之，皎然的"造境"说借鉴了佛学，旨在强调对创作主体心态的把握与表现。由于他明确指出"境非心外""境象非一"，即揭示出优秀诗作具有在刻画物象之外更隐微、更重要的内涵，这无疑深化了对诗歌本质的认识，对鉴赏、批评与创作有程度不同的启示。这种观点经后世的补充发展，到王国维总其大成，成为具有普遍意义的美学理论命题，至今还显示出旺盛的活力。

二

　　与"境界"说相似，南宋严羽的"妙悟"说也是从佛学脱化出来的。

　　江湖诗派的领袖戴复古有《祝二严》诗，称道严羽诗论："羽也天姿高，不肯事科举。风雅与骚些，历历在肺腑。持论伤太高，与世常龃龉。长歌激古风，自立一门户。"特别称赞他的诗论有独立见解。

---

① 释皎然：《奉应颜尚书真卿观玄真子置酒张乐舞破阵画洞庭三山歌》，《昼上人集》卷第六，第47页，四部丛刊本。

严羽的诗歌理论主要见于《沧浪诗话》，特别是其中的《诗辨》部分。他以禅喻为方法，指出诗学与禅学在"妙悟"上的相似，提倡鉴赏与创作须靠"妙悟"，从而写出"羚羊挂角，无迹可求"的超妙之诗来。他的诗论中随处可见佛教（主要是禅宗）影响痕迹，比较重要的有：

　　　　禅家者流，乘有小大，宗有南北，道有邪正。学者须从最上乘，具正法眼，悟第一义。若小乘禅，声闻、辟支果，皆非正也。论诗如论禅：汉、魏、晋与盛唐之诗，则第一义也；大历以还之诗，则小乘禅也，已落第二义矣；晚唐之诗，则声闻、辟支果也。学汉、魏、晋与盛唐诗者，临济下也。学大历以还之诗者，曹洞下也。

　　　　大抵禅道惟在妙悟，诗道亦在妙悟。且孟襄阳学力下韩退之远甚，而其诗独出退之之上者，一味妙悟故也。唯悟乃为当行，乃为本色。然悟有浅深、有分限、有透彻之悟、有但得一知半解之悟。汉、魏尚矣，不假悟也。谢灵运至盛唐诸公，透彻之悟也。他虽有悟者，皆非第一义也。①

这种以禅喻诗的方法在宋代很流行。苏东坡《夜值玉堂携李之仪端叔诗百余首读至夜半书其后》云："暂借好诗消永夜，每逢佳处辄参禅。"吴可《学诗诗》云："学诗浑似学参禅，竹榻蒲团不计年。直待自家都了得，等闲拈出便超然。"韩驹的《赠赵伯鱼》云："学诗当如初学禅，未悟且遍参诸方。一朝悟罢正法眼，信手拈出皆成

①　严羽：《沧浪诗话》"诗辨"，人民文学出版社，1981年，第11—12页。

章。"都是着眼于"悟"来对诗、禅进行类比的。

严羽的以禅喻诗则内容更广些,主要有三个不同的角度。第一,禅门宗派繁多,先有顿渐之分,顿宗后又有五派七家之别。各家各派泾渭分流,无不自诩为正宗。南宋时,顿宗门下的临济宗大盛于天下,曹洞宗相比之下衰微,有"临天下,曹一角"之说。而临济门下甚至贬称曹洞为"默照邪禅"。这种分宗别派、划清正邪界限的做法与严羽对诗歌流变的看法相似,所以借来比喻诗学中的正宗与旁门,以体现他的"学诗应该分辨体制、家数"的主张。第二,禅宗讲"不立文字""以心印心",即使为了印证禅理而搞一些"参话头"、讲语录,其真意也不是词句本身所能包容的。词句只起一种曲折暗示的作用,而微妙之意则在语言之外。这与盛唐诗那种超于象外的悠远韵味有相似之处,而且也与更广泛意义上的诗理相通。严羽认识到诗歌"意在言外"的特质,而缺少直接论述的手段,就只好以禅为喻了。第三,就是"妙悟"之说,这是其"以禅喻诗"的核心内容。佛教的一个重要观念——"菩提",就是"觉悟"之意。而禅宗提倡的悟,在这种基本意义之上,还附有两层含义。一层是刹那间对真如的体认,即所谓"顿悟"。《坛经》有"一悟即至佛地",便是此意。另一层是强调体认时的非理性特征,即只可意会不可言传的独特心理体验,故以"妙"来加以修饰。禅宗、天台宗的文献中, "妙"字的使用频率非常之高;苏东坡也很喜欢说"妙"——这都非偶然。严羽的"妙悟"说便建立在这两层含义上。"悟乃为当行,乃为本色""一味妙悟"便是针对诗的非理性特点而提出,也就是他所概括的"唯在兴趣""不涉理路,不落言筌"。而他在其他地方则侧重于"悟"的瞬时与透彻,即通过长时间的酝酿,于刹那间把握到诗的本质特征,然后无理不通,终生受用。

严羽的以禅喻诗，特别是"妙悟"说，在明清两代有很大影响。明清之际的诗僧普荷诗云："太白子美皆俗子，知有神仙佛不齿。千古诗中若无禅，雅颂无颜国风死。惟我创知《风》即禅，今为绝代削其传。禅而无禅便是诗。诗而无诗禅俨然。从此作诗莫草草。老僧要把诗魔扫……洪钟扣罢独泱泱，君不见，严沧浪。"可能因为是佛门弟子吧，他的"禅诗相通论"比严羽走得更远。在清初产生过很大影响的"神韵"说，据王士禛自己讲，就是受严沧浪"妙悟说"启发而提出的：

> 余于古人论诗，最喜钟嵘《诗品》、严羽《诗话》、徐祯卿《谈艺录》。
>
> 严沧浪以禅喻诗，余深契其说，而五言尤为近之。如王、裴《辋川》绝句，字字入禅。如"雨中山果落，灯下草虫鸣"，"明月松间照，清泉石上流"；以及太白"却下水晶帘，玲珑望秋月"，常建"松际看微月，清光犹为君"，浩然"樵子暗相失，草虫寒不鸣"，刘眘虚"时有落花至，远随流水香"，妙谛微言，与世尊拈花，迦叶微笑，等无差别。通其解者，可语上乘。[1]

渔阳自家论诗，禅喻处亦甚多，如："唐人五言绝句，往往入禅，得意忘言之妙，与净名默然、达磨得髓，同一关捩。观王、裴《辋川集》及祖咏《终南雪》，虽钝根初机，亦能顿悟。""舍筏登岸，禅家以为悟境，诗家以为化境。诗禅一致，等无差别。""严仪卿所谓'如镜中花，如水中月，如水中盐味，如羚羊挂角，无迹可求。'皆

---

① 王士禛：《带经堂诗话》卷三，人民文学出版社，1982年，第83页。

以禅理喻诗。内典所云'不即不离，不粘不脱'、曹洞宗所云'参活句'是也。熟看拙选《唐贤三昧集》，自知之矣。"

当然，对于严羽的诗歌理论，特别是以禅喻诗的方法，明清两代也有一些尖锐的批评意见，如指责严羽对禅宗无知，立论不当，或认为诗禅本不相干等等，但这些批评本身也从反面说明了严说的引人注目。

三

王士禛长期执诗坛牛耳，康熙朝的前中期，他的诗歌思想产生了广泛的影响。而同时的另一位思想家、诗论家，却因僻处一隅而被时人忽视，直到两三百年后才进入了人们的视野。他就是被后人称为"清初三大家"的王夫之。王夫之，字而农，号姜斋，湖南衡阳人。明末举人，曾任职于永历朝廷。后僻居幽壤，潜心著述，写了一百多种著作。其中诗论有《诗绎》《夕堂永日绪论》内外编、《南窗漫记》等，后人合编为《姜斋诗话》。

就思想体系而言，王夫之是一个正统的道学家，他自称"希张横渠（北宋道学家张载）之正学，而力不能企"。他的诗论也是以儒家的"兴观群怨"说为指导思想的。在上述论诗著作中，对诗僧多有贬斥。但是，他又与佛门有联系，对佛学也有研究。与他同在永历朝廷任职的学者方以智出家为僧，法号弘智，和他交谊甚笃，几次劝他皈依佛门。王夫之虽未听从，但"不忍忘其缱绻"，寄诗婉辞，并称赞方的行为是"逃禅洁己"。所以，在《夕堂永日绪论》中，王夫之以佛理"现量"论诗，也是自然的。其论略云：

"僧敲月下门"，只是妄想揣摩，如说他人梦，纵令形容酷似，何尝毫发关心？知然者，以其沉吟"推"、"敲"二字，就他作想也。若即景会心，则或推或敲，必居其一，因景因情，自然灵妙，何劳拟议哉？"长河落日圆"，初无定景；"隔水问樵夫"，初非想得：则禅家所谓"现量"也。①

　　咏物诗齐、梁始多有之。其标格高下，犹画之有匠作，有士气。征故实，写色泽，广比譬，虽极镂绘之工，皆匠气也。又其卑者，饾凑成篇，谜也，非诗也。李峤称大手笔，咏物尤其属意之作，裁剪整齐，而生意索然，亦匠笔耳。至盛唐以后，始有即物达情之作。……高季迪《梅花》，非无雅韵，世所传诵者，偏在"雪满山中"、"月明林下"之句。徐文长、袁中郎皆以此炫巧。要之，文心不属，何巧之有哉？……禅家有三量，唯现量发光，为依佛性；比量稍有不审，便入非量。况直从非量中施朱而赤，施粉而白，勺水洗之，无盐之色败露无余，明眼人岂为所欺邪？②

现量、比量是佛家讲逻辑的因明学中的两个理论范畴。现量主要指感性认识。玄奘所译《因明入正理论》云："此中现量谓无分别，若有正智于色等义离名种等所有分别，现现别转，故名现量。"这里重要的是"无分别"三字。印度因明学古已有之，至佛教瑜伽派大师

---

① 王夫之：《夕堂永日绪论内编》卷一，《姜斋诗话笺注》，人民文学出版社，1981年，第52页。
② 王夫之：《夕堂永日绪论内编》卷二，《姜斋诗话笺注》，人民文学出版社，1981年，第152页。

陈那加以改造，始成为佛学的重要理论组成。现量的无分别性，正是陈那的理论贡献。所谓"分别"，就是使用概念对事物进行分类、判断，接近于现代所谓的"理性认识阶段"。现量既无分别，也就停留在感性认识阶段，是对事物声色形态直观的了解。不过因明学并没有阶段前后高低的观念，而是着眼于在此阶段事物自相直接而真实的呈露。比量则指理性认识，在佛学中专指以"因"的三相为媒介，在对事物的共相比度中，经过推理获得的认识。《因明入正理论》云："比量者，谓藉众相而观于义。相有三种，如前已说，由彼为因，于所比义有正智生，了知有火，或无常等，是名比量。"所举的例子为，已知着火时生烟，目前见到烟生，所以推知远方起火，这就是比量。至于非量，《相宗络索》的《三量》条解释道："若即着文句，起颠倒想，建立非法之法，即属非量。"这其实就是错误的比量，一般称为"似比量"。

王夫之认为，好诗的创作接近于现量，次者近于比量，劣诗则为似比量。他称合乎"现量"观的作品是"即物达情之作"，"因景因情，自然灵妙，何劳拟议"。举出的例子为王维的"大漠孤烟直，长河落日圆""欲投人处宿，隔水问樵夫"等。他又讲："身之所历，目之所见，是铁门槛。""心灵人所自有……总以曲写心灵，动人兴观群怨，却使陋人无从支借。""凡言法者，皆非法也。释氏有言：'法尚应舍，何况非法？'艺文家知此，思过半矣。"意思皆与"现量"之说相通。要而言之，王夫之的"现量"说主要包含三层意思：1. 诗的创作要靠直觉，在与表现对象接触的刹那间（《相宗络索》解释"现量"时，认为"现"有"一触即觉，不假思量计较"的意思）捕捉到形象，捕捉到美；2. 直觉是心灵与客体的契合，心物自然交融就产生了诗情，产生了佳句；3. 靠诗法、想象、推理都不可能有佳作，而雕章琢句更等而下之。

从思想渊源看，王夫之的诗歌观受到钟嵘"自然英旨""皆由直寻"主张的影响，远源亦可上溯至庄子哲学。他的特点在于援入了佛学的"现量"说。严格地说，他的观点与因明学本义并不完全相合，如谓"唯现量发光"之说已打上了后世禅宗思想的印记。但这并无关紧要。重要的是，"现量"援入诗论，便开辟了从认识论、文艺心理等新角度认识诗歌特质的道路，把研究引向了深处。在强调诗歌创作的直觉性方面，"现量"说与近代影响甚大的克罗齐美学理论不谋而合，也可以证明这一命题的理论价值。当然，这一看法也有很明显的片面性，如否定想象的作用、否定艺术加工等。我们自不必苛求于古人了。

至于明清诗论中影响甚大的"性灵"说，其源头与佛教的关系，前文已有评介，这里就不再赘述了。

四

佛教对中国古代散文理论也有相当程度的影响。

与诗论相比，散文理论中佛教的影响要小一些。对于多数诗人来说，诗言志缘情，主要是个人的事情，主观性强，故而同佛徒禅悟的心理体验有可比性。而散文虽体有多种，但应用于社会活动者居多，客观性相对强一些，与佛理的契合点较少。因此，以禅喻诗、以佛理说诗者大有人在，而且"槛外人"的数量、水平更高一些。而以佛理说文者甚为寥寥。偶尔有之，也多属佛门的"槛内人"。我国古代散文理论著作首推《文心雕龙》，体大思精，并世无两。其作者刘勰则与佛门渊源甚深。

刘勰，字彦和，生活在齐梁时代，家贫早孤，二十岁后入定林寺寄居，依于僧祐。当时寺庙藏书丰富，为刘勰提供了学习、写作的条件。他在定林寺一住十余年，精研佛理，也大量阅读其他书籍。他的佛理修为及文字功力被僧祐赏识，便时常嘱他为佛门写作。《梁书》记：

> 勰为文长于佛理，京师寺塔及名僧碑志，必请勰制文。①

如他入定林寺数年后，和尚超辩"终于山寺，……沙门僧祐为造碑墓所，东莞刘勰制文"。又如僧柔的碑文，也出自刘勰的手笔，落款亦"东莞刘勰制文"。现存他的佛教方面著作还有《梁建安王造剡山石城寺石像碑》(《会稽掇英总集》卷十六)《灭惑论》(《弘明集》卷八)。居定林寺期间，刘勰充分利用了寺中藏书，完成了《文心雕龙》的写作。这部书引起了当时文坛领袖沈约的重视，刘勰也开始被世人所知。此时，他已年近不惑，方才开始踏上仕途。做了十几年的低级官吏后，对尘世颇感厌倦。而适逢僧祐故去，他所搜集的佛经亟待整理，刘勰便奉梁武帝之命重回定林寺主持此事。竣工后，刘勰下决心皈依佛门，便先在寺中烧去头发以示坚定，然后奏请弃官为僧，获准后改名慧地。次年圆寂，终年五十七岁。

刘勰与佛门有如此渊源，《文心雕龙》的"佛缘"如何？这在学术界是颇有分歧的问题。有人认为这部书主导思想是佛理，或主要结构仿佛典；有人认为与佛教关系不大，刘勰虽身在佛寺，而心系

---

① 《梁书》卷五十，列传第四十四文学下，第318页，清乾隆武英殿刻本。

儒学，《文心雕龙》是正统儒家文学思想的总结、发挥。若平心而论，这两种观点各得一理而又各趋一偏。《文心雕龙》确受佛教影响，但主导方面应归儒学。其受佛教影响之处主要有三点：

1. 在某些问题上运用佛教思想。最明显的是《论说》篇中的一段：

> 夷甫、裴頠，交辨于有无之域，并独步当时，流声后代。然滞有者，全系于形用；贵无者，专守于寂寥。徒锐偏解，莫诣正理；动极神源，其般若之绝境乎！①

这是对魏晋玄学中"崇有""贵无"之争的评判。刘勰认为二说都属偏见，只有佛教的"般若之绝境"才是全面、正确的看法。这是刘勰在《文心雕龙》中最为明显地站在佛教立场，使用佛教概念的一段文字，但其实与散文写作理论并无关涉。

2. 全书的立意、结构受佛典启发。六朝流行的佛典中，有《阿毗昙心论》，慧远有序云："始自界品，讫于问论，凡二百五十偈，以为要解，号之曰'心'。"这篇序收于《出三藏记集》。刘勰曾协助僧祐整理《出三藏记集》，此文自然熟悉。《文心雕龙》之"心"亦有"要解"之义，当受到《阿毗昙心论》的启发。

此外，《阿毗昙心论》分为十品，前九品并列，为"界品""行品""业品"等，第十品为"论品"，解决前九品中共有的某些疑问。《文心雕龙》主要由三部分组成，第六篇至第二十五篇为并列的文体分论，二十六篇至四十九篇讲各体共同的创作、鉴赏等方面的问题。

---

① 刘勰：《文心雕龙》卷四，人民文学出版社，1978年，第327页。

结构上似也受到《心论》一定程度的启发。

3. 理论观点、思想方法上受佛典的影响。这方面虽隐而不彰，但意义却更重大一些。如《文心雕龙》首篇为《原道》，而"文以道为本"的思想贯彻全书。刘勰对"道"的界定是"自然"。在早期译出的佛经中，对佛性的解释也常借用"自然"一语，诸如"道者，自然本来清净"之类，所以黄侃在《〈文心雕龙〉札记》中指出，刘勰所谓"自然之道"与佛学有关，"此则道者，犹佛说之'如'"。

又如刘勰对创作的很多理论问题都持折衷的观点，如论及"情采""通变""隐秀"等问题时，基本思路就是"兼解俱通""唯务折衷"。同时，书中又处处以"正"自居，如"终之以居正""君子宜正其文""析理居正""正义以绳理"等。这与佛家提倡的修行"八正道"，即正思维、正语、正业等当有关联。而佛家常用的"非有非非有"的双遣论法，也带有折衷的性质。作为思想方法，或与《文心雕龙》也有着某种关联。当然，这些虽能说明佛教对《文心雕龙》具有多方面的影响，却不足以证明其主导地位。若论主导，还是在儒家方面的。

另一个佛教人物论文的例子是智圆的《送庶几序》。智圆为宋代天台宗的名僧，字无外，自号中庸子，钱塘人，自幼出家，受戒于龙兴寺，二十一岁又习儒学，与处士林和靖为友。他是天台宗山外派中著述最多的学者，著有《般若心经疏》《瑞应经疏》《四十二章经注》等。修道行禅之外，智圆好读儒书，喜为诗文，除上述佛学著作，又有《闲居编》收杂著及诗文 51 卷。

《送庶几序》是关于古文写作的专论。庶几也是一位僧人，登门向智圆求教儒学及古文方面的问题。智圆"甚壮其志"而作此文相赠。他首先强调"所谓古文者，宗古道而立言，言必明乎古道也"，主张文章的内容必合乎"仁义五常"。然后，论及古文的艺术形式：

> 古文之作，诚尽此矣，非止涩其文字，难其句读，然后为
> 古文也。果以涩其文字，难其句读为古文者，则老、庄、杨、
> 墨异端之书，亦何尝声律耦对邪？以杨、墨、老、庄之书为古
> 文可乎？不可也。……以其古其辞而倍于儒，岂若今其辞而宗
> 于儒也。今其辞而宗于儒，谓之古文可也；古其辞而倍于儒，
> 谓之古文不可也。①

他完全否定了形式对于文体的意义。在他看来，只要用心体会古圣
贤之道，落笔自然是合格的古文，即使语句都是当今之言也无妨；
反之，如果"道"不纯正，无论形式怎样合乎古文规范也仍然算不
上真正的古文。用这一标准衡量，不仅老、庄、杨、墨被划到圈子
外面，连司马迁、班固都被打上了问号。在文学批评中，持这种极
端之论者，只有程颐一类的道学迂夫子。以智圆的信仰及生活情趣
观之，殊难理解。不过，智圆在文章结尾处有一说明，曰："几从吾
学儒也，故吾以儒告之，不能杂以释也。几将从吾学释也，吾则以
释告之，亦不能杂以儒也。"简言也，文中的观点只是严格复述儒家
文学思想，并非是智圆自己的见解。不过，由于智圆及庶几的特殊
身份，这些"纯"儒家的观点也多少与佛门结下了因缘，故略作介
绍于此。

---

① 释智圆：《送庶几序》，《中国历代文论选》第二册，上海古籍出版社，1979 年，第 235
页。

五

　　我国的小说理论，汉代始具雏形，其后千余年间发展迟缓，直至明代后期，方进入了大步前进的黄金时代。造成这种新局面的原因很多，其中重要一条，是中晚明启蒙思潮促成的小说观念的根本转变。启蒙思潮中的健将李卓吾、袁宏道等人皆有崇扬小说的宏论，如李卓吾把《水浒传》列为"宇宙五大部文章"之一，袁宏道则认为，与《水浒传》相比，"六经非至文，马迁失组练"。这在当时惊世骇俗，一反传统蔑视小说的观点，极大地提高了小说的地位。由于他们在思想界的影响，这种主张推动了小说创作与批评的热潮，而小说理论也乘势取得长足的进步。

　　李卓吾、袁宏道，以及后起的金圣叹等人，都怀疑儒教一尊的地位，有一定的思想解放的倾向，因而都对佛学深感兴趣。对佛理的钻研启发了他们的思路，有助于他们在各领域提出一些有创见的主张。李卓吾之前，小说理论限于"教化""实录"一类狭窄的范围内，对艺术规律的探讨几乎是空白，更不要说对小说艺术特质的揭示了。李卓吾在大力提高小说地位的同时，对重要的小说艺术理论问题，也有具体深入的思考，提出很有价值的见解。其中有些观点间接受佛理启发，有些则直接移植而来。金圣叹继承李卓吾而又发扬光大之，他的小说理论的基石即为佛学的命题，很多论述也明显受到佛理的启发。二人一为小说艺术论的奠基者，一为这个领域的泰斗，由他们身上已足可看到佛学与我国古代小说艺术论的"缘份"了。

　　李卓吾五十四岁辞官，到湖北黄安、麻城著述论道。他在麻城，先居于维摩庵，后住到芝佛院，可见其皈依佛门的倾向。在他的重要著作《焚书》中，有不少篇幅是谈佛理的，如《解经文》《心经提纲》《答周西岩》《观音问》等。他的佛学思想接近于禅宗，而又笃信净土，同时讨论起佛学义理时还能表现出浓厚的思辨色彩，如：

> 我所说色，即是说空，色之外无空矣；我所说空，即是说色，空之外无色矣。非但无色，而亦无空，此真空也。[1]
>
> 若无山河大地，不成清净本原矣，故谓山河大地即清净本原可也。若无山河大地，则清净本原为顽空无用之物，为断灭空不能生化之物，非万物之母矣，可值半文钱乎?[2]
>
> 即成人矣，又何佛不成，而更待他日乎？天下宁有人外之佛，佛外之人乎?[3]

可以看出，他对佛理不是被动地接受，而是以"六经注我"的态度，有取舍、有改造、有发挥。他大胆地提出"我所说与佛不同"，"佛无益于事，成佛何为乎？事有碍于佛，佛亦不中用矣"，表现出狂禅"自作主张""呵佛骂祖"的精神。

李卓吾把佛学渗透到文学批评中，如论创作过程中主体的支配作用："今古豪杰，大抵皆然。小中见大，大中见小，举一毛端建宝王刹，坐微尘里转大法轮。此自至理，非干戏论。"又如以"佛性完全"来称赞《水浒传》对鲁智深的描写，据"人人是佛"的思想而提出"童心者自文"的观点等。在小说艺术论领域，他受佛学启发，

---

① 李贽：《心经提纲》，《焚书 续焚书》卷三，中华书局，1975 年，第 100 页。
② 李贽：《观音问》，《焚书 续焚书》卷四，中华书局，1975 年，第 171 页。
③ 李贽：《答周西岩》，《焚书 续焚书》卷一，中华书局，1975 年，第 2 页。

提出了"同而不同"之说：

> 描画鲁智深，千古若活，真是传神写照妙手。且《水浒传》
> 文字，妙绝千古，全在同而不同处有辨。如鲁智深、李逵、武
> 松、阮小七、石秀、呼延灼、刘唐等众人都是急性的，渠形容
> 刻画来各有派头，各有光景，各有家数，各有身份，一毫不差，
> 半些不混，读去自有分辨，不必见其姓名，一睹事实就知某人
> 某人也。[①]

"同而不同"之语，出于佛教天台宗创始人智颉的《摩诃止观》。
《摩》号称"天台三大部"之一，为天台宗基本经典。其中论及"渐
次""不定""圆顿"三种修行方式时，有这方面的提法：

> 疑者云：教境名同，相顿尔异。然同而不同，不同而
> 同……此章同大乘、同实相，同名止观，何故名为辩差？然同
> 而不同，不同而同……从多为言，故名不同耳。一切圣人皆以
> "无"为法而有差别，即其义也。[②]

这里所谓"同"，指三种修行的本质；"不同"，则指具体修行过程。
其主旨在强调"同"。"皆以'无'为法而有差别"，是对"同而不
同"的说明：万物本质同为虚无，但又须看到各有特性。天台宗在
万历年间复兴于江南。李卓吾有《法华方便品说》，看来对天台宗也

---

① 《李卓吾先生批评忠义水浒传》卷三，第 15 页，上海人民出版社影印本。
② 释智者：《摩诃止观》，《大正新修大藏经》第 46 册 No. 1911。

有较大的兴趣。

李卓吾由佛典取"同而不同"之语而入文论，是着眼于其中的哲理。"同而不同"，简炼、明确地概括了事物共性与个性的辩证关系，即本质相同而表现各异。移用到小说理论中，要旨在于强调人物的个性化。

"同而不同"，揭示出人物形象所具有的代表性与特殊性之间矛盾统一的关系。而在"同"与"不同"这矛盾的两个方面中，李卓吾更重视"不同"的一面。《水浒传》中，阮氏三雄气质接近、本领仿佛，而作者在相似中写出小二的深沉、小五的泼辣、小七的爽快。李卓吾便特地指出："刻画三阮处各各不同，请自着眼。"而对于鲁智深、李逵等莽汉形象，他所欣赏的也是所谓"各有派头，各有光景，各有家数，各有身份"。

以《水浒传》为代表的英雄传奇小说，最突出的艺术成就便是人物的个性化描写。李卓吾的"同而不同"说表明了他敏锐的文学鉴赏力与准确的理论概括力，在强调个性描写方面，已接近于现代的小说人物典型理论。在他身后，三百年间的小说论坛上，"同而不同"说影响了一代又一代。金圣叹、毛伦父子、张竹坡、脂砚斋、哈斯宝等小说理论家，都不同程度地继承了这一观点，而形成了我国小说理论中重视人物个性的优良传统，并对小说创作产生了积极的影响。

金圣叹生活于明末清初，苏州府长洲县人氏，原名采，后更名人瑞，字圣叹。他生逢乱世，又秉狂放之性，故终生不曾出仕。在读书著述、诗酒傲世的一生中，唯一视为名山事业的便是文学批评。直到因反贪官而下狱临刑时，尚作诗云："鼠肝虫臂久萧疏，只惜胸前几本书。且喜唐诗略分解，庄骚马杜待何如？"可见对评点工作的执着。在他评点的诸书中，以《水浒传》《西厢记》影响最大。他的小说艺术论集中见于《水浒传》评点，其中颇有佛理的渗透。

金圣叹治学杂糅三教，一以贯之。在其主要理论性著述中，以《易》阐佛，又以释、以《易》解《庄》，很难确指哪一篇为佛学、哪一篇为儒学。但是，金圣叹在佛学上确曾下过不小的功夫，他自称十一岁读《法华经》便爱不释手。他著有专论经义的《法华百问》《法华三昧》，还有发挥禅机的《西城风俗记》。他的文学思想中有很多被佛学影响的痕迹，如以"忍辱"论唐代诗人心态，乃由"六波罗蜜"之"忍辱波罗蜜"说受到启发；以"极微"论《西厢》情节设置之妙，自称借自曼殊室利菩萨的言论。这方面，最突出的是其小说理论中的"因缘生法"说。

金圣叹以"因缘生法"来概括小说创作的最基本的规律：

> 耐庵作《水浒》一传，直以因缘生法为其文字总持。[1]
> 忠恕，量万物之斗斛也；因缘生法，裁世界之刀尺也。施耐庵左手握如是斗斛，右手握如是刀尺，而仅乃叙一百八人之性情、气质、形状、声口者，是犹小试其端也。[2]

这很能表现金氏杂糅三教的思想风格："因缘生法""总持"是佛教的常用概念，"忠恕"则是孔门"一以贯之"的思想核心。

"因缘生法"是佛学的基本命题，是解释大千世界、纷纭万有之

---

[1] 金圣叹：《第五才子书》五十五回，《金圣叹全集》第四册，凤凰出版社，2008年，第999页。
[2] 金圣叹：《第五才子书·序三》，《金圣叹全集》第三册，凤凰出版社，2008年，第20页。

本质的学说，故有"佛教以因缘为宗"的说法。小乘讲"业感缘起"，空宗讲"一切法空，但以因缘有"，有宗讲"种子相续，随其所应，望所生法，是名因缘"。虽然角度不同，但基本含义相近。所谓"法"，指大千世界的现象，"因缘"则指产生这些现象的内外原因。

相对而言，"因缘生法"理论在大乘空宗的理论体系中显得更为重要一些。其根本典籍——《般若》类经典中，以大量篇幅论述"缘起"。法华、三论二支派奉为圭臬的《中论》更是以"因缘生法"为中心论题。《中论》云："因缘所生法，我说即是空。亦为是假名，亦名中道义。"按照这种观点，万事万物皆属"假有"，亦即"有不定有，无不定无"的现象、感觉，而其本质则为空无。前面说过，金圣叹对《法华经》用功最勤。在佛学各派中，他受大乘空宗影响更大一些。所以，他在小说理论中提出的"因缘生法"，大乘空宗的色彩要稍浓一些，尤其是"中道""假有"的观念影响更著。

金圣叹的"因缘生法"理论涉及小说创作的多方面，主要可归纳为四点：

1. 借"法"的假有性揭示小说的虚构特征。在《水浒传》第五回，金圣叹有这样一段批语：

　　耐庵说一座瓦官寺，读者亦便是一座瓦官寺；耐庵说烧了瓦官寺，读者亦便是无了瓦官寺。大雄先生之言曰："心如工画师，造种种五阴。一切世间中，无法而不造。"圣叹为之续曰："心如大火聚，坏种种五阴。一切过去者，无法而不坏。"今耐庵此篇之意，则又双用其意，若曰："文如工画师，亦如大火聚，随手而成造，亦复随手坏。如文心亦尔，观文当观心。见文不见心，莫读我此传。"①

由于强烈的人生无常意识，金圣叹以"心灭诸法"来为"心生诸法"的佛理命题作补充。然后他指出，如同现实生活中一切事物的生灭都是主观精神活动一样，小说中的情节、人物也都是幻相，而由作者之心主宰其变化、生灭。他提出"一部《水浒传》悉依此批读"，就是要强调对小说虚构性的把握，以之作为欣赏、阅读的出发点。

在很长的时期内，人们受史学观念及儒家文学思想的影响，总以"求实"的眼光来挑剔小说。到金圣叹之时，这种观念虽有所转变却远未绝迹。所以，金圣叹上述见解是有针对性的。尽管含有某些唯心的成份，却毕竟表现出对小说艺术特质的认识。

2. 借助"因缘"说明小说情节的内在关联。第二十回宋江杀惜一段，金圣叹批道：

> 宋江之杀，从婆惜叫中来；婆惜之叫，从鸾刀中来。作者真已深达十二因缘法也。②

所谓"十二因缘法"，是佛学常谈，出自《法华经》等多种典籍，意在用因果关系说明人生。金圣叹引入小说批评，主要着眼于：每一事物都由相应的原因产生，同时又成为下一步发展变化的原因，于是就形成了具有内在逻辑性的因果之链。如上例，宋江之所以杀死

① 金圣叹：《第五才子书》五回，《金圣叹全集》第三册，凤凰出版社，2008 年，第 157 页。
② 金圣叹：《第五才子书》二十回，《金圣叹全集》第四册，凤凰出版社，2008 年，第 395 页。

阎婆惜，是因为她喊叫"黑三郎杀人也"，引起了杀心；阎婆惜之所以喊叫，是因为宋江无意中搜出了压衣刀子。这样，杀惜的情节便一环扣一环，在因果关系的发展中完成了。

金圣叹此说旨在强调情节发展的逻辑性，这对于加强作品的情理，无疑是有益的。

3. 为人物个性化寻求深层的依据。他在《水浒传》的序言中，分析作者创作个性鲜明形象的原因，归之于作者深通"因缘生法"之理。他讲：

> 天下因缘生法，故忠不必学而至于忠，天下自然无法不忠。火亦忠，眼亦忠，故吾之见忠；钟忠，耳忠，故闻无不忠。……（施耐庵）叙一百八人之性情、气质、形状、声口者，是犹小试其端也。①

这段文字比较费解。其缘故，一则所用"因缘""忠"等概念原本都有特定含义，而金圣叹的使用，既有原义，又有自己的发挥；二则他是通过比喻来说理的，而凡比喻即为跛足。概括这段话的大意为：世上每个事物都是独特的个体存在，故决定它的因果关系中的"因""缘"也是独特的、个性化的，特定的"因"与特定的"缘"的遇合，便产生独一无二的相应的"法"。根据这个道理，作者塑造人物形象时，只消在情节设计中体现出独特性，并与性格的展现联系起来，人物的形象便自然会富于个性了。

---

① 金圣叹：《第五才子书·序三》，《金圣叹全集》，凤凰出版社，2008 年，第三册第 20 页。

尽管金圣叹的表述晦涩，不无片面、夸大之弊，但这种看法在我国古代小说艺术论领域中，已是前无古人、后乏来者的了。由于他把性格问题同情节发展联系起来，便使其人物理论由一般性地倡导个性化进而深入发展下去了。

4. 以"随因缘而起"来分析艺术想象的特征。他针对当时人们在这方面的某些困惑，如作者怎能了解各类人物的心理、行为，如何虚构出性格相反的人物等，在第五十五回批道：

> 耐庵于三寸之笔，一幅之纸之间，实亲动心而为淫妇，亲动心而为偷儿。既已动心则均矣。又安辨泚笔点墨之非入马通奸，泚笔点墨之非飞檐走壁耶？经曰："因缘和合，无法不有。"……而耐庵一传，直以因缘生法为其文字总持，是深达因缘也。深达因缘之人则岂惟非淫妇也，非偷儿也，亦且非奸雄也，非豪杰也。何也？写豪杰、奸雄之时，其文亦随因缘而起，则是耐庵固无与也。或问曰："然则耐庵何如人也？"曰："才子也。""何以谓之才子也？"曰："彼固宿讲于龙树之学者也。讲于龙树之学，则菩萨也。菩萨也者，真能格物致知者也。"[1]

这番话更是直接把佛学修养作为小说创作的必要素养。金圣叹用"动心"来说明作者在想象中与对象的认同。佛学中关于"动心"的论述很多，有名的如六祖慧能在法性寺说风幡之义："不是风动，不是幡动，仁者心动。"金圣叹移用于小说艺术论中，大意是说，在创

---

[1] 金圣叹：《第五才子书》五十五回，《金圣叹全集》，凤凰出版社，2008年，第四册第999页。

造人物形象时，作者有一个忘我的幻化过程，如施耐庵写潘金莲、时迁时，他须沉浸于想象之中，暂时使自己具有了潘、时的性格、品质。他又用"因缘生法"来作补充，认为从整个创作过程看，"其文亦随因缘而起，则是耐庵固无与也"。也就是说，人物的言行是在因缘相互作用下自然实现的，与施耐庵本人的性格、品质并无关系。从"动心"的一面看，金圣叹强调创作时的迷幻、认同的特殊心理状态；从"因缘"一面看，他又指出了创作中理性的指导作用。这样，金圣叹就全面而辩证地完成了对小说创作中艺术想象特征的描述。

总的来说，金圣叹援佛理入小说艺术论，深化了对问题的思考，并加强了理论的系统性，成绩是主要的，但也伴随着一些缺欠，如主观唯心的色彩较强，概念内涵不明确等。这乃是"借瓶装酒"所难以避免的情况。

后　记

文学既是文化的重要组成部分，又是植根于文化土壤的林莽、花卉。

认识文学，探讨文学，包括作家作品、传承流变，离不开文化的要素。而宗教文化，作为同属精神文化层面的"近邻"，尤其应给予更多的关照。

由于多方面的历史原因，在中国文学研究中，这个"更多"没有被兑现，甚或可能是相反。

对于学术研究，这种不正常的情况应该改变。

这本小书的写作初衷就是为改变稍尽绵薄。

改变的工作可以有两种方式，一种是专而深，一种是广而浅。当然，这不是泾渭分明，更不是截然对立的。要写好专而深，作者的视野不能不广；要写好广而浅，作者必须有专精的研究作基础。

二者各有其对象，各有其功效，作为学术整体，诚不可偏废也。

本书选择的是后者，也就是一本鸟瞰式的简史。

这方面的工作，钱钟书先生是一位先行者。他的《谈艺录》对此多有论及，特别是增补部分，更多有真知灼见。

海外的饶宗颐、柳存仁先生从不同角度各有发明，筚路蓝缕，同样功莫大焉。

近四五十年来，新时期的学术环境大有改善，孙昌武、陈允吉先生从上世纪 80 年代勤于耕耘，不仅成果累累，而且传承香火、育人多多。

更有葛兆光、周裕锴、张弘、李小荣、吴光正等学界俊彦传灯续命，很大程度上改变了过去长时间里那种不正常的情况。

这本小书，自然包含了本人一些专门性的研究心得，对于前辈与同仁的著述也有所采撷。限于体例，借鉴之处未能一一标识，在此一并表示感谢。

此书曾于世纪初刊行，现承蒙上海三联错爱，以为牛溲马勃不无微效，故重新订正补充。如借此因缘得到朋友们的指正，则幸甚至哉！

Here 此间学人系列书目

徐贲
《与时俱进的启蒙》
《人文启蒙的知识传播原理》
《人类还有希望吗：人工智能时代的人文启蒙和教育》

郑也夫
《神似祖先》
《五代九章》

高全喜
《苏格兰道德哲学十讲》
《休谟的政治哲学》（增订版）
《论相互承认的法权：〈精神现象学〉研究两篇》（增订版）

吴飞
《浮生取义（外两种）》
《论殡葬》

李宝臣
《礼不远人：走近明清京师礼制文化》（深度增订版）

陈洪
《结缘两千年：俯瞰中国古代文学与佛教》

朱海就
《真正的市场：行动与规则的视角》
《文明的原理：真正的经济学》

《企业家与企业》

刘业进
《演化经济学原理》
《经济发展的中国经验》

方绍伟
《经济学的观念冲突》
《经济增长的理论突破》

黄琪轩
《大国权力转移与技术变迁》(深度增订版)
《政治经济学通识:历史·经典·现实》(深度增订版)
《世界政治经济中的大国技术竞争》

朱天飚
《争论中的政治经济学理论》

冯兴元
《创造财富的逻辑》(冯兴元、孟冰)
《门格尔与奥地利学派经济学入门》

李强
《自由主义》
《思想的魅力》

军宁
《保守主义》
《投资哲学》

任剑涛

《艰难的现代:现代中国的社会政治思想》

《博大的现代:西方近现代社会政治创制》

《嘱望的现代:巨变激荡的社会政治理念》

Here 此间学人·经典精译系列

亚里士多德:《尼各马可伦理学》(李涛　译注)

久米邦武编撰:《美欧回览实记》(徐静波　译注)

图书在版编目（CIP）数据

结缘两千年：俯瞰中国古代文学与佛教/陈洪著 . —上海：
上海三联书店，2024.10
ISBN 978 - 7 - 5426 - 8485 - 1

Ⅰ.①结… Ⅱ.①陈… Ⅲ.①中国文学－古典文学－关系－
佛教－研究－古代 Ⅳ.①I206.2②B948

中国国家版本馆 CIP 数据核字（2024）第 095437 号

结缘两千年——俯瞰中国古代文学与佛教

著　者／陈　洪

责任编辑／徐建新
装帧设计／一本好书
监　制／姚　军
责任校对／王凌霄　原梦雅　张　瑞

出版发行／上海三联书店
　　　　　（200041）中国上海市静安区威海路 755 号 30 楼
邮　箱／sdxsanlian@sina.com
联系电话／编辑部：021 - 22895517
　　　　　发行部：021 - 22895559
印　刷／山东新华印务有限公司

版　次／2024 年 10 月第 1 版
印　次／2024 年 10 月第 1 次印刷
开　本／655 mm×960 mm　1/16
字　数／280 千字
印　张／24
书　号／ISBN 978 - 7 - 5426 - 8485 - 1/B · 905
定　价／95.00 元

敬启读者，如发现本书有印装质量问题，请与印刷厂联系 0538 - 6119360